U0091420

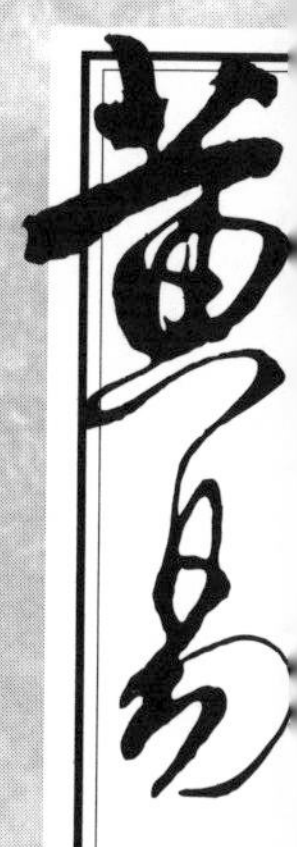
黃易

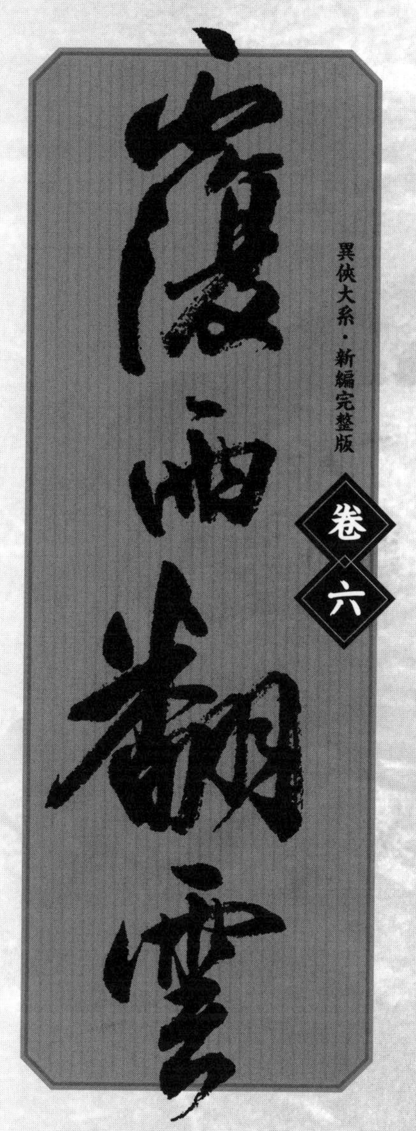
覆雨翻雲
異俠大系・新編完整版
卷六

卷六

目錄

覆雨翻雲

卷六 目錄

第一章　血洗花街

平日熱鬧升平，擠滿尋芳客的花街，一變為血雨腥風的屠場。

湘水幫近千幫眾，在尙亭手下兩名大將，左先鋒「披風棍」周成和右先鋒「奪命鐧」何慶章兩人率領下，分守在長街的東西兩端，當尊信門的「人狼」卜敵及其兩大殺手「大力神」褚期、「沙蠍」崔毒率著五百紅巾盜由東端殺入花街，乾羅的三百山城舊部，在叛將毛白意的指揮下從西面衝進來時，湘水幫連忙分頭撲出阻截。

丹清派人數雖少得多，只有六十多人，但平均武功都比湘水幫的幫眾高明得多，除分了三十多人守在醉夢樓外，其餘均埋伏在兩旁的屋頂處，見狀正欲以強弓勁箭，向敵人狠狠打擊，以魏立蝶為首的「萬惡沙堡」百多名好手，及追隨著莫意閒的一群人數多達二十餘眾、剛歸順方夜羽的江湖劇盜強手，亦於此時由兩邊簷頂殺至，丹清派的人惟有奮起應戰。

今次甄夫人指揮進入長沙府的各路人馬，人數只在千五人間，但都是千挑百選的好手，再加上莫意閒、魏立蝶、卜敵、毛白意這類級數的高手，甫一接觸，強弱立見。

慘叫連天裡，湘水幫的幫眾雖奮死力抗，仍被敵入衝得屍橫遍地，潰不成軍，連退守醉夢樓也辦不到。

守在屋頂的丹清派好手若非當場被擊斃，就是被迫得逃下花街去。

就在花街盡是刀光劍影、血肉橫飛之際，花剌子模兩大年輕高手，「獷男俏妹」廣應城和雅寒清，一提鐮刀、一持長劍，率著二十多名族中一流好手，和兩隊六十名方夜羽的魔宮戰士，跨簷而至，趁丹清派的人被殺得自顧不暇時，由醉夢樓對面的屋頂撲下街心，硬生生把在花街苦戰的湘水幫與丹清派聯軍，切成首尾不能相顧的兩截。

一時間湘水幫和丹清派陷進全無還擊之力的捱打局面裡。

無論在戰術的運用、時間的拿捏上，這甄夫人均顯出深悉軍法的大將之風，難怪方夜羽會委以重任。

在敵人的強攻下，守在醉夢樓外的人被迅速清除，廣應城和雅寒清兩人立時展開攻門之戰，把丹清派拿廷方等近三十名好手迫得退入樓內。

封寒就在這時由樓內殺出。

後面跟著的是風行烈、谷姿仙、谷倩蓮和小玲瓏，接著是托著戚長征的丹清派元老、寒碧翠的師叔工房生和挾著紅袖的乾虹青，護在兩翼的是尙亭和小半道人，寒碧翠則負責殿後。

十個人組成核心的隊伍，在剩下的三十多名丹清派好手擁護下，殺進長街去。

最先與敵人接觸的是封寒。

甫進長街，兩把大刀迎面砍來。

封寒回復了冷酷的平靜，長刀一閃，左面一人濺血拋飛，另一手竟一把抓著另一柄大刀，運勁折斷，一腳把敵人踢得噴血而亡，刀芒再閃，血肉橫飛中，把剛擁入外院的十多名方夜羽手下，硬迫得非死即傷，跌退往街外。

驀地勁氣侵體。

生得粗獷威武的廣應城和巧俏美麗的雅寒清，分由兩側殺至。

封寒眼力何等高明，一看兩人攻來的角度和時間，立知這對男女精擅合擊之術，哪肯讓對方取得主動之勢，就在對方形成合擊前，左手刀使出精妙絕倫的手法，凝聚全身功力，分劈在鐮刀和長劍上。

兩人絕不想和封寒硬拚，只是封寒那一刀有若天馬行空，明知是要迫自己比鬥內勁，亦躲無可躲，無奈下運起兵器擋格，以免血濺當場。

「噹噹」兩聲激響。

獷男俏姝觸電般狂震，攻勢立呈土崩瓦解，退入了己方的人海裡。

表面看來封寒佔盡上風，他卻是心中叫苦，因依他本意是兩刀斃敵，以煞對方氣焰，哪知只能迫退兩人，可知對方如何強橫。

兩人一退，其他人更是不堪一擊，瞬眼間在封寒帶領下，四十多人殺至街心，再往右端衝。

哨聲在遠處高樓上響起，敵方在屋簷上的好手聞訊後，紛紛撲了下去，加入圍殲封寒一夥的劇戰中。

風行烈這時推進至封寒左翼稍後處，手中丈二紅槍決蕩翻飛，擋者披靡。

他的紅槍遠近皆宜，最擅肉搏血戰，每槍擊出，都生出一股慘烈無比的氣勢，兼之體內三氣匯聚，內力源源不絕，無有衰竭，比之封寒的威勢，亦是不遑多讓。

另一邊則是谷姿仙、谷倩蓮和小玲瓏三女，她們的武功心法同出一源，在谷姿仙的帶領照顧下，配合得天衣無縫，守得封寒右翼滴水難進，使封寒沒有兩側之憂，把左手刀法發揮盡致，硬在如狼似虎的敵人間殺出一條血路。

其他丹清派好手，在尙亭的大刀和小半道人的「太極七截棍」主攻下，層層護在托著戚長征的工房生和挾扶著紅袖的乾虹青兩側和後方，跟著隊伍，陣形完整地向花街的東端挺進。

寒碧翠墜在最後，手中寶劍亦殺得趕上來的敵人喊苦連天。

一時間，他們勢若破竹般往花街另一端衝殺突破，似是無人可把他們的去勢緩下來。

封寒等當然知道這只是個假象。

敵方眞正的高手，除了剛才那對異族男女外，已知的如莫意閒、魏立蝶、卜敵、毛白意等一個未見現身，還有未知的更是高深莫測，現在只以手下圍攻他們，擺明在消耗他們的體力，怎不教他們擔憂。

此時除了他們這一群的惡戰正是方興未艾外，花街他處的戰事已轉趨零星疏落，在敵人強大的力量下，湘水幫和丹清派聯軍只在做著全軍覆滅前無奈的掙扎。

優雅的甄夫人站在屋簷高處，冷靜地注視著下方的發展。

和她並肩而立的是包紮好了傷口的鷹飛，臉色有點蒼白，但眼中卻閃著興奮的光芒。

兩旁較遠處同在觀戰的是銀髮垂肩的「紫瞳魔君」花扎敖、「銅尊」山查岳、年憐丹的師弟「寒杖」竹叟、由蚩敵、強望生、柳搖枝和剛離開戰場，滿手血腥的莫意閒以及魏立蝶這兩個一派宗主。

鷹飛向甄夫人道：「記得你曾答應我要生擒那幾個妞兒的，最緊要不可損毀她們的臉蛋。」

甄夫人嘴角逸出笑意，往旁移去，直至香肩碰上鷹飛的肩膊，才道：「你這麼色膽包天的人，爲何總不來勾引我？」

鷹飛如觸蛇蠍般移開少許，皺眉道：「夫人不要引誘我好嗎？我並不是吃素的和尙。」

甄夫人伸手一掠秀髮，幽幽道：「素善長得不美嗎？爲何打動不了你的心。」

鷹飛看得呆了一呆，嘆道：「就是因夫人你太動人了，我才怕把持不住，若說天下間可有我不敢沾手的美女，那就是你；不但因你的心計、武功難以估測，更重要的是方夜羽是我眞正敬服的好友。」

甄夫人放浪地嬌笑起來，點頭道：「看你苦忍的慘樣兒，比和你上床更有趣多了。」

鷹飛恨得牙癢癢地，暗忖這美人眞是自己命中剋星，明是對自己沒有愛意，但絕不放過逗弄自己的機會。

甄夫人再不理鷹飛，嘬唇發出一下尖亢的哨聲。

原本在外圍虎視眈眈的卜敵、毛白意、褚期、崔毒、萬惡沙堡的惡和尙和惡婆子、廣應城、雅寒清以及二十多名功力較高，剛正投誠方夜羽的黑道高手，立時抄後攻去，把攻擊力集中在寒碧翠、尙亭、小半道人和一眾丹清派好手身上。

形勢立變。

丹清派的好手紛紛倒地，或死或傷。

寒碧翠且戰且退，一把劍硬是擋著了廣應城和雅寒清兩人凌厲的攻勢。

小半道人顯露出他的眞實本領，手中七截棍如龍出海，威勢驚人，一掃一揮，一吞一吐，無不含蘊著狂猛氣勁，兼且後力悠長，沒有半絲破綻，一個人頂著惡和尙和惡婆子兩股有若瘋狂的攻勢，不過當毛白意加入時，他已應付得左支右絀了。但他能支持這麼久，已可使他在十八種子高手中脫穎而出，成爲不捨和謝峰之下最傑出的高手。

另一邊的尙亭則到了生死存亡的時刻。

尙亭乃一幫之主，武功自是高明之極，可惜甄夫人卻選了他那一方作突破的一環，安排了卜敵、褚期、崔毒和那些黑道高手，集中力量對他那方施以無情痛擊。

尙亭身旁的丹清派高手逐一倒下，他自己身上亦多處負傷，迫得乾虹青和工房生亦不得不騰出一手仗劍來爲他抗敵。

尙亭勉強擋了卜敵擊來的銅環，一陣氣浮心跳，崔毒的長矛已破空側刺腰脅，眼看避之不及，暗叫吾命休矣。

「噹！」

一把刀劈在長矛尖上，震得「沙蠍」崔毒踉蹌跌退，接著封寒的聲音在耳旁響起道：「尙幫主過去助小半道長。」

寒光暴起，卜敵等紛紛倒跌開去。

當尙亭移往小半道人那方時，才發覺剛才和自己並肩守在那邊的己方高手早已一個不剩，心中湧起悲痛，不顧一切地向剛在小半道人右肩添了一道刀痕的毛白意殺去。

這時風行烈的丈二紅槍代替了封寒的刀，一馬當先，衝入敵陣裡。他愈戰愈勇，每一槍攻出，必有人應聲倒地，沒有人能切入他丈二紅槍威力籠罩下十步之內。

不過他們已好景不再，敵方高手的出動，使他們陷於苦戰之局，雖仍能不住挺進，但和剛才的勢如破竹，自是形勢大異。

谷倩蓮和小玲瓏都受了不輕的傷，由谷姿仙負起匡護夫君兩翼的重責。

在上方觀戰的甄夫人微笑道：「封寒和風行烈武功強橫，沒有人會感驚奇，想不到谷姿仙和寒碧翠也如此厲害，鷹飛你生擒她們的願望，恐怕要落空了。」

鷹飛正凝視著下面慘烈的激鬥，聞言冷哼道：「若有你的人出手，哪怕她們不手到擒來，若我不幹過戚長征的女人，怎能平心中之氣，夫人莫要作弄我了。」最後一句隱帶懇求之意，戚長征那一刀使他暫時難以逞強，惟有向這可惡的甄夫人屈服。

「紫瞳魔君」花扎敖聽到他們的對話，道：「那胖道人氣脈悠長，在這樣惡劣的形勢下，仍不露敗象，也不可小覷。」

「銅尊」山查岳不耐煩地伸出舌頭舐著唇皮道：「素善！我的手癢了。」

甄夫人心中微笑，她故意讓這批高手在此旁觀，一方面是讓他們看清楚敵人的虛實，更重要是以眼下血腥的情景激起他們的凶性，聞得山查岳如此說，知道時候到了，下令道：「花老師和山老師你們務要擊殺尙亭，那小半道人則放他一馬，至多可殘他肢體，以免八派被迫和我們宣戰；由老師和強老師負責對付封寒；柳老師則銜著對方尾巴殺去，最理想就是把寒碧翠扯著不放，使她墜在後方，不能和其他人會合。」

接著向莫意閒媚笑道：「莫宗主設法把風行烈迫開，教他不能兼顧他的女人。」

莫意閒給她的媚笑差點把魂魄勾了出來，偏又知此女絕惹不得，笑道：「若鷹兄不反對，谷姿仙就讓給我吧！」

鷹飛見他在這時刻來討人，雖心中暗恨，亦只有無奈道：「就分你一個吧！」

魏立蝶道：「夫人不用說了，就由我牽制谷姿仙，竹叟兄就下手對付只剩下半條性命的戚長征和負責擒人。」

甄夫人一陣嬌笑，然後玉臉一寒道：「正是如此，去吧！」

眾凶悄無聲息，往戰場掩去。

鷹飛聽得心悅誠服，甄素善調配人手，似是隨口說出，其實卻是經過深思熟慮和精確計算的，以最厲害的花扎敖和山查岳這兩個強橫老魔頭，對付尚亭和小半道人，正是上驥對下驥，自應輕易得手，把對方切斷成首尾難顧的兩截，使竹叟可立即下手殺人或擒人。

至於用莫意閒來對付風行烈，也是恰到好處，只有莫意閒才可擋著他的丈二紅槍，再由搶入陣中的花扎敖和山查岳從後圍攻，把他殺死。

想到這裡，鷹飛差點要把甄夫人摟入懷裡，痛吻三口。

封寒迫退了卜敵和他手下兩大殺手褚期及崔毒後，刀勢展開，連斬敵方七名強手，有若切菜破瓜般毫不留情，忽然退至最後方，代替了寒碧翠，接著了廣應城和雅寒清，同時傳音入寒碧翠耳內，吩咐她應變之法。他退隱前一生征戰，經驗何等豐富，當然猜到敵人接踵而來的手段。

寒碧翠退入陣中，從工房生手中接過戚長征，扛在肩上，把封寒的策略分別傳進各人耳內。

工房生乃丹清派寒碧翠下的第一高手，剛才因要照顧戚長征，展不開手腳，眼看派中人逐一慘死，心頭慾滿悲憤，這刻回復自由，兼又是生力軍，一聲狂嘯，手中長劍立時把封寒去後的空隙塡補，狀若瘋虎，全不顧自身安危，但求多殺一個敵人便使敵人減一分力量，卜敵等一時竟莫奈他何。

風行烈亦知形勢險惡，丈二紅槍倏地擴展，千百道槍芒，翻騰滾捲，連兩翼也籠罩在他的槍勢裡。

這時眾人尙相差百步，便將逸出花街，進入蜘網般密布的橫街窄巷，那時逃起來將容易多了。

這百步的距離，正是成敗的關鍵。

要知甄夫人這方面無論如何霸道，也不敢不把官府放在眼中，假若他們逐街逐巷追殺目標，鬧得滿城風雨，官府將被迫插手干涉。而不得與官兵動手的自我約束，使他們不得再追擊封寒等，那麼這次行動將會功敗垂成了。

封寒「噹噹」兩聲，砍在敵人兵器之上。

廣應成和雅寒清慘哼一聲，跌退往兩側。

封寒倏往後退，反手按在戚長征背上，眞氣源源輸進戚長征體內，他這是第二次為戚長征療傷，已深悉對方底細，故能事半功倍。

而寒碧翠自把愛郎扛在肩上，便一直爲他打通閉塞了的經脈，這也是封寒剛才其中一個吩咐，使封寒的療治更易奏效。

勁風驟起。

四周驀然壓力大增，原來眾凶紛紛由兩邊屋頂撲下，向他們展開最強猛的殲殺行動。

眾凶都是身經百戰的人，不須商量，首先攻擊的就是對方最強的兩個人——封寒和風行烈。務使各戰友攻擊其他人時，教他們難以分手援救。

唯一的問題是對方的長形陣式，已因寒碧翠退至風行烈、谷倩蓮、玲瓏、乾虹青和紅袖等處，而封寒則緊貼她們之後，早變成了一個圓陣，自不似剛才般易於被分中切斷。

這時前是風行烈，後則封寒，左有谷姿仙、工房生，右是尚亭和小半道人，護著中間四女和戚長征，緩慢但穩定地逐步推進。

這陣式的好處是無後顧之憂，但卻不能像剛才般照應得靈活迅速。

在這生死存亡的緊張時刻，紅袖改由谷倩蓮和玲瓏護持，乾虹青提著一長一短兩把利刃，準備隨時向兩翼施援。

最先撲至的是蒙古兩大高手由蚩敵和強望生。

由蚩敵凌空由右側飛至，連環扣索抖得筆直，猛刺封寒額側。

強望生手提獨腳銅人，出現在封寒身前十步許處，大喝一聲：「兒郎們退開！」獨腳銅人當胸向封寒搗去，聲勢驚人之極。

封寒冷眼看著對方來勢，與潮水般退後的敵人，嘴角逸出笑意，等到兩件兵器離開自己不足五尺之遙處，勁氣使人呼吸頓止的時刻，才收回按在戚長征背心的手掌，掌緣猛劈在由蚩敵的連環扣索處，左手刀則分中砍出，切中強望生重逾三百斤的銅人頭蓋。

兩聲轟鳴，蓋過了所有兵器交擊之音。

封寒往後晃了一晃，鼻孔噴出血絲。

由蚩敵和強望生則是悶哼一聲，分別橫飛後退，想把封寒纏死的願望竟不能兌現。

由此可看出封寒的高明，早看出敵人的圖謀，當然若非他有驚人的武功和悠長不竭的內力，亦難以造成這般戰果，挫去了這兩個生力軍驍勇難擋的先聲。

前面的風行烈剛以紅槍把一個敵人戳得骨折肉碎，拋跌開去，還把後面的三名同伴撞得噴血翻飛，亂成一團，人影一閃，白胖胖的莫意閒已攔在前路。

風行烈一見對方體型氣度，立知是黑榜高手「逍遙門主」莫意閒，但卻夷然不懼，丈二紅槍照面門飆射而去。

莫意閒手一搖，鐵扇張滿，剛好迎上槍鋒。

「蓬！」

氣勁交接。

風行烈固是衝勢被阻，回退三步，莫意閒亦好不了多少，全身一震，往後飛退七步，才能再雙足點地飛了回來，使出平生絕技「一扇十三搖」，狂風捲掃般幻起漫天扇影，往風行烈揮打刺射。

他的大扇忽開忽闔，發出的勁氣固是無孔不入，其收放無定的千變萬化，教人摸不著虛實的招數，才是厲害，一時與風行烈戰個難解難分。

這時兩側的攻勢已覷準時機，同時發動。

封寒身爲天下有數高手，縱在這等混亂的時刻，對眼前的形勢仍能完全掌握，一見莫意閒攔在前方，立知除非能把他殺掉，否則絕無可能再作寸進。

而由兩側攻來的人裡，最令他擔心的是向小半道人與尙亭攻去的花扎敖和山查岳兩大魔君，他並不知對方是何人，只看對方推進的氣勢和方式，便知道這兩人像莫意閒般難惹，自己能否擋住他們還是未知之數，更何況是渾身浴血、苦苦撐持的尙亭和小半道人。

毛白意、卜敵等人往後退開，以免己方的人插不上手。

封寒雖是焦慮無比，卻是分身乏術，因爲由蚩敵和強望生這對合作慣了的凶人，正重組陣勢，緊躡而來。

原本負責由尾後攻來的柳搖枝、魏立蝶和竹叟三人，則由左方掩至，向工房生和谷姿仙展開強攻。

殺氣更熾。

風行烈知道不妥，就在兩側強敵壓陣而來前，猛提一口眞氣，向莫意閒施展出最凌厲的「威凌天下」，一時槍聲嗤嗤，漫天槍勁，往莫意閒湧去，全是一派有去無回、同歸於盡的招數。

他要賭的是莫意閒比他更愛惜生命，因曾受挫於浪翻雲以致減弱了氣勢和自信。

兵刃交擊聲爆竹般響起。

雙方終於短兵相接。

花扎敖和山查岳兩人鬼魅般來到小半道人和尙亭近處，前者閃電探手，五指箕張，竟從小半道人變幻莫測的七截棍影裡辨出端倪，一把抓著棍端，另一手五指曲起，一個拋錘，照小半道人右肩擊去。

小半道人雖被對方驚人武功嚇得心生寒意，可是四十多年精修和嚴格訓練，豈是那麼容易被對方一招破去，悶哼一聲，後移半步，七截棍另一端彈了起來，打在對方拋錘上，同時太極眞氣輸入棍內，抵擋敵人入侵的內勁。

面對著名震大漠的「銅尊」山查岳的尙亭，已陷進最險惡的絕境裡，事實上剛才毛白意等人的猛攻，不但使他負傷纍纍，尤可慮者他的內氣早到了燈盡油枯的困境，山查岳銅鎚搗來，又不可以閃躲退後，明知不妙，也惟有拚盡餘力，一刀直劈而去。

另一邊的形勢亦非常不妙。

竹叟閃到谷姿仙前，寒鐵杖迎頭痛擊，招式看似平平無奇，可是速度竟能在一擊之中，生出變化，使人感到他可隨時變招，改變輕重，那種無從測度的感覺才教對手難受。

他身爲「花仙」年憐丹的師弟，又與「紫瞳魔君」花扎敖齊名，一出手便封死了谷姿仙所有進退之路，使對方完全處於捱打的劣勢，若非奉命活捉谷姿仙，他的手段會更辣更狠，更令她抵擋不了。

工房生則是未動手已知陷於死地，攻來的柳搖枝和魏立蝶任何一人，武功都遠在他之上，目下兩人聯手強攻，教他如何抵擋。

慘叫悶哼，不絕於耳。

短促淒厲的慘叫來自尙亭和工房生，兩人幾乎是同時斃命。

谷姿仙和小半道人兩人都是踉踉跌退。

小半道人與對方狂猛無儔的內勁硬拚一記後，口噴鮮血，七截棍寸寸碎斷，若非乾虹青雙劍護助，谷倩蓮又從後把他接著，早仰跌地上，但已無再戰之力。

封寒在迫退強望生和由蚩敵的第二輪攻勢後，一聲長嘯，閃到乾虹青之旁，接著了花扎敖和山查岳兩個魔頭的乘勝追擊。

風行烈以命搏命，迫走莫意閒後，迴槍擋著了竹叟的寒鐵杖。

可是危殆之勢絲毫未解，魏立蝶和柳搖枝繞過風行烈，往變成守在後方、扛著戚長征的寒碧翠撲去，只要殺了戚長征，縱使各人逃去，他們亦算大勝，何況較外圍處卜敵、毛白意等次一級的高手，仍在虎視眈眈，最外邊則是把丹清派和湘水幫眾完全殲滅之後，圍了過來，總人數降至八百間的山城、尊信門、萬惡沙堡和方夜羽的直屬部隊，以這樣的實力，封寒、風行烈等實休想可突圍逃去。

卓立屋簷的鷹飛微笑道：「夫人出手眞是不同凡響。」

甄夫人淡淡道：「若非你先重創了戚長征，以此人的天生豪勇，我們最終雖必勝，亦要付出很大的代價。」

鷹飛嘿然道：「夫人莫要誇獎我，憑你的武功、心智，對付他還不是易如反掌。」

甄夫人微微一笑，俏目凝注到戰場上。

這時魏立蝶和柳搖枝搶到寒碧翠身前，往她攻去。

寒碧翠眼中露出非常奇怪的神情，一挺劍，五朵劍花向柳搖枝印過去，毫不理會運杖砸往肩上戚長征的魏立蝶。

柳搖枝見她長得美艷如花，暗忖若把她擒拿後，定要迫鷹飛讓他分一杯羹，淫笑道：「來！我們親近親近！」橫簫劈打。

魏立蝶眼看要一杖把戚長征打死，忙收回七分力道，怕自己的內勁透戚長征而入，會使寒碧翠受到重創，那時給鷹飛認爲他是蓄意而爲，就大是不妥了。忽地寒芒一閃，本來昏迷了的戚長征已握刀在手，格著自己的鐵杖，一呆間，胸口如受雷擊，到發覺對方借按著寒碧翠香肩之力，橫腿踢到自己胸膛時，整個人離地後飛，耳鼓裡盡是身內骨骼碎裂的聲音，連護體真氣亦派不上用場，到被後面正衝上來的由蚩敵托著時，噴出一口鮮血，當場斃命。

這一方霸主不知走了甚麼運道，先是在與厲若海一戰裡鬧了個灰頭土臉，現在又被經谷姿仙、寒碧翠、封寒先後施救，加上體內先天眞氣的自療神效，剛剛回醒的戚長征覷準他收力時露出的一線空隙，取了性命。

戚長征一聲長笑，躍到地上，一刀斜砍因魏立蝶之死嚇得正魂飛魄散的柳搖枝。

寒碧翠手中長劍亦寒芒大盛，務求柳搖枝不能脫身。

柳搖枝終是高手，在這生死存亡的時刻，猛一咬牙，一掌拍在寒碧翠的劍身處，疾往後退，同時簫管和戚長征的天兵寶刀絞擊在一起。

戚長征哈哈一笑，飛起一腳，往他小腹踢去，欺他再難騰出手來應付。

柳搖枝一咬牙，扭轉身體，以厚臀運功硬受他一腳，倒飛開去，臉上半點血色也沒有，顯是這一腳使他受傷不輕。

屋簷上的鷹飛臉色立時變得蒼白無比，顫聲道：「這是沒有可能的。」

甄夫人神色凝重起來，道：「我們仍是低估了他。」話還未完，拔出腰間佩劍，凌空往戰場掠去。

封寒運刀迫開了花、山二魔，高呼道：「長征你們快走，遲則不及，其他人由我來應付，不得違命，免我封寒白白犧牲。」

乾虹青尖叫道：「你們快走，我留下助封……噢！」

封寒反手以刀柄撞在她脅下，閉了她穴道，把她送往谷姿仙處，狂喝道：「帶她走。」

惡和尚和惡婆子見頭子慘死，不顧一切往戚長征撲去。

封寒一聲長嘯，人刀合一，越過戚長征，與兩人撞在一起。

惡和尚和惡婆子同時仰身拋跌，身首異處，封寒疾退回來，撞入花、山二魔間，兵器交擊中，三人踉蹌分開，全受了傷。

在場敵我雙方無不懍然，至此沒人不知封寒存心豁了出去，以命搏命。

以封寒的刀法功力，這種不顧命的打法，誰不心寒。

卜敵等見機得早，只在旁虛張聲勢，不敢眞的上前挑戰。

在這樣關鍵的時刻，誰是眞正的一流高手，立時無所遁形。

能成爲高手的其中一個條件，就先要把生死置於度外。

由蚩敵和強望生狂喝一聲，往戚、寒兩人撲去。

豈知人影一閃，封寒橫刀前方，攔著他們，同時向後面的戚長征怒道：「還不快滾。」

戚長征一聲悲嘯，說不盡的憤慨無奈，倏往後退，迎著由前方衝來的莫意閒，悍不顧死地往他衝殺過去。

莫意閒心中一驚，暗忖這小子要找人拚命，自己犯不著陪他，虛應一招，橫避開去。

戚長征向身後眾人道：「隨我來！」

空中一聲嬌叱：「哪裡走！」

甄夫人凌空飛來，眼看便要越過封寒側旁上空，往谷姿仙撲去。

封寒一聲狂喝，以肩頭硬捱了由蚩敵一下連環扣，沖天而起，截擊甄素善。

風行烈看得目眥欲裂，一槍正中竹叟的寒鐵杖，將他硬生生迫開，把丈二紅槍的威勢發揮盡致，護著後方和兩側，大叫道：「我們走！」

谷姿仙托著乾虹青，玲瓏和谷倩蓮分扶著小半道人和紅袖，在寒碧翠的掩護下，往東端殺去，迅速遠離封寒。

「噹！」

刀、劍交擊。

甄夫人一震下飛退後方。

封寒傷上加傷，一口鮮血終捺不下狂噴出來，凌空一個倒翻，落地時剛好又截著花、山二魔和由、強兩個凶人。

這時眾人都知道若不殺封寒，休想脫身追上戚、風等人，收攝心神，全力向他圍攻。

封寒刀勢倏盛，把四人全捲進翻滾著激浪的刀勢裡，每一刀都是同歸於盡的拚命招數，迫得四人只能改採守勢，消耗他的戰力。

戚長征等衝殺了三十步許外，終被重新擁上來以百計的敵人截停下來，尤其對手中有竹叟、雅寒清、廣應城、卜敵、毛白意、褚期、崔毒、莫意閒等高手，而他們只剩下戚長征、風行烈和寒碧翠三人仍有作戰能力，但都是多處受創，強弱之勢，顯明可見。

去。

甄夫人和鷹飛這時趕到封寒五人血戰處，兩人對望一眼，心意相通，閃入戰圈，向封寒狂攻而去。

封寒兩眼神光射出，罩定甄夫人，一聲長嘯，一刀往甄夫人劈去，全不理攻向己身的其他兵器。

甄夫人冷笑一聲，長劍挑出。

豈知封寒搖擺了兩下，招呼到他身上的兵器全部落空，左手刀避過與甄夫人硬碰，橫刀向她掃去，看也不看正疾刺他胸膛的一劍。

鷹飛大叫不妙，知封寒欲以自己一命，換甄夫人一命，大喝一聲，滾地而去，雙鉤往封寒的左手刀鉤去。

甄夫人亦知不妙，但對方身法快若鬼魅，想變招時，封寒胸脅已強撞往自己劍上，肌肉忽地收緊，把深進達五寸的劍刃挾著，同時生出一股扯力，把自己拉著，不但脫身不得，連手也甩不開來。

勁氣罩臉而來，鋒寒已至。

這一刀乃封寒臨死前的反擊，實是這黑榜高手畢生功力精華，自己武功雖不比他低，仍難以避開，一咬銀牙，凝功玉臂，硬擋上去，希望能以一臂換回自己的性命，同時飛起一腳，往對方下陰踢去。

「鏘！」

在千鈞一髮的時刻，鷹飛及時趕至，硬以魂斷雙鉤勾著了這必殺的一擊。

鷹飛頹然滾倒地上，噴出鮮血，肩上舊傷爆裂。

甄夫人一聲清叱，長劍貫背而出，下面的腳同時踢中對方下陰。

人。

封寒七孔鮮血狂噴，屍身被踢得離地飛起，跌往二十步開外，可見甄夫人這一腳的勁力是如何驚

一代刀霸，終命喪敵手，沒法完成與乾虹青浪遊域外的美夢。

甄夫人驚魂甫定，扶起鷹飛，就地爲他療傷，向左右四名凶人喝道：「給我殺了戚、風兩人，才能洩我心頭之氣。」

四人應命去了。

第二章　影子太監

風行烈等陷進敵人潮湧般攻擊的浴血苦戰裡。

谷姿仙悲叱道：「長征、行烈、碧翠你們三人自行逃生，不要理我們，記緊為我們報仇！」

戚長征仰天狂笑，第三度劈退了莫意閒，不過右腿卻多添了一道傷痕，高嚷道：「風兄，你這兄弟我結拜定了，到了地府後好多個親人。」

風行烈豪情狂湧，運槍把右方敵人掃得狼奔鼠竄，又迴槍挑飛了兩個想乘虛由左方破入的惡漢，大笑應道：「好兄弟！我們雖非同年同月同日生，卻可同年同月同日死，何等快哉！」頓了頓再叫道：「各位姊妹，我們兩兄弟畢命之時，你們立刻自盡，俾可同赴黃泉。」

眾女被兩人的豪情激得熱淚湧出，齊聲應是，悲壯感人。

戚長征大叫道：「碧翠、紅袖，告訴老戚你們愛我！」

寒碧翠擋了敵人一斧一矛後，剛要回答，紅袖已聲嘶力竭叫道：「戚郎！紅袖從未試過像這刻般快樂！」

寒碧翠心中感動，也竭力大叫道：「征郎，到了地府我也誓要嫁你。」

戚長征大叫一聲「好」，又再劈飛了一個敵人，壓力忽然大增，原來花扎敖、山查岳、強望生和由蚩敵已殺至。

就在這千鈞一髮的時刻，天上長嘯傳來。

伏在兩旁屋頂上的敵人紛紛被趕得跌往花街，跟著擁出近百個黑衣大漢，閃電撲往下面慘烈的戰場。

乾羅的聲音在空中響起道：「叛徒毛白意，看乾某先取你狗命。」

戚長征等絕處逢生，精神大振，硬把敵方新一浪的攻勢化去。

毛白意一聽到乾羅的聲音，立時魂飛魄散，欲要後退，漫天矛影罩了下來，未及擋格，長矛貫頂而入，當場斃命。

他本非如此不濟，但久戰身疲，又兼事起突然，竟連半招都擋不了。

山城的叛將叛兵，聽到乾羅的聲音，早鬥志全消，又見毛白意一招斃命，竟一聲發喊，四散逃去。

高大的老傑和「掌上舞」易燕媚這時領著近五十名好手，由東端殺來，硬是破開一條血路，往風、戚等人移去。

兩旁的乾羅部下雖只有百人之眾，卻迫得甄夫人的人不得不回身應戰，使風、戚等壓力大減。

甄夫人爲鷹飛的療治正進入最要緊關頭，停手不得，差點咬碎銀牙，苦忍著抽身去指揮部下的強烈慾望。

乾羅大喝道：「長征我兒！千萬挺多一會兒！」一振長矛，逢人殺人，瞬眼間來到山查岳和花扎敖身後。

兩魔大吃一驚，分了花扎敖出來，對上乾羅名震天下的長矛。

掌、矛在刹那間交擊了十多下。

乾羅雖暗懍對方強橫的武功，但看準對方受了內傷，冷哼一聲，以肩頭硬受對方一掌，矛身掃在對方肩膀處。

乾羅晃了一晃，化去對方九成力道，卻把花扎敖掃得在慘哼中橫跌開去，撞得在他後方的人人仰馬翻，亂成一團。

若今天來襲的是清一式方夜羽的部屬，因受過嚴格的訓練，就算戰至一兵一卒，也絕不會生出慌亂的情況。

但這支由尊信門、山城叛徒、萬惡沙堡、花刺子模和方夜羽部下合組而成的聯軍，終欠了真誠的合作和默契。

兼之山城叛徒倉皇逃命，大大影響了軍心。萬惡沙堡又是群龍無首，亂勢一成，立時喪失了大半作戰能力。

不過眼前雖多了乾羅，因敵方高手如雲，仍佔著絕對的優勢。

風行烈見乾羅掃走了花扎敖，乘勢猛攻山查岳。

山查岳見前有風行烈，後有乾羅，哪敢逞強，凌空躍起，倒翻至外圍去。

就在乾羅和風、戚會合起來時，老傑和易燕媚亦由東端殺至。

乾羅一聲長嘯，由兩旁攻來的部下紛紛退回屋頂處，拿起剛才早放在屋頂上的強弓勁箭，朝下面的敵人射去，顯出精嚴的訓練。

竹叟、莫意閒等人知道這乃最關鍵時刻，瘋狂攻去。

山查岳亦趕了回來，加入戰圈。

乾羅大喝道：「我們走！」像全沒有受傷似的，條進忽退，前後縱橫，殺得敵人踉踉避退，竟無人敢攖其鋒。

風、戚等人壓力大減，回復豪雄勇猛，忙往東端殺去。

配上生力軍，目標又只是逃命，敵人如何能擋，硬給他們衝出一條血路。

驀地一聲發喊，東端處乾羅預先埋伏的五十名手下在高處現身，勁箭毒水，朝敵人射下潑去。

敵人反陷於三方受敵的困境，哪還敢逞強，潮水般退後。

莫意閒等當然不把勁箭毒水放在眼內，不過想起對方有乾羅、風行烈和戚長征，孤身追去絕討好不了，不知對方尚有何後著，甄夫人又人影不見，都躊躇不前，坐看對方消失在橫巷裡。

大戰終告一段落。

韓柏一覺醒來。

秦夢瑤像隻溫馴的小貓兒般蜷睡在他懷裡，那動人的睡姿，教韓柏眼睛沒法離開。

船身顫動，傳來起碇開航的聲音。

韓柏心中暗罵，這麼急趕去京師幹嘛？若能不用去那就更好了。

他有了秦夢瑤和三位美姊姊，其他一切都不再重要。

秦夢瑤嬌慵地扭動了一下，張開眼來，與韓柏四目交投，俏臉微紅，柔聲道：「睡得好嗎？」

韓柏笑道：「整晚在癡想著夢瑤會否下手採取我那靈藥，緊張得眼都不敢闔上來，不闔眼哪睡得著？」

秦夢瑤立時霞滿玉頰，橫他一眼道：「騙人！韓柏啊！不要大清早就和夢瑤說這種話好嗎？當夢瑤求你吧！」

韓柏輕吻香唇道：「乖夢瑤原來是深藏不露的睡覺專家，還哄我說不懂睡覺。」

秦夢瑤含羞柔聲道：「我哪是睡覺，只是給你的魔法迷昏了吧！」

韓柏大樂，和秦夢瑤這個好對手打情罵俏確是眞趣無窮，摟著她起床道：「你的仙法才厲害呢！不要看我像是清醒的樣子，其實早給迷得暈頭轉向，情慾橫流，想兩者兼得。」

秦夢瑤失笑道：「胡鬧夠了嗎？午後就要抵達京師，你給我規規矩矩，最少在人前給人家點面子。好嗎？我的好少俠！」

韓柏喃喃道：「『少俠』韓柏，又或『俠少』韓柏，唔！都是太普通了，還是叫浪子好一點。」

秦夢瑤見他赤身裸體，毫無穿衣的意圖，忍不住取起衣服，爲他穿上。

韓柏看著她似小妻子的模樣舉止，嘆道：「若以前有人告訴我夢瑤會爲我穿著衣服，眞是殺了我也不相信，管他是鬼谷子的一萬代傳人或他祖師爺的鐵嘴親批出來的。」

秦夢瑤掛著甜甜的笑意，理好他的衣服後，把他推到梳妝檯的銅鏡前坐下，爲他梳髮結髻，喜孜孜的俏模樣，任誰都應知道她樂在其中。

韓柏從鏡的反映欣賞著她如花玉容和在單衣下玲瓏窈窕的美好身段，心中湧起強烈至能使他沒頂的愛意，一時竟說不出話來。

敲門聲後，朝霞的聲音在門外響起道：「我可以進來嗎？」

秦夢瑤應道：「霞姊請進！」

朝霞推門進來，關門後來到兩人身後，先在秦夢瑤身旁低聲說了兩句話。

秦夢瑤臉蛋飛起兩朵紅雲，含羞搖頭。

朝霞顯是對秦夢瑤非常疼愛，摟著親了一下她臉蛋，向韓柏道：「柔柔和我現在陪詩姊到下面去調酒，好用來浸萬年參，范大哥著我告訴你，梳洗後和瑤妹到浪大哥房中聚集，好商量到京城後的行動。」

韓柏不知有沒有聽進耳裡去，嚷道：「霞姊！我要親你的小嘴！」

朝霞向秦夢瑤嫣然一笑，無奈下坐入韓柏懷裡，讓他吻個飽後，才歡天喜地含羞離去。

在長沙府東郊密林一座隱蔽的大宅裡，躺滿傷兵疲將，愁雲慘淡。

乾羅、老傑、風行烈和戚長征四人圍在一起，低聲商議。

乾羅道：「可惜我遲來一步，否則封兄或可倖免於難。」

戚長征兩手緊握成拳，狠聲道：「我發誓要把他們碎屍萬段，才能洩心頭之憤。」

老傑親切地伸手抓著他肩頭安慰道：「現在我們要拋開一切悲傷和仇恨，冷靜下來，絕不可意氣用事，看看怎樣突破敵人強大的封鎖，與怒蛟幫會合在一起。」

乾羅道：「凌戰天和翟雨時果有大將之風，硬是沉得著氣，若他們莽撞地來救你，恐怕早全軍覆沒了，想不到方夜羽手中的實力如此驚人，難怪敢來挑戰中原武林。」

老傑嘆道：「這甄夫人實是方夜羽手中另一張皇牌，與里赤媚的重要性不相上下，只看她調兵遣將，運籌帷幄，便可知她是精通兵法的人。她今次未竟全功，失算在不知有我們這著奇兵的存在，可是現在丹清派和湘水幫都元氣大傷，名存實亡，封寒又不幸戰死，方夜羽因雙修府一戰失去的威勢，全給她贏了回來，假若朱元璋還縱容他們，說不定江山也保不住呢！」

風行烈點頭道：「浪大俠到京去，就是為了這事。」頓了頓向老傑恭敬地道：「傑老！不知外面的形勢如何了？」

老傑滿布皺紋的臉上泛出一絲笑意，向風行烈道：「對我說話不用客氣，平輩論交才合我意，像老戚那種語氣最對我的脾胃，你若是這種態度，使我連他媽的一句粗話都說不出口來，就不夠坦誠痛快了。」

風行烈微笑地點頭應是。

老傑續道：「這甄夫人算無遺策，早在由此至洞庭整個區域，布下了龐大的偵察網，這也是我們來遲了的原因，因為要分散潛入長沙府，可以想像得到，我們只要離開這裡，會立時給他們偵知行蹤。」

戚長征道：「雙方實力比較，我們確比不上他們，但若我們分散逃走，定能教他們疲於奔命，不知如何是好！」

乾羅冷然道：「我卻不敢如此樂觀，若我是那甄夫人，只須證實長征你身在哪裡，立即下令全力截殺，再從容對付其他的人，只要殺了你，即可對怒蛟幫造成實力上和心理上的嚴重打擊，說到底，他們的目標始終是怒蛟幫，其他人都可暫時放過。」

戚長征皺眉道：「若我們一齊逃走，豈非讓他們有機會一網打盡嗎？」

風行烈道：「我們可否不走，假若他們搜到這裡來，我們就利用這裡的天然環境，加設防禦措施，守他十來天，待怒蛟幫的援兵來解圍。」

老傑道：「這絕非上策，卻是沒有法子中的辦法，幸好這裡早屯積了大量糧草，足夠我們數月之用，至於防禦設施，就交在我身上吧！」

戚長征想起了水柔晶，嘆了一口氣，自己怎可在這裡龜縮不出，任由她被精於追蹤術的甄夫人搜捕，想到這裡，臉色一變，道：「我差點忘了告訴你們，甄夫人是追蹤術的大行家，恐怕在防禦措施設好前，她已找到來。唉！這女人眞是厲害，連封寒對上她時，亦要吃虧，我看她的武功比鷹飛還行。」

眾人聽了亦不由色變。

這時易燕媚走來向戚長征低聲道：「虹青想見你。」

乾羅責道：「我囑你看著青兒的，爲何這樣離開，她自殺了怎麼辦？」

易燕媚柔順地挨在乾羅身旁，道：「城主莫要罵我，虹青不會在這時候尋短見的，因她最肯爲人著想，不想添加我們的悲傷，放心吧！」

眾人黯然無語。

乾羅搖頭長嘆，愴然道：「她是個好女孩，我以前眞的對不起她。」

戚長征安慰地拍拍他肩頭，道：「往者已矣！眼前之務，是如何應付甄妖婦，我們各自想想吧！讓我先看看青姊。」

風行烈點頭道：「我也要看看小半道人的情況。」

乾羅道：「放心吧！有我這神醫在這裡，包保他們很快生龍活虎起來。」

戚長征點頭和風行烈一起朝內進走去。

老傑喟然道：「看到他們，我才眞的感覺自己老了。」

乾羅笑道：「你雖叫老傑，但你那火熱的心，想老都不成。」

易燕媚道：「我要去陪碧翠呢！丹清派的大慘劇，使她自責和內疚得痛不欲生。」

乾羅道：「讓我來勸解我的乾媳婦兒吧，唉！眞是教人心痛。」兩眼亮起電芒，沉聲道：「這仇恨定要清雪的。」

老傑道：「我們似乎忽略了一個人。」

乾羅點頭道：「你是指展羽吧！這確是個非常頭痛的問題，哼！浪翻雲在這裡就好了。」

浪翻雲舉起酒杯，喝了一口清溪流泉後，閉目不語，好一會兒兩眼一睜，叫道：「我的天！爲何這未夠時候的清溪流泉比從前更勝一籌，究竟是因著仙飲泉的泉水，還是女酒仙在得到眞愛後酒藝更上了一層樓？」

范良極跳了起來，怪叫道：「媽的！怎可只得那麼一小杯！讓我去拿幾罈來，我有分幫手的，是我的功勞也說不定。」旋風般出門去了。

秦夢瑤和韓柏對視一笑。

浪翻雲看得一呆，向秦夢瑤道：「夢瑤便像清溪流泉般，竟能在無可更動人的美麗裡出落得更美麗，若時光倒流到我認識惜惜之前，我定會不顧一切和韓柏來爭奪你，像韓柏般不管你是否不食人間煙火的仙子。」

韓柏透出一口涼氣道：「幸好時間一去不回頭，否則我就慘了，誰可爭贏你？」

秦夢瑤嬌嗔道：「韓柏欺負得人慘透了，大哥也如此爲長不尊，我以後日子怎樣過啊！」

浪翻雲灑然一笑，眼光注進杯內的酒裡，嘆了一口氣道：「或者燕王棣說得對，朱元璋再不是以前打天下的朱元璋，雄心壯志已不復在，現在想的只是如何長生不老，如何鞏固權力，針對他這兩個弱點，我們的確可耍他一番，不過若禍根眞的是他，他便沒有做皇帝的資格，須讓有更賢德的人接替，問題只在於燕王棣是否合適的人選。」

韓柏哂道：「這燕王連父親、姪兒都要對付，他的賢德亦極有限吧。」

秦夢瑤正容道：「禁宮之內的倫常關係，絕不能以常理論度，親情被權位代替後，父不父、子不子，所以一般人視之爲倫常慘變的悲劇，在慣於過皇宮中爾虞我詐的虛僞生活的人來說，卻是最理所當然。失去了權力，就是失去了一切。可惜皇位卻只有一個，不是你的就是別人的，若是別人的你就是任由對方魚肉的可憐蟲，在這種情況下，你韓浪子會怎麼辦？」

浪翻雲奇道：「不是韓無賴嗎？」

秦夢瑤和韓柏同時大窘。

幸好這時范良極和陳令方各捧著一罈酒進來。

看到清溪流泉，浪翻雲立即忘了朱元璋，更莫要說燕王棣，又或韓柏是浪子還是無賴了。

眾人興高采烈，連飲數大杯。

秦夢瑤卻是滴酒不沾唇，連浪翻雲相勸亦給她婉言拒絕，卻又不肯說出理由。

浪翻雲等大讚了左詩一番後，才再次轉入正題。

范良極道：「夢瑤的問題還簡單，因她早到了反璞歸眞的境界，可輕易扮作專使夫人。」

韓柏截入糾正道：「不是扮，而眞的是韓某的夫人，只不過暫叫作專使夫人，嘿！四夫人！」

范良極愕然看了秦夢瑤一眼，見她雖含羞答答，卻不表反對，狠狠瞪了韓柏一眼後才續道：「可是浪翻雲的特異形相卻是天下皆知，如何可蒙混過去，實是個大問題，總不能把他放在箱子裡收起來吧？」

浪翻雲從容淡定地笑了一笑道：「無論我扮作甚麼身分樣貌，都瞞不過兩個人，一是『鬼王』虛若無，另一個就是楞嚴，所以最好的方法是甚麼都不扮。」

范良極點頭道：「這是沒有辦法中的辦法，我們居明你居暗，就算我們躲到朱元璋和他陳貴妃的床底下，以你浪翻雲之能，亦應有辦法找到我們。」

浪翻雲笑道：「除了龐斑的床底，那或者是天下間我唯一沒有把握神不知鬼不覺潛進去的地方，我不信你這盜王沒有進入過皇宮，不信你沒有遇過那群影子太監。」

范良極瞪了浪翻雲好一會兒後，才嘿然道：「我很想知道你曾否闖過皇宮，更想知道你遇到那些影子太監的情況。」

陳令方愕然道：「我對宮內的事雖不熟悉，總也有個耳聞，爲何你們說的影子太監我從未聽過呢？」

韓柏最是好奇，追問道：「不要打啞謎了，快……」

范良極不耐煩地截斷他道：「不要打斷話柄，我要聽浪翻雲的答案，問你的專使夫人好了，我包保她知道。」

韓柏望向秦夢瑤，後者含笑點頭，示意先聽浪翻雲說，顯然她亦想知道浪翻雲的答案。

浪翻雲好整以暇，把玩著手中空杯。

范良極忙爲他斟酒，不客氣地催道：「快說！」

秦夢瑤等見他如此，都已猜到他定是曾吃過這群影子太監的虧，才急欲知道浪翻雲的遭遇。

浪翻雲把酒杯送至鼻端，用神嗅了半晌，才一乾而盡道：「那是七年前的舊事了，那時我年少氣盛，對朱元璋很多作爲都看不過眼，於是摸進皇宮，絕非有甚麼圖謀，只是想當面和他一談，讓他知道一點意見。哪知瞞得過禁衛，卻過不了影子太監這一關，尤以其中一個老太監，功力之高，直逼曾當朱元璋以前的貼身護衛的『鬼王』虛若無，以我一人之力，要勝過這群人數約在十多名，功力高絕，肯爲朱元璋犧牲性命的太監，亦感力有未逮，兼之我又不想傷害他們，惟有打消主意，立時離去。」

范良極欣然笑道：「連覆雨劍都闖不進去，我就不那麼丟臉了，眞想不到朱元璋有這麼厲害的人形影不離保護著，而他們既有這般武功，又何須當朱元璋的影子太監，默默守護著他？」

秦夢瑤道：「范大哥既不知他們是誰，爲何肯定夢瑤會知道這件事呢？」

范良極老臉微紅，嘆了一口氣後道：「我三次偷進皇宮，前兩次雖有驚險，總算逃得掉，可是第三次進宮時，卻被迫進死地去，眼看老命不保，那帶頭的老太監竟放我逃走。事後我百思不得其解，最後才從他們驚人的武功找出線索，想到他極可能是來自淨念禪宗的人，看在我恩師凌渡虛的關係，又知道我只是手癢想偷東西，才放過了我。這事乃生平奇恥大辱，從來沒說予人知道。」

眾人這才明白爲何范良極會說秦夢瑤應知此事，是因爲她乃半個禪宗傳人的身分。

韓柏恍然道：「原來是眞和尙，假太監。」

范良極搖頭道：「不！他們是眞的太監，你見識淺薄我不怪你，太監的聲音、身形、體能都大異常人，你見過一個便明白我的話了。」

陳令方道：「這眞是意想不到，皇……嘿……朱元璋他大敗陳友諒後自封吳王時，宮中宦臣已逾千，朱元璋把宮中事務全託付給他們。到建立大明朝後，設立內監，又再因應不同宮務，分作二十四個衙門，即十二監、四司和八局。其中以十二監中的司禮監權力最大，隱隱管轄著其他各監、司和局。嚴格來說，廠衛亦受司禮監指揮，只不過朱元璋寵信楞嚴，司禮監才降格而爲有名無實的上司，想不到竟還有這些影子太監的存在。」

韓柏大感有趣，把耳朵湊到秦夢瑤的小嘴旁求道：「快告訴我這些像影子般跟隨著朱元璋的太監的秘密！」

秦夢瑤見這小子當著兩位大哥和陳令方前表現得如此親熱，心中有氣，故意嘟起可愛的小嘴不說。

浪翻雲啞然失笑道：「天下間只有夢瑤的小無賴才可以令她嘗到和人鬥氣的樂趣。」

秦夢瑤哪會不知浪翻雲故意調笑自己，是要激起自己的女兒情懷，不過明知如此，也是禁受不住，像小女孩般橫了浪翻雲一眼，那種嫵媚神態，以浪翻雲的修養，亦不由呆了一呆。

范良極和陳令方則看傻了眼。

陳令方嘆道：「四弟的艷福，連後宮佳麗沒有一千亦有八百的朱元璋都要羨慕呢！」

秦夢瑤微嗔道：「陳公你也這麼不正經。」

陳令方嘻嘻笑道：「夢瑤最好跟四弟喚我作二哥，咦！他沒有告訴你我們結拜了兄弟嗎？不過那謝廷石的三哥只是你騙我、我騙你的假玩意，可以不理，我們三人才算是眞的。」

范良極和韓柏對望一眼，齊聲頹然長嘆。

秦夢瑤噗哧一笑道：「叫就叫吧！誰教夢瑤泥足深陷，欲罷不能！陳二哥！」

陳令方喜得差點跳起來打個觔斗，只不過卻沒有那麼好的功夫，與韓、范兩人相處愈久，使他久被名利心埋葬了的赤子熱忱復活了過來，享受到只有童眞時代才擁有的頑皮、快樂和漫無機心的寫意。

范良極不想和這可恨的「二弟」瞎纏下去，向秦夢瑤道：「我今次迫你的柏郎扮專使上京，除開始時是爲逃過方夜羽搜捕，最主要的原因是想和這個無名老太監再玩一場，但卻絕無惡意，只是因偷不到東西，非常不服氣罷了！來！快告訴本大哥有關他們的事，否則我死也難以瞑目！你不想我死後的樣子會睜目突舌那麼難看吧！」

韓柏恍然道：「原來死老鬼你在暗害我，難怪成功逃了出來後仍不肯罷休，哼！休想我隨你去做大賊。」

范良極沉下臉來，鼻孔「嗤」的一聲噴氣道：「你最多不過是名小賊兒，何來做大賊的資格，肯讓你在旁做搖旗吶喊的跳樑小丑，還是抬舉你呢！」

秦夢瑤笑道：「假若有一天夢瑤聽不到你們兩人吵吵鬧鬧的，定會不習慣。」

范良極忿然道：「誰有興趣理這淫……噢！嘻！夢瑤！快告訴大哥那批令朱元璋能活到現在的傢伙的底細，若不爭回這一口氣，你范大哥怎能甘心。」

秦夢瑤淡然一笑道：「這是個很長的故事，現在離京師只有兩個時辰的水路，我們有那個時間嗎？」

陳令方道：「聽夢瑤說話，看著你輕言淺笑，已是這世上最美妙的事，其他都可放到一旁。」

韓柏自是舉腳同意。

事實上無論任何人和她相處，都無不被她的氣質、風韻所深深吸引，連浪翻雲和龐斑亦不例外。

所以陳令方能憑著與韓柏的兄弟關係成了秦夢瑤的兄長，實比獲封六部的高職更使他興奮和有成就感。

秦夢瑤望往窗外，恬然道：「那要由蒙人入主中原時說起了。」

第三章　萬念俱灰

乾虹青安坐椅內，平靜得令人驚訝。

戚長征坐到她左側的椅裡，想說話，忽地哽咽起來，淚水不受控制地奪眶而出。

乾虹青伸出纖手，按在他掌背上，淒然道：「長征！我還以爲你是永遠不會流淚的鐵漢。」

戚長征離開椅子，在她膝前跪下，像小孩子般埋入乾虹青懷內，哭道：「是我害了他，也害苦了你，毀了青姊的幸福。」

乾虹青疼憐地摸著他的頭，以異乎尋常的語氣道：「這種話是不應由你口中說出來的，戚長征何時變得這麼婆媽？這三年來我學了很多以前不懂的道理，學懂如何去愛一個人，如何去給予。」

戚長征痛哭一會兒後，雙手搭在扶手處，撐起身體，道：「這血仇我定會銘記心中的！」

乾虹青俏臉閃著聖潔的光輝，取出絲巾爲這年輕高手揩去淚跡，搖頭道：「我從未見過封寒這麼關切一個人，聽到你有難，立即不顧一切趕去援手，他曾要求我不要隨他去，因爲他知道能活命的機會並不大。所以他是求仁得仁，橫豎遲早會死，何不馬革裹屍。而且他的一死，換回了這麼多寶貴的生命，假若要再選擇一次，我也定會要求封寒這麼做。」

戚長征感動地道：「青姊……」

乾虹青微微一笑道：「至於報仇一事，更不須擺在心上，以致影響了你刀道的進展，人世間的鬥爭，不是你死就是我亡，不外如此而已！假若你心中充滿悲怨和仇恨，青姊第一個不原諒你，我要你永遠是那個灑脫不羈、放手而為的江湖硬漢，知道了嗎？」

戚長征沉思了一會兒，點頭道：「青姊教訓得好！我明白了！」

乾虹青湊過香唇，大有情意地在他唇上輕吻了一口，淡淡道：「我和封寒離谷後，曾在一間清靜的佛堂寄居了三天，我很喜歡那裡的環境，你可安排我到那裡安居，假若我喜歡那種生活，便會在那裡住下來，若你有閒，可帶柔晶、碧翠、紅袖等來看我。」

戚長征一震道：「青姊！」

乾虹青微笑道：「封寒在生時，我有時也會想起你們，甚或你的義父，到封寒死了，我才知道心中只有他一個人。唉！現在我才明白浪翻雲對紀惜惜的那種情意。你若是眞的愛惜青姊，就莫要說任何想改變我決定的話。我每天都會在佛堂為封寒和你們唸佛誦經，這豈非比隨封寒而去更有意義嗎？封寒既不想虹青死，青姊自然要乖乖的聽他臨終前的囑咐。」

戚長征站了起來，伸手按在她香肩上，俯身在她臉蛋各香一口後道：「青姊！長征尊重你的決定，我現在立即與義父商量，盡快把你送到那佛堂去，讓你避開江湖的仇殺鬥爭，永遠再接觸不到這方面的事。」

乾虹青站了起來，貼入他懷裡，低聲道：「長征！摟緊我。青姊會記著你們。」

戚長征抱著她，眼淚忍不住再次泉湧而出。

秦夢瑤的眼神變得深邃無盡，回到過往某一遙遠的時間片段去，道：「淨念禪宗和慈航靜齋成立於唐初，初祖天僧和地尼乃同門師兄妹，有緣卻無分，可是他們的想法都非常接近，就是不囿於一教一派，以廣研天下宗教門派爲己任，希望能尋出悟破生死的大道。」

韓柏心中恍然，難怪秦夢瑤連春畫都不避，原來背後竟有著如此崇高的理想。

浪翻雲微笑道：「只要肯翻歷史一看，歷代成宗成教者，莫非當時代不屈於傳統權威的改革者，孔子、老莊莫不如是。釋迦若臣服於當時的主流思想，也不能有此成就。可知破始而後能立，可惜他的徒子徒孫，卻學不到釋迦之所以能成『佛』的最關鍵一點，成爲不敢質疑權威的奴才，若傳鷹整天敲經唸佛，又何能另闢新境，躍空而去，成千古典範。」

秦夢瑤嬌軀微震道：「想不到大哥的看法和恩師如此接近，難怪恩師生前嘗有言，說天下間有兩個人是她自問無法抗拒的，一個是龐斑，另一位就是大哥了。」

范良極一呆道：「言靜庵從未見過浪翻雲，怎知他是怎樣一個人，單聽傳言，怕不是那麼靠得住吧！」

秦夢瑤微微一笑道：「恩師爲了測試大哥的深淺，曾三次下山去看大哥，三次都逃不過大哥的法眼，使恩師不得不服氣，這是極端秘密的事，若非夢瑤下山前蒙恩師告知，連我都不知大哥竟和恩師曾有往來呢！」

韓、陳、范三人大感興趣，詢問的眼光全落到浪翻雲身上。

浪翻雲含著笑意的眼光掃過三人，沒有說話。

范良極心癢癢道：「老浪你若不把其中情況一絲不漏說出來，我們立即拉倒，剩下你一個人到京裡去歷險。」

浪翻雲失聲道：「這是否叫作威脅？」再看了范良極那堅決的模樣一眼，嘆道：「我看你最愛的不是偷東西，而是偷人的秘密隱私。」

范良極拍腿道：「浪翻雲眞是我的知己，你不必急著說出來，到了京師後，找晚我們撐著桌子，喝著清溪流泉，你才慢慢告訴我。」

浪翻雲望向其他人，最後眼光落在秦夢瑤臉上，奇道：「夢瑤對你范大哥這樣不道德的行爲，爲何竟不置一詞，主持正義？」

秦夢瑤「噗哧」一笑道：「對不起一次也要的了，因爲夢瑤亦渴望知道其中情況，所以才故意提起此事。」

浪翻雲爲之氣結，苦笑搖頭，沒有再說話。眼中卻露出緬懷低迴的落寞神色。

秦夢瑤含笑道：「大哥不是要夢瑤嘗試凡人的味道嗎？這就是那不良的後果了。」

韓柏拍胸保證道：「夢瑤放心，正如剛才說的破而後立，我保證你會嘗到做凡人的好處。」

秦夢瑤俏臉立紅，瞪著韓柏嗔道：「你閉嘴！再聽到你半句話，我甚麼都不說，教范大哥聽不到秘密時，找你算賬。」

韓柏苦著臉立即閉嘴，但心內卻是無限溫馨，秦夢瑤的責罵，比任何情話更使他飄然欲仙。何況他可能是世上唯一秦夢瑤喜歡責罵的人呢！

范、浪兩人都忍不住偷笑。

秦夢瑤的臉更紅了，好一會兒才接回早先的話題，卻像失去了詳談的興致般續道：「細節不說了，總之禪宗和靜齋爲免門下分心，一直嚴禁傳人涉足江湖和政治，俾能專注於天人之道的研究。」

韓柏忍不住要說話，給秦夢瑤及時瞪了一眼，嚇得噤口不敢作聲。

范良極眞怕秦夢瑤說得出做得到，舉起瘦拳向他作出警告，再加揚眉睜目，以添威嚇。

浪翻雲爲之莞爾，代韓柏求情道：「夢瑤饒了小柏吧！難道忍心慭死他嗎？」

秦夢瑤白了韓柏一眼，道：「大哥給你求情，就准你說話吧！不過你須檢點言語，再犯一次時，誰都救不了你。」

韓柏吁出一口氣，苦笑道：「我只是想問秦大小姐，你們和紅日法王的藏派爲何會結怨而已！」

秦夢瑤見他如此低聲下氣，亦覺不忍，柔聲答道：「不要如此可憐兮兮的。我們和藏僧的宿怨，始於三百年前西藏第一高手大密宗來華，分別找上靜齋第九代齋主雲想眞及禪宗當時的禪主虛玄，坐論經道佛法，本應是件法界盛事，可惜最後他對我們的做法，認爲是離經叛道，有辱佛法，終演成武鬥，眞的何苦來由！」

浪翻雲搖頭道：「這就是所有改革者會遇上的情況，必會遭當時根深柢固的勢力所反對，兩大聖地能於建立後七百多年才遇上這問題，全賴與世無爭的作風，不過始終仍避不了。」

這時他們談論的早離開了關於影子太監的事，可是各人均聽得津津有味，因這不但牽涉到兩大聖地與藏密各派一直秘而不宣的鬥爭，還直接關連現在秦夢瑤與紅日法王的爭戰。

若秦夢瑤眞能活過百日之期，兩大聖地將成爲最後的勝利者。

陳令方催道：「夢瑤快說下去吧！」

秦夢瑤再默思片晌，眼中射出緬懷崇慕之色，道：「其中比試的情況，先祖師雲想眞和虛玄禪主都沒有說出來。只知兩大聖主均似是先後敗北，大密宗立下戒誓，若兩地有人踏入江湖，藏密將絕不會坐視，由那天開始，敝齋和禪宗便嚴禁門人公然涉足江湖。」

韓柏失望地道：「那大密宗眞的這麼厲害嗎？」

秦夢瑤淡然一笑道：「當然不是，大密宗返藏後，甫踏進布達拉宮之門，吩咐了後事，立即倒斃，使這場詭秘莫測的鬥爭，變成難知勝負，也使藏密各派引爲奇恥大辱，誓要力保大密宗對兩地的戒誓，若兩地有人公然現身江湖，就是中藏再起戰雲的時刻了。」

范良極問道：「那貴祖師雲齋主和虛玄禪主，事後如何呢？」

秦夢瑤道：「虛玄禪主和雲祖師於一年後的同一日內仙逝，使人更不知雙方誰勝誰負。」

陳令方目定口呆道：「又會這麼巧？」

秦夢瑤道：「夢瑤早放棄思索這問題了。」

范良極點頭道：「這麼玄妙的事，想都是白想，只知其中必暗含某一意義，現在我才明白爲何和尙會變成太監，就是爲了要掩人耳目，免得惹起中藏之爭，這樣對朱元璋亦方便了很多。」

秦夢瑤點頭道：「大概的情況是這樣了，蒙人入主中原，其殘暴不仁，實前所未有，俘掠我們做奴隸、禁止攜帶兵器、不准漢人任要職，還任令番僧橫行、官吏貪污、將士擄掠，無惡不作，我們雖一向不問世事，亦感到有逐走元人的需要，於是在當時反抗的群雄裡，決意選擇有能之士，匡扶之以抗元人，那人就是朱元璋。」

浪翻雲嘆道：「這才有禪宗派出高手，隨身貼護朱元璋的事。言齋主邀請龐斑到靜齋，亦因看準了龐斑乃中蒙鬥爭的關鍵，這些事都在極端秘密的情況下進行，誰也不知道兩大聖地暗中主宰著中原的命運。」

范良極道：「這些影子太監究竟有多少人，在禪宗裡是何等身分，爲何武功如此厲害？」

秦夢瑤道：「他們本有十八人，領頭者是當今了盡禪主的師兄了無聖僧，他老人家已超過百歲，武功禪法，均與禪主在伯仲之間，否則亦不能爲朱元璋屢屢殺退蒙方高手的行刺。」

范良極道：「現在他們只剩下十二人左右，可知其中爭鬥之烈。」

秦夢瑤搖頭道：「不！是七個人，自明朝建立後，刺殺朱元璋的事從未止息過，幸好其中沒有龐斑，否則朱元璋屍骨早寒了。」

韓柏點頭道：「夢瑤在這時踏足塵世，背後豈是無因，當亦有扶助明室之意。嘿！而現在我們卻是上京尋朱元璋晦氣，甚至捲入了皇位之爭裡，夢瑤怎麼辦呢？」

范良極插入道：「若非浪翻雲轉移了龐斑的注意，夢瑤當會主動向龐斑挑戰，因爲夢瑤根本是兩大聖地訓練出來專門對付龐斑的絕世高手。」

秦夢瑤聳肩道：「好了！夢瑤所有秘密都告訴你們了，以後再不要迫人家說這說那吧！」

范良極正容道：「你還未答小柏的問題呢？」

秦夢瑤神情平靜地道：「出嫁從夫，又有三位大哥作主，夢瑤甚麼意見都沒有了。」

韓柏喜得跳了起來，向三人示威道：「你們聽見了嗎？夢瑤答應嫁給我了，你們就是證婚人，夢瑤金口既開，再收不回說過的話。」

秦夢瑤橫他一眼低罵道：「這麼沒有自信的男人，我是否揀錯人了。」

范良極又恨又妒道：「夢瑤你可否不那麼長這小子的威風，連我都像在他面前矮了一截似的。」

一陣哄鬧後，陳令方道：「好了！現在我們應怎樣處理謝廷石助朱棣謀朝奪位的提議呢？」

秦夢瑤嬌柔一笑，美目射向浪翻雲，輕描淡寫道：「有大哥在，夢瑤何用傷神，一切由他作主好了。」

各人都知秦夢瑤這幾句話實非同小可，因她隱爲兩大聖地的代表，能左右兩大聖地的態度，現在她把決定權交到浪翻雲手裡，由此亦可知兩大聖地對浪翻雲的尊重敬服。

浪翻雲哈哈一笑道：「夢瑤剛說過出嫁從夫，爲何又要我揹上這吃力不討好的黑鍋？」

韓柏色變道：「不要找我，我連自己都一塌糊塗，更不要說有關天下命運的事。」

范良極嘿然道：「夢瑤最好重新考慮，看這小子有否當你夫婿的資格？」

秦夢瑤神情閒雅，不置可否，其實卻是心中歡喜，她故意擺明委身韓柏，一方面是增強韓柏的「魔力」，另一方面亦使自己再無退路。要知她在白道有著至高無上的地位，無論基於任何原因，和一個男子歡好，終屬苟合，可是若有浪翻雲做證婚人，則天下無人敢說上半句閒言，這才能不損靜齋的清譽，而事實上，武林兩大聖地從不受江湖的成規俗禮約束，誰有資格批評她的做法和選擇呢？

她清澈的眼神回到浪翻雲臉上，淡淡道：「在夢瑤踏足江湖前，禪主和恩師均要夢瑤權宜行事，天子之位，有道者得之，無道者去之，朱元璋得天下前，確是個人物，初期政績亦有可觀處，可是權位使人腐化，所以今次上京之行，將使我們有機會進一步對他加以觀察，以作決定。」

浪翻雲沉吟半晌，點頭道：「謝廷石處我們暫時拖著他，此事關係重大，處理不好會惹起大禍，非是萬民之福。」

陳令方嘆道：「想不到我陳令方由一個戰戰兢兢、惟恐行差踏錯的奴才，變成可左右天下大局的人，眞是痛快得要命。」

范良極奇道：「陳老頭你的膽子爲何忽然變得這麼大了？」

陳令方一震下駭然望向范良極道：「你不是曾斷我始難後易，官運亨通嗎？爲何現在竟有此語，難道你以前只是安慰我嗎？」

范良極愕了一愕，乾咳兩聲，掩飾自己的尷尬，胡謅道：「我說的只是你膽子的大小，與相法命運有何關係？」

陳令方這才釋然。

韓柏站起來道：「會議完畢，我要去看看三位姊姊和灰兒了，夢瑤隨我去好嗎？記得你說過出嫁從夫的。」

秦夢瑤狠狠瞪了他一眼下，無奈站起來，臨行前向浪翻雲道：「夢瑤沒有說錯吧！這傢伙定不會放過欺負我的機會，大哥要爲夢瑤作主，不要只懂助紂爲虐。」

范良極哈哈一笑，站起來道：「誰欺負誰，我看仍難說得緊。陳棋聖，不若我們來一盤棋，好看看你仍否保持欺負我的能力。」

陳令方大笑而起，當先出房，邊道：「大哥有令，二弟怎敢不奉陪，不過今次你若輸了，便要稱我爲二弟，不要陳老頭、死老鬼亂叫一通，沒上沒下的。」

范良極呆在當場，不知跟著去還是找個地方躲起來好。

浪翻雲莞爾道：「一失足成千古恨，范兄好自爲之了。」

范良極長嘆一聲，經過韓柏身旁時乘機重重踢了他一腳，喃喃道：「我既訓練了個淫棍大俠出來，想不到春風化雨時，又教了個陳棋聖出來，天啊！造化爲何竟弄人至此。」

韓柏忍著痛，向浪翻雲打個招呼後，和秦夢瑤出房去了。

浪翻雲望往窗外，望往陽光漫天的大江上。

還有個多時辰，即可抵達應天府，這個稀奇古怪的使節團，會否鬧得京師滿城風雨呢？

第四章　柔情蜜意

風行烈步進房內，谷姿仙迎了上來，投進他懷裡，在他耳旁輕輕道：「不要大聲說話，兩個丫頭睡得正甜呢！」

他用手托著她的下頷，使她仰起因失血而比平時蒼白的俏臉，吻了她的唇後，低聲問道：「好了點嗎？」

谷姿仙用力把他摟緊，眼中射出無窮盡的情意，點了點頭後柔聲道：「烈郎！姿仙嫁你的日子雖短，但已經過三次生死患難，誰能比我們更知道可如此活著相擁，是如何令人感到心碎地珍貴。」接著離開了他，拉著他到了床邊，另一手揭開帳子，湊到他耳旁道：「看！倩蓮和玲瓏睡得多麼動人，多麼可愛！」

風行烈握著她的手，繞過她的蠻腰，把她摟得貼著自己，心搖魂蕩地看著床上並肩躺著的一對玉人兒，烏亮的秀髮散在黃地青花的絲綿被外，因受傷而呈素白的玉臉，有種淒然動人之美姿，一時間說不出話來，滿懷感觸。

失去了白素香，他再經不起任何損失了。

谷姿仙低聲道：「我給她們餵了藥，只要能睡上四個時辰，藥力運行，將大有好轉，希望敵人不會這麼快找到來。」

風行烈怕吵醒兩女，拉著她到了一角的椅子相擁坐下，吻上她的香唇。

谷姿仙熱烈反應著。

兩人抵死纏綿地熱吻，都不敢發出任何聲息，那種無聲勝有聲的激情，更具銷魂的動人感染力。在肉體的摩擦和強壓著聲浪的喘息呻吟中，這對大劫餘生的夫妻，竭盡所能把愛意藉這一吻傳送去給對方。

這次親熱比之以往任何一次更具使人心顫神蕩的深刻情意，經過了這些日子的打擊和患難，兩人的感情跨進了一大步，死生不渝。

當歡樂和心中的苦痛均臻至最巔峰的頂點時，谷姿仙美麗的肉體掠過一陣強烈的痙攣和抖顫，伏入他懷裡，嬌喘連連後，修長的玉腿仍緊纏著他的腰際，嘆息著道：「烈郎啊！姿仙心中很痛苦，但又很快樂，素香她……啊！」

風行烈用舌頭舐去她臉上的新淚，心痛地道：「倩蓮說得對，我們必須化悲憤為力量，堅強地去面對生命，否則香姊在天之靈亦不能安息。」

谷姿仙默默垂著淚，好一會兒才稍稍壓下悲傷，道：「我們應怎麼辦呢？離府前我對追殺年魔的事還抱著樂觀的心境，現在姿仙信心盡失，一點把握都沒有了。」

風行烈眼中射出凜凜神光，溫柔地愛撫著嬌妻胴體，堅定地道：「不要失去信心，敵人的實力雖是強大，可是今次花街之戰，將像暮鼓晨鐘般敲醒了天下武林，使他們知道若不團結起來，最終會落得逐一被屠戮的命運。」

谷姿仙搖頭嘆道：「烈郎太樂觀了，白道的人，尤其勢力盛大的八派，都是朱元璋得天下後的最大得益者，他們心中所想的只是如何再攫取更大的利益，抱著事不關己、己不勞心的自私態度，最好看到我們和方夜羽拚個兩敗俱傷，誰有閒情爲正義而戰，像小半道長那種想法的人可說絕無僅有。」再幽幽嘆了一口氣道：「鷹刀的出現，更使他們的團結再打了個折扣，我們只能倚仗自己的力量了。」

風行烈淡然一笑道：「有了你們三位，我風行烈便已擁有了整個天下，可橫槍無懼地面對任何惡勢力。先師曾有言，成功失敗有何打緊，生命的眞義在於從逆流裡奮進的精神，那才能顯現出生命的光和熱。姿仙只要知道我風行烈深愛著你，而我亦知道姿仙肯爲風行烈作出任何犧牲，其他一切再不重要了。」

谷姿仙嬌軀一顫，仰起掛著清淚的俏臉，嬌吟道：「烈郎！再吻你的妻子吧！她對你的愛超越了世間任何物事，包括生死在內。」

戚長征步出乾虹青的房間，向門外守候著的易燕媚道：「讓她獨自休息一會兒吧！義父在哪裡呢？」

易燕媚點頭表示明白，答道：「城主去了勸慰寒掌門，你不去探視紅袖姑娘嗎？她正心焦地等待著你呢！」

戚長征搖頭長嘆。

易燕媚伸手安慰地拍拍他的肩頭道：「放心吧！以城主的經驗和智慧，必能開解寒掌門，何況她仍有你，不會有甚麼事的。唉！人總離不開鬥爭和仇殺，到現在易燕媚才明白這是多麼無謂。」

戚長征細看了她好一會兒後，點頭道：「有機會我定要向義父提議，請他老人家正式娶你爲妻，讓你爲他生個兒子。」

易燕媚俏臉飛紅，又驚又喜地垂頭道：「不要！我和城主只愛無牽無掛的生活，不願受任何束縛，也不想因有了孩子而影響了他傲獨而行的作風。」

戚長征搖頭道：「人是會變的，你不想爲他生孩子嗎？」

易燕媚先是搖首，旋又含羞點頭。

戚長征乾啞一笑道：「這就夠了，此事包在我身上，想不到我不但有了義父，還多了位年輕美麗的義母。」

易燕媚橫他一眼道：「我最少比你大上十年，再不年輕了。」推了他一把道：「去！紅袖姑娘在等著呢！」

戚長征猶豫道：「我想先看小半道長。」

易燕媚泛起憂色道：「他內外傷均非常嚴重。若非城主醫術高明，怕會成了個廢人，但目下情況仍未穩定下來，幸好他功力精純，現正在行功吃緊期間，最好不要打擾他。」頓了頓道：「他亦很關心你和行烈啊！」

戚長征搖頭輕嘆，終步進隔鄰紅袖的房內。

房內靜悄無聲，原來紅袖衣衫不解，靠在床頭睡著了。

戚長征來到床緣坐下，心想和紅袖的發展眞是始料不及，竟把她捲進江湖的鬥爭裡去，誰想得到甄夫人能瞞過他們的偵察網，忽然大軍壓境，見人便殺，只從這點推斷，便知甄夫人有展羽暗中動用官府力量的相助。

「戚長征！啊！戚長征！」

戚長征從沉思裡醒過來，才發覺紅袖在夢中叫著他的名字。

紅袖當在一個噩夢裡，嗚咽呻吟，熱淚由眼角瀉下。

戚長征激動地一把將她摟進懷裡，感慨道：「紅袖紅袖！噩夢過去了，我永遠保護你，疼惜你！」

紅袖一震醒了過來，見是戚長征，淒叫一聲把他摟緊，悲聲道：「天啊！我剛看到你給壞人圍攻，幸好只是一個夢，那太可怕！太眞實了！」

戚長征找到她的紅唇，瘋狂地吻了起來。

紅袖熱烈地反應著，嬌吟道：「求求你，立即佔有我，在敵人再來前，讓紅袖嘗到你愛我的滋味，紅袖雖死亦無憾了。」

戚長征喘息著道：「我現在心中充滿仇恨、懊惱和痛苦，絕不懂憐香惜玉，你不怕嗎？」

紅袖風情萬種地瞟了他一眼，爲他寬衣，嬌笑道：「只要是你，我就不怕，無論你如何狂暴，我也甘於應付。來！把你心中鬱結的情緒舒洩在紅袖的肉體上吧！」

戚長征在紅袖主動的挑逗下，慾火熊熊燃燒起來。

灰兒見到韓柏，興奮地把大頭伸入他懷裡。

韓柏摟著牠的長頸，拍著牠的頭哄孩子般道：「灰兒啊！很快你不用悶了，到了京師後，我定騎著你四處遊玩，唉！我感到對不起你呢！自己整天風流快活，卻讓你孤清無伴，不用怕！到京後我給你找幾位馬美人，讓你盡情享受，大快心願！」

後面的秦夢瑤「噗哧」失笑道：「你自己壞還不夠？還要教壞這純良的好馬兒嗎？」

韓柏哈哈一笑，探手把秦夢瑤摟到身旁，又把灰兒的頭推入秦夢瑤懷裡，道：「灰兒！看我對你多麼好，連這位我不肯讓任何人稍碰的仙女，也肯借與你親熱一番。」

秦夢瑤俏臉飛紅，重重在他背上打了一拳，不依道：「韓柏你檢點一下口舌好嗎？」

韓柏故作不解道：「你不是說過沒有人時我不用對你檢點的嗎？放心吧！若有外人，我自會演戲，教你臉上好過一點。」

秦夢瑤拿他沒法，撫著灰兒頸上的鬃毛，若無其事地道：「京師事了後，隨我回靜齋一趟好嗎？」

韓柏大喜過望，不住點頭道：「好極了！好極了！」直等聽到秦夢瑤以這種妻子和丈夫商量的口氣說話，他才眞正感到對方確有委身於他的心意。

秦夢瑤嗔道：「現在是我嫁給你，還是你嫁給我，不要只懂做應聲蟲，至少該問問人家帶你到靜齋做甚麼，才可以答應啊！」

韓柏尷尬問道：「是啊！到那裡幹嘛？是否讓我去參觀夢瑤的香閨，那定是世上最香的地方，尤其是那張床。」

秦夢瑤爲之氣結。

她自幼靜修劍道，連話亦不喜多說一句，偏是遇上這個最愛胡言亂語的韓柏，這位她命中的剋星。

秦夢瑤皺起眉頭輕柔地道：「柏郎你或者沒有注意，自夢瑤陪你睡了一覺後，你的赤子之心增強，可是魔功卻絲毫沒有減退的現象，形成一種非常特別的感覺。」

韓柏沉思片晌，點頭道：「夢瑤說得對，不知如何，我的心中塡滿了莫名的欣悅和雀躍，很想向天下公布，秦夢瑤是我的了。嘿！那你究竟是否喜歡我這轉變呢？」

秦夢瑤站直嬌軀，移貼他懷裡，仰起俏臉，定神凝視著他的眼睛，好一會兒才道：「那不是歡喜還是不歡喜的問題，而是夢瑤現在需要的不是你那原本的眞性情，而是充滿了肉慾的魔性，唉！眞是冤孽，人家要的竟是你的侵略和征服，而非你的敬愛和憐惜，以刺激起一向沒有的情緒，你不覺得夢瑤和以前不同了嗎？那代表著夢瑤因抵受不住你的逗弄，逐漸向你開放著自己深藏的另一面。」

韓柏虎目生威，一把摟著她，吻著她的豔唇笑道：「那眞好極了！我是奉著仙旨來侵犯你，可是爲何你總是要我檢點呢？」

秦夢瑤跺足道：「人家早說過這是場各師各法的愛情征戰，你總是沒有心肝地忘記了，誰要你聽夢瑤的話啊！」

韓柏大感有趣，點頭道：「以後我絕不會忘記的了，無論你說甚麼，抗議甚麼，我都不理會，只求我感到順心快意。唉！想想可如此對你這不可冒瀆的仙子，我的血液便沸騰起來。噢！剛才你求我到靜齋去，是否要讓師門作主，正式下嫁韓某呢？」

秦夢瑤又羞又喜嗔道：「誰求你了？」

韓柏一雙手乘機在她身上活動起來，道：「當然是秦夢瑤呢！現在我對自己愈來愈有信心了，當我們的肉體結合後，包保你永遠離不開我。」

秦夢瑤給他輕薄得渾身抖顫，喘吟著道：「韓柏你很壞，你弄得人家面紅耳赤，有人來看到怎麼辦呢？」

話猶未已，腳步聲傳來。

秦夢瑤猛地一掙，離開他的懷抱。

進來的是謝廷石和馬雄。

秦夢瑤忙背轉了身，藉著和灰兒親熱，避過兩人看到她羞窘之態。

謝廷石和馬雄看到秦夢瑤美好的背影，還以為是見過的三位夫人之一，並不在意，向韓柏施禮打招呼。

謝廷石先和他交換了個親切的眼色，道：「專使大人果然在這裡，下官和馬守備有事和大人商討。」

韓柏笑道：「好！不過先讓我介紹這新納的四夫人。」

秦夢瑤明知他作弄她，卻拿他沒法，無奈下強攝心神，轉過身來向兩人斂衽施禮。

謝、馬兩人早由范良極處得知他多了位夫人，知道這專使時有離船上岸獵艷的奇行，但還是第一次見到秦夢瑤，一看下兩人立時目定口呆，心中暗叫，天啊！世間竟有如此動人氣質的美女。

韓柏新受到秦夢瑤的刺激，魔性大發，一手摟著秦夢瑤柔軟的纖腰，另一手在兩人眼目處揮揚了幾下，隔斷了他們難以移開的視線，笑道：「你們是來看新娘子，還是來和我說話？」

兩人尷尬地回過神來。

謝廷石身為他的「義兄」，對自己的失態更感不好意思，忙藉說話掩飾道：「剛接到消息，皇上爲表示對專使大人的尊敬，由胡惟庸丞相親自來迎……」

韓柏心中暗懍，想不到一抵京立要和這權傾天下的奸賊交手，眞不知是凶是吉，表面卻若無其事道：「不若我們到廳內坐下才說，有煩守備使人找敝侍衛長來，好讓他也知道發生了甚麼事。」

馬守備吩咐下去後，四人往艙廳走去。

第五章　臨終之約

戚長征步進房內時，寒碧翠正背對著他，望往窗外的園林裡，聽到足音，轉過身來，臉上雖猶帶淚痕，神情卻回復了平靜。

戚長征把她擁入懷裡。

兩人用盡力氣摟著對方。

戚長征道：「寒碧翠的事，就是我戚長征的事，只要你我還在，定可重振丹清派。」

寒碧翠堅強地道：「碧翠經義父開導後，也想通了，花街之役，雖令我派的八大高手折其五，又死了近六十個弟兄，可是我們丹清派有著超過百年的歷史，早已柢固根深，絕非一夜裡可鏟除的，躲過風頭後，我又可以重頭來過，總不能教工師叔他們白白犧牲了的。」

戚長征點頭道：「我眞高興碧翠有這積極的想法，我老戚定會全力助你。」

寒碧翠微嗔道：「當然哩！你是人家的夫婿嘛！是了！現在有個頭痛的問題，就是尙幫主把他的夫人交給了我們照顧，我們定要不讓她再落進鷹飛那淫徒手中，否則怎對得起尙幫主。」

戚長征大感頭痛，現在他們是自身難保，但又怎可撇下褚紅玉不理，何況刻下褚紅玉正和丹清派僅餘的三大高手和十多名好手留在總壇處，若讓鷹飛找上去，不但褚紅玉難保，丹清派怕要眞的全軍覆沒了。

寒碧翠看出他的擔憂，道：「李爽師兄最是穩重，知道了花街的慘劇後，必會立時找地方躲起來，所以暫時他們應沒有危險的。」

戚長征吁了一口氣，道：「他們會到哪裡去避禍呢？」

寒碧翠有些不好意思地道：「還記得那偷了你玉墜的人嗎？」

戚長征嘿然道：「是否『妙手』白玉娘呢？」

寒碧翠佩服地道：「你早猜到了！玉娘姨是娘親的好友，最疼惜碧翠，她看穿了人家傾心於你，才破例出手來偷你的東西。她不但武功高強，還足智多謀，那天對付你的妙計就是由她想出來的。在如今情況下，李爽師兄定會去投靠她。」

戚長征道：「你的玉娘姨是否住在城裡？」

寒碧翠道：「不！她隱居在城郊一條農村裡，若我們能立即趕去，定能在鷹飛找上他們前，和他們會合。」

戚長征想起了水柔晶，暗忖以甄夫人之能，又深悉水柔晶潛蹤之術，說不定能把她搜出來，想想都心焦如焚。

拉起寒碧翠的手往外走道：「來！救人如救火，我們找義父商量一下。」

兩人來到大廳時，乾羅正與風行烈、谷姿仙和老傑低聲商議著。

坐好後，戚長征把水柔晶和褚紅玉的事提了出來。

乾羅灑然一笑道：「想不到我乾羅縱橫江湖四十多年，先給方夜羽暗中算計了一招，現在又爲這甄妖婦感到頭痛，可知長江後浪推前浪這老生常談，實有顚撲不破的眞理。爲此使我想到，若由乾某來出主意，說不定因敵人對乾某早有研究，可從我的歷史找出我應變的某一種規律，便能加以針對應付。哼！今次我偏不出半點主意，全由你們後生一輩決定，這一著定教甄妖婦失算。」

谷姿仙讚道：「這一下必然大出甄妖婦意料之外，可是乾老必須講得出做得到，即管不同意我們提出來的方法，亦不可出言反對，甚至提出意見，因爲你的話誰敢不聽呢？」

戚長征拍腿向風行烈道：「老兄！你有位非常聰明的小嬌妻。」

寒碧翠心中暗嗔，難道妻子總是人家的好嗎？眼珠一轉道：「碧翠還有個更進一步的提議，就是戚郎和風兄兩人都不出主意，改由我們中的一人定出計策，如此才能更收奇兵之效。」

風行烈先是一愣，接著眼中射出讚賞之色，大力一拍戚長征肩頭，識相地道：「寒掌門才眞的冰雪聰明哩！不若就由她出主意，我們做兩個聽話的小嘍囉。」

戚長征微笑看著臉有得色的寒碧翠搖頭道：「若眞要敵人猜不到我們的行動，碧翠實不宜出主意，因爲你心中最關注的事，定是如何與丹清派的人會合，如此則會落入敵人算計之中。」

寒碧翠點頭同意，向谷姿仙道：「那由風夫人出主意吧！」

眾人眼光轉到谷姿仙俏臉上。

谷姿仙俏臉微紅，道：「我並不是出主意的最佳人選，因爲姿仙絕非機靈多變的人。不若看看我們的小精靈睡醒了沒有，由她想出來的鬼主意，必會教敵人和我們都要大吃一驚。」

老傑拍案叫絕道：「就是小蓮那妮子吧！她甚對我的脾胃，就讓她來主持大局，任何人都不得異議，這定會有意想不到的奇效。」

風行烈長身而起道：「讓我抱她出來見客，看看她有沒有甚麼精靈主意。」

戚長征笑向兩女道：「假若小精靈不把兩位美女安排到我和風兄的身旁，兩位美女肯答應嗎？」

寒碧翠和谷姿仙齊感愕然，首次想到這難以接受的可能性。

乾羅接口道：「行烈快抱你的寶貝出來動腦筋，無論她想出來的方法是如何難以接受，我們都答應，這一著必教甄妖女摸不透。」

浪翻雲在江水裡冒出頭來，看了繼續遠去的官船和護航的戰船一眼後，再潛入水裡，往左岸游去。

他潛得很深，到了岸旁，仍憑著流轉不息的眞氣留在水底好一段時間後，才冒上水面，在一堆亂石間離開江流。

他不得不小心翼翼，若讓人發現他此時由江裡冒出來，定會聯想到他和官船的關係。

運功細察四周，連對岸的疏林亦不放過，肯定無人後，才躍上岸旁，一溜煙閃進一座樹林裡，藉著飛馳之勢，運功把濕衣蒸乾。

離開樹林時，他回復了潛進江水前的乾爽。

他仍不敢大意，藉著地勢及林木的掩護，往應天府奔去。

楞嚴既指使展羽誘他上京，必然有對付他的把握，若要對付他，自須先掌握他的行藏，才可以發動精心設下的陷阱。

在一般情況下，即管是龐斑親來，亦沒法把他瞞過。

所以楞嚴必有他一套的手段。思索間早奔出了十多里路，倏地停了下來，功聚雙耳，全神傾聽。

兵刃交擊聲由左方遠處一座小丘上傳來。

聲音發出處距離他這裡最少有七、八里之遙，若非因小丘地勢高，聲波擴散不為林木所阻，眞不容易聽到。

浪翻雲的第一個念頭就是，這是否楞嚴布下的陷阱？

他這個想法並非全無根據，問題最大處在於打鬥聲來得這麼巧，偏在他上岸時，而聲音發出處又正好在易於傳聲的高處，惟恐他聽不到的樣子。

假設這是楞嚴安排的話，那代表楞嚴已知道他藏在官船上，亦由此推斷出范良極和韓柏的眞正身分。若是如此，他現在應做的事，是盡快趕上韓柏他們，教他們立即逃跑。

所以目下的頭等大事，就是先要弄清楚那邊山丘上發生了甚麼事。

想到這裡，哪還敢猶豫，全速往兵刃響處掠去。

謝廷石隨便找了個藉口，把馬雄支使了開去，然後向對坐桌旁的韓柏親切地道：「四弟！對於三哥我昨天的提議，想好了沒有？」

韓柏心中暗罵去你他媽的三哥，你這奸猾官兒有何資格和我稱兄道弟？表面則不得不陪笑道：「我們早商量過了，三哥的話不無道理，不過事關重大，三哥最好安排我們和燕王見見面，談得詳細一點，將來四弟我亦好向敝國君交代。」

這番話合情合理，謝廷石雖心中暗恨，也拿他沒法，點頭道：「這個當然！燕王現已到了應天府，準備為皇上祝壽，到時自會安排和你們相見。」頓了頓嘆了一口氣道：「本來燕王為了感謝四弟在靈參一事仗義出手，幫了我們這樣的大忙，特別為你預備了些好東西，但剛才見過四弟那傾國傾城的夫人後，我怕四弟對其他女人再無興趣，故不知是否應說出來了。」

韓柏精神一振，明知對方想以美女籠絡自己，亦不由食指大動，暗忖聽聽總無妨吧，道：「女人會嫌多嗎？不過若只是一般貨色，就不提也罷。」

謝廷石心中暗笑哪怕你這色鬼不上鉤，哪怕饞嘴的貓兒不吃魚，正容道：「燕王對女人的眼光絕不會低於四弟，他可以拿出來獻寶的女人，自是第一流的貨色。」接著壓低聲音道：「燕王對異族美女特感興趣，多年來一直在域外各族中搜羅未成年的美麗處女，帶回中原由專人訓練，最懂服侍男人，知道我三位兄弟都是惜花之人後，特別挑了三位最頂尖兒的美麗處女，教人送到京師來，嘿！保證你們滿意。」

韓柏立即忘記了「聽過就算」的念頭，喜上眉梢道：「那給我的人兒是甚麼族的人？」

謝廷石知道魚兒剛咬著了魚餌，故作神秘道：「若不是燕王眞的想和四弟交友，這個美女他才捨不得送出來哩！」再把聲音壓低少許道：「她的名字叫夷姬，乃燕王的美女珍藏裡的首席美人，是域外一個專盛產美女叫『鬼方』的游牧民族和羅刹族的混血美女，凡見過她的男人，都要拿著個大碗，接著流出來的口涎哩。嘿！三哥我曾在宴會裡看過她跳舞，直到現在亦不時在夢中重看到那情景。」

韓柏色醉三分醒，皺眉道：「若她眞的長得如此動人，我才不相信燕王捨得拿來送我。」

謝廷石始知自己誇張得過了火，忙補救道：「由此你便可知燕王是幹大事的人，也可以說他做人實際，若取不到皇位，不但美女不保，連他的性命都留不住，權衡輕重下，只好忍痛割愛，以向兄弟表示眞正的誠意。」

韓柏暗忖，難道我眞的對燕王如此重要嗎？旋又懷疑地道：「她今年多少歲，是否不是處子之身呢？」將己比人，他絕不會讓這樣的美人保持完璧，燕王亦應不會例外，說不定先嘗了後，才拿來送他做人情。

謝廷石拍胸保證道：「四弟放心，燕王乃義薄雲天的豪士，絕不會做出此等不義的事。」又眨眨眼睛低聲道：「四弟雖見慣美人，但保證未遇過這等貨色，她的秀髮像太陽般金黃，皮膚比白玉還雪白晶瑩，身材之惹火，連乾柴也可以燒著，比你那四位夫人都要高。唔！最多比你矮上一寸半寸，那對長腿跳舞時的迷人處，要見過才可知道，想像都想不來。」

韓柏聽得魔性大發、心癢難熬，道：「到京後是否立即可見到她呢？她的頭髮眞是金色的嗎？你可不要騙我。」

謝廷石心中暗笑，肅容道：「我們已是兄弟，肝膽相照，若是騙你，天上的神明都不放過我，她在十日前由燕王的高手自順天府護送來京，應該在這幾天內抵達，屆時燕王當會做出妥當安排。」

「砰！」

門推了開來，范良極一臉不快，嚷道：「你們有事商議，怎能撇開我這地位最崇高的大哥。」

浪翻雲掠至山丘腳下，停了下來，暗忖應否立即不顧而去。

這時他已知這只是江湖上的一般仇殺，沿途奔來時，他發現了三具屍體，都是一劍致命，顯示凶手是同一個人。

誰人的劍術如此高明？

上面的兵器交擊聲忽地沉寂下來。

浪翻雲心想看看亦屬無礙，往上走去。

丘坡處另有兩名武林人物伏屍草叢裡，坡頂處再有一具屍體，但都不是用劍的。

這時他大概猜到了這些武林人物，因著某一原因，在此伏擊圍攻這持劍的高手，不過終落得慘死當場的結局。

他細察地上的腳印血跡，追蹤到另一邊山頭，發現了那持劍的人。

他伏身地上，劍掉在一旁，還有個小包袱。

浪翻雲把他翻了過來。

只見他眼、耳、口、鼻全是血漬，胸骨被硬物擊得碎陷下去，眞是烈震北重生都救不回來。

見他還有一絲氣息，浪翻雲拿起他的手，輸進眞氣，看看他是否還有甚麼遺言。

那人顯然功力精純之極，受了這樣的重傷，可是一經輸入眞氣，立時呻吟一聲，醒了過來，微睜雙眼，帶著懼意望向浪翻雲，自是懷疑對方是敵人。

浪翻雲一觸對方眼神，便知此乃心術不正的人，暗想無論好人壞人，最後的結局還不是毫無分別！心中忽然有種想笑的感覺，淡然道：「我只是路經這裡，見到你還有半口氣，故此把你救醒片刻，看看你還有甚麼說話。」

那人現出驚恐之極的神色，喉嚨咯咯作響。

浪翻雲一指點在他後骨處。

那人口中吐出一口血來，但呼吸稍暢，免去了立即窒息而死。

他望了浪翻雲好一會兒後才喘著道：「到現在我才相信你不是我的敵人，因爲以你的反應和武功，怕兩個我都非是你的對手，閣下高姓大名。」

浪翻雲心中大奇，以這人的傷勢，爲何垂死下說話仍如此有條不紊，求生的意志如此堅強，定是有件不能放下的心事，微笑道：「我是浪翻雲！」

那人全身劇震，眼、耳、口、鼻一齊湧出血絲，嚇得浪翻雲源源不絕輸入眞氣，暫時續著他的命。

那人奮起意志道：「原來是你，唉！我可否求你一件事。唉！假若你知道我是『俊郎君』薛明玉，定不會答應。」

這次輪到浪翻雲呆了起來，細看他那蒼白卻與俊俏絕拉不上半點關係的醜面孔，奇道：「若非我知道冒充以奸淫之行臭名遠播的俊郎君對你絕無半點好處，我定會以爲你在胡謅。」

「俊郎君」薛明玉嘆了一口氣道：「這是我的大秘密，連妻兒都不知道，我眞的面目一直隱藏在一張假臉皮下，嘿！你現在應明白我爲何仇家遍天下，卻可以隨時蹤影全消，靠的就是由百年前天下第一巧匠北勝天的妙手造出來的一張假臉皮。唉！今次若非我不知道給他們噴了一種特別的藥液到我的皮膚上，也不會給他們在這裡截著加以圍攻，我眞的不甘心啊！我一生從不求人，可是我現在眞的求你一件在你來說乃舉手之勞的易事。」

他實際已到了油盡燈枯的盡頭，全賴浪翻雲的眞氣續著命，才能一口氣說了這麼多話。

浪翻雲嘆道：「若我助你完成最後願望，豈非對所有曾被你毀了一生的女子不公平之極。」

薛明玉了解地點頭，思索著道：「不知你信不信，開始時我雖用了強迫的手段，但在過程裡我卻是非常溫柔，事後則感到非常後悔，痛哭流涕，只不過隔了一段時間，心內又生出強烈的衝動，迫得我一錯再錯。唉！我曾因一個女孩事後自殺了，心中立誓不再犯淫行，爲此娶了個妻子，又生下了女兒，可是平靜了三年後我忍不住偷偷出來犯案，最後給她發覺了，帶著女兒離我而去，那是我一生人裡最痛苦的時刻了。」

他愈說愈興奮，紅光滿面。

浪翻雲知道他是迴光反照，隨時斷氣，喟然道：「無論如何，你總害得無數婦女喪失了貞節，所以我不答應你最後的要求，你亦無話可說。」

薛明玉臉上露出狡猾的神色，道：「不若我們做個交易，只要你肯答應我的要求，我就把我多年來囤積了偷來的金銀寶物的收藏點告訴你，你可用之濟貧，又或用之資助怒蛟幫，不是挺好嗎？」

浪翻雲微微一笑道：「何礙說出你的要求來聽聽。」

薛明玉精神大振，急不及待地道：「你的身材和我相若，只要戴上包袱內的假臉，即可扮成我的模樣，今天申時初在京師的落花橋把包袱裡那個玉瓶交給我的乖女兒，說幾句交代的話後立即離去，便完成了我的心願。唉！你不知我費了多少時間，明查暗訪，才找到我的女兒，初時她不肯認我，直到今年夏天，她才使人送信給我，著我弄這瓶藥給她，所以我無論如何都要完成這件事。」

浪翻雲道：「這是甚麼藥？」

薛明玉臉現難色，好一會兒才道：「我知道瞞你不過，這是偷自南海簡氏世家的傳世之寶，最後僅剩下的八粒專治不舉之症的『金槍不倒丹』。」

浪翻雲皺眉道：「你的女兒究竟是誰，生就甚麼模樣？」知道竟是這種藥物，他大感不是滋味。

薛明玉以哀求的眼光望向他道：「我自然相信你不會做出任何損害我女兒的事，不過你先要答應我，我女兒的身分，只限於你一個人知道。唉！若讓人知道她有個像我這樣禽獸不如的父親，我眞不敢想像那後果。」一陣氣喘，咳出了幾口鮮血。

浪翻雲再盡人事，輸進眞氣，催道：「我答應你吧！快說。」

薛明玉氣若遊絲道：「我包袱裡有張地圖，說……明了藏……咳……我的女兒是朱元璋的……咳……」

浪翻雲一呆道：「朱元璋的甚麼？」

薛明玉兩眼上翻，一口氣續不過來，魂兮去矣。

浪翻雲取過他的包袱，解了開來，找出一張很精美的軟皮面具，檢看下亦不由心中一寒，暗嘆北勝天可以亂眞的手藝。再翻了那玉瓶出來，拔開嗅了嗅，搖頭苦笑，才按回塞子，連著找到的地圖和那塊假臉皮塞入懷內。

他沉吟半晌後，扛起薛明玉的屍體在離開現場十里處的一個密林內和他的劍連衣服全埋了，卻不動其他屍體。

這並非他沒有惻隱之心，而是有著更重要的計劃要進行。

諸事妥當後，戴上了面具，拍拍背上長劍，全速趕往京師。

第六章　抵達京師

專使房內。

柔柔、左詩和朝霞穿上了高麗色彩鮮艷的華服，人比花嬌地笑看著范良極義正詞嚴地指責韓柏的不是。

令她們忍俊不住的不是韓柏苦著臉的表情，而是穿起了比他身材稍大的官服的范良極，指手畫腳時那像老猴般的有趣神氣。

陳令方坐在一旁，欲言又止，顯是見范良極正在勢頭上，有話亦不敢說出來。

這時范良極正嘮嘮嚇嚇罵道：「你這好色的小子，一聽見別人有美女相贈，立時靈魂兒飛上了半天，也不想想若讓我們身旁多了個燕王的間諜，是多麼危險的事。」

韓柏輕嘆道：「你可以告訴謝奸鬼說自幼苦練童子功，難道我可以這麼說嗎？若斷然拒絕，不是擺明不合作嗎？莫忘記我們的原則是要拖著他們。」

這幾句話有如火上添油，范良極跳了起來道：「現在是我們要靠他嗎？用你的小腦袋想想吧！拒絕就拒絕，他能奈何我們嗎？找藉口還不容易！每次你想推託給我，不都是有一籮又一籮的藉口，不如索性閹了你，變成太監專使，那以後就沒有這方面的煩惱了。」

三女聽他愈說愈粗鄙，俏臉紅了起來。

韓柏愕然道：「閹了我？你不爲我著想，亦要爲你四位義妹將來的美好生活著想呀。」

三女更是面紅耳赤。

左詩知道兩人不會有甚麼好說話，責道：「大哥！柏弟啊！快到京師了，你們不好好商議待會見到胡惟庸時如何應付，卻還在糾纏不清。」

范良極對這義妹倒是言聽計從，再瞪了韓柏一眼後，別過頭去，看到陳令方表情古怪，喝道：「陳小子！你怎麼想？」

陳令方瞪大眼看著他。

范良極頹然道：「二弟！你……唉！」

韓柏失聲道：「你那盤關係終身的棋輸了嗎？」

范良極苦笑道：「眞不忿，這次只輸一子，卻多了個他媽的二弟。」

三女終忍不住，笑作一團。

陳令方吸了一口氣後道：「四弟說得不錯，因爲他有點像我，擺明乃貪花好色的格局，人家有女相贈，若看都不看就拒絕了，實在於理不合，我……」

范良極陰惻惻道：「我實在不應做你的大哥，你和這淫……嘿！這貪花浪棍才是難兄難弟，配對成雙。我這潔身自愛的人實不宜和你們混在一起。」

韓柏嘻嘻一笑道：「潔身是個事實，自愛則未必，說到底你只是怕去應付雲清之外的任何女人，生怕多了個女人後雲清會不睬你，你心中還不是也想女人嘛，只不過是一個而不是兩個罷了。」

范良極老臉微赤，長嘆道：「我也不騙你，我確想到雲清的問題……」接著提高聲音，理直氣壯地道：「但更重要的是明知這不會是好事，弄了個燕王的人在身邊，你怎樣處理？」

韓柏吞了口涎沫道：「不若如此吧！我們先接受他的餽贈，三日後完璧歸趙，送還給他，告訴他我家中四隻河東獅呷醋得太厲害了……」

三女一齊大發嬌嗔，指罵韓柏。

范良極瞪著他道：「你打的眞是如意算盤，怕不是三日，而是『三夜』吧！這贈品若仍是完璧，我敢把人頭送你。」

陳令方亦皺眉道：「我沒有四弟的藉口，是否應照單全收呢？嘿！橫豎我不是和你們住在一起，多了個間諜在房內怕沒有甚麼問題吧？」

這時任誰都知道這對難兄難弟都想收納燕王棣送出的大禮了。

左詩嬌哼道：「韓柏！我們四姊妹要和你約法三章，若沒有我們的准許，其他野女人一個都不准進門，免得你給人騙了都不知道。」

范良極見終有人站到他那一邊，大樂下正要誇讚自己的貧賤不能移，房門推開，穿上高麗華麗女服，頭結宮髻的秦夢瑤嬝嬝娜娜，輕步而來。

六個人齊感眼前一亮。

華服盛裝的秦夢瑤，多了平時麻衣素服的她一份沒有的陽光般奪目的艷麗，那種高雅清貴，連三女亦看得目眩神迷，韓柏等更是目定口呆，連呼吸都停了。

秦夢瑤見所有眼光全集中到她身上，雍容地向范良極道：「繼續罵這小子吧！夢瑤支持范大哥。」

范良極被她絕世艷色所攝，竟連高興都忘記了。

陳令方嘆道：「見到四妹，二哥才明白甚麼叫傾國傾城之美！」

柔柔走了過去，挽著秦夢瑤道：「夢瑤眞的美艷不可方物。」轉頭向另兩女招呼道：「不要理他們的事了，趁還有點時候，我們再給夢瑤打扮一下。」

兩女欣然和柔柔擁著秦夢瑤出房而去。

韓柏撲至門邊，向著四女往鄰房行去的背影嚷道：「夢瑤記得替你落妝是爲夫的權利。」

范良極一把將他抓了回來，把他按到靠窗的椅裡，自己坐到一旁，吁了一口氣道：「我們要先清醒一下，好應付抵京後會遇到的各種問題。」

韓柏笑嘻嘻道：「終於肯承認自己患了失心瘋了嗎？」

陳令方怕范良極再次罵不停口，插入道：「現在最頭痛就如何應付燕王，他似乎早有一套計劃，想透過我們來進行，一步步把我們迫上不能回頭的路上。你們試想想吧！燕王的封地最接近高麗，我們又是由謝廷石陪伴到京……」

范良極冷冷切入道：「你們又受落了他的美人兒。」

陳令方有點尷尬地乾咳一聲，續道：「就算沒有女人，我們亦免不了受到牽連，你們兩人或者各打一百大板，逐回高麗算了，但我就慘了。」

韓柏爲了表示並非只懂迷戀美色，煞有介事道：「我還有個疑問，就是燕王之所以看上我們，自然是爲了那些萬年參，若在其中加料，定可把朱元璋毒死，但現在要到京師了，萬年參立會被接收，爲何謝廷石還好整以暇，不怕失去了下毒的機會嗎？」

陳令方和范良極兩人齊往他看來，卻毫無讚賞他思慮縝密的意思。

韓柏老臉一紅，不安地搓手低聲道：「嘿！難道我說錯了。」

范良極悶哼道：「你腦筋不靈光我絕不怪你，只能怪你父母。」跳了起來，到了他身前仔細端詳著道：「你若是朱元璋，人家送東西給你，你就想都不想便吃了嗎？」

陳令方不忍韓柏被范良極耍弄下去，截入道：「朱元璋身旁有幾位藥物專家，專爲他檢驗所有東西，不要說食物，連寫字的紙張都不放過，想下毒害他，眞是難之又難。」

范良極道：「就算過得他們那關，也過不了那些甚麼聖僧太監。」轉向陳令方喝道：「你最好由現在開始叫回皇上，做回你的狗奴才，否則在胡惟庸面前，衝口叫出了朱元璋，保證你馬上人頭落地，那時莫怪我們和你劃清界線，不認你做兄弟。」

陳令方臉色微變，心知肚明范良極不滿被他剝奪了一次耍弄韓柏的機會，可是對方言之成理，一時啞口無言。

范良極大感愜意，待要乘勝追擊，船速倏地減慢。

「砰砰嘭嘭！」

一陣震耳欲聾的鞭炮聲，在岸旁響起。

接著是喧天動地的鼓樂聲。

韓柏的心忐忑跳了起來，喘著氣道：「媽的！終於到了。」他的感覺活像初登戲台的小丑。

甄夫人步進鷹飛的臥室時，鷹飛剛做完午課，聞聲睜開眼來，看著這外貌嬌媚、心比蛇蠍的美女，心中湧起一陣強烈的刺激。

甄夫人毫不避嫌，坐到床緣，伸出纖美的玉手，搭在他腕脈處，好一會兒後才鬆開手，道：「封寒那死前一刀確是非同小可，以你深厚的底子，又經我立即施救，恐怕不休息上十天，絕不能復元，使我們的實力大打折扣。」

鷹飛問道：「其他的人怎樣了？」

甄夫人淡淡道：「除了搖枝先生傷勢較重外，其他人都可隨時出手，這一戰看來是我們佔盡上風，可是以萬惡沙堡和山城去換封寒之死，始終不划算，這次我們可說是得不償失。」

鷹飛嘆道：「這事不能怪你，要怪就怪夜羽當日收拾不了乾羅，致種下了今日的禍根。否則他們休想有一個人能逃掉。」頓了頓低聲道：「我亦要負上很大的責任，不但殺不了戚長征，還讓他忽然復甦過來，殺了魏門主，傷了搖枝先生。」

甄夫人似對得失毫不在意，微笑看著他道：「飛爺何時這麼懂得體諒人家呢？」

鷹飛微一錯愕，思索著對方的話，她說得不錯，他鷹飛一向待己寬對人冷酷，何時變得如此為人著想，難道自己竟情不自禁愛上這厲害的女人，想到這裡，暗自抹了把冷汗。

甄夫人淺笑道：「以你的性格，肯如此不顧自身來救我，素善怎能不心生感動，所以就算你要我拿身體來報答你，素善亦只會欣然答應。」

鷹飛雙目亮起異采，仔細看了她一會兒後，搖頭苦笑道：「若非我精通觀女之術，看出你仍是處子之身，定以為你是個愛勾引男人，媚骨天生的尤物。算是我求你吧！天下間沒有多少個正常男人能拒絕你，而可恨你卻是我不敢動的女人之一，你難道對夜羽半點愛意都沒有嗎？」

甄夫人看到鷹飛進退兩難的窘態，花枝亂顫般嬌笑連連，半晌後回復平靜，淡然道：「小魔師是個罕有的動人男子，文才武略均使素善心悅誠服，說人家不喜歡他，實在太沒道理了。可惜我總覺得和他的關係有著交易的味道，提不起勁來，或者和他雲雨之後，會有另一番光景，不過一天他未能收復中原，我也不會和他歡好。唉！素善終是個正常的女人，在這刀頭舐血、兵凶戰危的時刻，自然地生出肉慾的渴求，但能被我看得上眼的人又實在太少了，我這樣坦白道來，你應充分體會到人家的心意吧！」

鷹飛心叫不妙！這女人總不放過引誘自己的機會。與方夜羽的眞摯交情，究竟能令他還可支持多久呢？

甄夫人若無其事道：「好吧！以後我不再挑引飛爺了。」

鷹飛呆了起來，一時不知是何滋味，只知絕非好過。

甄夫人眼中射出憧憬之色，悠然神往道：「告訴你吧！或者素善確是天生淫蕩的女人，因爲我很想會會那韓柏，看看爲何花解語和秦夢瑤這兩個極端相反的女人，都會同時對他傾心。」

鷹飛爲之啞然，並湧起一股強烈的忿怨和嫉意。

她是否故意刺激自己呢？

橫豎她想獻身韓柏，不若由自己先拔頭籌。

甄夫人輕鬆地道：「或者我們是同類人，都是爲求達到目的而不擇手段之輩，很多我不敢向夜羽透露的事，都覺得可以向你說出來，不怕你會洩露給第三者知道。」

鷹飛心中暗道，就是知道你比我更厲害，我才要克制著自己，不敢碰你。

他想了一會兒後道：「夜羽若知道你對韓柏大感興趣，對他的打擊不是更大嗎？」

甄夫人搖頭道：「你是夜羽最好的朋友，應明白他是個爲成大事，不惜犧牲一切的人。連秦夢瑤他亦可以捨棄，何況是素善。」

鷹飛聽出她語氣裡的苦澀味兒，反放下心來，原來她想見韓柏，一方面是生出了好奇心，更重要是對方夜羽報復。當然，日後假若她遇上韓柏，眞的弄假成眞愛上了他並不稀奇，像他們這類自私自利的人，動了眞情可能比任何人都來得瘋狂，原因在於會把對方視爲私有物。

解決的方法，就是把韓柏幹掉。

甄夫人有點自言自語地道：「夜羽其實是個溫柔多情的人，只不過給放到了這位置上，不得不硬著心腸去追求達到目的，自他知道秦夢瑤活不過百日後，我從未見過他有半絲歡容。」

鷹飛道：「其實夫人你是深愛著夜羽的，只不過不忿在他心中僅能佔到次要的席位。爲何不以你的柔情把他爭取過來，助他忘記秦夢瑤，卻反要去碰那韓柏？小心引火自焚，難以自拔哩！」

他自己想想都覺好笑，竟如此苦口婆心去勸一個女人，一向以來，女人不外都是他有趣的玩物罷了。

甄夫人秀目彩光漣漣，微笑道：「飛爺可知馴獸師如何去馴伏猛獸嗎？」

鷹飛皺眉道：「怕不外有賞有罰，使猛獸知道反抗無益，只好乖乖服從命令。」

甄夫人搖頭道：「那只是表面的基本功夫，高明的馴獸師都知道，最重要是須取得猛獸如老虎的信任。」

鷹飛愕然道：「怎樣可取得沒有人性的老虎的信任呢？」

甄夫人盈盈起立，輕笑道：「方法很簡單，就是陪老虎睡覺，牠才會視你爲同類，眞心服從你，此事千眞萬確，絕非我誑你。」

鷹飛微怒道：「問題誰才是眞正的馴獸師？」

甄夫人到了門旁，停步轉身，嫣然一笑道：「只爲了想找出這答案，我便想去會會那個韓柏。」

第七章　刺殺行動

莫意閒獨據一桌，在昨晚才曾被鮮血染紅了的花街一所酒樓上的雅座喝著悶酒。

街上行人熙攘，一點看不出昨夜曾發生了大屠殺。

所有屍體均被秘密運走，血跡亦洗刷得一乾二淨。

街上陽光漫天，可是莫意閒的心境卻是密雲不雨的悶局。

他並非為昨夜的未竟全功而失落。

與臭味相投的談應手聯擊浪翻雲慘敗後，再沒有甚麼打擊是他受不了的。

無人敢在他面前提起這樁奇恥大辱，可是他絕過不了自己那一關。

當別人望向他時，他總看出那背後的鄙夷。

他莫意閒只是個棄友逃生的懦夫。

孤竹和十二逍遙遊士的叛離對他的自信是另一個嚴重的傷害，使他清楚知道已大不如前。

他曾試過發奮圖強，潛修武技，但努力了數天後，就頹然廢止。因為他深知以自己的天分才情，這一生休想超越浪翻雲。

於是唯有每晚到妓寨縱情酒色，麻醉心中的惱恨與憤怨。

他很想離開方夜羽，找個無人的地方，躲上一兩年，至少待攔江之戰後，看看結果，才再決定行止。

可恨退亦不行。

沒有人比他更清楚失去了方夜羽這靠山的可怕後果。

這十多年來，與談應手狼狽爲奸下，眞的是要風得風、要雨得雨，連他亦弄不清楚結下了多少仇怨。

現在談應手已死，若再脫離方夜羽，又沒有了孤竹等爪牙，所有苦候已久的仇家們，絕不會放棄可攻殺他的良機。

那些對他恨之刺骨的人，自不會講江湖規矩，只會不擇手段來對付他，那時他將沒有半天安樂日子可過。

進既不能，退亦不得。

爲何會陷身進這種噩運裡？

他喝掉了杯中酒後，意興闌珊站了起來，擲下酒資，步履沉重地走到街上。

秋盡的溫熱陽光灑照到他肥胖的軀體上。街上的熱鬧與他半絲關係都沒有，和其他人相比，他是活在另一灰暗無光的世界裡。

他升起不知何去何從的感覺。

就在這時，心中生出警兆。

戚長征這時正在對街另一座酒家靠街的桌子處，通過窗子全神貫注地虎視著步往街上的莫意閒。

他能在這個時間坐在這張椅子裡，其中實動用了龐大的人力物力，更絞盡了腦汁。

他這時的外表只像個黝黑老實的行腳商人，在寒碧翠美麗的妙手施為下，他搖身一變成了另一個人。

谷倩蓮這小靈精想出來的計劃，大膽得連乾羅亦為之動容。

在他們把形勢分析給她知道後，她眼珠一轉，便想出了連環毒計，對付敵人。

第一步就是找敵方一名高手，加以刺殺。

老傑立時動用了仍留在長沙府內外的偵察力量，最後揀選了莫意閒做對象。

現在戚長征就是來執行任務。

街上的莫意閒停了下來，那被臉上肥肉迫得瞇成兩線的小眼精芒亮起，往他望來。

戚長征知道對方感應到自己帶著深刻仇恨的眼神，心中暗讚，一聲長嘯，穿窗而出，落到街心處，輕提長刀大笑道：「怒蛟幫戚長征來也，明年今日此刻，就是你莫意閒的忌辰。」

「蹼！蹼！」腳步聲中，往對方迫去。

「刷！」

莫意閒呵呵一笑，亮出鐵扇，表面雖從容自若，卻是心生警惕，細察四周是否還伏有風行烈、乾羅那類高手。

暗暗叫苦。

甄夫人和一眾高手，早退出了城外，現在的他孤立無援，何況眼前這種以命搏命的生死決戰，數招即可分出勝負，不由萌生退意。

四周的行人嚇得紛紛退進兩旁的店舖去，連附近的幾個官差聽到動手的人是戚長征和莫意閒，比任何人更迅速躲了起來，更不要說前來干涉了。

戚長征的面容變得出奇地平靜，兩眼像兩枝利箭般刺進莫意閒眼內，天兵寶刀發出凜烈無比的殺氣，往對手罩捲而去，全身衣衫無風自動，獵獵作響，形相之威武，直似佛前的降魔金剛一般模樣。

莫意閒自知心虛膽怯，難以在氣勢上壓倒對方，一聲短嘯，手中鐵扇一搖，化出十多道扇影，擴散開去，封鎖了敵手所有進路。

他的一扇十三搖，陰柔詭毒，罕有硬攻的手法，專事黏貼緊纏的伎倆，只要敵兵給他纏上，絕難以展開攻勢。那時只要眞氣稍衰，便會給他破開空隙，無孔不入地攻進去，比之剛猛的手法更使人感到難以應付，厲害非常，否則亦不能成爲黑榜高手。

所以一開始，他便迫戚長征做埋身拚鬥。

戚長征夷然不懼，手中長刀彈起，斜斜劃往敵人虛實難分的扇影裡。

長刀霍霍的劈風聲，連街頭街尾躲起來觀戰的人亦清楚可聞，可知這一刀實貫滿強大的氣勁。

莫意閒見對方這左手一刀精妙絕倫，覷準自己攻向他左肩的一扇直劃而至，雖是心中懍然，卻毫不驚慌，自恃功力較對方深厚，忙運集全力，準備硬架敵刀，同時打定主意，一旦迫退對方後，在對方伏在暗處的人撲出來之前，立即逃之夭夭，不讓對方形成圍攻之局。

冷笑一聲，扇形散去，鐵扇摺合起來，閃電般往對方刀頭點去。

戚長征像早預知他有此一著般，哈哈一笑，刀光一閃即沒，繞往莫意閒左側死角，出神入化地又再一刀側斬他的肥腰。

莫意閒想不到如此聲勢洶洶的一刀，竟發了一半就撤回去變成另一怪招，刀勢仍緊緊籠罩著自己，竟是纏戰的格局，擺明不讓自己脫身，更暗暗叫苦。鐵扇一揮，發出一片勁厲風聲，先是橫掃，接著直砸，全是不留手的搶攻，改陰柔爲陽剛，威猛絕倫。

戚長征大刀漫天飛騰，在敵人扇影裡吞吐變化。

金鐵交鳴聲不絕於耳。

戚長征不住後退，看來落在下風，只有莫意閒心叫不妙，他本以爲這一輪猛攻，定能迫得對方陣勢大亂，自己便好乘勢逸走。

哪知對方退而不亂，每一刀仍留有後著，待他氣勢稍衰，立即會在此消彼長下，展開反撲。換言之，若莫意閒這種最耗眞元的打法，不能一舉斃敵，將遲早被對方反攻過來。

在一般情況下，莫意閒自可改採守勢，應付敵人的反攻後，再重組攻勢，可是在現今隨時會有敵人加入這伏擊之戰的時刻，他絕不可容有這情況出現，因爲在敵人主攻下，他更難以脫身，惟有保持現在的強攻，希望敵人捱不下去。

換句話說，莫意閒正騎在虎背上。

縱使眞元損耗殆盡，亦要這般苦撐下去。

一時扇影、刀光，在街心處翻滾不休。

戚長征的左手刀比之以前更成熟了，毒辣詭幻，雖仍不住後退，卻絲毫不露敗象，還蹈隙抵瑕地針對著對方水銀瀉地式的狂猛攻勢。

瞬眼間，他們鏖戰了近三十招，形勢險惡至極點，連街旁觀戰的人亦看出只要任何一方稍有失誤，將是立刻血濺命喪的淒慘收場。

莫意閒一聲狂喝，施出十三搖裡一著精妙招數，藉鐵扇開闔發出的勁氣，破入對方刀勢裡。

戚長征暗叫厲害，倏地避退。

莫意閒展盡渾身解數，才取得這逃走的一線空隙，哪敢遲疑，如影隨形追殺過去。

只此一著，便知莫意閒不愧身經百戰的黑榜級高手，要知他若往左右橫移，又或向後方退走，都難逃被截擊的命運。只有乘勢迫前，衝破戚長征這缺口，才是最上之策，說不定還能趁勢擊傷戚長征，那就更理想了。

戚長征一聲長嘯，改退爲進，一刀向莫意閒攻來，竟是不顧自身同歸於盡的打法。

莫意閒有把握殺死戚長征，可是自己將不免也受重傷，在這種強敵暗伺的環境裡，那和死亡並沒有甚麼分別，只是遲早的問題。

於生死在眼前立判的一刻，莫意閒顯示出貪生怕死的本性，狂喝一聲，猛往旁移，改攻爲守，優勢盡失。

戚長征刀勢被壓久矣，得此良機，立時轉盛，長江大河般捲殺過去。

同一時間，扮成高大老人的風行烈閃電般由屋頂疾刺而下，丈二紅槍化作一道紅芒，向著莫意閒的肥軀後背刺去，拿捏的時間、角度、力道均渾若天成，無有分毫偏差。

莫意閒收攝心神，扭側肥軀，運勁一振，鐵扇分別射出兩枝扇骨，往兩人激射而去。

要知他爲了逃命，被迫以剛勁硬手攻敵，實屬不得已爲之，而陽勁進速退速，不像陰勁般後力綿綿，故一退下立成劣勢，偏偏風行烈揀這要命的時刻偷襲，怎不教他連壓箱底的秘招亦施展出來。

這時他背後是一間金石文物的店舖，裡面擠滿觀戰的路人，只要這兩枝扇骨能使這兩名年輕的敵人攻勢稍緩，他即可撞入舖裡的人堆內，那時逃走的機會，將大大增加，否則就是血濺當場之局。

戚、風兩人怎會看不通這形勢，同聲大喝，分別施了個「卸」字訣，挑開扇骨，但身形終滯了一滯。

莫意閒大喜，壓力一輕下，往後疾退。

風行烈狂喝一聲，兩手一送，使出「燎原百擊」中三十擊擲槍法中的「虛有其表」，丈二紅槍化作一道閃電，追上莫意閒。

莫意閒想不到他有此一著，無奈下一掌劈往槍頭處，另一手的鐵扇則往戚長征的天兵寶刀掃去。成名非僥倖，生死搏鬥中，莫意閒的應變和沉狠，均表現出一代黑榜高手的風範。

「啪！」

莫意閒掌緣切在槍鋒處，立時魄散魂飛，竟然掌觸處飄虛無力，紅槍應手往地上掉去。原來這招「虛有其表」眞的只是虛張聲勢，乃厲若海所創奇招之一，只看其速度來勢，聽其破空之聲，任誰都會相信全槍貫滿了力道，於是全力擋格，就像莫意閒現在所犯的錯誤那樣。

莫意閒用錯了力道，差點側跌往風行烈那一方，一個踉蹌後，硬把手提回來，內勁也逆流而回，立時噴出一口鮮血。

戚長征的刀剛砍在扇上。

莫意閒四十年來從未試過失手的鐵扇竟甩手而去。

風行烈早閃至另一側，一拳轟往他胸前膻中大穴。

莫意閒狂喝一聲，移過肩頭，硬擋了他一拳，另一手曲指彈在戚長征變招劈來的天兵寶刀身處。

肩骨碎裂之聲立時響起。

這時三人貼身纏鬥，天兵寶刀展不開來，戚長征冷哼一聲，一肘往莫意閒脅下撞去。

風行烈箕張兩指，插向他雙目，務要他看不清楚戚長征的攻勢。

在這危急存亡之際，連思索的時間亦來不及，莫意閒左拳猛擊風行烈腰腹處，另一掌拍在戚長征的手肘處，同時拔身飛退。

「蓬！」

風行烈攻向他雙眼的手改為下切，和他致命的拳頭硬拚了一記。

戚長征的手肘亦給他拍中。

風、戚兩人全身一震，往後跌退半步。

莫意閒一聲長笑，凌空退飛，眼看避入身後的舖裡，一道紅光，卻由地上飛起，閃電般追上莫意閒，透胸而入。

原來風行烈使出燎原槍法「三十擊」內詭異之極的「平地風生」，腳踩槍尾，把槍翹起並校正了角度，運勁一挑，丈二紅槍立時由地上激射斜上，正中敵人。

當年厲若海教風行烈這著腳法，只是基本功便練了他三個月，可知其難度之高，今日終收到了成效。

紅槍帶著一蓬血雨，由背後飛出，插在舖前的石地上，槍尾還不住搖顫著。

嚇得舖內的人駭然後退，混亂不堪。

莫意閒眼、耳、口、鼻鮮血狂噴，凌空跌下，「蓬」的一聲，肥軀像堆軟泥般掉在街旁，立斃當場。

風行烈和戚長征對望一眼，心中駭然，直至這刻才敢相信成功殺了個黑榜級的高手。

兩人知道敵人隨時會來，交換了個眼色後，戚長征「呼」一聲躍上屋頂，望東逸去。

風行烈拔回紅槍，亦由另一方向掠去，轉瞬不見。

旁觀的人這時才懂得繼續呼吸。

第八章　一代權臣

地擁金陵勢，城迴江水流。

應天府位於長江下游，東有鍾山爲屏障，西則長江天險，氣勢磅礴，有龍蟠虎踞之勝，更握水陸交通要樞，乃古今兵家爭戰必取之地。

遠在春秋戰國時代，吳王夫差派人於此築城冶煉青銅器，稱之爲「冶城」。越滅吳後，在秦淮河邊另起一座土城，稱爲「越城」。越被楚滅後，楚威王又在清涼山上築了一座新城，取名「金陵邑」，金陵的名稱始於此。

三國時代，赤壁之戰後，東吳的孫權遷都金陵，改稱建業，翌年在石頭山金陵邑原址築城，取名石頭城。依山築城，因江爲池，形勢險要，有「石城虎踞」之稱。

此後東晉、南朝宋、齊、梁、陳均在此建都，成爲南北爭戰中決定成敗的重鎮。

當年朱元璋一統天下，在定都的問題上，請來群臣商議，眾臣紛陳己見，提出洛陽、關中、汴梁等地。

其中虛若無和劉基兩人力主仍以元人首都北平爲都。

兩人以元人都於此後，因其武功之盛，版圖之廣，早成了天下嚮往之中心，水陸交通，皆發軔於此。

東出則山海關，至錦州、遼河；南經涿縣、河間，達山東及東南各省；西北出居庸關，通察哈爾、綏遠及外蒙；北出古北口，至熱河。實乃天下軍事、交通、經濟無與匹敵的要塞。冠蓋往來之盛，甲於金陵（建業）。

其時為了這南北兩大都會的選擇，頗有一番爭論。

虛若無更提出自古以來，每逢分裂之局，均是北必勝南，偏安南方者最後莫不被北方所滅，屢應不爽。

可是朱元璋久戰求安，終不納兩人之議，道：「所言皆善，惟時有不同耳！長安、洛陽、汴梁，實周、漢、唐、宋故都。但平定之初，民未蘇息，若建都於彼，供給力役，悉資江南，重勞其民；若就北平，宮室亦不無更作。建業，長江天塹，龍蟠虎踞，足以建國。臨濠前江後淮，有險可恃，有水可漕，朕欲建為中都，何如？」

眾臣惟有稱善，就此以金陵為都，易名應天府，以示上應天德，成立大明。

北平則改名順天府，封與軍功最大的兒子燕王朱棣，北方遂落入其掌握上，於此亦可知謝廷石實乃天下十三布政使司裡最有權勢的邊疆大臣。

這掌握著大明命脈的古都應天府，城區面積廣闊。

長江自西南橫穿城北，艷名著天下的秦淮河由城南入，繞城西再北流入江。

秦淮河入江前的河段，兩旁青樓林立，大多是歷史悠久，國勢雖有興衰，但這段河岸總是熱鬧非常，以另一種醉生夢死的方式存在著。

江河兩岸平原千里，東有寧鎮山脈與富饒的長江三角洲相連，房舍連綿，名勝古剎，說不盡的千古風流。

這時官船正在波平如鏡的秦淮河上，緩緩靠往岸旁去。

八艘京師的水師船布防在河的兩岸和前後，阻截著其他船隻的接近。

碼頭外遠處是狀如伏虎的清涼山，山上是逶迤蜿蜒、昂首挺立的崢嶸石岩和古老牆堡，那就是石頭城的遺址了。

韓柏、范良極、謝廷石、陳令方等全齊集船舷旁，等待著下船的時刻。

岸上駕起了兩個高達四、五丈的爆竹塔，「劈劈啪啪」火光爍跳中由下往上燒去，送出了大量的濃煙和火屑的氣味，平添了不少氣氛。

碼頭旁的空地上排了十多列甲冑閃閃、怒馬鮮衣的禁衛軍，旗幟飄揚，好不威風，若不是見慣場面的人，只看那陣勢便要心膽俱寒。

韓柏正是從未見過這類場面的人，低聲向身旁的范良極問道：「歡迎我們何須如臨大敵似的來了近千人，是否悉破了我們，故布局坑我們？」

范良極見他唇青臉白，忍著笑向身後以輕紗籠面的四女道：「四位專使夫人，請看你們的夫君大人，如此膽小如鼠，是否配做你們的夫君呢？」

左詩、柔柔和朝霞三人都在心驚膽顫，比韓柏還不如，哪還有回答的心情。

恬然仙立的秦夢瑤悠然道：「武功像他那麼高明的人總還有，但武功到了他那水平而膽子這麼小的，卻是絕無僅有，應否亦算是難能罕貴呢？」

范良極愕然道：「夢瑤在貶他還是讚他呢？」

藏在面紗裡，散發著驚人神秘美的秦夢瑤幽幽一嘆道：「夢瑤已沒有回頭路可走，惟有凡與他有關的事都朝好的一面想。除此外還能怎樣呢？」

韓柏最怕秦夢瑤不欣賞他，聞言魔性大發，膽怯一掃而空，腦筋變得靈活無比，兩袖一拂，霍霍生風，挺起胸膛擺出官款，傲然道：「讓我朴文正演一台好戲你看看，教你們永誌不忘。」

范良極見他像變了另一個人似的，放下心來，用肩頭撞了他一記，提醒道：「記著是你先行！」

隆隆聲中，官船泊到碼頭去，自有人牽纜繫船，降下跳板。

驀地岸上近千的御林軍往前迎來，接著左穿右插，井然有序地變化出不同的陣勢，配合著飄揚的旗幟，既威風又好看。

然後分成兩組，潮水般往後退去。

鼓樂喧天聲裡，兩個策著特別高大駿馬，裝飾華麗的官兒，由禁衛軍讓出來的通道，昂然往登岸處緩馳而至，派勢十足。

陳令方靠了過來道：「左邊那身材瘦高，長著五綹長鬚的人就是胡惟庸。唉！眞不明白他為何會親來迎迓。」

范良極向韓柏提點道：「看吧！老胡旁的人臉白無鬚、體型陰柔的人就是六根不全的閹寺。」又問陳令方道：「那是何人？」

陳令方定睛一看道：「說眞的，我眞不明白皇上爲何如此重視你們，這人是宮中最有權勢的大太監，司禮監正四品的聶慶童公公，此人心胸極窄，最愛被吹捧，須小心應付，因爲說起來他還是楞嚴的頂頭上司。噢！他們下馬了，我們應下去了。」

韓柏吸了一口氣，只覺心中充滿信心，從容步下船去。

范良極搶前兩步，作領路狀，倒亦似模似樣，平添了韓柏這假貨不少威勢。跟著是謝廷石和陳令方，後面秦夢瑤等看似弱不禁風地由那四名怒蛟幫女幫眾假扮的侍女扶著，蓮步款擺走下船來。

接著是謝廷石那三名近身侍衛和范豹等捧著貢品的人，倒也頗有一番使節團來朝的氣象派頭。

當韓柏和范良極踏足岸上時，樂聲收止，一片莊嚴肅穆的氣氛。

韓柏唱了一個喏，一揖到底嚷道：「高麗右輔司朴文正奉高麗正德王之旨向大明天子問好！」

他照足陳令方指導，擺出官場架勢，龍行虎步，胡、聶兩人雖嫌他嫩得可以，但看到他的氣度，卻甚是順眼，心想此子年紀輕輕，便成了高麗的正二品高官，除了有家世外，當有幾分本領，反對他重視起來。

胡惟庸和聶慶童連忙還禮。

互相客氣時，韓柏乘機打量這權傾天下的中書丞相。

只見此人身材瘦削，年紀五十上下，相貌堂堂，但臉色陰沉，細長的眼神采充足，但眼珠溜轉不定，可見天性奸詐險惡，滿肚子壞水，使人想不明白爲何朱元璋如此雄才大略的人，會倚之爲左右手。

司禮監聶慶童訝異道：「英雄出少年，朴專使年紀輕輕卻位高權重，已使人驚奇，漢語又說得這麼好！」

范良極截入道：「公公有所不知了，朴專使是我國有史以來最出色的神童，三歲便懂得寫字計數、六歲舞劍、十二歲便……嘿！懂得……嘿窈窕淑女，君子好逑……你明啦。」說完用下頷朝身後四女點了點。

胡惟庸呵呵笑了起來。

聶慶童當然笑不出來，暗忖這像頭老猴的侍衛長眞不識相，明知自己沒有泡妞的本領，偏提起這方面的事。

胡惟庸目光落到韓柏另一方的陳令方身上，微微一笑道：「陳公你好！上次一會，至今不覺三年了，歡迎你回來共事，同爲天下眾生盡一番力。」

陳令方忙說了番謝主隆恩，又感激胡丞相提攜的話。

韓柏和范良極交換了個眼色，同時想到明知這胡惟庸乃一代奸相，但這刻侃侃言來，倒充滿了慈和關懷的神氣，教人很難憎恨他，可見這就是他的魅力了，縱使笑裡藏刀，亦易令人受落。

胡惟庸又向謝廷石道：「謝大人今次護送有功，本丞必會如實報上，讓皇上知道大人的辛勞。」

謝廷石慌忙道謝，若非韓柏和范良極知道兩人間勢如水火的關係，眞會誤以爲謝廷石感激涕零。

范良極有點不耐煩起來，道：「胡丞相，聶公公，今次我們帶來的貢品，清單早遞上貴朝，不若我們先行點收，做好移交的手續，本衛也可放下肩上重擔。」

胡惟庸向聶慶童恭敬地道：「有勞聶公公了！」

聶慶童顯對胡惟庸恭謹的姿態甚爲受落，欣然和范良極點算去了。

胡惟庸稍微湊近韓柏，眼光巡視了秦夢瑤等兩遍後，親切地低聲道：「專使大人不但眼光獨到，還手段高明，待本丞找一晚在秦淮河的花艇上擺一席酒宴，請來天下第一名妓憐秀秀，包保大人樂得連貴國都樂而忘返了。」

韓柏正中下懷，打了個眼色，表示歡迎之極，暗想這奸人怕亦是色鬼一名，幸好秦夢瑤等有紗巾蓋著絕世艷容，否則他向自己討一個來玩玩，那就有難了。

胡惟庸忽地想起了甚麼似的，欣然道：「爲了迎接專使大人，本丞特地找人教了我幾句貴國語言，請指教。」接著一口氣說了七、八句高麗話。

陳令方一聽下魂飛魄散，這幾句話全是頌詞，讚美高麗的文化風光，最要命是最後兩句，是希望能有機會到高麗一遊，未知韓柏會否盡地主之誼。

這是必須回應的話。

韓柏有多少斤兩，他最清楚，不心驚色變才怪。

韓柏聽畢扮出震驚的表情，回頭向兩人誇張地道：「難怪直海大人回國後，對胡丞相讚不絕口，你們看吧！他不但治國了得，連語言方面亦是無可比擬的天才，說出來比我們更好，就像仙樂般悅耳動聽。」

陳令方和他早有默契，一邊附和，乘機猛點頭，向韓柏示意，著他表示贊同。

不要看平時韓柏傻兮兮的，每逢緊要關頭，腦筋便比任何人都清醒機敏，向胡惟庸笑道：「蒙丞相誇讚和厚愛，小官怎敢不從。」

陳令方聽得心悅誠服，暗嘆這人胡謅亂混的功夫，確是高人一等。

胡惟庸如此老謀深算，官場經驗豐富的人，亦給他騙過，陪著笑了起來。

此時點算完畢，移交手續完成，范良極和聶慶童兩人談笑風生地走了回來。

韓柏和陳令方對望一眼，都知道范良極定是向聶慶童施出了「先禮後交朋友」的無雙秘技，會心微笑起來。

胡惟庸道：「各位舟車勞頓，明朝又要進宮見皇上，現應好好休息。」笑著向聶慶童點頭示意。

這一人之下，萬人之上的中書丞相，一舉一動，都合乎禮節，風度從容，教人不能不為之傾折，可知成功絕非僥倖。

聶慶童乾咳一聲，以他太監獨有的尖窄嗓音道：「知道專使東來，本監特地預備好了坐落莫愁湖旁，風景優美的外賓館，又從宮內調了侍女三十人、內侍五十人打點起居，他們的頭兒是我的得力手下右少監李直，專使有甚麼特別要求，吩咐他定可辦得妥妥當當。」

胡惟庸插入道：「至於陳公和布政使大人，本丞自有安排。」向韓柏微笑道：「專使若不介意，便和本丞共乘一車，讓我送專使一程。」

陳令方和謝廷石均感愕然，至此更無疑問，知道胡惟庸定有原因，才對韓柏如此周到。

韓柏呵呵一笑，向胡惟庸道：「小官正是求之不得，胡丞相請。」

胡惟庸皮笑肉不笑道：「專使大人請！」

蹄聲響嗒，馬車搖曳中，韓柏透過車窗，出神地打量著這成了京師的聞名古都。

街道至少比武昌的寬了一半，所以當他們的隊伍經過時，其他車馬行人都可輕易避到一旁去。

雖是宅舍連綿、朱樓夾道，但屋與屋間總植有樹木，使人一點不感到擠塞雜亂的壓迫感。

豪宅前的大門都擺設了鎮門的石獸，天祿、麒麟、辟邪等傳說中的神異猛獸，隨處可見，形形色色，但都是肥壯健美、張口吐舌、挺身昂首，神態生動之極。

別具特色的是規模宏大的廟剎，走了不到半盞熱茶工夫，韓柏便看到兩座，尤其遠在清涼山上的古剎，依山而築，金頂與綠樹在陽光下互相輝映，更使他嘆爲觀止。

胡惟庸見他對廟宇大感興趣，低吟道：「南朝四百八十寺，多少樓台煙雨中。」

韓柏正迷醉在古老文化的絢麗光彩和古城蒼鬱深秀的景色裡，聞言震醒過來，點頭道：「這確是個美麗的大都城。」

胡惟庸微笑介紹道：「只是應天府，便住了十六萬戶共一百多萬人，這還不計來做生意的商人、探親或遊玩的旅客，應是全國人口密度最高的地方。」頓了一頓道：「專使大人似乎對廟宇特別有興趣，待本丞安排大人到最著名的幾間參觀吧！這裡不但名勝眾多，工藝亦是名聞天下，只是織錦坊便有三個，其他銀、鐵、弓、氈、毛等作坊更是數不勝數。又有兩條習藝街，一個大市場和六畜場，專使大人當會感到有趣。」

韓柏暗忖若能拖著秦夢瑤和三位美姊姊的小手，摟著她們的蠻腰，無拘無束地在這些地方溜蕩，又和范良極借來銀兩，爲她們購買喜愛的手玩衣飾，並親自爲她們戴上，眞是愜意無比的事。

胡惟庸見他臉上露出嚮往陶醉的神色，誤會了他的意思，道：「專使大人放心，異日大人回國時，本丞可安排各行工匠隨行回國，傳授敝國頂尖工藝技術，與貴國工藝互相交流。」

韓柏從白日夢裡扎醒過來，連聲稱謝。

他愈和這奸人相處，便愈生好感，可見這人確有令人傾服的非凡魅力。

胡惟庸忽地壓低聲音道：「直海大人當年曾向本丞說及貴國的雪嶺天參，功能祛除百病，延年益壽，起死回生。不知……嘿！不知大人今次帶來的萬年參，是否就是這種罕世難逢的靈參呢？唉！皇上和本丞足足苦候了七年。」

韓柏心中暗笑，這老狐狸終於露出他的尾巴來，難怪提也不提自己折辱胡節的事，還對自己如此另眼相看，原來謀的是萬年參，旋又想到給他以天作膽，諒也不敢問朱元璋討參來吃，自然是與直海有著袖底交易，於是故作神秘湊到他耳旁道：「我本想待會無人時，才向胡丞相說出來的，臨離高麗時，直大人早有密囑，爲此我們另帶來了兩株這種靈參以孝敬丞相。此事乃最高機密，不單沒有列入貢品清單內，連敝王上都不知道。嘿！這兩株參乃我特選正貨，比之獻給貴皇上的只好不差。嘻！除了你剛才說的功效外，最厲害的還是壯陽之效，我只不過吃了一根參鬚，現在等閒十多個美人兒，都不是本使的敵手，你明白啦！」還用手肘輕撞了對方一下，以示親熱。

胡惟庸聽得喜上眉梢，心動之極，暗忖這專使大人比直海更識時務，當年直海只是答應私下給他一株天參，還只能是次一等的貨色，現在這專使一給就是最優質的兩株靈參，不過他生性多疑，仍不敢盡信，正欲試探，蹄聲忽起，由遠而近。

胡惟庸皺起眉頭，本是慈和的面容沉了下來，兩眼射出森寒殺機。

韓柏看得大是懍然，看來這才是他冷酷沉狠的眞面目。

馬車倏地停下。

胡惟庸回復冷靜的表情，揭起窗簾，往外看去。

一名騎士策馬來至車旁，看進車廂來道：「胡丞相安好！」

胡惟庸一呆道：「葉統領你好！」

韓柏心中一震，暗忖難道這人竟是西寧三老之一，御林軍統領「滅情手」葉素冬，忙仔細打量對方。

這葉統領身量極高，一對眼神光懾人，顯是內外兼修的高手，看上去一點不覺「老」，像個精神奕奕的中年人，只是兩鬢稍有花白，生得英俊威武，一派高手氣度。

葉素冬微笑在馬上向兩人施禮後，向胡惟庸低聲道：「皇上有命，請專使立即進宮見駕。」

韓柏和胡惟庸同感錯愕，均不明朱元璋爲何連明天都等不及，立即傳召見他這個假專使。

韓柏升起了正在作夢的怪異感覺。

他竟可以見到皇帝老子這眞正的老人家。

第九章　各出奇謀

黑榜高手莫意閒冰冷灰白的屍體被放在地面的一張毛氈上。

無論生前他如何叱吒風雲，死後亦只能留下一個沒有生命的軀殼。

甄夫人托著香腮，坐在一張椅裡，凝視著他的屍體，蹙起黛眉，像有甚麼苦思難解的問題。

包紮著肩頭，臉色蒼白的柳搖枝適於此時走了進來，來到莫意閒停屍處，低頭細看著，邊道：「仍沒有戚、風兩小子的消息嗎？」

甄夫人搖頭道：「未有！不過假若他們仍在城內，遲早會給我們找出來的，但恐他們早逃到城外去了。」

柳搖枝抬頭往她望去，道：「夫人為何像有點洩氣的樣子，要知兩軍對壘，總是互有死傷，只有到最後才知誰是眞正的勝利者。」頓了頓續道：「何況莫意閒我早看他不順眼，那天城內子夜之戰，若他肯出全力，戰果定會改觀，留下這樣三心兩意的人，對我們實在並無好處。」

甄夫人微微一笑道：「先生莫要動氣，素善只是有些問題尙未解開，所以情緒才顯得有點低落吧！」

柳搖枝聽她溫言軟語，不好意思起來道：「對不起！這是我第二次受傷，所以心情不大好。唉！這兩個小子為何敢在這種喪家之犬的形勢下，仍準確地把握莫意閒的行蹤，在光天化日的熱鬧大街上，公然搏殺黑榜的高手，擺明在天下武林前落我們的面子，以後誰還敢投靠我們。」

接著再道：「卜敵那膽小鬼更託傷躲了起來，怕成爲下一個被攻擊的目標，若我們不做回一兩件漂亮的事，對聲勢的損害，實難以估計。」

甄夫人點頭道：「他們的反守爲攻，擺出逐點擊破的姿態，確弄得我們鶴唳風聲，草木皆兵。這麼靈活的策略，是我們事先預想不到的，可是他們仍有兩個弱點，可被我們利用。」

柳搖枝道：「夫人指的是褚紅玉和水柔晶吧！事實上我們所有布置，均針對他們必須盡快趕去援救她們而設，這是他們明知是陷阱亦要闖進去的絕局。但至今他們仍似置之不理，加上莫意閒一死，使我方陣腳大亂，再難以捉摸他們下一步的行動。」

甄夫人微微一笑，話題一轉道：「柳先生假若是淩戰天或翟雨時，聽到長沙一戰的消息，會做出怎麼樣的反應呢？」

柳搖枝微一錯愕，顯是被提醒後才想起怒蛟幫，沉吟片晌後道：「自然是立起全軍，趕來與乾羅等會合，而且他們應收到了少主和里老大不在的消息，絕不會放過這千載一時的機會。」

甄夫人站了起來，來到莫意閒遺體的另一邊，秀目閃著動人的神采道：「這確是千載一時的良機，只要我們運用得宜，不但怒蛟幫完了，風、戚等亦無一人可以活命，那時整條長江將會落入我們手上，再配以由域外反攻過來的大軍，內外交煎下，朱元璋勢將江山不保。」

柳搖枝皺眉道：「恐怕我們現在的實力，並不足以打一場兩邊戰線的硬仗！」

甄夫人橫了他千嬌百媚的一眼，欣然道：「先生好像忘了還有胡節的大軍和展羽的屠蛟小組哩！」

柳搖枝給她的風情弄得心兒狂跳，吁出一口氣道：「夫人說的是，胡節和展羽有皇命在身，專責對付怒蛟幫，總不能坐視不理，可是他們的實力未必能把怒蛟幫一網打盡呢！」

甄夫人一陣嬌笑，道：「螳螂捕蟬，黃雀在後，還有我們嘛！」

柳搖枝給她弄得糊塗起來，一呆道：「那誰來對付風、戚和乾羅等人？」

甄夫人並不直接回答他的問題，反問道：「他們要救回水柔晶和褚紅玉，免得落入我們手上，尤其是鷹飛這女人剋星的手上，已是不疑的事實。我們為免實力分散，只能全力搜尋其中一人，先生會揀哪一個作目標呢？」

柳搖枝心中有點不忿氣，這比自己年輕上數十年的美女，思想的縝密，比他這經驗豐富的老江湖還要老辣，若自己這次給不出一個令她滿意的答案，定會被她小覷，不由用心思索起來。

甄夫人的心神卻轉到了韓柏身上，想到自己既公然向鷹飛表示了對這男人的興趣，以鷹飛的心狠手辣，定會不擇手段去把對方殺死，韓柏這小子究竟能否逃過大難呢？眞是非常有趣。

若他死了，秦夢瑤必然傷心欲絕，更且縮短她有限的生命，她亦可絕了方夜羽的心，吐出一口鳥氣。

若他仍能大難不死，我甄素善便和他玩個有趣的遊戲吧！

只要那眞是個有趣的遊戲便夠了。

柳搖枝的聲音在耳旁響起道：「我會選水柔晶作目標。因為褚紅玉有丹清派這地頭蟲掩護，必能瞞過我們這些外來人的耳目。而水柔晶的潛蹤法既是由你傳授，自然躲不過你的搜索，我說得對嗎？」

甄夫人收拾情懷，甜甜一笑道：「先生分析得非常透徹，素善會利用乾羅的偵察網，送出清晰的訊息，讓他以爲我們正全力圍搜水柔晶，假若他們亦全力往援，將會發覺落進我們的算計裡。」

美目亮起森寒的殺意，冷然道：「我倒要看看怒蛟幫的軍師翟雨時，如何躲過這一場災劫？」

洞庭湖那僻靜漁港的漁舟上，怒蛟幫裡最重要的幾個人物，幫主上官鷹、凌戰天、翟雨時、龐過之和梁秋末正聚在一起商議。

翟雨時神色凝重道：「繼昨夜接到長沙之戰的消息後，剛才再收到千里靈傳書，長征和風行烈聯手在同一地點，刺殺了『逍遙門主』莫意閒……」

上官鷹拍案叫道：「這小子眞有種！」

凌戰天道：「看來我們須立即赴援，否則他們早晚會給敵人吃掉，若我們結合起來，又有乾羅助陣，縱使對方高手如雲，我們亦有一拚之力。」

梁秋末插入道：「我贊成凌大叔的提議，方夜羽和里赤媚等兩天前乘船東去，目的地應是京師，這會令他們的實力大打折扣，否則即管有乾羅出手援助，恐長征他們亦逃不了。眞是奇怪，爲何以方夜羽的精明，竟會在這關鍵性的時刻離開呢？」

龐過之道：「我看是方夜羽沒有把乾羅這支連我們都不知道的奇兵計算在內，所以低估了長征的實力。不過那甄夫人確是厲害，一出手就把長征他們迫在死地，害得封寒都送了命。以他們的實力，長征他們殺了莫意閒只算是迴光反照的掙扎而已，若我們不立即施援，他們就危險極了！」

上官鷹向翟雨時道：「雨時快安排一下，救人如救火，一點不容浪費時間。」

翟雨時嘆了一口氣，這處共有五個人，有四個都主張立即出兵，他還能提出甚麼其他主意呢？

凌戰天看到他的遲疑，皺眉道：「雨時是否另有想法呢？假若我們在這種形勢下，仍龜縮不出，坐看他們被敵人圍殲，怒蛟幫以後休想再在江湖上立足。」頓了頓嘆道：「就算這是個陷阱，我們都似避不了。」

翟雨時道：「目前的形勢，實際上是機緣巧合下意外生出來的後果，誰能加以利用，誰便能成爲勝利者。現在長征他們以擊殺莫意閒的行動，清楚向我們送出訊息，就是他們將會牽制著甄夫人這股勢力，製造出我們乘隙進擊的形勢，若我們不加利用，將會白白錯過這千載一時的良機。」

上官鷹鬆了一口氣，道：「我還怕雨時反對出兵，現在放心了！」

翟雨時皺眉思索了一會兒後道：「現在我們大約知道展羽的屠蛟小組核心高手在十人之間，外圍較次的好手則約有近百人，配以胡節的人，隨時可抽調以萬計的精銳快速部隊，對我們加以截擊。」

凌戰天點頭道：「幸好胡節的水師，因爲要做好嚴密的封鎖，實力分散，只要我們行動迅速，可作點的突破，所以行軍的路線最爲重要，若處理得宜，要應付的可能只是展羽的人和少部分的官兵。」

翟雨時道：「最快的行軍路線，自是乘戰船由洞庭湖開進湘水，這樣兩天即可抵達長沙府，可是亦以這段水路敵人的實力最是強大。」

凌戰天微笑道：「那也是敵人最想不到我們會採取的路線，不過若沒有方夜羽的人在，我有十分把握跟胡節的水師和展羽打一場硬仗。」

梁秋末興奮地道：「胡節這小子亦應被重重教訓一頓。」

翟雨時向龐過之道：「龐叔立即傳下幫主之令，盡起精銳，把隱藏著的所有戰船，集中到這裡來，準備隨時行動。」

龐過之大喜去了。

翟雨時眼中亮起智慧的光芒，道：「我們定下兩個目標，就是怒蛟島和長沙府，首先佯作進攻怒蛟島，假設敵人中計，把水師調往怒蛟島，應付我們的進攻，我們立即進入湘水，全速開往長沙府，在長沙府北郊登岸，與長征等會合。」

上官鷹道：「假若敵人不中計，我們豈非進退兩難嗎？」

翟雨時胸有成竹道：「假若敵人如此高明，覷準我們的目的地其實是長沙府，那我們就給他們一個驚奇，全力收復怒蛟島，那時我們將更穩操勝券。」

凌戰天點頭道：「這果是妙策，當官的門面工夫最爲重要，若胡節讓我們重佔怒蛟島，給朱元璋知道了，保證人頭落地。所以無論他們的計劃如何周詳，一旦怒蛟島遇襲，必陣腳大亂，回師來攻，那時我們既可對他們迎頭痛擊，又可繞過他們，趕往長沙府，教他們首尾難顧。」

上官鷹拍案道：「就這麼決定！」

翟雨時道：「我現在最擔心的不是長征等人，而是浪大叔，方夜雨和里赤媚在這種緊張的局勢裡，仍往京師去，其中定有大陰謀，只恨大叔他們一抵京師，我們再不能和他們保持聯絡，想警告他們一聲，都無法辦到。」

梁秋末道：「會否是他們悉破了范良極和韓柏兩人眞正的身分？」

凌戰天道：「若要證實他兩人的身分，隨便派個人去就可以了，何須勞動方夜羽和里赤媚這兩個最重要的人物？」

翟雨時道：「朱元璋剛冊封允炆爲皇太孫，使皇室分裂成兩個對立的大集團，一邊是擁護允炆的皇公大臣，另一方則是以燕王朱棣爲首的勢力集團，今次方、里兩人東下應天府，必是與此有關，對他們來說，這確是分裂大明再好不過的良機。」

凌戰天點頭道：「看來是如此了，現在方夜羽又多了紅日法王和年憐丹這兩大高手，配合著手下其他能人和楞嚴龐大的東廠，縱有大哥在，若韓、范兩人被揭穿身分，將是命喪京師的慘局，大哥義薄雲天，勢不肯獨自逃生，那可能是全軍覆滅的命運。」

上官鷹色變道：「那怎辦才好，『鬼王』虛若無因曾助朱元璋出賣小明王，對我們顧忌甚深，更忌大叔，在這種情況下定會落井下石，大叔他們勢孤力弱，如何應付數方面的夾擊呢？」

翟雨時神色凝重道：「對這事我們眼前實無能爲力，唯一的希望就在秦夢瑤身上，假若她能復元過來，大叔方面的實力將會倍增，至少可去了紅日法王這強敵。而且她身分超然，若受到攻擊，天下白道無人肯坐視不理，怕只怕因鷹刀之爭，影響了白道特別是八派的團結，使他們變成一盤散沙，那對方夜羽就更有利了。」

凌戰天望往艇外，嘆了一口氣道：「想不通的事，多想亦是無益，就讓老天爺來決定我們的命運吧！今晚當天入黑後，就是我們動身開往怒蛟島的時刻了，胡節揚威耀武太久了，讓他嘗嘗我幫名懾天下、詭變莫測的夜戰之術吧！」

上官鷹暴喝道：「怒蛟必勝！」伸出手來。

其他三人迅速伸出手來，一隻緊疊在另一隻上，緊握到一起。

第十章　真假難分

化身成「俊郎君」薛明玉的浪翻雲坐在一輛租來的馬車上，扮著一般的商旅，來到京師。

這樣雖然需時較久，但卻避免因要展開身法，致惹人注意。

因爲他眞假兩個身分，都是見不得光的。

讓人知道他是浪翻雲，固會掀起軒然大波；給人認出他是一代淫賊薛明玉，當然亦大大不妥。

幸好現離開申時尚有個把時辰，有足夠時間讓他趕到落花橋，到時把懷中的藥交給薛明玉的女兒，便算完成了薛明玉臨終的遺言了。

趕車的漢子起勁地催著拉車的兩匹老馬，希望趁天黑前趕多一趟車，賺多幾吊錢。

未時初，車子離開了三壟村，到達長江西岸，對岸就是京城。

渡頭早有十多人在等候渡船。

浪翻雲透過窗簾望出去，只見大半是本地人，只有四、五個是行旅商賈的模樣。

浪翻雲戴上竹笠，遮住那淫賊的假面容，提起藏著覆雨劍的大包袱，馬車停下時，走下馬車，順手多打賞了趕車的漢子一吊錢。

那漢子千恩萬謝後，指著渡頭一旁泊著的十多艘小艇道：「客官若要到落花橋去，可租一艘渡艇，渡江入秦淮河而上，最多半個時辰，可抵達落花橋了，總勝過和人迫在擺渡裡。」

浪翻雲謝過後，走下渡頭。

驀地感到有幾道銳利的目光落到自己身上，原來渡頭另一邊孤零零泊著一艘官艇，上面的幾名便裝大漢正向他留神打量，他們身上都配有刀、劍等物，神情沉穩狠悍，不像是一般公差。

浪翻雲故意佝僂著高大的身體，斂去雙目神光，還裝作差點被放在渡頭上的貨物絆倒，竹笠掉了下來，露出薛明玉英俊的假臉。

若他沒有猜錯，這幾人應是楞嚴手下的東廠鐵衛，負責把守這渡江必經之路。

船上那些大漢見他如此不濟，一齊搖頭失笑，不再理他。

浪翻雲亦是心中暗笑。

後面響起輕微有節奏的足音，浪翻雲一聽下便知來者有三個人，都是深諳武技之輩，忙把竹笠戴回頭上，詐作遠眺正由對岸駛回來的渡船，裝出個不耐煩的樣子，才往右旁的渡艇處走去，以免和這些武林人物照面給認了出來。

一艘小艇駛了過來，一個艇姑輕搖著船櫓，叫道：「客官是否要艇，到最大的秦淮紅樓只要吊半錢！」

浪翻雲暗讚艇姑懂得做生意，點頭走下艇去，正欲坐在艇頭，好欣賞長江和到了秦淮河後的沿岸景色，艇姑叫道：「客官坐進船篷艙裡吧，免得水花打上來濺濕了你。」

浪翻雲心中微懍，原來當他的注意力來到篷艙內時，立時探測到若有若無蓄意壓下了的輕微呼吸。

這時他有三個選擇。

一是立時回到渡頭去，可是如此做法將更惹人注目，若讓那後面跟來的武林人物認出自己是誰，問題將更大。

第二個選擇依然是坐到船頭去，不過若對方是蓄意對付自己，說不定可在半路中途把艇弄翻，那將亦同樣惹人注意，對他無益有害。

所以剩下的選擇，仍是依然坐入篷艙裡，設法把不知其有何圖謀的隱伏者制著，再迫那艇姑送他到對岸去。

打定主意後，他施施然進入篷艙內，還故意背著那藏了人的一堆貨物似的東西坐著。

艇姑眼中閃過得意之色，把艇往對岸搖過去。

浪翻雲除下竹笠，放在一旁的艙板上，行囊隨意放到身旁，伸了個懶腰，望往對岸。

十年前，那時他年少氣盛，隻身摸上京師，歸程時在秦淮河上邂逅了紀惜惜，那情景就像發生在昨天。

身旁那暗藏著的人體溫驟升。

浪翻雲知道對方出手在即，心下微笑。

在他這種高手來說，每一寸肌肉都可發揮驚人的力量，普通武林人物就算拿著刀、劍也休想刺進他體內。

只從對方的呼吸、體熱，他已可大略把握對方的修為高低，故好整以暇，靜待對方出手。

寒氣襲往腰腎處。

在這剎那的短暫時候，他判斷出對方來勢雖快，但留有餘力，更重要是殺氣不濃，使他知道對方只是要把他制著，並非想一刀致他於死地。

他裝作愕然，當匕首抵著他的腰側時，動也不動一下。

那艇姑照樣搖艇，像對篷艙內發生的事一點都不知情。

一把冰冷的女聲在旁道：「不要動！我這把匕首淬了劇毒，只要劃破你的肌膚，包保你立斃當場。」

浪翻雲默言不語。

拿匕首的女子在貨物堆裡現身出來，挨在他身旁坐著，匕首當然仍緊抵著他，一陣充滿狠意的笑聲後，似哭似笑地道：「想不到吧薛明玉，你雖逃過他們的追殺，卻過不了我這一關，我等得你好苦，三年了！每晚我都在想著你，想咬下你的肉來嚐嚐是何滋味。」

浪翻雲嘆了一口氣道：「姑娘是否認錯人了？」他估計只要自己開聲說話，對方定可立即把自己有異的聲音認出來，那時只要解釋幾句，消去誤會，即可脫身，免得對方瞎纏下去，也好讓對方因薛明玉已死，在這恥辱和仇恨中解放出來。

豈知那女子一陣冷笑道：「你終於肯說話了！為何那天我怎樣求你，都全無回應，只是繼續你那萬惡的淫行。」

那女子倏地伸出另一隻手，點上了他背後幾處穴道。

這對浪翻雲哪會起甚麼作用，詐作身體一軟，挨在女子身上。

那女子的匕首仍緊抵著他，把俏臉移到他前，讓他看個清楚，另一手扶著他的肩頭，不讓他側倒下去。

浪翻雲眼前一亮。

這女子約在二十三、四間，生得秀氣美貌，眼眶蘊著淚水，充滿了複雜之極的神色，既有深刻的仇恨，亦有難明的怨意。

女子一陣狂笑，稍稍平靜下來，冷冷道：「你這殺千刀的淫賊，認得我了嗎？我被你害苦了一生，不但丈夫鄙棄我，所有知道此事的人都以異樣的眼光看待我！好了，現在你終於落到我手上，待我將你千刀萬剮後，便陪你一起死去，到了地府再告你一狀，教你永不超生。」

浪翻雲心中生出憐意，猶豫著好否把眞相告訴她。

那搖櫓的艇姑叫道：「小姐！我們到哪裡去？」

浪翻雲一聽她們全無預定的計劃，立知對方準備在船上殺他，正要運勁把她的匕首滑開，女子回應道：「搖到秦淮河去！」

那扮作艇姑的侍女愕了半晌，依然往秦淮河撐去。

女子又再看著浪翻雲的眼睛，掠過奇怪的神色，怒喝道：「爲何用那種眼光看著我，不認得我是誰了嗎？哼！你的眼睛變黃了，是否因酒色過度，傷了身體。」

浪翻雲既知小艇往秦淮河去，便又不那麼急於脫身了。

女子熱淚湧出俏目，悲痛地道：「由那晚你對我幹了禽獸的暴行後，我心中只想著死，只有死才能還我清白，但一天見不到你先我死去，我顏煙如怎肯甘心，薛明玉！你今天死定了。」

這時輪到浪翻雲不敢表明身分，否則豈非間接害了這女子。

顏煙如拍開了他一個穴道，喝道：「說話求饒吧！否則我會逐片肉由你身上割下來。」

浪翻雲苦笑了一下，一時間不知說甚麼話才好，他的面具不愧百年前天下第一妙手北勝天的製品，連他臉上的表情亦可清楚傳達出來。

顏煙如看得呆了一呆，這苦笑自有一種難言的灑脫和男性魅力，夢想不到竟會出現在這恨不得生啖其肉的採花淫賊臉上。

她以前想起這敗壞了她貞節的淫賊時，總恨不得立即把他殺死，不知如何，現在面面相對，卻又發覺自己並不想這麼快殺死他。

那搖艇的小婢再叫道：「小姐！有三艘艇在追蹤我們呢！」

顏煙如臉色一變，望向那小婢叫道：「設法拖延他們一陣子。」

再轉過臉來，望著浪翻雲，眼神先透出森寒殺意，接著轉爲濃烈的怨恨，最後則更是複雜難明，顯示她內心數個不同的意念正在交戰著。

倏地從懷裡掏出一個瓷瓶，倒出一顆鮮紅色的丹丸，硬塞進浪翻雲口裡。

丹丸入口即溶，順咽而下，吐也吐不掉。

無論這丹丸的毒性如何厲害，當然不會放在浪翻雲心上，只是不明白這顏煙如爲何不乾脆殺了自己。

顏煙如湊到他耳旁道：「這是閩南玉家特製的毒藥，若三天內得不到解藥，大羅金仙都救不了你，以你的狡猾，當然會猜到我把解藥藏在別處吧。」

浪翻雲忍不住道：「你既然這麼恨薛明玉，爲何不殺掉他，以免夜長夢多。」

顏煙如冷冷道：「爲何你提起自己的名字時，像說著別個人似的，難道以爲我會放過你嗎？一刀殺了你太便宜了，我犧牲了自己的身體，才學來天下間最狠辣的毒刑，不教你嘗過，怎能心息。我絕不會把你讓給別人來殺的。」走了出篷艙外，觀看追來的快艇。

這時小艇已到了秦淮河最名聞天下的花舫河段。

河面上泊滿了各式各樣的大船小艇，裝飾華麗，隱聞絲竹之聲，熱鬧非常。

浪翻雲啼笑皆非，暗忖對不起都要做一次了，因再不走便趕不上落花橋之約。

韓柏和葉素冬並騎而馳，甲冑鮮明的御林軍在前後簇擁，沿著大街往皇宮進發。

葉素冬微笑道：「專使大人！那邊就是玄武湖，亦是我們訓練水師的地方，大人落腳的外賓驛館在莫愁湖東的園林裡，風景相當不錯。噢！專使大人是初次到應天府，所以不知道莫愁湖的故事吧！」

韓柏感到這八派中著名的元老級高手出奇地謙恭有禮，說話不徐不疾，顯出過人的修養和耐性，眞怕他說起故事來亦是慢吞吞的，忙改變話題問道：「爲何貴皇上會忽然召本使入宮呢？我的心兒還在忐忑狂跳。」

葉素冬含笑看了他一眼，心想高麗爲何會派了這麼個嫩娃兒來丟人現眼，口中惟有應道：「皇上行事從來都教人莫測高深的！看！那就是皇城了。」韓柏往前望去，只見前面有座非常氣派的宮城，護城河環繞四周，那顆心跳動得更厲害了。

葉素冬介紹道：「皇宮是移山塡築燕雀湖建成的，城分內外二重，外重名『皇城』，共有六門，內重名『宮城』，內外兩城間還有兩重城門，外爲承天門，門前有座外五龍橋；內爲端門，亦有條內五龍橋。皇上會在內宮御書房見專使大人。」

韓柏見到皇宮門禁重重，正像隻吞了人不須吐骨的巨獸，差點想臨陣逃走，不過前後都是武藝高強的御林軍，又有葉素冬這種第一流的高手在旁，逃恐也逃不了。惟有硬著頭皮，和葉素冬由南面的午門進入皇宮內。

第十一章　草莽天子

韓柏給秦夢瑤下船前激起的信心，在踏入皇宮後，被那莊嚴肅穆的氣氛打得一滴不剩。前後各兩名太監護引下，他戰戰兢兢地在內宮的廊道上走著。

在這一點聲音都沒有的地方，足音分外令人刺耳心驚。

他很想問問身邊這些面無表情的太監還要走多久，但記起了葉素冬在內五龍橋把他移交給這些太監前，曾吩咐過他切勿和任何太監交談，因為那是朱元璋所嚴禁的，只好把話悶在心裡。

同時亦不由暗服設計建造皇宮的人，竟可創造出這種使人感到肅然生敬、自覺渺小的建築群。

九彎十曲後，又過了三重看似沒有守衛的門戶，太監停了下來。

忽然四人對著前面緊閉的大鐵門跪伏地上，齊聲高呼道：「高麗專使朴文正到！」

韓柏失驚無備下嚇了一大跳，在回音蕩漾時，正不知應否亦跪下來，大鐵門無聲無息地滑向兩旁，兩名年約五十的太監做出恭迎的姿態，請他進去。韓柏還是第一次見到底下裝了滑軸的門，不禁嘆為觀止。

在這兩名太監躬身前，兩對精光生輝的眼睛掃過他身上，登時使他生出無法隱藏任何事物的感覺，比直接搜身還管用，不由暗猜這兩人定是那些影子太監中的兩位。只不知他們的頭頭，原本是聖僧，現在變了聖僧太監的老傢伙是否躲在暗處盯著他。

想到即將見到天下最有權勢的人，只感頭皮發麻，硬著頭皮走進去。

這御書房稱爲御書殿倒適當點。

房分前後兩進。

內進被垂下的長竹簾所隔，隱隱約約見到燈光裡一個人影正在朝南的大書桌上據案而坐。

那兩名老太監打出手勢，著他自行進內。

韓柏先在心底叫了幾聲娘後，才舉步維艱地往內走去。

穿過竹簾，寬廣的密封空間呈現眼前，除了正中的大書桌外，四周全是高過人身的大書櫃，放滿宗卷、文件和書籍。

那坐在書桌的人正低頭閱看著桌上的文書，身材雄偉，穿一襲繡著九條金龍的淺絳袍服，頭頂高冠，自有一種威懾眾生的王者霸氣。

朱元璋聽得足音，驀地抬起頭來，銳利如箭的眼神往他射來。

他形相奇偉，眼、耳、口、鼻均生得有異常人，若分開來看，每個部分都頗爲醜惡，但擺到一張臉上時，卻又出奇地好看和特別，充滿著威嚴和魅力。

韓柏雙膝一軟，學那些太監般跪伏書桌前的地上，恭恭敬敬叩了三個頭，叫道：「高麗專使朴文正參見大明天子！」

朱元璋離開書桌，以矯健的步履來到韓柏伏身處，一把將他扶了起來，精光懾人的眼神上下打量了他一會兒，呵呵一笑道：「他們沒有說錯，文正你果是非凡，哈哈！」放開韓柏，走了開去，到了書桌前，一個轉身，眼睛再落在他臉上。

韓柏心叫天呀！皇帝老子竟碰過我。

站了起來的朱元璋又是另一番氣勢。

只見他雖年在六十間，但身子仍挺得筆直，毫無衰老之態。他的手和腳都比一般人生得較長，一行一立，均有龍虎之姿，氣概逼人，教人心生懼意。

韓柏囁嚅道：「皇上……小使……」

朱元璋坐到書桌上，向他招手道：「過來！」

韓柏忽然發覺陳令方這師父教下所有應對禮節，在朱元璋面前全派不上用場，膽顫心驚下移步過去，來到朱元璋前，垂下頭來，不敢和對方能洞穿肺腑的目光對視。

朱元璋淡淡道：「抬起頭來望著朕！」

韓柏暗忖以前總聽人說，直視皇帝是殺頭的大罪，爲何現在竟全不是那樣子的，無奈下抬起頭往這掌握著天下命運的人望去。

朱元璋雙目神光電射，看了他好一會兒後微微一笑道：「正德既派得你出使來見我，定對我國的古今歷史，非常熟悉吧！」韓柏只覺喉嚨乾涸，發聲困難，惟有點頭表示知道。

朱元璋伸手搭在他肩頭上，親切地道：「朕歡喜你那對眼睛。」

韓柏爲之愕然，爲何聽來那些關於朱元璋的事，和眼前這毫無皇帝架子但卻自具皇者之姿的朱元璋完全不同呢？忍不住奇道：「歡喜我的眼睛？」慌亂下他忘了自己的官職身分，竟自稱爲「我」。

朱元璋豪氣奔放地一聲長笑，再從書桌移往桌旁，兩手負在背後，走了開去，站定背著他道：「那是對充滿天眞、熱誠和想像力的眼睛，朕下面的人裡，沒有一對像你那樣的眼睛。」

霍地轉過身來，傲然道：「朕所以能逐走韃子，掃平天下群雄，並非武功謀略勝過人，而是朕有對天下無雙的眼睛，絕不會看錯人，正因爲沒有人比朕更懂用人，所以天下才給朕得了。」

韓柏心道，你眞的不會看錯人嗎？胡惟庸和楞嚴之流又怎麼計算？不由垂下頭去，怕給朱元璋看到他的表情。

豈知朱元璋竟看穿了他的心意，嘿然一笑道：「專使不用掩飾心中所想的事，你既和謝廷石由山東繞了個大圈到朕這裡來，對本朝之事必有耳聞，哼！誰忠誰奸，朕知道得一清二楚，甚麼都瞞不過朕。」

韓柏愕然抬頭望去，剛捕捉到朱元璋嘴角一現即斂、高深莫測的冷笑，只覺遍體生寒，才知伴君如伴虎之語，誠非虛言。

他很想問朱元璋立即召他前來所爲何事，卻總問不出口來。

朱元璋搖頭失笑道：「朕召專使到來，本有天大重要的正事，等著要辦。可是看到你這等罕有人才，卻忍不住心中高興，故話興大發，對著你這外人說起心事來。唉！可能朕太久沒對人這樣說話了。」

韓柏手足無措，只懂點頭，連道謝都忘記了。他作夢也沒有想過，見到朱元璋會是這般情景的。

朱元璋凝然卓立，指著他道：「專使應是膽大妄爲之人，爲何不敢對朕暢所欲言，要知你縱然開罪了朕，朕亦絕不會施以懲罰，因爲專使代表的乃是貴國的正德王。」

韓柏見他坦白直接得驚人，膽氣稍壯，吁出一口氣，乘機拍馬屁道：「皇上眞厲害，竟能一眼看穿小使眞正的本來情性。」

朱元璋微笑道：「因爲專使有點像以前的朕，只是欠了一樣東西，那就是野心；沒有野心，休想做得成皇帝。」

韓柏呆了一呆，暗呼厲害。難怪他能成爲統率天下群雄的領袖，竟一眼看穿了自己是個沒有野心的人。

朱元璋的談興像江河暴瀉般不可收拾，冷然道：「要做皇帝當然是天大難事，但要長保江山則是更難的事，爲帝之道，首先便是絕情絕義，凡有利之事，便須堅持去做；無利之事，則碰也不碰。所以朕最討厭孔孟之徒，哼！『何必曰利，只有仁義』，天下間再沒有比這更虛僞的言詞了。自古以來，秦皇漢武，誰不是以法家治國，儒家的旗號，只是打出來做個幌子而已！法家就是只講法，不論情。」

韓柏驚魂甫定，思路開始靈活起來，道：「可是若天下人全以利爲先，豈非鬥爭仇殺永無寧日？」

朱元璋龍目神光一現，喝道：「說得好！坦白告訴朕，若非我大明國勢如日中天，貴王會否遣專使萬水千山，送來最珍貴的靈參，又獻上貴國地圖，以示臣服，說到底還不是爲了個『利』字。」

韓柏囁嚅道：「這個嘛！嘿……」

朱元璋微微一笑道：「聽楞卿家說，專使精通少林心法，不知對中原武林的事，是否亦同樣熟悉？」

韓柏心中一懍，難道楞嚴是奉朱元璋之命來殺人滅口的？若是那樣，陳令方的小命豈非危險非常！口中應道：「知道一二！知道一二！」

朱元璋忽地沉默下來，好一會兒才道：「今天朕召專使到來，就是希望和專使商量一下，再由專使以貴國文字揮就一書，向貴王提出警告，因爲東洋倭子正蠢蠢欲動，密謀與韃子聯手，第一個目標就是貴國。」

韓柏終於臉色劇變，擔心的當然不是東洋倭子，而是他的高麗書法。

遍體立時淌出冷汗。

忽然間他知道范良極、自己，甚至浪翻雲都低估了朱元璋的厲害，若讓他悉破假冒的身分，不但自己不能生離此地，連到了莫愁湖的范良極等人亦將無一倖免。

他的心驀然冷靜下來，魔種提升至最濃烈的程度，籌謀免禍之法。

顏煙如又撲回篷艙裡，臉上現出驚怒交集的表情，一手抓著浪翻雲的後領，看情況像要把他硬拖到艇外去。

豈知身子一軟，竟倒入了浪翻雲懷裡。

浪翻雲做戲做到足，嘿然淫笑兩聲，道：「小乖乖！看情況你是應付不了吧！讓我替你出頭好嗎？」

顏煙如雖渾身發軟，說話的能力猶在，駭然道：「你怎能自解穴道？」旋又記起道：「你……你服了我的毒丸，若敢對我無禮，我死都不把解藥給你。」

浪翻雲對她的惶恐大感歉然，但卻不得不寒聲道：「橫豎要死，還有甚麼可怕的，不過若想我放你一馬，最好和我合作。」

那女婢轉過臉來叫道：「小姐！他們來……噢！」這才發覺自己的小姐反落到這淫賊手上，臉色劇變下，俯身拔出放在一旁的長劍，撲了過來。

浪翻雲探手揑著劍尖，送出內力，封閉了她的穴道。

女婢軟倒船上。

浪翻雲戴好竹笠，一手挾著包袱，另一手挾著顏煙如，來到艇頭。

只見三艘快艇，每艇上各有五、六名武林人物，持著各式各樣的兵器，如臨大敵般把他們緊緊圍在河心。

午後柔和的陽光，灑在河水上，閃爍生輝。

河上載著詩人騷客的艇子早避到兩旁去。

浪翻雲哈哈一笑，道：「你們若敢過來，薛某立即斃了手中女子。」他根本弄不清顏煙如和這些來尋薛明玉晦氣的武林人物的關係，故意詐他們一詐，看有何反應。

左邊艇上一名五十來歲的大漢顯是身分特高的，暴喝道：「薛明玉你若還算是一個人，立即放下手中女子，和我們分出生死。」

另一邊艇上一個三十來歲的女子怒叱道：「你這惡賊滿身罪孽，還不束手就擒。」

浪翻雲聽他們口氣，都是白道中人，放下心來，一陣冷笑，挾著顏煙如沖天而起，往左方那艇掠去。

要知憑他的眞實功夫，要脫身當然易如反掌，可是既冒充了薛明玉，自然要冒充到底，那就絕不可用出眞本領來。

一刀一劍，驚喝聲中，迎面劈至。

浪翻雲把顏煙如往前送出，若對方不變招，會戳在這女子身上。

對方當然不知浪翻雲在虛張聲勢，駭然裡往後躍退。他們對付的是天下著名、武功高強的採花大盜，一出手自是全力施爲，急切下如何來得及變招，只好往後疾退。卻忘記了這是窄小的快艇，「咚咚」兩聲，兩人失足翻進波光蕩漾的河水裡，濺起一天水花，在陽光下點點光生，煞是悅目。

浪翻雲伸手接了最先發話那漢子一掌後，把顏煙如往另一個方向搶上來的兩人拋過去，一聲長笑道：「失陪了！」倏地躍上篷頂，腳尖一點，落往剛在一旁駛過的另一小艇上，在艇上男女瞠目結舌下，再大鳥般騰空而起，凌空橫渡兩丈遠的河面，隱沒在街上鬧哄哄的人潮裡。

第十二章　渾身解數

朱元璋見韓柏臉色大變，還以為他是關心祖國，坐回書桌後的龍椅裡，心中暗讚。

韓柏眼中奇光迸射，往朱元璋望去。

朱元璋心中一懍，暗忖為何這青年忽地像變了另一個人般，這種異況，以他閱人千萬的銳目，還是初次遇上。

韓柏冷哼一聲道：「臥榻之側，豈容……嘿……豈容他人睡覺，噢！對不起！這兩句貴國的話很難記，我只大約記得那意思。」

朱元璋點頭道：「專使的祖先離開中原太久了，不過你仍說得那麼好，實是非常難得。朕若非因你和朕是同種同源，亦不會邀你到這裡來，共商要事。」頓了頓一掌拍在案頭處，喝道：「朕恨不得立刻披上戰袍，率領大軍渡海遠征東瀛，可恨有兩個原因，使朕不敢輕舉妄動。」

韓柏暗忖今次若想活命，惟有以奇招制勝，壯著膽子道：「第一個原因小使或可猜到，是因皇上剛新立了儲君，牽一髮動了全身，所以不敢遽爾離開京師，不過皇上手下大將如雲，例如命燕王做征東的統帥，豈非可解決了很多問題嗎？」

朱元璋出神地瞧了他好一會兒後，平靜地道：「假若燕王凱旋而歸，會出現甚麼後果？」

韓柏一咬牙，死撐下去道：「皇上不是說過絕情絕義嗎？看不順眼的便殺了，清除一切障礙，不是可安心御駕親征嗎？」站在他高麗專使的立場，他實有大條道理慫恿朱元璋遠征東瀛，去了對高麗的威脅。

朱元璋眼裡閃動著笑意，忽地用手一指放在桌子對面側擺在左端的椅子道：「朕賜你坐到那椅子裡！」

韓柏依禮躬身謝過後，大模大樣坐到椅中，和朱元璋對視著。

朱元璋搖頭失笑道：「近十年來除了虛若無外，朕從未見過有人在朕面前坐得像專使般安然舒適了，那感覺非常新鮮。」

韓柏尷尬一笑道：「小使給皇上的胸襟和氣度弄得連眞性情都露出來了。」

朱元璋忽然嘆了一口氣，道：「人非草木，孰能無情。朕已做得比一般皇帝好了……」抬頭兩眼盯著韓柏道：「在這世上，有九個人是朕難以對他們絕情的，這事朕從未向人提及，現在卻有不吐不快之感，專使聽後，若向任何人說出，我會不顧一切以最殘酷的極刑把你處死，即管你逃回貴國，朕亦有把握將你擒來，因爲我擁有的是天下最強大的力量。」

韓柏道：「皇上不必威嚇小使，我可以擔保不會洩半句出去，爲的不是怕死，而是皇上竟看得起我朴文正是可傾訴的對象。嘿！皇上不是說過我很眞誠嗎？」

朱元璋眼中射出凌厲的神色，好一會兒後才點頭道：「說得好！你果是忠誠之輩，更絕非貪生怕死之徒，否則亦不敢如此和朕對話。」

再嘆了一口氣道：「我最怕的是朕的兒子燕王，因爲在我二十六個兒子中，朕最疼愛的就是他，才拿他沒法，總覺虧欠了他似的，你明白朕的意思嗎？」

韓柏想不到朱元璋說出這麼充滿父性的話，呆了半晌才道：「那皇上何不索性立他爲太子？」

朱元璋似忽然衰老了幾年般，頹然道：「朕身為天下至尊，必須以身作則，遵從自己定下來的規矩，依繼承法行事。我的目的只有一個，就是保存明室，其他一切都可以不顧。」頓了頓再嘆道：「朕出身草莽，沒有人比朕更清楚蟻民所受的痛苦，實不願見亂局再現。」

韓柏摸不清他是否在演戲，聳肩道：「小使明白皇上的心意了，不知那另八個皇上不能對之無情的人是誰？」

朱元璋笑道：「有兩人你絕對猜不到，都是朕心儀已久，只恨不能得見的超凡人物，那就是當今武林最頂尖級的兩位高手──『覆雨劍』浪翻雲和『魔師』龐斑，他們都是和朕同等級數的人，只是在不同的領域內各領風騷罷了！」

這答話大出韓柏意料之外，又呆了半晌方曉得說道：「我還以為皇上最憎惡就是這兩個人呢！」

朱元璋眼中神光一閃，道：「專使眞的對中原武林非常熟悉。」

韓柏心中一懍，知道朱元璋對他動了疑心，若無其事地一笑道：「陳公最愛和江湖人物打交道，所以最愛談江湖的事，本使不熟悉才怪哩！」

朱元璋釋去懷疑，欣然道：「專使說的是陳令方吧！這人是個既有才能，亦肯為百姓著想的好官，又在家中慼了多年，辦起事來會格外落力，朕正打算重用他。」

韓柏給弄得糊塗起來，難道對付陳令方只是楞嚴的事？與朱元璋沒有半點關係，臉上裝出喜色，道：「小使可否把這好消息告訴他？」

朱元璋龍顏一寒道：「絕不可以，若你私下通知他，朕必能從他的神態看出來，那時朕一怒下說不定會把你變成太監，教你空有四位夫人，亦只能長嘆奈何。」說到最後，嘴角竟逸出一絲笑意來。

韓柏暗叫厲害，這皇帝老子對權術的運用，確到了登峰造極的境界，虛實難測。只看他掌握得他這假專使的資料如此鉅細無遺，便要吃驚。

知己知彼，百戰不殆。

所以他才能悉破韓柏的弱點，加以威懾。

割了他的命根子，自是比殺了他更令韓柏驚懼。

韓柏尷尬一笑道：「那等於把我殺了，因爲事後我必會和四位夫人一起自殺。」

朱元璋兩眼寒芒一閃道：「專使那麼有信心，恐怕只是入世未深，對人性認識不夠吧！讓朕告訴你吧！每一個人都有個價錢，只要利益到達某一程度，定可將那人打動改變。所以朕從不肯完全相信任何人，只有一個人例外，那就是『鬼王』虛若無，因爲他是眞心對我好的朋友，朕當了二十多年皇帝，他仍只當我是以前的朱元璋，從來不肯把朕當作皇上。」

韓柏愕然道：「他是否你不能對之無情的第四個人呢？」

朱元璋沒有回答，搖頭一聲長嘆，眼中射出無奈和痛苦的神色。

韓柏暗忖看來做皇帝亦非想像中那麼快活的，試探道：「讓小使來猜那第五個人吧，定是最受皇上寵幸的陳貴妃了。」

朱元璋道：「這事京城內誰人不知，猜出來亦沒有甚麼大不了，若專使能說出朕爲何最喜歡她，朕答應無論你如何開罪了朕，亦會饒你一次。」

韓柏精神大振，眼中射出兩道寒芒，凝視著朱元璋，道：「君無戲言！」

朱元璋冷冷道：「看你的樣子，似乎很需要這一個特赦，如此朕可不能白白給你，假若你猜錯了，寫完信後朕要斬下你一隻手來，專使敢否答應？」擺明要他知難而退。

韓柏本想立即退縮，一聽到「寫信」兩字，想到就算答不中，自己也可推說怕斬手，死亦不肯寫信，看看可否藉此混賴過去，忙道：「一言爲定！」

這次輪到朱元璋大惑不解，暗忖他是否一個傻子，就算明明他說對了，自己亦可加以否認；不過回心一想，若他眞的說錯了，自己亦大可說他猜中了，因爲確有點喜歡這大膽有趣的傢伙。可是他究竟有甚麼事瞞著我呢？

韓柏兩眼一轉，道：「皇上請恕小使直言，以皇上的身分地位，眾妃嬪自然是曲意逢迎，爭取皇上的寵愛，以皇上的英明神武，對這種虛假愛情定是毫不稀罕。陳貴妃所以能脫穎而出，除了她是媚骨天生的尤物，定是因她能使皇上感到眞正的愛情，那就像我和皇上現在的談心，是皇上久未曾享受過的東西。」

朱元璋一掌拍在桌上，讚嘆道：「就算是她假裝出來的，朕亦要深加讚賞。」

韓柏大喜道：「那小使算是猜中了！」

朱元璋愕了一愕，啞然失笑道：「好小子！竟給你算了一著。」草莽之氣，復現身上。

兩人對望一眼，齊聲笑了起來，就像兩個相交多年的知心好友。

朱元璋忽地黯然道：「你知否爲何朕今天會向你說這麼多只能在心裡想的話嗎？」

韓柏一呆道：「皇上不是說因爲歡喜小子那對充滿天眞、熱誠和想像力的眼睛嗎？」韓柏順著朱元璋的口風，直稱自己爲小子。

朱元璋搖頭道：「那只是部分原因，最主要是朕剛收到一個噩耗。那是最能令朕快樂，也可令朕最痛苦的人的死訊，她就是慈航靜齋的齋主言靜庵，所以心中充滿了憤鬱，不得不找一個人來傾吐，碰巧選中你罷了！」

韓柏一震道：「皇上原來愛上了言靜庵！」

朱元璋眼中射出緬懷的神色，喟然道：「那時朕還未成氣候，靜庵忽地找上我，陪著朕天南地北，無所不談，三天後離去前執著朕的手說了一句話，就是『以民爲本』，到今天朕仍不敢有片刻忘記這句話，所以朕最恨貪官和狐假虎威的太監，必殺無赦。那三天……那三天是朕一生人最快樂的時刻。由那時開始，朕忽然得到了整個白道武林的支持，聲勢大振。朕這帝位，實在是拜她所賜。若非她親自出馬對付龐斑，我們休想把蒙人逐出中原。」

韓柏早知他是兩大聖地挑選出來做皇帝的人，只是想不到他也和龐斑那樣深愛言靜庵，只不知浪翻雲會否是例外呢？

假設浪翻雲亦是對言靜庵暗生愛意，那天下間最頂尖的三個男人，都是拜倒在她的絕代芳華下了。

只要想想斬冰雲和秦夢瑤，便可推想到言靜庵動人的氣質和魅力。

更使人崇慕是她無比的智慧、襟懷和眼光。

可以想像兩大聖地把選擇一統天下，使百姓脫離苦海的重責，交到她手裡，便知對她的智慧是如何欣賞和信賴。

當她和朱元璋相對了三天後，終決定了朱元璋是那種可扶持的材料，於是推動了整個白道對這黑道的梟雄做出支持，使他勢力倍增。

而她則約見龐斑，以無與倫比的方法令他甘心退隱了二十年之久。

在龐斑復出前，既培養出能剋制龐斑的秦夢瑤，亦曾三次去見浪翻雲，至於他們間曾發生了甚麼事，則現在只有浪翻雲才知道。

她爲何要暗地去見他三次之多呢？

是否因她亦愛上了這天下無雙的劍手？

這一老一少兩個人，各想各的，都想得如癡如醉。

朱元璋最先回醒過來，奇怪地打量著韓柏，道：「專使雙目露出溫柔之色，是否也想到一些永遠不可能得到的美女？」

韓柏一震醒來，忙道：「不！我只是想到皇上和言齋主那三天的醉人情景，忍不住心生嚮往吧！」

朱元璋大生好感，但又沉思道，這人顯是心中藏有不利於我的秘密，否則不會這麼渴求得到我的特赦，我定須找人對他深入調查，若發現不利於我的事，亦只好將對他的歡喜擺在一旁，毀掉了他。

這想法使他更珍惜眼前和這奇特的年輕人相處的時刻，出奇地溫和道：「唉！朕不知有多少年未試過在人前眞情流露，不過現在朕的心情好了很多，靜庵曾說過朕做人太現實和功利了，這是她最欣賞卻也是最不歡喜的地方，但肯定亦是朕成功的原因。」

韓柏吁出一口氣道：「小子眞的渴想知道還有那幾個人究竟是誰。」

朱元璋忽地有點意興闌珊，挨在龍椅上道：「第七個是龐斑愛上了的女人靳冰雲，到今天當她成爲了靜庵的繼承人後，朕才知道靜庵和龐斑間發生了一些非常玄妙的事。以前朕總以爲龐斑因敗了給靜庵，才被迫退隱。現在始知道箇中的情形是非常複雜的。」

韓柏一震道：「那第八個人定是秦夢瑤，對嗎？」

朱元璋一震道：「好小子！朕愈來愈欣賞你了，若讓朕見到這天下第一仙女，朕必不顧一切把她得到，以塡補一生人最大的錯失和遺憾。」

韓柏不能置信地瞪大眼睛看著這「情敵」，暗忖若讓他知道秦夢瑤會委身下嫁自己，定然頭顱不保。

朱元璋銳利的眼神回望他道：「你爲何以這樣的眼神看著朕？」

韓柏心中暗驚，知道絕不能在這人面前稍出差錯，否則就是閹割或斬手、剮舌之禍，嘆道：「皇上剛才那幾句話若出自像我這樣的小伙子之口，是絕不稀奇，但由皇上說出，便可見皇上對言靜庵種情之深，實到了不能自持的程度。」

朱元璋沒好氣地盯了他一眼，像在說這些話豈非多餘之極，若非自己不能自持，怎會因聽聞言靜庵的死訊後，做出平時絕不會做的事呢？

他沉吟片晌後道：「橫豎告訴了你八個人，這最後一個不妨一併說與你知吧，她就是浪翻雲過世了的妻子紀惜惜。」

這句話完全出乎韓柏意料之外，瞠目結舌，竟說不出話來。

朱元璋沉醉在昔日的回憶裡，眼中蒙上失意的哀色，平靜地道：「那是朕納陳貴妃前的事了，朕不斷找尋能使朕忘記靜庵的人，即管一刻也好，在宮內找不到，朕便微服出巡，終於遇上了紀惜惜，那時她是京師最有名的才女。以朕的權勢，想得到她實易如反掌，可是朕卻捨不得用這種方式取得她，更怕的是她會恨我和看不起我，唉！」

韓柏這時對朱元璋大為改觀，暗想原來他竟有這麼多黯然神傷的往事。

朱元璋回到了往日的某一個夢裡，眼睛濕潤起來，卻一點不激動，柔聲道：「朕為了她，努力學習詩詞，好能和她溝通，三個月內，每晚都溜出皇宮去見她，她對朕亦顯得比對其他人好，可是有一天朕再去找她時，只得到她留下的一封信。這多麼不公平，她只認識了浪翻雲一天，便跟他走了，朕卻連她的指尖亦未碰過。只有和她在一起時，朕才能忘卻靜庵，但卻終失去了她。」

韓柏暗忖這只是你的愚蠢，若換了是我「浪子」韓柏，保證已得到她的身體很多次了。忍不住問道：「浪翻雲奪了皇上所愛，為何皇上仍不恨他呢？」

朱元璋苦笑道：「當時我恨得要將他千刀萬剮，才可洩心頭之憤，故下令全力攻打怒蛟幫。後來惜惜病逝，唉！天妒紅顏，朕亦恨意全消，只想見見浪翻雲，看看朕有哪處比他不上。」

韓柏道：「皇上不要怪小子直言，皇上敗給浪翻雲，可能是因為太現實了。」

朱元璋霍地一震，往他望來，如夢初醒點頭道：「你說得對，浪翻雲和龐斑所追求的都是毫不現實的目標，那正是最能吸引惜惜和靜庵的超然氣質。你看！上天是多麼作弄人，朕竟和這兩個頂尖高手有著這麼奇異的關係。」

看著這天下最有權勢的人無限唏噓的樣子，韓柏心生感觸，好一會兒後才道：「剛才皇上說不東征倭子，有兩個原因，皇上說了一個出來，那另一個原因又是甚麼？」

朱元璋從沉思裡回醒過來，雙目恢復了先前的冷靜銳利，淡淡道：「因為倭子仍有運氣！」

韓柏失聲道：「甚麼？」

朱元璋道：「若非有運，百年前忽必烈派出的東征艇隊爲何會因海上的風暴鎩羽而返，此事使朕現在亦不敢造次。」

韓柏啞口無言。

朱元璋吐出一口氣後道：「好了！現在由朕說出信的內容，再由專使以貴國文字寫出來吧。」

韓柏最不願發生的事，終迫在眉睫之前了。

第十三章　流水無情

韓柏把心一橫，咬牙道：「皇上恕罪，這封信小使不能寫。」

朱元璋先是微一錯愕，接著兩眼一瞪，射出兩道寒芒，語氣裡多了幾分令人心顫的冰冷殺機，道：「爲甚麼？」

韓柏大是懍然，知道眼前此君喜怒無常，一個不好，立時是殺身大禍。眼光亦毫不避忌，故示坦然地迎上朱元璋的目光嘆道：「這就是小使剛才爲何如此渴望得到皇上特赦權的原因。唉，小使不知應由何說起，今次我們起程東來時，敝國王曾有嚴令，要我等謹遵貴國的入鄉隨俗規例，不准說敝國語言、寫敝國的文字，以示對貴國的臣服敬意；若有違規，必不饒恕。唉！其實小使已多次忍不住和陳公及謝大人用敝國語交談了。嘿！」接著又壓低聲音煞有介事道：「說話過不留痕，不懼敝國王知道，可是若寫成此信，那就是罪證確鑿，教小使如何脫罪？」

朱元璋聽得啼笑皆非，暗忖箇中竟有如此因由。竟釋去剛才對他渴求特赦懷疑的心，哂道：「只要正德知道專使是奉朕之命行事，還怎會怪專使呢？」

韓柏苦著臉，皺著眉道：「唉！敝國王表面上或者不說甚麼，可是心裡一定不大舒服，責怪小使不聽他的命令，那……對我日後的擢升便大有影響了。」

朱元璋大有深意地瞥了他一眼，點頭道：「想不到你年紀雖輕，卻已如此老謀深算，這說法不無道理。」沉吟片晌，道：「不過朕說出口的話，亦不收回，信定須由專使親書，只是用甚麼文字，則由專使自行決定吧！」

韓柏如釋重負吁了一口氣道：「小使遵旨，不過請皇上莫怪小使書法難看，文意粗陋就成了。唉！小使在說的方面一點問題都沒有，寫就有點困難了。」

朱元璋心道，這才合情理。

直到這刻，他仍未對韓柏的身分起過半絲疑心，關鍵處當然和楞嚴犯的是同一錯誤。就是謝廷石和陳令方兩人如何敢冒大不韙來欺騙他，哪想到其中有這等轉折情由。

所以才會給韓柏以這種非通似通的砌詞搪塞過去。

朱元璋伸出手指，在龍桌上一下一下的敲著，眼神轉暗，不知心裡想著甚麼問題。

韓柏一直心驚膽跳，如坐針氈，渾身不舒服，又不敢出言打斷這掌握天下生殺大權的人的思路。

朱元璋忽地望向他道：「暫時不用寫信了，專使先回賓館休息吧！」

韓柏不敢透露心中的狂喜，低著頭站了起來，依著陳令方教下的禮節，恭敬叩頭後，躬身退出書房，到了門外，才發覺出了渾身冷汗。

化身成採花大盜薛明玉的浪翻雲，沿街而行，落花橋已在望。

街上行人如鯽，肩摩踵接，不愧天下第一都會。

這時一群鮮衣華服，身配兵器，趾高氣揚的年輕人，正談笑著迎面走來。

浪翻雲一看他們氣派，就知這些狂傲囂張的年輕人若非出身侯門巨族、官宦之家，便是八派門下，或是兼具這多重的身分。

他微笑著避往一旁，以免和這些人撞上一塊兒，生出不必要的麻煩。

只聽其中一人道：「誰敢和我打賭，我楊三定能得親秀秀小姐的芳澤！」

另一人嘲道：「不要那麼大口氣，莫忘了上個月你才給我們京城最明亮的夜月弄得差點自盡。」

接著壓低聲音道：「而且聽說秀秀小姐早愛上了龐斑，你有何資格和人爭寵。」

又有人接口笑道：「我想除了浪翻雲外，誰也不夠資格和龐斑作競爭的！」

嘻笑聲中，眾人擦身而過。

浪翻雲為之莞爾，搖頭失笑，隨即踏上落花橋。

秦淮河在橋下穿流而過。

名聞天下的花艇在這入黑前正穿梭往來著。

管絃絲竹之聲，夾雜在歌聲人聲裡，蕩漾河上。

浪翻雲忽然酒興大發。

不管是甚麼酒，只要是酒就行了。

他按著橋邊的石欄，定神地注視著似靜又似動的河水，記起了初會紀惜惜的情景，一股揮之不散的憂傷，泛上心頭。

面目全非，河中的水亦不是那日的河水了。

生命無恆常！

當惜惜在他懷內逝去時，他想到的只有一個問題：生命為的究竟是甚麼？

這想法使他對生命生出最徹底的厭倦！

他亦由此明白了百年前的傳鷹爲何對功名、權位毫不戀棧，只有超脫生死才是唯一的解脫。惜惜的仙去，改變了他的一生。

就在那一刻，浪翻雲變成能與龐斑抗衡的高手。因爲他已勘破一切，再無任何牽掛，包括生命本身在內。

生無可戀！

這些想法像秦淮河的河水般灌進他的心湖內，激起了漫漫波瀾。

淚水忽由他眼內不受控制地流下來，滴進秦淮河內。

自和左詩在一起後，他把心神全放在外面的世界處，可是在這一刻，他卻像一個遊子回到闊別久矣的故鄉般，再次親吻久違了的泥土，觸到深藏的傷痛。

就是在這橋下的河段裡，他邂逅上紀惜惜。

落花橋是個使他不能抗抑情懷波動的地方。

沒有人可以了解他對紀惜惜的深情，當然！言靜庵是唯一的例外。

「你來了！」

一個女子的聲音在他身後響起。

「噢！爹！你老人家哭了，是否想起了娘她這可憐人？」

浪翻雲有點猶豫，最後還是點了頭。

那女子語氣轉寒道：「原來爹是在想娘之外的女人，否則不會猶豫不安。」

浪翻雲心中一驚，暗忖此女的觀察力非常靈銳，禁不住側頭往她看去，立時渾身一震。

世間竟有如此尤物！

在他見過的女子中，只有言靜庵、秦夢瑤、紀惜惜和谷姿仙可和她比擬。

她坐在一輛式樣普通的馬車裡，掀起簾幔靜靜地瞧著他，美目裡神色複雜至難以形容，柔聲道：「爹你身體震了一下，是否因我長得和娘一模一樣。」接著微微一笑道：「我特別爲爹梳起了娘的髮髻，戴了她的頭飾，又穿起了她的衣服，你看我像娘嗎？」

浪翻雲心底湧起一股寒意，他聽出了這「女兒」心底的滔天恨意。

駕車者身材瘦削，帽子蓋得很低，把臉藏在太陽的陰影裡，看不到面貌，亦沒有別轉頭來打量浪翻雲，予人神秘迷離的感覺。

浪翻雲收斂了本身的眞氣，因爲他察覺出駕車者是個可與黑榜高手相埒的厲害人物，一不小心，就會被對方悉破自己的身分。

這人究竟是誰？

浪翻雲大感好奇，從對紀惜惜的深情回憶裡回過神來，裝作慚愧地垂下頭，啞聲道：「你仍怪爹！仍不……肯原諒我嗎？」

這正是浪翻雲高明的地方，裝作哭沙啞了喉嚨，教這絕世美人分辨不出他聲音的眞假。

這落花橋非常寬闊，可容四車並過，所以刻下這馬車泊在橋側，並沒有阻塞交通。

那女子淡淡凝注著浪翻雲，幽幽一嘆道：「落花有意，流水無情！這就是女兒爲何約爹到這橋上相見的原因，那是娘一生的寫照，是個事實，原諒與否算得甚麼呢？女兒要的東西，爹帶來了沒有？」

浪翻雲想起薛明玉，一聲長嘆，沙聲如舊道：「女兒眞的想對付朱元璋？」

女子劇震道：「閉嘴！」

忽然間浪翻雲知道了這女子是誰，那駕車的人又是誰。

若非是浪翻雲，否則誰能一個照面就悉穿對方的底子。

薛明玉這女兒就是朱元璋最寵愛的妃嬪陳貴妃，駕車的人則是朱元璋的頭號劊子手楞嚴。

這推論看似簡單，其中卻經歷了非常曲折的過程。

首先惹起浪翻雲想到的是誰家女子如此美艷動人？誰人武功如此造詣深厚？

當然，若非薛明玉曾提過女兒和朱元璋有關，以京城臥虎藏龍之地，他亦一時不會猜到這兩人身上。

就是沿著這寶貴的線索，他用言語詐了陳貴妃一著，而陳貴妃的口氣反應，適足表露出她慣於頤指氣使的尊貴身分。

以她的身分，想私下到這裡來會他，是絕不容易的，除非有楞嚴這種東廠頭子的掩護，她才可以在這裡出現，不會給宮內其他人知道。

浪翻雲肯打賭若事後調查陳貴妃這刻的行蹤，必會有個令朱元璋毫不起疑的答案，例如去清涼寺還神等，這是楞嚴可輕易辦到的事。

馬車御者座上的楞嚴，仍沒有回過頭來，但浪翻雲卻感應到對方一發即斂的殺氣，顯示他對自己動了殺機。

陳貴妃面容回復平靜，歉然道：「對不起！這等話絕不可說出來，所以女兒失態了，究竟取到了東西沒有？」

這可輪到浪翻雲大感為難。

原本他打定了主意，將藥瓶交給這女兒後，拂袖便走，可是現在察覺得陳、楞兩人牽涉到一個要對付朱元璋的陰謀，怎還能交給對方？

更使他頭痛的是，如何可以應付楞嚴這樣的高手而不暴露自己眞正的身分？

陳貴妃黛眉輕蹙道：「不是連這麼一件小事，爹也辦不到吧！」

她每個神態，似怨似嗔，楚楚動人，眞是我見猶憐，難怪能把朱元璋迷倒。

浪翻雲嘆了一口氣道：「若爹拿不到那東西，你是否以後都不認你爹了。」

陳貴妃秀目射出令人心碎魂斷的凄傷，道：「爹是第二次問女兒同樣一句話了，你若是關心女兒的事，爲何還不把藥交出來？」

浪翻雲進退兩難下，嘆道：「藥是取到了，現在卻不在爹身上。」說到這裡，心中一動，感應到楞嚴正以傳音入密的功法，向陳貴妃說話，忙運起無上玄功，加以截聽。

所謂傳音入密，其實是聚音成線，只送往某一方向目標，可是聲音始終是一種波動，只不過高手施展傳音功法時，擴散的波幅被減至最弱和最少，但仍有微弱的延散之音，碰上浪翻雲這類絕頂高手，便能憑著深厚玄功，收聽這些微不可察的「餘音」。

只聽楞嚴道：「好傢伙，他察覺到我們的密謀，東西定在他身上，下手吧！」

陳貴妃仰起人見人憐的絕世嬌容，往浪翻雲望去，幽幽道：「娘臨終前，要女兒告訴爹一句話，爹想知道嗎？」

浪翻雲暗呼此女厲害。若非他截聽到楞嚴對她的指示，定看不破她的口蜜腹劍，暗藏禍心。因爲她的表情神態實在太精采了，難怪朱元璋都給她瞞倒了。

浪翻雲裝出渴想知道的樣兒，踏前一步，靠到車窗旁，顫聲道：「你娘說了甚麼遺言？」

陳貴妃雙目一紅，黯然道：「爹湊過來，讓女兒只說給你一個人聽。」

浪翻雲心知肚明這不會是好事，卻是避無可避，心中苦笑著挨到窗旁。

陳貴妃如蘭的芳香口氣，輕噴在他臉上，柔聲道：「娘囑女兒殺了你！」

同一時間，浪翻雲小腹像被黃蜂叮了一口般刺痛，原來窗下的車身開了個小孔，一枝長針伸了出來，戳了他一下。

浪翻雲裝作大駭下後退，「砰」一聲撞在橋緣石欄處。

簾幕垂下，遮蓋了陳貴妃的玉容。

楞嚴揮鞭打在馬股上，馬車迅速開出，留下假扮薛明玉的浪翻雲一個人挨在石欄處。

馬車遠去。

就在這時橋的兩旁各出現了十多名大漢，往他迫來。

浪翻雲眉頭大皺。

原來陳貴妃刺中他那一針，淬了一種奇怪之極的藥液，以他的無上玄功，竟亦差點禁制不住，讓它侵進經脈裡。

這還不是他奇怪的地方。

而是這種藥液根本一些毒性都沒有，這豈非奇怪之極？照理陳貴妃既打定主意要殺死他這個「父親」，爲何不乾脆把他毒死。

想到這裡，靈光一現，一聲長嘯下，翻身躍往長流不休的秦淮河水裡。

第十四章　巧遇秀秀

淡煙疏雨似瀟湘，燕子飛飛話夕陽；
何處紅樓遙問訊，盧家少婦鬱金堂。

當浪翻雲躍進秦淮河時，韓柏正由葉素冬陪伴下，沿著水西街往西行，經過與落花橋遙遙相對的秦淮河橋，朝著「金陵四十景」之首，典雅幽靜，湖水碧澄，充滿江南園林特色的莫愁湖前進。

自離開宮門後，一路上韓柏都沉默著，一副心事重重的樣子。

在見朱元璋前，一切事情看來似都非常簡單，但在見過這天下至尊後，很多本來很清晰的事，立時變得撲朔迷離。

在陳令方和范良極口中的朱元璋，刻薄寡恩，手段毒辣殘狠，可是今天他見到卻是朱元璋深藏著的另一面。

這時在前呼後擁的禁衛軍護持下，兩人策騎進入莫愁湖的園林裡，踏著雨花石鑲成的石徑，往湖旁的外賓館馳去。

葉素冬微微一笑，指著波光粼粼的湖水中一座玲瓏剔透的小亭道：「這就是莫愁湖勝景之一的湖心亭，每逢煙雨濛濛之際，這小亭有若蓬萊仙境中的玉宇瓊樓，可惜專使來得不是時候，否則定能目睹其中美景。」

韓柏一震清醒過來，唯唯諾諾，也不知有否聽進耳內去。

葉素冬乘機道：「聽說大人精通少林武功心法，這樣說起來還是自家人，大人可有興趣到敝派道場參觀？」

韓柏立時想起西寧派掌門之女，十大美人之一的莊青霜，腦筋活躍起來，呵呵笑道：「本使最愛研玩武技，禁衛長若肯指點兩手，那眞是求之不得哩！」

葉素冬神秘一笑道：「那就由末將安排時間，到時再通知大人！」

這時眾騎經過了朱紅的曲廊，來到一座規模宏大、古樸大方的院落前。

守在門前的侍衛迎了上來，爲眾人牽馬下鐙。

韓柏的坐騎當然是靈馬灰兒，他和葉素冬殷殷話別後，親自帶著灰兒往一旁的馬廄去，吩咐了下人好好服侍牠後，才踏進賓館裡。

正廳布置古色古香，紅木家具雕工精細，牆上掛著字畫，韓柏雖不識貨，亦猜到都是歷代名家眞跡。

范良極大模大樣地躺在一張雕龍刻鳳的臥椅上，連鞋子都踢掉，正啣著旱煙管呑雲吐霧，不亦樂乎。

兩旁各站著八名太監，八名女侍，那派頭比之獨坐書屋的朱元璋有過之無不及。

當下自有人迎上來，爲韓柏拂掉身上的塵屑，斟茶遞巾，討好連聲，服侍他這專使大人在范良極這「下屬」旁坐下。

韓柏心中有氣，暗忖自己差點連命都丟掉了，這老賊頭卻在這裡享盡清福，一點不擔心自己的安危。

可是礙於耳目眾多，又不能發作，唯有憋著一肚子氣，喝著悶茶。

范良極好整以暇，再吸了幾口醉草，揮退所有侍從，瞇著眼斜看他道：「瑤妹走了！」

韓柏色變劇震道：「甚麼？」

范良極道：「我不是不想為你留下她，可是給她的仙眼一橫，甚麼話都說不出口來，她說快則兩天，遲則五日，必會回來。」

韓柏心中一陣失落，秦夢瑤始終不像左詩她們般依附著他，她有自己的想法和秘密，好像這次離開，事前沒有絲毫徵兆，教人完全猜測不出她的去向和目的。

韓柏嘆了一口氣道：「她心脈受傷，遇上高手便糟透了，唉！教我今晚怎能安眠。」

范良極嘿然道：「這你卻不用擔心，無論她在或不在，今晚你都不用睡覺了。」

韓柏一呆道：「此話怎說？」心中在奇怪為何范良極似乎對他見朱元璋一事竟毫不好奇追問，大違他一向的作風。

范良極兩眉一聳，興奮起來，從臥椅坐起了身，由懷裡掏出一張發黃的紙，攤在兩人間的小几上，招韓柏一同觀看。

紙上畫的是幅某處莊園的俯瞰圖，筆功粗略，但大小均合比例，準確清楚。

那是一座依山而築的府邸，佔地數百畝，廣闊非常，由百多間大小不一的房屋圍成八個四合院的建築群組成。高牆深院，結構宏大，建築精巧，布局隱含著某一種陣法和玄理。

圖畫內註明哪間是會客室、起居室、膳房、作坊、廣場、閣樓、花園等，無有遺漏。

范良極指著莊園背後一片面積達四十多畝的茂密樹林道：「這個楠樹林，每逢清明前後，會有上千隻白鷺飛來棲息，那情景之壯觀，沒有看過的人想都想像不到。」

看著得意萬分的范良極，韓柏問道：「這是甚麼人的府邸？」

范良極不答反問道：「你說這幅圖畫得如何呢？」

韓柏老實地道：「畫得很用心，不過畫者看來不大識字，連我都找到幾個白字錯字。」

范良極勃然大怒道：「去你的娘！我費了整年工夫，進出鬼王府十多次，差點命都丟了，只換來你這見你祖宗大頭鬼的幾句臭話。」

韓柏一震道：「甚麼？這就是鬼王府？」接著色變低聲道：「你不是要我今晚到那裡去吧！恕本使不奉陪了，我還要養精蓄銳明早去見朱元璋哩！」

范良極憤然把紙圖收起，納入懷內去，冷冷道：「好吧！若我今晚不幸失手給虛若無逮著，絕不會像你般沒有義氣把朋友供出來，你可安心高寢無憂了。」

韓柏見他動了真怒，忙摟著他道：「說說笑何必那麼認真，我怎會讓你這樣可憐兮兮的一個年輕小老頭去涉險？」

范良極斜眼看他道：「這是你自己說的，不要向我幾位義妹說是我迫你才好。」

韓柏知道落進這老賊的陷阱裡，嘆道：「你要我怎樣便怎樣吧！到鬼王府去究竟要幹甚麼呢？」

范良極回復興奮，笑道：「當然是趁鷹刀的熱鬧，現在全江湖的人都擠到那裡去了，據我剛得來的消息，每天都有人被鬼王府的高手擒著，挑傷了腳筋後擲出府外，不知多麼鬧哄哄的，怎可沒有我們的分兒？」

韓柏駭然道：「後果如此可怕，爲何還要蹚這趟渾水？」

范良極避而不答道：「不要說多餘的話了，快隨我進去見你那三位等得心焦如焚的姊姊，趁還有點時間，一邊研究鬼王府的形勢，一邊聽你說朱元璋的事吧！」

在跌進河水裡前的剎那間，浪翻雲已悉破了陳貴妃的心機。

她若非色目人，亦必與色目人有密切的關係。

百年前蒙人之所以能征服中土，色目人曾出了很大的力，當時色目第一高手卓和座下能人無數，其中有一叫美娘子的女人，精擅用毒。

她用毒的本領最使中原武林印象深刻和可慮處，是在於「混毒」的手法。

所謂混毒，就是將兩種或數種本身無毒的東西，合起上來變成絕劇的毒。

亦因此使人防不勝防。

像浪翻雲這種蓋世高手，一生在黑道打滾，對各種劇毒都知得大概，可是現在被陳貴妃注進體內的藥液，他卻完全摸不清究竟有何作用。尤其因它全無毒性，很容易使人不將它放在心上，以爲自己的體質足以抗拒，當遇上另一種刺激元素時，藥液因和合作用化爲劇毒，已無從補救。

而浪翻雲在躍進河水前，已猜到另一種催發劑，正是秦淮河的水。

這亦是敵人留下了唯一逃路給他的理由。

浪翻雲運起玄功，將藥液全迫出體外後，才落入冰冷的河水裡，同時從容自若地接著向他射來的四枝弩箭。

每手兩箭。

他早感應到水內狙擊手的殺氣。

武功到了他和龐斑那種層次，已不能以常理加以測度，達到玄之又玄的境界，連敵人心靈的訊息亦可生出感覺。

殺手其實藏在水裡。

潛伏在水裡的四個敵人，精確地掌握了行動的時間，強勁的弩箭恰好在浪翻雲落進水裡那一霎間，射向他體軀要害，顯示出東廠殺手的職業水準。

可惜對象卻是浪翻雲。

浪翻雲倏地在水中一擺，迅速翻到二十多尺的河底下去，再貼著河底往橫移開，避開了水內敵人，到了岸旁，然後像條魚兒般，迅快無倫潛越了數十丈的距離，遠遠把敵人拋到後方。

此刻正是黃昏時分，天色昏暗，河水裡更難視物。

那四個東廠高手，在浪翻雲巧妙的接箭手法迷惑下，初以爲浪翻雲全消受了那四枝箭，死前發力掙到水底處去，到發現河水並沒現出些許鮮血紅色後，才駭然發覺目標影蹤杳然。

浪翻雲憑著體內精純無比、生生不息的眞氣，再潛游了里許多的河段，在昏暗的天色中，由河水冒出頭來。

一艘小艇破浪而至。艇尾搖櫓者是個高大雄壯的白髮老人，神態威猛。

浪翻雲暗忖來得正好，雙掌生出吸力，使身體附在艇底處，只有臉部露出在艇頭水面之上，除非近看兼又角度正確，否則在這樣的天色下，休想發現他的存在。

艇上傳來年輕女子的聲音道：「船頭風大，小婢爲小姐蓋上披風好嗎？」

一把像仙樂般的女子語音嗯地應了一聲，接著是衣服摩擦的「沙沙」聲，那聲音非常悅耳動人的女子顯在加添衣物。

她的聲音有種難以描述的磁性，教人聽過就不會忘記。

搖櫓的聲音在艇後傳來。

浪翻雲的心神轉到陳貴妃和楞嚴身上。

他們若發覺竟給他逃走了，定會發動手中所有力量來找尋他，想想亦是有趣。

艇上小婢的聲音又道：「小姐今晚眞的甚麼人都不見嗎？燕王他……」

那小姐幽幽一嘆道：「花朵兒！秀秀今晚只要一個人靜靜的想點東西。唉！想見我的人誰不好好巴結你，你定要把持得住哩！」

艇尾處搖櫓的老人插口道：「這燕王棣活脫脫是個年輕的朱元璋，跟這樣的人來往是沒有好結果的。」

秀秀小姐嗔怪道：「歧伯！」

歧伯道：「小姐莫怪老漢直腸直肚，想到的就說出來。」

艇下的浪翻雲暗忖又會這麼巧的，艇上竟是天下第一名妓憐秀秀。這搖艇的歧伯音含內勁，顯是高手，爲何卻甘心爲僕？看來這憐秀秀的身分亦大不簡單。

小艇慢了下來，緩緩往一艘豪華的花舫靠過去。

浪翻雲心中一動，橫豎今晚尚未有棲身之處，不若就在憐秀秀的花船上找個地方，睡他一晚，任楞嚴如何神通廣大，當找不到這裡來。

第十五章　夜闖鬼府

長沙城。

戚長征步進一間位於鬧市中心，鄰靠驛站的茶館去。

十來張桌子全坐滿了馬伕、腳伕、苦力一類的人物，空中充塞著汗水的氣味和喧鬧叫嚣的吵聲。

戚長征大感有趣中溜目四顧，隨即看到扮成腳伕的風行烈正學著旁邊人的模樣，蹲在一張長凳上，捧著碗熱茶呷著。

戚長征搖頭失笑，來到他身旁早擠滿了人的長凳硬插進去，蹲到風行烈旁低聲道：「伙計，今天有沒有生意？」

風行烈微笑道：「小生意倒有一點，大行當卻半單都沒有，教我吃不飽油水，那些大行當都不知溜到哪裡去了。」

戚長征皺眉道：「這眞是奇怪之極，甄妖女究竟在玩甚麼把戲呢？」

風行烈壓低聲音道：「我剛和老傑的手下碰過頭，根據敵人移動的跡象，老傑相信甄妖女已把主力撤出城外，動向不明。」

戚長征愕然道：「我們宰了莫意閒這麼天大的事，他們竟不著意嗎？」

風行烈道：「這還不是最奇怪的地方，甄妖女竟連搜查網也撤去了，乾前輩等正在仔細研究，是否應立刻乘機遁離險地？」

戚長征忽地臉色大變道：「不好！甄妖女的目標可能是柔晶，那樣她便可反客爲主，不愁我們不送上門去。」

風行烈一呆道：「這確是個頭痛的問題。」

戚長征霍地站起，斷然道：「風兄先回，小弟辦妥事情再來會你們。」

風行知他心念著水柔晶，所以一有甚麼風吹草動，都往這方面想去，微笑起立，挽著戚長征手，擠出茶館外去，同時道：「假若戚兄估計無誤，此行凶險萬分，多我一把槍總聊勝於無，嘿！我才不信她能比我們更快找到水姑娘。」

戚長征感激道：「能交得你這朋友，不知是我老戚幾生修來的福分。」

兩人來到街上，長沙府的夜市在萬家燈火中，亮如白晝，熱鬧升平，可是他們都沒有任何輕鬆的感覺。

這花刺子模美女實在太教人莫測高深了。

順著大街走去，風行烈哂道：「橫豎倩蓮著我們以游擊戰術牽制敵人，要搞得他們鶴唳風聲，不能安寢，不若我們索性大鬧一場，直接找上甄妖女，殺她一個人仰馬翻。」

戚長征一把揮掉戴在頭上遮著半邊臉孔的帽子，大笑道：「這話最對我老戚脾胃，不過記著打不過時就要撒腿溜走，莫要硬充英雄好漢。」

風行烈不理途人因戚長征大笑而側目，哈哈一笑道：「我根本不是甚麼英雄好漢，只是不慣做縮頭烏龜罷了！」

戚長征興奮道：「來！我請客，先喝兩杯以壯行色。」伸手搭上風行烈肩頭，沒進街上的人流裡去。

花解語來到魔師宮內龐斑居住的院落，黑僕迎了上來道：「主人仍在高崖處凝立沉思，花護法似不應在這時驚擾他。」

花解語皺眉道：「他已一動不動地站了五天，不！我定要和他說上兩句話。」

黑僕臉上露出理解的神色，再沒有說話。

花解語伸手輕拍了黑僕肩頭，嘆了一口氣，往後院的高崖走去。

廣闊的星空下，高崖之巔，天下第一高手龐斑傲然負手立在崖邊，寂然不動。

花解語神態自然地來到龐斑身後，看到龐斑背後的手，緊握著一對繡花鞋，心中一震，升起一種難以形容的感覺。

難道無情的魔師亦會爲情所困？

已站了五日五夜的龐斑嘆道：「解語你還沒有懷孕嗎？」

花解語想不到龐斑不但沒有責她來打擾他，還關心起她的事來，黯然搖頭後，站到龐斑旁邊，側頭望向這面容奇偉的天下第一人，道：「魔師你老人家在想甚麼呢？」

龐斑淡淡一笑道：「我正回憶著那十天在靜齋和靜庵朝夕相對的日子，一分一毫都沒有放過，又不時想起其他人來，不知不覺站到現在這刻，唉！想不到回憶原來竟亦會如此醉人。」

花解語強烈地想起韓柏，心中一酸，爲何自己一生人從不相信愛情，到了這年紀，偏鍾情於一個比自己小上三十多歲的男子呢？情究是何物？

龐斑淡淡道：「靜庵去了！就在她仙去的那一刻，我已感應到了。靜庵啊靜庵！我龐斑為你放棄了一切達二十年，你亦為我獻出了最疼愛的徒弟，我們誰也不欠誰了，可是為何我總仍覺得虧負了你？誰能為我解答這問題？」

花解語三日前已收到言靜庵的死訊，但因龐斑來了這高崖處靜立，沒有機會通告他，豈知他早「知道了」，輕震後一時啞然無語，說不出話來。

龐斑忽又岔開話頭道：「身具魔種的人，所有生機均給收斂了去，是不會使女子受孕的，解語你是白費心機了。」頓了頓，眼中精光閃掠道：「有沒有鷹緣的消息？」

花解語道：「兩位少主均為此事努力追尋，一有消息，立刻會報告給魔師知曉。」

龐斑微笑道：「只要知道他在哪裡，我會拋開一切，立即趕去與他見上一面，看看蒙赤行的徒弟和傳鷹的兒子，究竟誰優誰劣。龐斑何幸！竟有機會再續師尊和傳鷹百年前未了之緣。」

花解語嚮往道：「魔師可否帶解語一起去，好讓解語做個歷史的見證人。」

龐斑失笑道：「你想見韓柏這小子才真，對不起，我安排了你回西域去，我雖不會直接插手夜羽的事，但亦不會橫加破壞，你乖乖給我回去，永不得再踏入中原，否則本人絕不饒你。」

花解語淒然道：「解語遵旨！」

龐斑語音轉柔道：「回去吧！生命總是充滿了無奈。回去吧！我還要多想一會兒。」

范良極和韓柏兩人身穿夜行衣，蒙著頭臉，一先一後，在星夜下的屋頂鬼魅般縱掠閃移，往清涼山上的鬼王府奔去。

韓柏又喜又驚。喜的是這種夜行的生活刺激有趣，驚的是若遇上了鬼王，便等若遇上了里赤媚那麼糟糕。「鬼王」虛若無在江湖上是個最高深莫測的人物，而只要知道當年里赤媚亦只能和他戰個平手，便可知他多麼厲害。

前面的范良極忽地停了下來，伏身在屋頂邊緣處，往前方偷看過去。

韓柏閃到他藏身處伏下低聲問道：「是否見到來捉你這老盜的官差大哥？」

范良極怒瞪他一眼，冷然道：「用你的狗眼自己看看吧！」

韓柏嘻嘻一笑，煞有介事地微仰上身，往前面望過去。

眼前是一望無際的屋脊瓦背，直延至遠方山腳的樹林處。

在這片密林的上方，隱見數點閃爍跳動的火光，像懸在虛空中的星星那樣，只不過強烈刺目多了。

韓柏細心一想，知道那是位於清涼山上的鬼王府，火光爍動正是鬼王府後院的燈火，由這角度看去剛好隔了片楠樹林，風吹樹搖時，作成這詭異的現象。

韓柏一呆道：「有甚麼好看的？」

范良極嘿然笑道：「對不起！我應該說用你的狗耳聽聽才對。」

韓柏忿然勁聚雙耳，立時收到左方屋處傳來夜行人掠過去遠的風聲。

范良極冷冷道：「不懂用耳的人，最好不要去夜街，否則丟了小命還不知道是甚麼一回事。」

韓柏雖然心中佩服，口頭卻不讓道：「人耳當然及不上狗耳的靈銳。」

范良極一肘挫向他肋下軟弱處，冷喝道：「不要一見人便亂吠，來吧！」伏身前躥，箭矢般投往遠處另一屋脊上。

韓柏悶哼一聲，忍著痛楚循著這名震天下的獨行大盜的路線，緊追在對方身後。轉眼間，兩人撲至清涼山腳下，上方的鬼王府燈火閃耀，照亮了樹林的上方，透著淒迷神秘的色彩。

范良極看韓柏學他蹲在一塊巨石後的草叢裡，才道：「想進鬼王府的人，都看中了這後山的楠樹林，以為可神不知鬼不覺潛進鬼王府的後院去，豈知正中鬼王的詭計。」

韓柏一呆道：「這麼大片樹林，除非找以千計的衛士來把守，否則怎能阻人進去？」

范良極屈起指頭敲了他的大頭一下，笑道：「讓我指點你這小子吧，這楠樹林內樹與樹間纏縛著肉眼難見的細線，只要觸上，即會發出警報。不過這還不是厲害處，因為夠膽闖鬼王府的都是高手，這些線絕瞞不過他們，難搞的是宿在林內的鳥群，只要有人經過，便會突然驚飛，比任何警報更可靠。」

韓柏愕然道：「那為何你又帶我到這裡來，不是明玩我嗎？」

范良極胸有成竹，悠閒地挨在石上，微笑道：「小伙子！給點耐性吧！很快就有好戲上演的了。」

話猶未已，山上的楠樹林裡，驀然響起鳥兒尖嘶和拍翼的響聲。

接著附近所有鳥兒聞聲響應，離林而起，一時林上漫漫的夜空，盡是鳥鳴鳥飛的喧鬧聲。

韓柏暗忖原來聲勢會是如此驚人，難怪瞞不過鬼王府的人了。

不知是誰夜闖鬼王府呢？

范良極道：「機會來了，莫要錯失，無論發生了甚麼事，記得緊跟我旁，讓我可保護、照顧你這渾小子。」

說到最後第二句時，他早掠出十丈開外。

韓柏此時才知道他在等候有人闖來驚起宿鳥時產生混亂的良機，混水摸魚偷進去，心中折服，忘了反駁，追著去了。

兩人把速度提升至極限，無聲無息穿林而過。

范良極駕輕就熟，領著韓柏避過林內的布置，不一會兒穿過了茂密陰沉的楠樹林，藏身在一株可俯視整個鬼王府後院的大樹濃密的枝葉裡。

後院黑壓壓一片，其中幾間屋舍雖透出燈火，卻是寂然無聲。

反之在前院某處卻被火焰照得亮如白晝，隱隱傳來人聲。

韓柏細察這宏偉府第的一角，與范良極所繪的圖樣分毫不差，讚道：「你若老得沒有能力偷東西，大可轉行畫春圖。」

范良極低咒了兩句後，道：「燈火處是正院內的練武場，看來那剛闖入來的人頗有兩手，否則鬼王府的人早轟走他了，哪有閒情像現在般和他聊天。來！我們去看看。」

范良極雙耳一陣聳動，倏地一拉韓柏，撲落後園，沿著一道長廊往前奔去，又一拉韓柏，閃入廊舍間一個小園的假石山後。

韓柏知機不作聲。

風聲響起，兩道人影在長廊掠過，轉往右方去了。

范良極低聲道：「這是鬼王手下二十銀衛的人物，這批人當年隨鬼王南征北討，實戰經驗豐富無比，即管武功比他們高的人，亦會因不夠狠和辣，致敗在他們手下，你要小心了，他們都穿銀衣，非常易認。好！我們走！」

韓柏收攝心神，把魔功提至極盡，幾乎是貼著范良極的背脊穿房過舍，撲往廣場去。

兩人再避過幾起巡邏的衛士，最後來到廣場東側一所無人的飯廳裡，潛到窗台下，一起伸頭往光若白晝的廣場望去。

十多名銀衣大漢，手拿火把，分立在廣場的四周，隱然包圍著卓立廣場中央的一名鬢髮如銀的老人。

范良極道：「原來是他，看來無論平日怎麼清高的人，都會起貪念。」

韓柏好奇道：「這人是誰？」

范良極正想回答時，見兩男一女由廣場對面的屋舍悠然步出，其中一名師爺模樣的人笑道：「對不起！鬼王今晚沒有興趣見未經預約的客人，著我們來打發謝樸兄。」

韓柏忘了追問范良極，細心打量著在那師爺旁的兩個人。

那女的年紀在四十許間，生得像母夜叉般醜陋嚇人，一望就知是脾氣極臭的人。

那男的高瘦挺直，站在兩人間，自然而然使人從他的神態和氣度，察覺出他才是地位最高的領導人物。

韓柏透了一口涼氣道：「若非我知道鬼王仍龜縮屋內，必然會猜這高瘦漢子就是鬼王，誰能有這種氣勢。」

范良極眼中露出讚賞之色，傳音進他耳內道：「算你有些眼光，這人是……」

外面那銀髮老者仰天一陣大笑，打斷了范良極的說話，笑聲倏止，身子輕晃下，冷冷的望著那高瘦漢子，皮肉不動地道：「閣下是否昔年曾助傳鷹大俠一臂之力的鐵存義大俠的後人？」

那高瘦漢子微微一笑道：「我是他的孫子鐵青衣，謝兄確是博聞，只從鐵某剛才向謝兄送出的一道勁氣，便推測出是我們鐵門的『玉蝶功』，眞不愧名震蘇杭的高手。」

那謝樸眼中驚訝之色一閃即逝，收斂狂氣道：「本人一向尊敬鐵大俠，故絕不願與鐵兄動手，只不知若謝某現在離去，鐵兄會否攔阻？」

范良極在韓柏耳旁冷笑道：「現在才知怕，眞是後知後覺，這鐵青衣是虛夜月的三個師父之一，武功僅次於鬼王，因為一向非常低調，江湖上悉知其人者極少，我倒要看看謝樸如何脫身。」

一把破鑼般的粗聲在場中響起，原來是那醜婦在說話，只聽她道：「早知如此，何必當初，謝樸你剛才驚起了宿鳥，理應知難而退，不要以為詐作要見府主，就可掩飾你闖府之罪。」

那師爺接口道：「念在你還沒有傷人，我『惡訟棍』霍欲淚就代你求鐵老一個情，只要你留下一指，即可離去。」

韓柏心中暗嘆，這是擺明要與這個甚麼蘇杭高手過不去了。

范良極乘機在他耳旁迅速介紹道：「這惡棍和你這淫棍最不同的地方，就是眞的使得一手好棍，和那『母夜叉』金梅都是鬼王府座下四小鬼的人物，非常不好惹。」

韓柏暗叫一聲娘！到了身在虎穴時，范良極才說這個如何厲害，那個如何厲害，分明在坑他。

那謝樸仰天一陣長笑：「謝某再說下去，反教你以為我怕了你們，哼！我既然敢來！就有信心離去，請了！」倏地後退，大鳥般往後躍起，瞬眼間沒入黑暗裡。

范良極和韓柏面面相覷，爲何場中鬼王府的人半點追趕的意思都沒有呢？

念頭才起，東面的屋脊上傳來謝樸的驚叱，接著是兵刃交擊的聲音，原來另有鬼王府的人把他截著，只看鐵青衣和那十多個持火把衛士冷靜安然的表情，就知那謝樸凶多吉少了。

韓柏心中懍然，這鬼王府眞是高手如雲，只是眼前這三人，便難以應付。

范良極神色變得凝重無比，湊過來道：「他們三人爲何還不滾回去，留在這處吃西北風。」

韓柏下意識地縮低了寸許，驚疑道：「若要留下手指，你最好代爲搞妥。」

鐵青衣的聲音剛好在廣場中響起道：「何方高人大駕臨此，何不出來一見。」

韓柏和范良極遍體生寒，心想此人若能如此發覺到他們的行蹤，功力豈非駭人之極。

要知范良極乃天下群盜之王，最擅潛蹤隱匿之術，要發現他是談何容易，韓柏則身具赤尊信的魔種，自然而然擁有了這不世高手的特質功力，當他蓄意避人耳目時，除了龐斑等絕頂高手外，誰能如此輕易發現他的蹤影？

廣場四周衛士持著的火把獵獵作響，深秋的寒風呼呼吹著。

范良極傳音道：「不要答話，他可能在試我們。」

韓柏頭皮發麻，點了點頭。最初來此想偷窺虛夜月的興奮心情，早蕩然無存。

鐵青衣冷哼一聲道：「敬酒不吃吃罰酒，要鐵某把你迫出來就沒有甚麼味道了。」

第十六章　虛空夜月

浪翻雲潛過船底，由憐秀秀登上花舫的另一邊翻到船上去，閃入了底層的船艙裡。

船上雖有幾名守護的大漢，但這時注意力都集中在憐秀秀登船的方向，更察覺不到浪翻雲迅快的動作。

浪翻雲進入處是舫上的主廳，几屏桌椅，字畫書法，莫不非常考究，顯示出主人超凡的身分，看得他心中暗讚。廳心還安了張長几，放著一具古箏。

他一邊運功揮發掉身上的水濕，順道欣賞掛在壁上的幾幅畫軸，就像位被恭請前來的客人那樣。

其中一幅山水雖是寥寥數筆，但筆精墨妙，氣韻生動，有種難以言喻的奪人神采，卻沒有署名，只蓋了個刻著「莫問出處」四個小字的閒章，帶著點禪味兒。

背後輕盈足音傳來。

進來的是憐秀秀和那女婢花朵兒。

他忙閃入一角的屏風後。

透過隙縫看出去，一看下亦不由心中一動。

她的確是美艷絕倫。

尤其是眉眼間那絲幽然無奈，真是使人我見猶憐。

憐秀秀來到箏前坐下，伸出潔白纖潤的玉手，習慣性地調校著箏弦。

「叮咚」之聲響徹廳內。

屏風後的浪翻雲仔細品味著她彈出的每一個音，心下暗驚，爲何她連試音都有種特別的韻味，難怪她的芳名如此傾動朝野。

花朵兒坐在憐秀秀的側旁，試探地道：「小姐眞的甚麼人都不見嗎？」

憐秀秀調弦的手停了下來，向花朵兒有好氣沒好氣道：「除了龐斑和浪翻雲，我連皇帝都不要見，包括你在內，還不給我出去。」

俏麗的花朵兒毫不驚慌，撒嬌地扭動嬌軀道：「小姐心情不佳，花朵兒不用小姐吩咐也要找地方躲起來。」

這才施禮告退。

憐秀秀仰起俏臉，閉上眼睛，出了一會兒神，才再張開美目，伸手按在箏弦上，指尖輕搖，一串清滑輕脆的箏音立時塡滿廳內的空間。

接著箏音咚咚，在她纖手裡飛揚，扣人心弦的音符，悠然而起。

彈的是本屬琴曲的「清夜吟」。

此曲在宋代非常流行，蘇東坡曾以「清風終日自開簾，明月今宵肯掛簷」的詩句來擬比此曲的意境，但出自憐秀秀的箏音，這意境卻更上一層樓，感情更深入，透著一種對命運的無奈和落寞。

浪翻雲想不到這麼快，在這樣的情況下欣賞到這天下名妓的箏藝，一時心神俱醉，忘了身處何方，迷失在魔幻般的音樂迷離裡。

琴音倏止，意卻未盡。

浪翻雲一震醒來，讚嘆不已。

外面水聲響起。

浪翻雲一聽便知正有另一艘艇駛近花舫，不禁眉頭大皺。

不知誰人如此不知情趣，硬是要來見憐秀秀呢？

韓柏嘆了一口氣，傳音往范良極道：「你看！我又給你害了，好吧！讓我出去大鬧一場，你給我壓陣，在適當時機製造點混亂，方便我逃走。」

范良極神色凝重道：「我敢打賭發現我們的應是你的未來外父，去吧！記得運功改變聲音。」

韓柏微愕然後大模廝樣站了起來，在窗前伸了個懶腰，向外面瞪著他的鬼王府人道：「要割手指的自己來動手吧！」他的聲音變得低沉嘶啞，卻是非常好聽。

「惡訟棍」霍欲淚和「母夜叉」金梅眼中精光閃動，眼看要撲過來，那鐵青衣伸手把兩人攔著，微笑道：「這位見不得光的蒙面朋友，能如此有恃無恐，必有驚人藝業，就讓我們鬼王府的人見識一下吧。」

韓柏裝出不懂武功的樣子，學一般人那樣笨手笨腳爬出窗外，來到三人面前十多步處站定，嘻嘻笑道：「這裡雖是王府，但鬼王始終是武林前輩，故應恪守江湖崇高的法規，一個對一個，多半個亦算犯規。」

金梅見他信口胡謅，氣得差點斷了氣，就要搶前痛懲這蒙頭臭小子一頓。

一陣清甜嬌美的聲音越空而至，像一朵白雲般飄下來。

韓柏的心臟「霍霍」地跳動著，不住加速。

只見四周十多把火炬的照耀下，一位穿著緊身男裝白色細銀邊勁服，頭結男兒髻的絕色美女，落到金梅之旁，還伸出一手似若無力地按在她肩上，神情帶著一種天生自然討好的驕傲。她一對眸子像兩泓深不見底的清潭，內裡藏著數不清的甜夢。

她的美麗是秘不可測地動魄驚心的。

只有虛空裡的夜月才可比擬。

虛夜月年紀絕不過二十，鼻骨端正挺直，山根高起，貴秀無倫，亦顯示出她意志個性都非常堅強。

她好奇天眞地打量著韓柏，像和家人說話般道：「只看你的手，便知你年紀很輕，爲何卻不懂愛惜生命呢？對不起！本姑娘要殺死你了。」

韓柏聽得瞠目結舌，以她能與天上月兒爭輝的美麗，這麼友善的口氣，竟說出這麼可怕的話來，但卻又有一種不合情理的協調，這種感受，還是第一次嘗到。

秦夢瑤的美麗是超塵出世的。

她的美麗卻是神秘的，縱使她站在眼前，你也不會覺得她是實在的，她不應屬於任何人，只應屬於天上那寂寞的夜空。

韓柏一瞬不瞬地瞪著虛夜月，眼皮亦不眨半下。

鐵青衣等卻像司空見慣般，亦不因韓柏的失態而嘲弄哂罵，因虛夜月絕世的容色而失態，都是可以被原諒的。

風聲再起，虛夜月旁多了個虎背熊腰，非常英偉，年紀在二十五、六間的青年，一身夜行衣，兩手玩弄著一條黑色的長鞭，向虛夜月道：「師妹千金之體，不若由為兄打發這小賊吧！」

范良極的聲音此時傳來道：「這是鬼王的關門弟子，叫『小鬼王』荊城冷，得鬼王眞傳，絕不能小覷。也不要以為虛夜月好惹，她除了家學外，另外還有三個有實無名的師父，鐵青衣就是其中之一。保重了！韓大俠！」

韓柏心中詛咒。

來之前又不見他說得這麼詳盡，分明是在陷害自己。

虛夜月向那小鬼王微嗔道：「剛才你帶那小王爺來破壞我的清靜，夜月還未向你算賬，現在又來和我搶生意嗎？我可不依，何況若我總沒有機會動手，遲早會給你趕過了我。」

她語氣天眞，似是個漫無機心的少女。

可是韓柏卻知她實是個厲害角色，否則京城的男人怎會給她耍得團團轉。只看現在她對付師兄的手法，已教人嘆服了。

果然荊城冷嘆氣搖頭，退開了兩步後，瀟灑地聳肩道：「由小至大，有哪次我是鬥贏你的。好吧！為兄在一旁為你壓陣吧！這小子手亦不顫半下，應該可以陪你玩半晌的。」

他師兄妹間洋溢著一種眞摯的兄妹之情，令人絕不會涉及遐想。

虛夜月大喜，抽出背上長劍，舉往天上，喃喃說了幾句話後，平望往韓柏，劍尖一指韓柏道：「你用甚麼兵器，只要說出來，府內又有的話，定送到你的手上。」

韓柏搔頭道：「你剛才舉劍向天說甚麼？」

虛夜月俏臉一紅，不好意思地道：「我在爲你未來的亡魂祈禱，望你死後莫要來找我討命。」

范良極的聲音在韓柏耳旁怪笑道：「這女娃好玩得緊呢！你要努力！嘿，努力逃命，我會爲你製造機會的。」

韓柏爲之氣結，嘆了一口氣，捋起衣袖，震出精壯的筋肌、發亮的皮膚，將手扠在腰間，身子倏地挺個筆直，淡然道：「鹿……鹿甚麼？噢！鹿死誰手，但究竟是小姐的貴手，還是本人的手，則尚未可知。給本人拿個兵器架來吧！一時我亦不知哪件趁手點嘛！」

鐵青衣、荊城冷、金梅、霍欲淚四人這時不謀而合各站一方，防止韓柏突圍逃去。

鬼王府的人一直在戰爭中長大，人人悍勇無倫，即管建國以後，每有特別任務，又或刺探江湖或外族情報之時，朱元璋都會向虛若無要人來用，所以鬼王府差點等若官府裡的官府，連朱元璋亦表面要對鬼王無比尊重。

這亦是爲何東廠大頭領楞嚴和中書丞胡惟庸如此顧忌鬼王的原因。

東廠和鬼王府的權力，是有重疊的地方的，使人懷疑是朱元璋蓄意如此，用以削弱鬼王的影響力。

這時眾人一見韓柏像換了個人似的，氣勢懾人，澎湃著強大的自信，都提高了戒備，可仍不爲虛夜月擔心。

無論才智、武功，她均足可應付眼前此人。

虛夜月深沉如夢的眸子閃起兩點星光，凝視著韓柏，欣悅地道：「就憑你這氣勢陡增的本領，我便如你所請。人來，給我抬一個兵器架的好傢伙來，任這位兄台挑選，每件式樣都要不同的。」

韓柏對她眞是愈看愈愛，但恨意亦增。

他感到對方對他沒有動半點男女之情，只是把他視爲一個好的敵手或玩物而已。

就在這時，他魔種生出奇異的感應，覺得有對眼睛正注在他身上。

他愕然向左側的屋簷望去，恰好見到一個美麗的倩影，背轉身去，隱沒在屋脊的另一方。

那種翩若驚鴻的感覺，使他心中一陣迷失。

爲何那背影如此眼熟，但絕不是白芳華，且自己敢打賭應是首次見到她。奇怪，總有種非常親切、熟悉的感覺。

虛夜月順著他的眼光望去，嬌笑道：「連七娘也來打量你了，看你多麼大面子，你若要逃走亦不打緊，我來和你比比輕功好了。」

韓柏氣得兩眼一瞪，道：「你好像未聽過人外有人，天外有天這句話似的。」

虛夜月美麗的小嘴逸出一絲笑意，輕柔地道：「當然聽過，也想看看你是否天外的天，人外的人。噢！眞好玩，你看他們跑得多快。」

韓柏望去，只見兩名武士，抬著一個放著刀、矛、劍、戟等十多種不同兵器，長達丈半的大兵器架，健步如飛來到兩人之前，把兵器架輕輕放在地上，又退了開去。

韓柏吁出一口涼氣，連搬東西的人也如此了得，鬼王府眞當得上龍潭虎穴，難怪走投無路的楊奉要藏到這裡來。

虛夜月嫣然一笑道：「你要人家依江湖規矩，一個對一個，人家依足你了，所以死後亦不可找人家算賬，快揀兵器吧！」

她一身男裝打扮，外表英風照人，但淺笑輕嗔中，透露出嬌秀無倫的美態，形成奇異之極的吸引力。

韓柏暗忖夢瑤曾說自己不容易愛上人，爲何在虛夜月的「色誘」下如此不濟事呢？啞然失笑，走到兵器架旁，看似隨意地拿起一對流星鎚，揮了兩下，滿意地道：「這兩個鎚是杭州兵坊的出品，難怪握上手這麼娘的舒服。」

就在這時一把溫和好聽的聲音在韓柏耳內響起道：「只看你拿起鎚來的手勢，便知你是赤尊信的化身韓柏，記著不可傷害我女兒半根毫毛。我會著人放你逃走，但卻不敢包保我的七夫人會否放過你，因爲她和老赤有著化不開的仇恨。唉！」

韓柏全身冰冷，差點呻吟起來。

這鬼王確是厲害，一眼即看穿了自己是誰。

虛夜月一振手中劍，催道：「快點！人家等得不耐煩了。」

韓柏深吸一口氣，壓下震盪的情緒，有點猶豫地向虛夜月虛心問道：「夜月小姐！你殺過人沒有？」

虛夜月嗔道：「哪來這麼多廢話，看劍！」

劍光倏起，忽然間漫天劍影，反映著四周點點火光，像天上的艷陽，分裂成萬千火點，來到了韓柏眼前處。

韓柏心中苦笑，即管換了赤尊信來，恐怕亦不知應如何應付這只能被打，不得還手的一仗。

第十七章　燕王朱棣

溫文但沉雄有勁的聲音在舫外先嘆一聲，喟然吟道：「巍巍乎志在高山，洋洋乎意在流水。縱使伯牙重生，亦不外如是。朱棣向秀秀小姐請安。」

伯牙乃古代音樂宗師，名傳千古，這燕王朱棣以之比擬憐秀秀的箏藝妙韻，既得體又顯出學養，教人不由減低因他冒昧來訪而生的惡感。

只從這點便可看出他是個人物。

朱元璋最著重君臣之禮，所以群臣見被他封了王的諸子時，都要行跪叩之禮，現在這燕王毫不擺架子，已使人折服。

可見他端的是個領袖群雄的人。

這些想法掠過浪翻雲的腦海，禁不住想看看憐秀秀如何應付這癡纏的燕王。

從屏風縫隙看出去，憐秀秀正蹙起黛眉，神情無限幽怨，嘆了一口氣，卻沒有回應。

這時老僕歧伯的聲音在外面艙板處響起道：「小姐今晚不見客，燕王請回吧！」

舫旁艇上立時爆起「斗膽」、「無禮」等喝罵聲，當然是燕王的隨行人員出聲喝罵。

燕王忙喝住下面的人，然後恭敬地道：「秀秀小姐請恕奴才們無禮，冒犯了貴僕。今次朱棣來京，實是艱難非常，一待父皇大壽過後，便要回順天，所以才如此希望能和小姐有一面之緣，絕無非分之想，小姐可以放心。」

躲在屏風後的浪翻雲心中暗讚，燕王應對如此隨和得體，憐秀秀若再拒絕，便有點不近人情了。

果然憐秀秀幽幽輕嘆後，柔聲道：「燕王大人大量，不要怪敝僕歧伯。」

燕王豪雄一笑道：「如此忠心義膽、不畏權勢的人，朱棣敬還來不及，如何會怪他呢？」

憐秀秀雙目閃過異采，應道：「燕王請進艙喝杯茶吧！」

這次輪到浪翻雲眉頭大皺。

燕王的手下自然有一等一的高手護駕，否則早給楞嚴或胡惟庸的人宰了，自己躲在這裡，實在非常不安全，但這刻要躲到其他地方亦辦不到，心中忽然湧出想大笑一場的衝動。

長沙府外的荒郊裡。

戚長征、風行烈兩人躥高伏低，最後來到一所莊院外的密林處，才停了下來，小心窺看。

風行烈皺眉道：「此事大大不妥，若眞是甄妖女駐腳的地方，爲何莊外一個守衛的人都沒有，老傑的情報怕有點問題。噢！不對！早先老傑偵察此處時，必然不是這個樣子，老傑怎會犯這種明顯的錯誤。」

戚長征臉色凝重道：「奇怪的地方還不止此，你看院內燈火出奇地輝煌，連不應點燈的地方亦亮起燈來，可是半點人的聲跡都沒有。」

風行烈伸手搭上戚長征肩頭，嘆了一口氣道：「甄妖女比我們想像中厲害多了，分明猜到我們兩人殺了莫意閒後意氣風發，會找上門來向她算賬，所以耍了我們一著。兄弟，要否進去看看，我猜裡面小貓亦休想找到一隻。」

戚長征站了起來，道：「你在外面給我把風，讓我探他一探，看看甄妖女會以甚麼來款待我們兄弟兩人。」

風行烈點頭答應。

戚長征再不遲疑，幾個起落，到了莊院中。

莊內果是人影全無，除了大件的家當外，空空如也。

戚長征一生在黑道打滾，江湖經驗豐富，不敢托大，先在外圍偵察一番後，最後才走進大廳裡去。

廳心放了一張大檯，卻沒有擺椅子。

檯上有張粉紅色的書箋，被兩條銅書鎮壓著上下兩方。

戚長征掠過一陣寒意，來到檯旁，往書箋看去。

淡淡的清香透入鼻裡。

只見上面寫著：

戚、風兩兄大鑑：

秋夜清寒，惜未能以酒待客，共邀風月，引爲憾事。待素善處決叛徒後，自當找上兩位，那時挑燈夜語，縱談天下，不亦樂乎。

甄素善敬奉

戚長征的臉色倏地轉白，狂風般後退，退出了廳外去。

韓柏自怨自艾時，虛夜月嬌艷欲滴的俏臉泛起聖潔的光輝，其神情竟和秦夢瑤有幾分肖似，只是她總多出點神秘和驕傲。

韓柏恍然她的劍法定是來自玄門正宗，只不知除鐵青衣外，誰還夠資格做她的師父。不敢遲疑，舞起流星鎚，如拈起兩個小酒杯般方便，顯出強絕的膂力。

廣場上各人凝神注視，默然無聲。

這兩個流星鎚每個重達二百斤，沉重非常，就算銅皮鐵骨的壯漢亦擋不住，更何況虛夜月人是如此嬌柔，手中之劍是如此單薄。

韓柏虛應故事，叱喝作態，流星鎚排山倒海般迎往虛夜月的劍影。

虛夜月俏臉若止水般恬然，劍影突收回前胸，改爲雙手握劍，看似隨便地再推出去，送入流星鎚間正中處，左右擺動，點上流星鎚。

韓柏心中駭然。

虛然月這一劍已到了化腐朽爲神奇的境界，看似簡單，其實大巧若拙，他連變招亦辦不到，硬是給她破去全盤攻勢。

「噹噹」兩聲同時齊鳴。

兩股柔和的力道，送入鎚內，韓柏忽感兩個流星鎚失去了至少一半的重量，像是無論如何用力，亦將發揮不出流星鎚作爲重武器的特性。

這是甚麼內功？

劍光轉盛。

韓柏手忙腳亂，急忙退後。

流星鎚改攻爲守，施出綿細的招數，勉強頂著虛夜月狂風掃落葉的攻勢。

「嗤！」

韓柏左肩衣服破裂，幸好只是劃破皮肉，但已狼狽非常。

韓柏隨手拋掉流星鎚，叫道：「且慢，這對鎚怕不是那麼好使，只是虛有其表，在下要換兵器。」

虛夜月長劍凝定半空，遙指著韓柏，有好氣沒好氣道：「哪有這麼無賴的，再給你一次機會，下次定宰了你。」

圍觀的人都泛起一種怪異的感覺。

韓柏和虛夜月哪像是生死相拚的敵人，只似一對在武場上練習的鬥氣小冤家。

韓柏大搖大擺來到兵器架旁，心中卻是暗暗叫苦，這虛大小姐只是劍術一項，足可列入一流高手之列。自己全力出手，亦未穩言可勝，何況鬼王傳音警告在先，自己只能捱打，那怎辦才好呢？

由此亦可得見鬼王的可怕。

唉！

都是范老鬼害人害物。

怎辦才好呢？

虛夜月在後面催道：「喂！快點吧！小子！」

韓柏啼笑皆非，取下一桿大槍，扛在肩上，轉身嘻嘻笑道：「在下剛才爲了隱瞞師門來歷，所以故意取了不慣用的兵器，教小姐見笑了，現在為了爭回少許面子，以後可以在小姐跟前抬頭做人，惟有動槍了。」左手一拍扛在右肩的槍桿再笑道：「有本事來拿我的人頭吧！聽說無頭鬼是最猛的鬼哩！」

他舉止瀟灑從容，自具不可一世的氣魄，而且還有種令人感到親切可近的感覺，這三種特質合起來，形成動人的男性魅力。

可惜虛夜月卻全不為其所動，只是聽到無頭鬼時，蹙起了黛眉，不悅道：「卑鄙！竟在嚇人家。我不劈掉你的頭不就行了嗎？」

韓柏聽得心癢難熬。

自出道以來，他接觸到的都是年紀大過他的成熟女性。

谷倩蓮雖和他年歲相若，可是因慣走江湖，卻是心智成熟。

惟有這虛夜月年紀既小，又自然地帶著一種天真動人的氣質，給韓柏非常新鮮的感受，尤使他心動。

韓柏暗忖無論如何，亦不可教對方看不起自己，先要勝過她的劍，然後才有機會攫取她的芳心，此之謂循序漸進也。一擺架勢，大槍送前，直指虛夜月。

心中同時想起為何范良極像消失了般無聲無息呢？

虛夜月神秘美麗的深黑美眸似蒙上一層薄霧，凝神專志，忽然吟道：「梅雖遜雪三分白，雪卻輸梅一段香。嘗嘗我這套來自『雪梅劍譜』的『青枝七節』吧。」言畢手中劍化作一道長虹，激射而出。

韓柏心神晉入魔道至境，瞬間看破了對方的劍勢，叫了聲好，沉腰坐馬，湧出重重槍影，把虛夜月圍住。

虛夜月左揮右刺，招數嚴密玄奧。

她的絕世芳容，亦隨著劍招不斷變化，幽怨、歡喜，不住換替，整個心神全融入姿態無懈可擊的劍意裡，任由韓柏如何強攻，亦不能動搖她分毫。

韓柏愈打愈心驚。

這是甚麼劍法？

起始時他還有留手，到後來殺得興起，施出大槍靈活的特性，強攻硬打，有若地裂天崩；細緻處，又若情人的噓寒問暖，無微不至。

這次輪到虛夜月有點吃不消了。

韓柏攻勢忽消，拋開長槍，撲到兵器架旁取下一對護手短匕，轉身剛好擋了虛夜月追擊而至的一劍，哈哈笑道：「陪你玩多一次本人便要回家睡覺了，你除非想與我睡覺，否則莫要隨來。」

虛夜月俏臉一寒，冷喝道：「大膽狂徒！」

韓柏正要攻出。

長劍回到鞘內，虛夜月掣出插在靴筒的兩把一長一短的小劍，挽出兩球劍花，往前送出，勢道均匀，精妙無匹。

韓柏心想這定是另一個師父教的絕活，再一聲長笑，前衝過去。

匕、劍交擊聲不絕於耳。

兩條人影分分合合，滿場游鬥，一時勝負難分。

「蓬！」

聲音非是來自場內纏鬥的兩人，而是來自范良極藏身的地方。

兩條人影衝破屋頂，彈上夜空，倏忽間交換了五掌。

其中一人自然是范良極。

另一灰衣人，亦是把頭用布袋罩著，只露出精光閃閃的眼睛。

鐵青衣等愕然望去時，范良極和那灰衣人已朝相反方向逃去。

灰衣人取的是後院楠樹林，范良極卻朝前院逸去。

鐵青衣一聲長嘯，騰空而起，往那灰衣人逃走的方向大鳥般投去，聲勢凌厲；那「小鬼王」荊城冷亦不示弱，只比鐵青衣慢了一線，往范良極追去。

此時不走，更待何時。

韓柏使了下虛招，抽身便退。

虛夜月嬌笑道：「要和月兒比輕功嗎？」

韓柏大笑道：「三十六著，走爲上著，若你在這著上勝不過我，便算輸了。」說到最後一字時，早落在最近的屋簷上。

金梅和霍欲淚兩人都沒有出手攔截，顯是得鬼王吩咐。

虛夜月嬌叱一聲，往韓柏追去。

憐秀秀終肯讓燕王朱棣上船，他理應大喜過望，豈知燕王卻答道：「小姐語帶蒼寒，顯見心情不佳，不欲待客之語，非是搪塞之詞，朱棣怎敢打擾，就此告退，秀秀小姐好生休息，身體要緊。」

憐秀秀微感愕然，想不到燕王如此體貼和有風度，半晌後才道：「燕王順風，恕秀秀不送了。」

燕王二話不說，道別後，悄悄走了。

躲在屏風後的浪翻雲禁不住對燕王作出新的評估。

燕王這一著對憐秀秀的以退為進，確是高明之至，異日他再約會憐秀秀，這美女當然不會拒絕，怎樣亦要應酬他。那時他便可以憑著在今晚留下的好印象，展開攻勢了。

憐秀秀至此箏興大減，沉思半刻後，吹熄案頭的孤燈，站了起來，盈盈出廳去了。

浪翻雲微微一笑，心想不若就在這屏風後打上一晚坐，明早才設法去找韓柏他們吧！

他盤膝坐了下來。

聽著秦淮河的水拍上船身的聲音，他忽地回到了畢生最美麗那段日子開首的第一天去。

那年浪翻雲二十八歲。

立春前十日。

年關即至，街上簇擁而過的行人，多了點匆匆的行色。

浪翻雲穿過了一個售賣梅花的市集，來到秦淮河畔。

明月高掛的夜空，把他的影子投往正反映著花舫燈火的秦淮河上。

看著河上穿梭不絕，載滿尋芳客往往來來的船艇，他分外有種孤單落寞的感覺。

每一個人都是沒選擇地誕生到這人間的苦海裡，逐浪浮沉。

爲何會是這樣的？

很多人都不敢深索這問題，又或者他們有自知之明，像莊子般知道想之既無益，不如不去想吧！

但他卻禁不住去苦思這問題。

因爲他並非常人。

宇內除了像龐斑、厲若海、言靜庵、無想僧等有限幾個人外，餘子連做他對手的資格也沒有。

一朵梅花從岸邊的梅樹飄到河水裡。

浪翻雲的視線直追而去，看著梅花冉冉，像朵浮雲般落在燈光蕩漾的水波上，再隨水無奈而去，其中似帶著一種苦中作樂的深意。心有所感下，雙目掠出使人驚心動魄的智慧之光。

就在這時，他感到有一雙眼睛，在對面的大花舫深注到他臉上。

浪翻雲抬頭看去，見到眼光來處是花舫的其中一個小窗。

一個掛著竹簾子的小窗。

浪翻雲向竹簾有點不好意思地笑了笑，露出與他醜得極有男性魅力的臉孔絕對匹配的好看牙齒，生出一種奇異至難以形容的吸引力。

他感到那雙瞧著他的目光更熾熱了。

那純粹是精神的感應。

到了浪翻雲這級數的高手，最重要的就是精神的境界和修養，萬法爲心，所以靈覺比之常人敏銳百倍，可以感覺到常人全無知感的物事。

目光消去。

浪翻雲倏地升起茫然若有所失的感覺。

四周絃歌不絕。

浪翻雲啞然失笑，暗忖自己實在是太多情了，搖搖頭，轉身欲去。

才走了幾步，一個漢子的聲音由河上傳來道：「這位大爺請留步！」

浪翻雲猶豫了半晌，始轉過身來。

一艘快艇迅速靠到岸邊。

一名僕人打扮的三十來歲漢子，離艇登岸，來到浪翻雲身旁，打躬作揖道：「公子慢走，我家小姐著小人詢問公子，可否抽空到船上與她一見。」

浪翻雲欣然點頭，笑道：「我求之不得才對。」隨那僕人步下艇去。

穿過了舳艫相接、船舶如織的水面，抵達停在河心一艘最華麗的花舫處。

一個穿得很體面管家模樣的中年男人，早在船上躬身相迎道：「我霍迎春服侍了惜惜小姐七年之久，還是第一次見小姐主動邀請人客登船。」

浪翻雲心中一震，難道此船上的女子，竟是艷名蓋天下的才女紀惜惜？呆了一呆道：「貴上難道就是紀惜惜小姐？」

霍迎春點頭應是，道：「公子請進！」

浪翻雲隨他走進艙內，一直走到通道端那扇垂著道長竹簾的門前。

門簾深垂，裡面靜悄至極，闃無人聲。

霍迎春讓到一旁，垂首道：「公子進去吧！小姐要單獨見你。」

浪翻雲心中湧起一陣衝動，毫不客氣掀簾而入。

那是一個寬敞的艙廳，陳設典雅巧緻，充滿書卷的氣味。

靠窗的艙旁倚著一位絕色美女，俏臉含春，嬌艷無倫，明媚的眸子緊盯著他，淡淡道：「賤妾請公子到這裡來，是動了好奇心，想問公子三個問題。」忽又嫣然一笑道：「本來只有兩個問題，後來多了一個，公子不會怪惜惜貪心吧？」

浪翻雲從未想過一個女人的艷色可以具有像紀惜惜那種震撼力的，呆了好一會兒才重重吁出一口氣道：「你那多了出的問題，定是因我對登船感到猶豫一事而起的，對嗎？」頓了頓又道：「到現在我才知甚麼是傾國傾城之美，多謝小姐賜教。」

紀惜惜美目異采連閃，大訝道：「敢問公子高姓大名，惜惜忍不住想知道呢？」

浪翻雲嘆道：「小姐令在下有逍遙雲端的飄然感覺，本人乃洞庭湖的浪翻雲。」

紀惜惜秀目爆起奇光，定睛看了他一會兒後，似失去了一切氣力的緩緩閉上眼睛，半呻吟著道：「洞庭湖，浪翻雲，原來是你，難怪……」語音轉細。

浪翻雲舉步走去，來到她身前五尺許處站著，情不自禁地細察倚牆閉目的美女，一寸地方也不肯疏忽錯過。

自懂事以來，他從未嘗過強烈如此的驚艷感覺。

他還是第一次碰上無論內在氣質與外在姿容均如此動人的美女。

尤使他傾醉的是她那毫不修飾的丰姿，真摯感人。

紀惜惜張開俏目，「噗哧」一笑道：「你看敵人時會否像現在看人家般專心呢？」

浪翻雲失笑道：「當然是同樣專心哩！因爲那是生與死的問題。」

紀惜惜蹙起黛眉，輕輕道：「你是否每次看美麗的女人都用這種方式去看的？」

浪翻雲毫不感窘迫，瀟灑一笑道：「小姐太低估自己了，除了你外，誰能令在下失態？」

紀惜惜俏臉微紅，垂下螓首道：「你的人就像你的劍，教惜惜無從招架。」

她這兩句話擺明對浪翻雲大有情意。

在浪翻雲做出反應前，她美目迎上他的眼睛欣然道：「若浪翻雲能猜到惜惜心中那剩下的兩個問題，惜惜便嫁了給你。」

第十八章　舊愛難忘

韓柏展開身法，全力奔逃。

屋簷像流水般在腳下退走，可是前方仍是延綿不盡的房舍。

惡犬吠叫竄奔之聲在房舍響起，夾雜著人聲吆喝，整個本來陰陰沉沉的大地頓時充滿了肅殺緊張的意味。

前方遠處銀光閃動。

三名銀衣鐵衛，現身前方屋脊處，弩弓機栝聲響處，三枝弩箭品字形激射而至。

由於角度恰當，縱使韓柏避開，亦不虞射中後方追來的虛夜月。

韓柏暗罵虛若無如此疏忽，耳邊已響起鬼王的聲音道：「你若不乖乖陪我女兒再玩一會兒，我便要了你的小命。」

韓柏頭皮發麻，知道鬼王一直躡在旁邊，可是以魔種的靈銳，卻感覺不到他的位置，確有鬼神莫測之機。

韓柏不暇多想，一個倒栽蔥，滾下瓦面，堪堪避過弩箭，跌到一座四合院落的天井裡。

黑影一閃，四條碩壯的獒犬，分由左右側和前後方撲來。

韓柏喚了聲娘後，提氣上沖。

豈知其中一隻特別勇猛，疾撲而上，一口噬在他的屁股處。

韓柏冷哼一聲，股肌生出勁力，惡犬的利齒亦咬不進去，可是褲子卻沒有那本領，「嘶」的一聲中，被扯去了小片，露出少許雪白的臀肌來。

虛夜月在後方一聲尖叫道：「羞死人了！」竟停了下來，不再追趕。

韓柏叫聲天助我也，足尖一點瓦面的邊緣，騰升而起，逢屋過屋，竟一路暢通無阻，不一會兒掠過了前院的高牆，落到鬼王府外，哪敢留戀，直奔下清涼山去。

到了山腳處的密林裡，驚魂甫定，才發覺頭、臉、身體全是冷汗。

耳聽流水之聲，心中一喜，移到那小溪之旁，揭開令他氣悶的頭罩，俯身把頭浸在水裡，喝了十多口水後，才滿足地把頭抬起，用頭罩痛快地拭抹頭臉的水濕。

心中警兆忽現。

一把幽幽的女聲在身後低聲道：「你是誰？和赤尊信是何關係？」

韓柏駭然轉身，一看下目定口呆。

一位風韻迷人的少婦，幽靈般盈立眼前。

她特別引人是那對烏黑的眸子，有種淒然的秀美容顏，予人一種無限滄桑和飽歷世情的感覺。

但這都不是使他震動的原因。

感受強烈的原因是他深心處湧起一種非常濃烈的情緒和熟悉的感覺，衝動得差點要把對方擁入懷裡，恣意愛憐。

自己可才是第二次見到她啊！

這不就是剛才在遠處看他那鬼王的七夫人嗎？

爲何自己會像認識了她幾輩子的樣兒？

這楚楚動人、迷人之至的美女一身素綠的衣裳，外披黑色披風，背插長劍，頭結宮髻，氣度高貴雍容。

她一瞬不瞬盯著韓柏，好一會兒後才嘆了一口氣道：「唉！你就是那韓柏了，我太癡心妄想了，還希望只是謠傳，那負心漢只是放出煙幕裝死避禍。」

韓柏如雷轟頂，恍然大悟。

原來鬼王所謂的深仇大恨，只是男女間的情仇愛恨而已。

看來赤尊信對她仍是餘情未了，否則現在自己不會有那種感覺。

當日他魔種剛成時，腦海曾浮現赤尊信生前的記憶片斷，其中特別清楚的一張臉孔，就是眼前這動人心弦、風情無限的美女。

嘿！

若能代赤尊信好好「安慰」她，豈非天大美事。

噢！

絕對不行，要鬼王做烏龜等若找死，這事萬萬不可。

不過想到這裡，心情轉佳，正要說話。

七夫人拔出長劍，俏目凝在劍尖處，眼神變得幽黯淒傷，自言自語般嘆道：「好！這也好！人死燈滅。」俏目厲芒閃掠，往他望來，淡淡道：「殺了你後，赤尊信再無任何痕跡留在世上，我亦可無牽無掛當我的七夫人了。」

韓柏正胡思亂想間，聞言嚇了一跳，失聲道：「甚麼？」

七夫人見他神態像個孩子，秀目掠過痛苦之色，輕輕道：「懷璧其罪，怪只怪你外表神態都太像他了，尤其當你與夜月動手時，更像那負心人復活過來，我怎能容你存於這世上，尤其你還是貪花好色之徒，唉！」

韓柏聽得瞠目結舌，啞口無言，好一會兒後才苦笑道：「不若這樣吧！赤老有恩於我，在某一程度上，我亦可算半個他老人家，你便打我兩掌來出氣吧！」

七夫人愕然微怒道：「你連他小覷女人這可恨性格亦承受過來，難道以為我永遠都那麼容易心軟受欺嗎？就算赤尊信復生，亦不敢捱我兩掌。若你還是堂堂男子漢，就挺起胸膛，擺出你那不可一世的可恨派頭，看看能擋撫雲多少劍。」

一挽劍訣，俏臉平靜下來。

韓柏恍然道：「原來虛夜月的劍是跟你學的。」旋又一驚，虛夜月已如此難應付，這個師父當然更難抵擋，唉！死老鬼為何還不現身打救，難道跑不過那小鬼王嗎？

胡思亂想間，驀然與七夫人充滿了怨恨的眼睛一觸，心中一陣迷糊，夢囈般道：「小雲！你仍怪我嗎？」

七夫人嬌軀劇震，繼而長劍「噹啷」墜地，往後退去，俏臉煞白，捧著胸口道：「尊信！是你嗎？」

韓柏清醒過來，呆了半晌，心中大奇，為何自己竟衝口叫出了她的小名來，難道他老人家所謂的魔種，只是他的陰魂附在自己身上，見了舊情人，便忍不住要出聲。

但想想又覺不像，自己全無一般鬼魂附身的感覺。

七夫人厲叫一聲，忽地飄前，一掌往他胸口印來。

韓柏若要閃避或還招，儘管事起突然，仍來得及，不過話已出口，兼之自恃捱打奇功了得，默運玄功，挺胸受掌。

「啪！」

纖掌到了胸前二寸許處，猶豫了剎那的光景，才印實他寬敞的胸膛上。

一股沛然莫測的陰柔之力，透胸而入，直貫心脈。

韓柏想不到自己布起護胸神功後，仍被她的掌力似勢如破竹般切入，駭然下往後躍退，還在淩空的當兒，一口鮮血已狂噴而出，眼看心脈不保，丹田一熱，一股眞氣狂湧而起，與七夫人的眞氣在心脈相遇。

胸口一震，再噴出另一口鮮血，才「蓬」一聲跌個四腳朝天。

七夫人呆立當場，抬起「殺人」的纖手，不能自信地看著，神情複雜。

韓柏動也不動，有若死人。

七夫人喃喃道：「我殺死了他，天！我竟能眞的下了手。」

好一會兒後，她緩緩轉身。

欲離未離間，韓柏一陣呻吟，爬了起來，啞聲道：「小雲，還欠一掌。」

七夫人嬌軀輕顫，旋風般轉過身來，看著勉力站起來的韓柏駭然道：「你究竟是人還是鬼？」

韓柏一手搓揉著胸口，另一手拭去嘴角的血污，苦笑道：「你還未打第二掌，我怎能做鬼。」

七夫人顫聲道：「你究竟是赤尊信還是韓柏？」

韓柏淒然笑道：「但願我能分得清楚，我還要回家睡覺，你那一掌能否再過兩天才打我。」想起剛才她那一掌的厲害，連捱打功亦受不了，幸好魔種有自發的抗力，否則早已一命嗚呼，禁不住打起退堂鼓來。

七夫人倏地衝前，到了他近處狠狠道：「你是否天生的傻瓜，怎可代人受罪，再拍你一掌，任你大羅金仙亦受不了。」

她心情顯然矛盾之極，否則不會既打定主意要取韓柏之命，又斤斤計較韓柏坦然受掌。

韓柏對著她美麗的粉臉朱唇，楚楚眼神，心中湧起強烈的衝動，脫口道：「我並非傻瓜，而是因爲在下深心處愛得你要命，很想給你殺死，唉！我亦分不清這是自己還是赤老的願望。」

七夫人俏臉一冷，纖手揚起。

「啪！」

韓柏臉上立時多了五道血痕。

韓柏大喜道：「這是第二掌了。」

七夫人呆了一呆，退後兩步，愕然道：「看來你還是韓柏多了一點，赤尊信怎會學你那樣撒賴。」

韓柏執回小命，哪還計較自己是甚麼，有點不好意思地道：「好了！我們間的怨恨至此一筆勾銷，我……嘿！可否代赤老和你溫存片晌，吻吻臉蛋怕也可以吧？」

七夫人眼中先亮起冰冷的寒芒，不旋踵神色轉作溫柔，「噗哧」一笑道：「若尊信他像你那麼多情，我們便不用落至今天那田地了，大錯既成，就算傾盡三江五河之水，仍清洗不了。想佔我便宜嘛，下一世也不行。」語氣轉冷道：「不過你也說得對，我的氣消了，再不想殺死你，但你莫要再在奴家眼前出現，否則說不定我又要殺你。」

韓柏聽她自稱「奴家」時，神色溫柔，眼中掠過緬懷的神色，心癢起來，連鬼王都忘了，移前兩步，眼神深注道：「相信我吧！赤老是深愛著你的，那正是我現在的感受，絕不騙人，嘿！可以親個嘴了嗎？」

七夫人眼中現出意亂神迷的神色，旋又清醒過來，瞪著他道：「你若敢碰我一根指頭，我立刻告訴鬼王，他殺人絕不會手軟的。」

韓柏心中泛起勝利的感覺，因爲這七夫人的武功比自己只高不低，卻要去求鬼王收拾自己，擺明她自己下不了手，甚至感到很難抗拒他這具有赤尊信魔種的人。

不過想深一層，她「大概」可算是自己的「師母」，侵犯她豈非無禮之極。

韓柏乾咳一聲道：「不要嚇我好嗎？」搔頭掀耳道：「唉！不要怪我，第一眼看到你時已想和你親熱……這……我也不知怎樣說才好。」

七夫人平靜下來，幽幽一嘆，伸掌按上他的胸膛，柔聲道：「你是個很乖很坦白的孩子，但即管你可算半個赤尊信，我亦不會愛上你，尤其那等若把你害死，走吧！走得愈遠愈好，撫雲的心早在十年前死了。」

掌力輕吐，韓柏悶哼一聲，飛跌開去。

七夫人同時後退，腳尖一挑，早先墜在地上的長劍落回手中，退勢增速，消沒在林蔭裡。

韓柏在兩丈許處落實地上，傷勢竟大大減輕了。

原來七夫人剛才一掌，輸入了一道珍貴無比的內氣，使他傷勢痊癒了大半。

韓柏不敢逞強追去，盤膝坐下，眼觀鼻，鼻觀心，行功療治餘下的傷勢。

這七夫人功力之高，比之范良極等黑榜高手亦不遑多讓。幸好她擊實韓柏前，猶豫了一下，功力未運足，否則韓柏縱有捱打奇功，魔種又具護體眞氣，恐仍不能逃過大難。

黑影一閃。

韓柏大驚看去。

來者原來是不知溜到哪裡去逍遙快活的范良極。

范良極一言不發在他背後盤膝坐下，伸出手掌，源源輸入眞氣。

一盞熱茶工夫後，韓柏吐出一口瘀血，伸了個懶腰坐起來道：「你滾到哪裡去了？」

范良極失聲道：「滾到哪裡去，那小鬼興致勃勃地追了我幾條街，若非是我，誰能這麼快尋到你？」

韓柏沒有心情和他計較，問道：「爲何你會和那灰衣人動起手來，那傢伙似有兩下子，你佔不到甚麼便宜吧！愈見得多人，愈覺你這老小子的功夫稀鬆平常，看來還是找浪大俠回來，讓他保護我們。」

范良極怒道：「似有兩下子？那灰衣人定是玄門裡的頂尖高手，看來比鬼王差不了多少，若他找上的是你，怕你要捲起鋪蓋回到出娘胎前那世界去呢！」

韓柏愕然道：「不是你找他動手以製造混亂嗎？」

范良極道：「你當他是雲清嗎？我才沒有閒情動手動腳，鬼王這傢伙傳音警告我不得妄動，入鄉隨俗，入府亦須聽主人言，我自然尊重他老傢伙的意見。」

韓柏道：「那眞是丟人丟到底了，堂堂盜王竟給人利用了來過關，藉你製造混亂乘機走了。」

范良極亦大感不是滋味，顧左右而言他道：「你的捱揍功頂管用呢！連于撫雲名震京城的摧心掌亦捱得住。」

韓柏一呆道：「原來你躲在一旁，眼睜睜看著我被人拳打腳踢。」

范良極哂道：「一個願打，一個願捱，是郎情又是人家妾的意，我怎可不知情識趣。滾吧！明天還要上朝見人呢！」

韓柏撫著臉蛋嘆道：「都是你弄出來的混賬。你看！臉上多了這個女人的掌印，明天怎有顏面去見朱元璋和滿朝文武百官。若鬼王認出這是他夫人的傑作，不知會怎麼想哩！」

范良極瞪他一眼，冷冷道：「知道便好，還去勾引這麼陰險的女人，想想虛夜月吧！如此美麗的少女，連我都是第一次見到的呢！」在懷裡掏出另一個頭罩，套著他頭臉輕鬆地道：「蒙面上朝不是甚麼都解決了嗎？滾吧！回到賓館時千萬莫要亮燈，否則給詩妹她們看到你臉上的掌印，還以爲在隨我去辦正事途中，偷偷開溜了去採花呢！嘻！」

韓柏怒罵一聲，搶先出林去了。

第十九章　煮酒談心

足聲響起。

浪翻雲從深情的回憶驚醒過來，朝屏風外瞧去。

河上岸上燈火透窗而入，映照在去而復返憑窗外望的憐秀秀的俏臉上。

她面貌和身材的線條若山川起伏，美至令人目眩。

浪翻雲心中升起一種奇異的感覺，似是這情景早曾在往昔某一剎那出現過，禁不住嘆了一口氣。

憐秀秀嬌軀一顫，往屏風望來低聲道：「誰？」

她平靜的反應出乎浪翻雲意料之外，站了起來，移到屏風之側，微微一笑道：「秀秀小姐！是我！浪翻雲。」伸手脫下面具，露出他獨特的尊容。

連他自己亦不知道爲何要暴露行藏，只是意之所之，想這樣便如此做了。

他身在暗處，憐秀秀看不眞切，輕移玉步，直來到他身前兩步許處，才劇震道：「天！眞的是你。秀秀受寵若驚了。」

浪翻雲灑然一笑，繞過她身旁，逕自來到近窗的椅子坐下，悠然從懷裡掏出一瓶酒來，放在側旁几上，招呼道：「來！我偷聽了小姐天下無雙的箏曲，好應分半瓶酒給你。」再嘿然道：「若非剛才聽到小姐指明除龐斑和我外，誰都不見，浪某亦不敢如此冒昧。」

憐秀秀不好意思地赧然道：「秀秀想到便說，口沒遮攔的，浪大俠見笑了。」

浪翻雲笑道：「我只是個浪蕩天涯的人，和大俠絕拉不上任何關係，更何況浪某草莽一名，對行俠仗義一類事，從沒有用心去做過，所以更當不上大俠的美譽。」

這時丫鬟花朵兒冒失闖了進來，一見廳內多了個雄偉如山、充滿著奇異魅力的醜漢，花容失色，便要尖叫。

憐秀秀喝止道：「休要無禮！這位是與『魔師』龐斑齊名的『覆雨劍』浪翻雲，莫要教人家見笑了。」

浪翻雲聞言苦笑道：「只是暫時齊名吧！月滿攔江之時就可分個高低了。」

花朵兒拍著胸口，喘著氣雀躍道：「天呀！我竟既見過龐斑，現在又碰上浪大俠，你們兩個都是小姐最愛提起的人。」

憐秀秀黯然道：「可是自我見過龐先生後，便再也沒有提起他了。」

浪翻雲心中一震，知道這自紀惜惜後天下最有名氣的才女，已不能自拔地深深愛上了龐斑。憐秀秀神情轉為平靜，俏臉泰然若止水，向不想離去的花朵兒吩咐道：「小丫頭給我去取煮酒的工具來，秀秀打算一夜不睡，陪浪先生喝酒。」

花朵兒興高采烈地去了。

憐秀秀嫣然一笑，道：「對她來說，你代表的是一個眞實的神話。」

浪翻雲先硬迫憐秀秀在對面的椅子坐下來，微笑道：「那龐斑定是另一個神話，因為他得到神話裡的仙女動了凡心。」

憐秀秀不依道：「先生在笑秀秀。」

浪翻雲雙目爆起精芒，盯著憐秀秀閃著醉人光輝的俏臉，訝然道：「龐斑是否眞是到了斷了七情六慾的境界，竟連你也肯放過？」

憐秀秀一震道：「到這刻秀秀才明白為何龐先生找上了你做對手。我眞不知道究竟希望你們哪一個勝出哩！」

這時花朵兒捧著酒具回來，憐秀秀挺身而起，兩主僕開爐溫酒。

浪翻雲待要回答，神情一動道：「有人來了！」

憐秀秀臉現不悅神色，向花朵兒道：「給我出去擋著，今晚甚麼人都不見。」

花朵兒應命去了。

浪翻雲心中一片平靜溫馨，看著憐秀秀搧火煮酒。

這時廳內除了爐火的光色，窗外透入的燈光外，整個空間都融在夜色裡，使站在爐旁正把酒斟進浸在水內暖瓶的憐秀秀，成為了這天地裡最動人的焦點。

火光中，憐秀秀閃耀著光影的俏臉不時向浪翻雲送來甜甜的笑容，毫不掩飾對浪翻雲的傾慕。

浪翻雲不由又回到與紀惜惜初會的那一天去。

紀惜惜的野性大膽，確使人情難自禁。

憐秀秀是完全另一種類型。

她永遠予人一種柔弱多情的味兒，教人總像欠了點她甚麼似的，這是一種使人心醉魂銷的感覺。同樣地使人難以抗拒。

尤其在聽過她天下無雙的箏曲後。

花朵兒和來人交涉的聲音在外響起。

接著一把男聲在外面道：「楞統領座下四大戰將之一區木奇向秀秀小姐請安，末將奉統領之命，本有要事面稟，秀秀小姐既不願見，可否讓末將高聲稟上。」

憐秀秀先向浪翻雲歉然一笑，才應道：「區大人先恕秀秀無禮，請說吧！」

區木奇提聲恭敬地道：「天下最惡最著名的採花大盜薛明玉，被證實潛來了京師，這人武功之強橫，遠超江湖估計之上，竟能逃過由百多名仇家組成的追捕團，現在京城美女人人自危，楞大統領已奉旨對他追捕，京城各派人物亦組成『捕玉軍』，教他來得去不得。可是一天這惡賊仍未授首，總教人不心安，所以楞統領調來一批高手，專責保護小姐，萬望小姐俯允。」

浪翻雲為之愕然，想不到自己惹起了如此軒然大波。同時亦想到楞嚴如此關心憐秀秀，是否因著龐斑和憐秀秀的關係？若給「薛明玉」採了憐秀秀這朵鮮花，楞嚴如何向龐斑交代？

憐秀秀暗忖有浪翻雲在我身旁，十個薛明玉都碰不到自己指尖，當然這想法不可說出口來，淡然道：「如此有勞了，他日定會親自謝過統領的厚愛。」

區木奇一聲告辭，乘艇離去。

水沸聲從鐺內傳來，熱氣騰升。

憐秀秀不怕瓶熱，拿著壺柄提了起來，把熱騰騰的酒注進兩個酒杯裡，再拿起兩個杯子，一個遞給浪翻雲，自己拿著另一杯，坐到浪翻雲對面，先淺嚐一口，色動道：「天！世間竟有如此美酒？」

浪翻雲看著她意態隨便的丰姿，心神俱醉，微微一笑道：「此酒名清溪流泉，乃左伯顏之女左詩所釀，真酒中仙釀，和小姐的箏曲同為人間極品。」

憐秀秀舉杯一飲而盡，舉起羅袖拭去嘴角的酒漬，輕輕唱道：「尊前擬把歸期說，未語春容先慘咽。人生自是有情癡，此恨不關風與月。離歌且莫翻新闋，一曲能教腸寸結。直須看盡洛陽花，始共東風容易別！」

她的歌聲清麗甜美，婉轉動人，高越處轉上九霄雲外，低迴處潛至汪洋之底，聽得浪翻雲霍然動容，道：「詞乃宋代大家歐陽修之詞，曲卻從未之聞，如此妙韻，究是出自何人的仙心？」

憐秀秀赧然道：「那是秀秀作的曲。」

浪翻雲一震下先喝乾手上熱酒，凝望著這天下第一名妓道：「浪某尚未有意離去，爲何小姐卻預約起歸期來？」

憐秀秀淒然道：「黯然銷魂者，惟別而已，造化弄人，愛上的人都是不會與秀秀有任何結果的。」

提起酒壺，輕移玉步，來到浪翻雲旁，回復平靜淺笑道：「讓秀秀再敬先生一杯。」

浪翻雲心中不知是何滋味，雙手捧杯，接著像一道銀線由壺嘴瀉下來的酒。

憐秀秀又爲自己添酒，轉身向浪翻雲舉杯道：「若當年先生遇到的不是紀惜惜而是憐秀秀，會否發生同樣的事呢？」

浪翻雲哈哈一笑，站了起來，來到憐秀秀身前，和她的杯子輕輕一碰後，柔聲道：「浪某才是受寵若驚，坦白告訴你，當我第一眼見到小姐時，便想起了惜惜，你說那答案應是怎樣呢？來！再喝一杯。」

憐秀秀欣然一飲而盡。

兩人對坐下來。

憐秀秀俏臉上升起兩朵似不勝酒力的艷暈，低聲道：「龐斑和先生最大的分別，就是他有種使人不敢親近的感覺，而先生卻使人忍不住想投進你懷裡，任你輕憐蜜愛，兩種感覺都是那麼動人。」

浪翻雲啞然失笑道：「聽起來龐斑才是那坐懷不亂的眞君子。」

憐秀秀赧然垂首，輕輕道：「人家是在說眞心話啊！嘿！秀秀醉了，翻雲你有醉意了嗎？秀秀從未試過兩杯酒便給弄倒的。」

浪翻雲望往窗外，秦淮河上燈火點點，一片熱鬧，隱聞人聲樂音，嘆道：「不醉喝酒來幹嘛？就算沒有酒，蕩漾在秦淮河上，對著秀秀如此玉人，我浪翻亦要醉倒了。」

憐秀秀抬頭往浪翻雲甜甜一笑，正要說話，外面傳來兵刃交擊之聲。

接著慘哼連續響起。

有人暴喝道：「薛明玉！哪裡去？」

憐秀秀愕然道：「這麼快便來了？」

浪翻雲卻是心中好笑，想不到薛明玉死後如此搶手，有這麼多人要冒充他。不過藉他的身分來採憐秀秀這朵鮮花，事後確可以推得一乾二淨，乃上上之計，但條件是必須武功比薛明玉更高強。

「叮！」

又一聲慘叫。

風聲在夜空中響起，來人竟破開了保護網，來到船桅之上。

在長沙城西郊一所破落的山神廟內，風行烈、戚長征兩人和老傑手下的主將趙翼碰頭，圍坐地上。

趙翼年約三十五、六，相貌平凡，可是一對眼極爲精靈，整個人透著沉忍狠辣的慓悍味道。

趙翼像早知兩人無功而返般道：「這甄夫人確有鬼神莫測的玄機，以萬計的龐大隊伍，竟忽然間撤退得無影無蹤，像水泡般消失了，事後我雖動用了所有探子，又借助了與丹清派和湘水幫有深厚交情的幫派，仍找不出一點痕跡，只是這點，已使我們陷於完全捱打的劣勢。」

風行烈和戚長征對望一眼，交換了心中的懼意。

要知谷倩蓮的鬼靈精計策，不外以集中勝分散，以暗算明，以主動勝被動這幾點，現在甄夫人來了這一記還招，登時使他們優勢盡失，可怕處還在不知對方有何後著。

這甄夫人實在非常高明，教人心生寒意。

戚長征握拳往虛空一揮，苦惱地道：「這是沒有可能的，她怎能做到？」

風行烈嘿然道：「我看她也是迫不得已，山城叛軍因毛白意之死已煙消雲散，萬惡沙堡則名存實亡，兼之莫意閒剛被我們宰掉，使那妖女實力大打折扣，更致命是她和得力手下們始終不是中原人，要聯絡中原武林，靠的便是這些投誠他們的人，可以想像很多本來爲他們出力奔走的幫派，均會改採觀望態度，再不向他們提供援助或情報，使他們對這地區的控制力大爲削弱，故不得不由地上轉到地下，伺機而動。」

戚長征喃喃道：「這更使人不能明白他們如何可以如此撤得乾乾淨淨，了無遺痕？」

趙翼道：「我們不須爲這事奇怪，因爲他們已不是第一次做到這種神蹟般的潛蹤匿隱，當日他們攻打雙修府時，亦成功地把龐大的船隊人員隱形起來。」

風行烈拍腿道：「是了！他們是得到官府的助力，只有官府的力量才可做到一般幫派絕無可能做到的事。」

戚長征色變道：「糟了！我有種非常不祥的感覺。」

風行烈和趙翼兩人愕然望向他。

戚長征閉上眼睛，臉上現出難以抉擇的痛苦，好一會兒後才平復，睜眼望向風行烈，一臉歉疚道：「風兄！長征想求你一事。」

風行烈一呆道：「戚兄請說，就算力不能及，我也會盡力而爲。」

戚長征伸手抓著風行烈的肩頭，點頭道：「好兄弟的恩德，老戚永不會忘記。唉！」

風行烈見他像有點難以啓齒，不解道：「這事必是非常緊急，戚兄請直言。」

趙翼看著這對認識了只有兩天，卻是肝膽相照的年輕高手，眼中閃過欣賞激動的神色。

戚長征吁出一口氣後，平靜地道：「我想求風兄代我去救水柔晶，而我則立即趕往洞庭，假若我估計無誤，我幫已離開潛藏的地方，大舉來援，而甄妖女和胡節正陳兵路上，準備迎頭痛擊。」

風行烈和趙翼齊感震動，終明白了戚長征的想法和他心內的矛盾。

因爲他必須在怒蛟幫和水柔晶這兩者選擇其一，最後他仍是揀了前者。

風行烈心中一嘆，知道戚長征對他感到歉意的原因，是因爲去救水柔晶一事，會令自己和嬌妻美妾分開一段難以估計長短的時間，際此兵凶戰危的時刻，誰不想留在妻妾旁，好好保護她們。

風行烈站了起來道：「事不宜遲，戚兄請指點找尋水小姐之法，立即分頭辦事。」

戚、趙兩人跟著起立。

趙翼道：「我立刻回去面稟城主，兩位請放心，城主和老傑都是經得起風浪的人，定有自保之法，兩位放心去吧！」

戚長征一陣感動，伸手摟著兩人肩頭，沉聲道：「記著！我有種直覺，甄妖女比方夜羽更狠辣無情，她定不會放過任何一個人，你們小心了。」

接著低聲說出了找尋水柔晶的方法，言罷三人分道揚鑣，投入能吞噬任何光明的暗夜裡去。

第二十章　棋逢敵手

韓柏剛撲出林外，駭然止步，難以相信地看著俏立眼前的虛夜月。

她一手提劍，另一隻手在鋒緣揩拭著，好整以暇地道：「你和甚麼人在林內大呼小叫，為何只有你一個人出來？」

韓柏頭皮發麻道：「你怎會在這裡等我的。」

他內傷初癒，不宜動手，唯有低聲下氣說話。

虛夜月抿嘴一笑道：「那瘦矮子的裝束和你一模一樣，最蠢的人亦可看出是你的同黨，不過輕功比你好多了，若他幫你對付我，兩個男人欺負一個女人，那可不成，記緊要恪守江湖一個對一個的規矩啊！」

韓柏為之氣結，她語氣天眞，又顯得狡猾過人，嘆道：「我這拍檔最不守江湖規矩，武功又比我高，恐怕……噢！」

衣袂聲在林內另一方響起，迅速遠去。

虛夜月嘻嘻一笑道：「看來他武功雖不錯，但人卻糊塗多了，竟不知你在這裡遇難，好了！省得我一次過殺兩個人，動手吧！」

韓柏失聲叫道：「甚麼？」

虛夜月伸指按著香唇，「噓」的一聲教他噤聲，嗔道：「不要那麼大聲好嗎？人家是瞞著阿爹偷溜出來的。」

看著她嬌俏動人的神態，韓柏啼笑皆非，眼前美女似怎樣也和殺人拉不上關係，偏是開口殺人，閉口要殺人，氣道：「想我不大呼小叫，先坦白告訴我，你殺過了人沒有？」

虛夜月俏臉微紅，搖了搖頭，接著一挺酥胸道：「遲早也要殺人的，否則怎算武林高手，殺過人的高手才會受人尊重，所以我絕不肯放過你，唔！你這人特別可恨。」

韓柏知道應付此女，絕不能以一般手法對付，不懷好意道：「你不怕我轉身讓你看光屁股嗎？」

虛夜月嗤之以鼻道：「人家就是因看了……看了你那裡，愈想愈不忿氣，怎能給你如此佔我眼睛的便宜，才再下殺你的決心。轉身吧！我早有心理準備了。」

韓柏聽得兩眼上翻，幾乎氣絕，把心一橫道：「原來這樣便可佔你便宜，好吧，讓我脫掉褲子大佔你便宜好了。」

虛夜月嬌笑道：「遲了！」

挽起劍花，狂風暴雨般往他攻去。

韓柏現在身子虛弱，哪敢硬拚，掣出剛才逃走時順手插在腰間的兩枝短護七，縱躍閃躲，一步步退入林內。

只要退進林裡，逃起命來將方便得多。

虛夜月腰肢款擺，花容隨著劍勢不住變化，一會兒秀眉輕蹙，又或嘴角含笑，教人魂之爲銷，可是手中劍卻是招招殺著，連續不斷，一招比一招凌厲，嗤嗤劍氣，激蕩場中，似眞的不置他於死地，誓不肯罷休。

韓柏這時再沒有空閒想他們間這筆糊塗賬，勉力將魔功提至極限，「叮叮噹噹」連擋她十多劍。

虛夜月嬌笑道：「你這人眞怪，不見一會兒立即退步了。」

劍芒倏盛，破入韓柏中路，朝他咽喉激射而去，狠辣兼備，表情卻偏似向情郎撒嬌的女子。

如此劍法，韓柏還是第一次遇上。

眼看受傷不免，范良極的傳音在耳邊響起道：「衝前右閃！」

韓柏走投無路，明明見到劍芒臨身，仍往前衝，到了劍離咽喉寸許處，才猛往右移，忽然發覺自己竟退到了對方劍勢最強處的外圍，心中大喜。

虛夜月「咦」了一聲，變招攻來。

她這一劍在「雪梅劍譜」裡是有名堂的殺著，招名「暗渡陳倉」，明是攻向對方咽喉，取的實是韓柏的左脅，哪知韓柏竟像知道自己的劍法似的，輕易破解了。

韓柏得這珍貴的喘息良機，如龍歸大海，趁她變招時所出現的中斷空隙，一聲大笑，飛起一腳，往虛夜月的右臀側踢去，招式雖不雅，卻是在這形勢下不能再好的怪招。

虛夜月無奈下以腳還腳，硬擋他一記。

「蓬！」

兩腳相交，雙方同時飄退。

韓柏才站定，忙運功震裂上衣，露出精壯的上身，笑道：「先佔佔虛小姐眼睛的便宜，跟著還陸續而來。」

虛夜月一聲尖叫，掩著眼睛，嗔道：「快穿回衣服，你這人爲何如此沒有規矩？」

韓柏道：「我打得一身臭汗，衣服黏在身上怪不舒服的，好了！我要脫褲子了。」

虛夜月再一聲尖叫，放下手來，半哀求道：「求求你不要這樣，唉！你這種狂人我還是第一次遇上，好吧！最多人家不殺你了，好好陪我打一場，無論勝敗都放你走好了。」

韓柏喜道：「眞的！」

虛夜月見他頭上蒙著黑巾，上身赤裸，怪模怪樣，「噗哧」地掩嘴一笑道：「看你那怪樣子！」

她的嬌態令韓柏大暈其浪，險境一過，色心又起，故作若無其事道：「在下俗務繁忙，現在趕著回去睡覺，哪有空閒陪你玩兒，除……」

就在他吐出「除」一字時，虛夜月同時道：「除非！」

韓柏奇道：「你怎知我會說這兩個字？」

虛夜月不屑地道：「你定是由別處來的人，所以不知道本姑娘在京城的地位，你們這些男人，誰見到我後不都是賴著不肯走，你故意說要離去，只是想多佔點本姑娘的便宜吧。我還以爲你特別一點，豈知也是同樣貨色。」

韓柏至此才眞正領教到這以玩弄男人於股掌之上，身穿男裝迷倒了京城所有青年的美女的厲害，頭皮發麻，到了口的話硬是說不出來。

虛夜月劍回鞘內，淡然道：「脫褲子吧，我定要殺了你才可消去胸頭那口氣。」

韓柏愕然道：「你連我生得如何俊偉或醜陋都不知道，爲何如此恨我。」

虛夜月扠起小蠻腰，嬌哼道：「不是恨，而是憎，又或是厭，你以爲本姑娘不知道你是個很吸引女人的男人嗎？聽你口氣的自負和風流自賞，便知你對自己很有點信心，你的眼睛亦很好看，很有內涵，可是我最憎厭就是賊兮兮的眼，你那對就是賊眼，所以人家一見就討厭得想把你那對招子挖出來，看招！」

右手食、中兩指曲伸疾電飆前，往他雙目挖去。

范良極又傳音說：「乖兒子，她奶奶的左腳。」

韓柏心叫妖女狡猾，閃電般斜退小半步，兩手虛晃一招，底下無聲無息踢出一腳。

這看似簡單的一腳，心中實包含著無盡的玄機。

妙至毫巔的角度、時間和力道。

虛夜月挖目的兩指旨在擾其眼目，分他之神，雖是虛招，卻不得不用上七成功力，以免給韓柏識破。而底下側踢的一腳，則用上了陰勁，免致帶起風聲，警醒了敵人，在這兩個原因下，她這一腳只有三成力道。

韓柏斜退下，變成到了她的右前側，不但避過了她的雙曲指，而踢出的一腳，恰好中正她的腳側處。

韓柏用的是陽勁，帶著強大的震力。

武技之道，首在平衡的掌握，所謂馬步不穩，有力難使。縱使到了一流高手，似乎能違反一般平衡的法則，其實萬變不離其宗，始終離不開平衡之勢。

韓柏這一腳，恰好破去了虛夜月的平衡。

虛夜月慘哼一聲，側躍開去，攻勢全消。

韓柏雙手抱胸，躬身道：「承讓！承讓！」

虛夜月剛退跌時，腰間纏鞭到了手內，揚起揮出。

霎時間，韓柏眼前盡是鞭風鬼影，一時間竟看不清哪條才是眞的，驀地一絲氣勁襲往後心，原來虛夜月的鬼王鞭竟繞了個彎，由後方點至。

韓柏一聲不哼，橫移躲避。

背上火辣辣般刺痛，終給這美女在自己右肩胛處帶出長長一道鞭痕。

鞭影消去。

虛夜月鞭回腰際，笑吟吟道：「我估你眞的三頭六臂，原來如此不濟。」

韓柏大失面子，悻悻然道：「你若把鞭給我使，保證亦可抽你一鞭，嘿！只是很輕的一鞭。」

虛夜月玉臉一寒道：「你即管對我無禮吧！橫豎我要把你殺死，到地府內再讓勾舌鬼整治你吧。」

在這夜色下的虛夜月，雖確確實實地站在那裡，可是總予人翩若驚鴻、迷離恍惚的感覺，似若給一層薄霧所籠罩。

韓柏細思其故，拍腿道：「我明白了，那是因爲你的眼睛總若罩上一層迷霧，好像時常憧憬著另外一個世界，所以才給我這種像霧像花、忽現忽隱的感覺。」

這幾句話若異軍突起，沒頭沒腦的，可是虛夜月卻閃過驚異之色，一呆道：「你怎麼看出來的。哼！你這人雖有點門道，可是本姑娘卻不得不殺死你。」

纖手一揚，層層鞭圈在嬌軀前幻起。

勁氣斂而不放，鞭圈內隱聞勁氣爆響之聲，但鞭勢外半滴勁風亦付闕如。

韓柏看得暗自心驚。

他身承赤尊信博通天下武器特性的靈銳，自己又從小在武庫裡長大，眼力之高明，在江湖上屈指可數，特別識貨。

鬼王鞭法最可怕的地方，就是這條鞭變成了虛夜月身體的延伸。

長達三丈的軟鞭完全不受長度或柔軟的特性所影響，不但靈活自如，力道上更是可輕可重。

等若一個人忽然長多了一條三丈的手出來，那是多麼難應付，使人根本無法憑一般常理去測斷鞭勢的去向和可能發揮出來的殺傷力。

韓柏舉起雙手作投降狀道：「申請暫停，人有三急，我要去方便一下。」

這次輪到虛夜月手足無措，收起鞭影，大發嬌嗔道：「你這人哪！怎可這麼無賴的，人家還有很多絕招沒使出來呢！今早人家求了爹半天，他才答應今晚讓夜月出手對付來闖的小賊，豈知你這小賊如此不合作，恨死人了！」

韓柏愈來愈領教到她那迷死男人，使鐵石心腸也為融化的少女風情，一時啞口無言。

虛夜月跺足道：「你再不打，我便整晚纏著你，教你不能睡覺，明天也不可以去辦你的俗務賊業。」

韓柏拿她沒法，頹然道：「打便打吧！不過你要放輕些力道，昨晚我因為想女人所以睡得不好，現在不大提得起精神，所以沒有足夠的氣力。唉！真不公平，明知我因愛你而不肯傷害你，你卻為了自私心腸硬要宰我。」

虛夜月呆了一呆後，花枝亂顫般笑了起來，那嬌癡的美姿，看得韓柏眼都傻了，其心之癢，食指之動，更是不用說了。

虛夜月笑畢仍雙手掩著小嘴，好一會兒才放開欣然道：「你這人倒有趣，好吧！我不和你打了，不過以後本姑娘都不希望見到你，滾去方你的便吧！哼！名副其實的臭男人。」

轉身婀娜而去。

韓柏今晚是第二次被美女向他表示此後不想見他，自尊心大受損害，拔身而起，越過虛夜月，攔在她前。

虛夜月大喜道：「肯打了嗎？不准再提方便這兩個髒字。」

至此韓柏才知道中了對方激將之法，恨得牙癢癢惡兮兮地道：「不要如此得意，終有一天我會弄得你心甘情願嫁我，求我脫褲子給你看。」

虛夜月破天荒第一次耳聆這種不堪入耳的粗話，啐道：「你這人哩！」

鬼鞭揮出。

韓柏正得意忘形間，前後左右都是鞭風鬼影。

韓柏暗忖若不露點眞功夫，如何教她尊敬自己。

猛運魔功。

倏忽間他整個人高挺起來，形相威猛無儔，赤裸的上身澎湃著爆炸性的力量。

虛夜月俏目一亮，輕叱一聲，鞭尖拂往韓柏腰際。

韓柏哈哈一笑，撮指成掌，平平劃出，剛劃了個半圓時，指尖掃在鞭梢處。

「波」的一聲，勁氣爆響。

韓柏忽感不妙。

虛夜月甜甜笑道：「你中計了！」

纖手一抖，迅快無倫轉了三個圈。

長鞭纏上韓柏手臂，就若一條有生命的惡蛇。

最可怕處是鞭子生出吸力，水蛭般纏入韓柏肉內，似要吸啜他的鮮血。

韓柏想不到對方鞭法出神入化至此，慘哼聲中，內勁透鞭而入，封鎖著他整條手臂的穴道，同時把他帶往天上，教他有力難施。

韓柏先是手臂失去知覺，忙運起魔功和無想十式，一正一反，一順一逆，交替消解。

虛夜月出師再捷，芳心大喜。

若依虛若無的教導，她這時理應射出短刃，殺傷敵人，可是此刻只想摔對方一個四腳朝天，頭著地當場出醜，便心滿意足。

正要如法施為，豈知韓柏陀螺般在空中轉動著，瞬間脫離鞭子，還乘勢抓著長鞭運力一扯。

虛夜月猝不及防下，給帶得離地而起，朝韓柏迎去，心中驚怒交集，一手奪鞭，另一手伸出一指，往韓柏面門點去，指風凌厲，嗤嗤作響。

韓柏運功護著面門，嗅著襲來的香氣，魔性大發，竟張口往她纖長的指尖咬去。

如此無賴招數，虛夜月還是首次遇上。

若她繼續點去，說不定可傷韓柏，但那傷口必是在他的大口裡，就算殺了他亦補償不了過後那可怖的感覺。

這時變招亦來不及，惟有縮手。

韓柏乘機在她指尖吻了一下。

虛夜月渾身劇震，嬌呼下落回地上。

韓柏佔了便宜，怕她大發雌威，亦退躍遠方。

長鞭拉個筆直。

兩端緊握在這對男女手裡。

虛夜月連續催發內力，仍奪不回長鞭，氣得俏臉陣紅陣白，挺茁的酥胸不住起伏，那種奪人魂魄的嬌艷神態，使人心神俱醉。

她猛地跺腳，氣苦道：「你這大壞人，還不放手嗎？」

她自幼得鬼王刻意栽培，又有三位名師指點，武功之高，實不下於韓柏。

可是韓柏又豈是易與，詭變多端。

當日連范良極和里赤媚，亦拿他沒法。

虛夜月卻另有她的一套。

韓柏被她如此嗔罵，慌忙放開鞭梢。

虛夜月使了下手法，鞭子去而復回，抽在他臂上。

韓柏痛得齜牙咧嘴。

虛夜月爭回一口氣，嬌笑道：「看在你亦算聽話的分上，打你一鞭算了。」欣然飄退。

韓柏痛在身上，甜在心頭，向虛夜月消失的林深處傳聲過去道：「終有一天你會嫁給我的！」

虛夜月銀鈴般的聲音隨風吹回他耳內道：「我虛夜月嫁豬嫁狗，也不會嫁給你。」

韓柏忿然道：「你瞧著吧！」

正恨得牙癢癢、心酥酥時，范良極落到他旁。

韓柏頹然嘆道：「這嬌嬌女眞難伺候！」

范良極摟著他肩頭舉步而行同意地道：「看來你即管露出靠它吃飯的俊臉亦不會討好，因爲你生了對賊眼。」

韓柏咕噥一聲，洩氣地嘆了一口氣。

秦淮河處燈火點點，仍沒有絲毫意興闌珊之意。

第二十一章　新陰刀客

浪翻雲本以爲對方縱是高明，但看到有高手保護，當會對憐秀秀知難而退。即管能擄走這美女，但多了一個人在身上，不是更難逃過別人的追捕。

若數京城誰最不受歡迎，薛明玉定會當選。

浪翻雲傾耳細聽，心中大奇。

竟沒有一個人能擋他片刻，而且都是一招見勝負，使對方落敗受傷，再無作戰之力。

這樣高明的武藝，恐連像莫意閒這類較次的黑榜高手亦有所不及，會是甚麼人呢？

浪翻雲不理艙外船板上激烈的打鬥和近乎接連響起的慘叫聲，耳聽著秦淮河水溫柔地撫上船身的低訴，向憐秀秀露出雪白整齊的牙齒微笑後柔聲道：「小姐既預約歸期，浪翻雲亦不敢崖岸自高，三日內我定會再到船上找你。」

憐秀秀俏臉倏地轉得蒼白，顫聲道：「明天秀秀便要進宮，預備皇上大壽時的那一台戲，你仍會到宮內找我嗎？」

浪翻雲失笑道：「放心吧！我若要找你，除非你到了天上的廣寒宮，否則浪某總有法子。」

憐秀秀聽他把自己比擬爲仙子，欣喜垂頭道：「嫦娥應悔偷靈藥，碧海青天夜夜心，仙子有甚麼好，你……你記緊來找秀秀。」

艙外打鬥聲倏止。

歧伯和花朵兒由外面退入艙內。

浪翻雲早知兩人守在門側，所以並不擔心兩人安危，微笑向兩人打個招呼，順手取起只剩半瓶的清溪流泉淡然道：「這人是東瀛來的高手，刀法狠辣，遠來總是客，讓我代小姐招呼他，並順道送客吧！」也不覺他如何動作，人已到了門處，剛踏出船頭，一道刀氣分中直劈他的額際，殺氣凜烈得足可把人的血液凝固。

浪翻雲看也不看，伸指一彈，正中刀鋒。

「叮」一聲震懾了遠近四周在船上驚惶圍觀的騷客、美妓。

那蒙面人輕震一下，刀身再復揚起，本可變招再攻，但他「咦」了一聲後，退了開去，退時森寒如雪、薄若紙片的特長怪刀不住向浪翻雲比劃著，隱隱封死浪翻雲的所有進路。

浪翻雲好整以暇地盯著他，溫和地道：「報上名來！」

蒙面黑衣人漫體散發著驚人的殺氣，普通人只要看一眼便會膽顫心寒。

浪翻雲看到給他擊落河裡的人受的傷都非致命，知是此人刀下留情，點了點頭，舉手把半瓶酒喝個一滴不盡，隨手掉在船板上。

「你是誰？」聲音嘶啞，但語音卻非常純正，聽不出外國的口音。

浪翻雲斜著眼睨了他一記，仰天一陣長笑道：「本人就是浪翻雲。」

四周船上岸的圍觀者一齊起鬨，像發生了大騷亂那樣子。

竟是天下第一劍手親臨此處！

那人嘆道：「難怪！」

眼神忽地轉爲莊嚴肅穆，兩手略分先後地握在包紮著數重白布條的長刀柄間，把刀移至眉心處直豎，以刀正眼後，眼神變得利如刀劍，刺往浪翻雲，龐大的刀氣風雲般往浪翻雲湧去。

他的呼吸變得均勻綿長，呼吸之聲，遠近可聞，霎眼間晉至另一種境界中。

殺氣嚴霜。

「鏘！」

浪翻雲終亮出了他名震天下的覆雨劍，淡淡一笑道：「閣下可使浪某感到手癢，亦足以自豪了。」

那人冷喝道：「廢話，讓你見識一下新陰流的『幻刀十二段法』，你才會明白自己是滿口狂言。」

浪翻雲啞然失笑道：「情動於中而見諸外，何狂可言！看劍！」

龍吟聲起。

浪翻雲消失不見。

只餘下漫天光點。

那東瀛高手暴喝一聲，長刀化作炫目的烈電，破入光點裡。

劍氣刀光，忽地一起斂去。

聚在船岸的圍觀者，不論是否懂得武技，都給眼前那驚心動魄的壯觀場面所震懾，呼吸亦忘記了。

秦淮河上寂然無聲，除了河水緩流，秋風拂吹外，一切都靜止下來。

方圓十丈範圍內的所有燈光一起熄滅。

「噹」的一聲激響後，燈火復明。

東瀛高手高舉長刀，做了個正上段的姿勢，站在船緣處，兩眼射出凌厲神色。

浪翻雲劍回鞘內，傲然卓立，眼中神光電射。

一塊黑布緩緩飄落兩人間，看來是頭罩那類東西。

眾人這才赫然驚覺那東瀛高手失去了頭罩，露出冷酷鐵青色的面容。

浪翻雲微微一笑道：「好刀法，浪翻雲領教了。」

東瀛高手面容不見一絲波動，冷然道：「我就是泉一郎，浪翻雲莫要忘記了。」

倏地踏前一步，由正上段改爲右下段，刀風帶起的狂飆凝成鋼鐵般的凶狠氣勢和壓力，重重向敵手緊逼過去。

泉一郎一聲暴喝，人隨刀進，雙手再舉刀過頂，踏前一步。

兩人間的距離縮至十步許的遠近。

泉一郎刀勢更盛，在身前劃著奇怪軌跡。

他薄薄的唇片緊抿著，額上卻隱現汗珠。

圍觀者都大惑不解，爲何仍未再次接戰，他卻像如此吃力的樣子呢？

長刀不住反映著船上、岸上的燈火，閃閃生輝，使人目眩。

浪翻雲依然一動不動，神色靜若止水，凝注著這新陰流的高手。

泉一郎的面容更肅穆了，雙腳開始踏著奇異的步法，發出似無節奏，但又依循著某一法規的足音，擂鼓般直敲進人心裡，教人心生寒意。

浪翻雲卻知道對方在找他的空隙和死角。

他踏出的步音正是死亡之音。

不是他死，就是敵亡。

再沒有轉圜的餘地。

泉一郎狂喝一聲，整個人躍往高空，手中長刀化作一道厲芒，直劈浪翻雲額際。

「噹！」

不知何時，浪翻雲已輕輕握著覆雨劍，似若飄忽無力地架了這必殺的一刀。

光點漫天灑起，擴縮無定。

燈火再斂。

光明重亮時，兩人乃立在第二次交手前的原處，似若根本沒有交過手。

泉一郎臉上泛起恭敬之色，淡淡道：「覆雨劍不愧中原第一劍，本人輸得口服心服，快意之極。只恨我不能目睹水月大宗和你異日決戰的情景。唉！」

一道血痕先在他額際現出來，緩緩延下往鼻梁，再落往人中和下頷處。

泉一郎兩眼神色轉黯，吃力地道：「他乃本國第一兵法家，他……」

語音中斷。

翻身倒跌，「噗咚」一聲掉進江水裡，當場畢命。

浪翻雲步到船緣，看往江水裡，輕嘆一聲，環掃四周噤若寒蟬的觀者，才轉身看著倚在門旁觀戰的憐秀秀，苦笑道：「這次送客真徹底，直把他送上西天了。」

憐秀秀不理千萬道落在她秀色可餐臉上的目光，送出一個甜蜜的笑容道：「人生百年，只若白駒過隙，可是秀秀卻希望能有再送先生的機會。」

浪翻雲哈哈一笑，騰空而起，忽消失在花舫上的虛空裡，然後才看到他雄偉的背影出現在下游遠方的岸上，再消失無蹤。

那距離至少有十丈之遙。

江湖高手如能越過五丈的距離，若和人比賽跳遠，賭注是金錢的話，那他定可成爲腰纏萬貫的富豪。

眾人至此才明白浪翻雲爲何能成爲天下第一高手「魔師」龐斑的對手。

事實比甚麼都更有說服力和震撼性。

京城玄武湖東一座古剎裡，一道灰影越牆而入，穿過大殿，進入後院的林園裡，正是剛才那和范良極交手的灰衣蒙面人。

他脫掉頭罩塞入袍袖裡，露出樸實端正的面容。

他身材高矮肥瘦適中，可是總予人如松柏高聳挺拔的感覺。

他的光頭烙上了戒疤，一對眼深遠平靜，閃著智慧的光芒，卻絲毫不令人有鋒芒畢露的感覺。

看來像很年輕，但又若已活了很悠長的歲月。

這是因爲他的臉膚嫩滑得如嬰孩，偏是那神情卻使人感到有很深的涵養，飽歷世情的經驗。

他悠然來到園內一所小石屋門前，伸手拉起門環，輕叩了一下。

秦夢瑤的聲音在靜室內響起道：「禪主回來了，請進！」

身爲天下兩大聖地之一，淨念禪宗至高無上的領袖人物了盡禪主眼中現出憐愛之色，輕輕推門而進。

空廣的石室裡除了兩個坐墊外，再無一物。

秦夢瑤寶相莊嚴，盤膝坐在其中一個軟墊上，眼中異采閃起，凝注著這可算半個師父，修行之深不下於言靜庵的玄門高人。

了盡禪主在她面前盤膝坐下，微微一笑道：「了盡見到韓柏了。」

頓了頓續道：「我在莫愁湖待了一會兒，追著他們兩人直到鬼王府，還故意惹起鬼王的注意，爲他們做掩護。」

秦夢瑤淡淡道：「以禪主的無念禪功，要躲過韓柏的靈覺應是輕而易舉，但卻怎能避過范良極天下無雙的法耳呢？」

了盡禪主啞然一笑道：「現在金陵高手雲集，鶴唳風聲，晚間高來高去的武林人物如過江之鯽，成爲了盡的最佳掩護，否則怕亦難把這大盜瞞過。」

秦夢瑤撇過這問題，道：「禪主對他的印象如何呢？」

了盡禪主露出慈愛之色，緩緩道：「這人眞情眞性，實是具有大智慧的人，可是離龐斑仍有段遙不可及的距離，了盡眞擔心他治不好夢瑤的傷勢。」

秦夢瑤超絕塵世的玉容泛起一抹歉然之色，輕輕道：「若夢瑤令禪主心存罣礙，眞是罪過之極。」

了盡啞然失笑道：「若連關心自己的愛徒都不可以，做人還有何趣味可言？」

秦夢瑤眼中射出感激之色。

了盡微震道：「夢瑤不覺得自己充滿了七情六慾嗎？這種眼神了盡還是第一次見到。」

秦夢瑤幽幽一嘆道：「但願我眞的充滿情慾，那雙修大法的難關就可迎刃而解，唉！夢瑤二十載清修豈是白練的，韓柏的魔力雖大，仍不足以使夢瑤甘心降服。」

了盡默然下來。

秦夢瑤回復恬然，悠然道：「禪主是否不同意夢瑤的選擇？」

了盡禪主抬頭望往室頂，眼中露出思索回憶的神色，好一會兒才淡淡道：「當年你攜令師手諭來禪宗見我，諭中的內容，了盡一直未有向你透露，到了這刻，卻很想說給你知曉，夢瑤當會明白本主現在的心情。」

秦夢瑤秀目彩芒閃現，催促道：「既是恩師的說話，禪主快告訴夢瑤吧！」

了盡禪主面容有若不含絲毫人世情緒的岩石雕刻，吐出一口氣後道：「靜庵在信中指出，夢瑤的智慧、劍術均超越了歷代祖師，達到獨步兩大聖地的位置，所以我們只能從旁引導，絕不能對你強加己見，因爲你的想法將不會是我們所能了解的。」眼中精芒一閃，平靜地瞧著秦夢瑤，一字一字道：「所以了盡任夢瑤翻閱宗內所藏經典，只有當你來和了盡討論時，才竭盡所能加以引導，主要還是任你自由發揮，終能培養出能與龐斑拮抗的絕世女劍客。貧僧對靜庵的胸襟、眼光，只可用『折服』這兩個字來形容。」

秦夢瑤眼裡閃起淚花，垂下頭去，好半晌才幽幽道：「多謝禪主！」

了盡禪主嘆道：「現在共有兩個人能使夢瑤動情，頭一位當然是靜庵師姊，另一個是韓柏，希望不會再有第三個人，否則夢瑤將陷身萬劫不復的境地，永遠不能進窺大道。」

秦夢瑤芳心一顫，掠過方夜羽的面容，嘆了一口氣。

了盡禪主點頭道：「我想說的話就此幾句，夢瑤安心在此靜養，了盡會親為夢瑤護法，若我所料不差，里赤媚和楞嚴將會不擇手段殺死夢瑤，以免夜長夢多。一方面可打擊白道武林，另一方面可絕方夜羽對夢瑤癡念，在攔江之戰前，江湖勢將有一番風雨，天下蒼生的安危，就繫於這段日子裡。」

秦夢瑤道：「有沒有紅日法王的消息？」

了盡搖了搖頭，嘴角逸出一絲笑意，道：「這老傢伙神出鬼沒，原因在他修的乃是藏密的『不死法印』，一擊不中，遠颺千里，即管高明如龐斑或浪翻雲，要殺死他亦殊不容易。」

秦夢瑤道：「所以眞正破法之道，就是要把他殺死，這是何苦來由。」

了盡禪主皺眉道：「現在我最擔心的不是這老傢伙，而是正趕往京師的里赤媚和方夜羽，這兩人一到，韓柏和范良極便會陷身險境。」頓了半晌，嘆了口氣道：「里赤媚的天魅凝陰已大功告成。這是秘傳域外數百年的奇功，利用速度突破了體能的限制，以前從來沒有人練得成功，想不到里赤媚敗出中原後，反修成這可怕的秘法，貧僧亦不敢言必勝。」

秦夢瑤恬然道：「鬼王乃里赤媚數十年的宿敵，禪主認為兩人勝敗的比數是多少。」

了盡禪主閉目養神，道：「難說得很。『鬼王』虛若無一向深藏不露，莫測高深，觀其今晚不親來追趕貧僧，可知他眼力高明至不為外象所蔽，直指本心的道境。」

秦夢瑤點頭道：「自百年前傳鷹等七大高手勇闖驚雁宮以來，江湖從未像此刻般充滿了風浪和殺機了。」

了盡睜眼道：「驚雁宮現變成了傳說中的神話，至於其確實位置，現在連蒙人自己都不能確定，這眞是天下奇事，可見此宮必能轉移位置，否則不會到今天仍找它不到。很多人認爲只要擁有鷹刀，便能進入宮內，但老衲卻認爲其中另有玄妙處，非是如此直接簡單。」

秦夢瑤輕問道：「鷹緣活佛他怎麼說？」

了盡道：「活佛從沒有提及鷹刀，避入宮後連話都沒有說過一句，貧僧更是不敢打擾他的靜修。」

秦夢瑤閉上秀目，不再說話。

了盡微微一笑道：「八派聯盟三日後便要舉行元老會議，他們已正式通知我們派代表參加，而最佳的代表莫如夢瑤，若你能親自走一趟，事情會出現完全不同的局面。」

秦夢瑤張開明媚的美眸，奇峰突起般問道：「師姊她好嗎？」

了盡靜若止水般微笑道：「我不知道，眞的不知道。」

兩人對換一眼，同時閉起雙目，晉入禪定的境界。

第二十二章　水月大宗

「砰！」

朱元璋寬厚的手掌猛拍在御書房的桌上，眼中精芒閃現，望向伏跪桌前的東廠大頭頭楞嚴身上，喝道：「楞卿家漏夜來見朕，就是因爲浪翻雲終於來了。」

楞嚴額頭點地，恭謹地道：「微臣本想待到明天早朝才來進稟，但怕皇上責怪，故冒死來驚擾聖駕，皇上見諒。」

朱元璋冷冷道：「站起來！」

楞嚴立了起來，仍垂著頭，避免和朱元璋對望，心中奇怪，往日和朱元璋說話，都是跪著來說，爲何今天他會一反常態呢？

朱元璋背後肅立著兩名太監，凝立如山，氣勢迫人，面容一點變化都沒有，似乎全聽不到兩人的對話。

朱元璋淡淡道：「要多少人和甚麼人，才可以殺死浪翻雲，教他逃亦逃不了。」

楞嚴神色不動道：「若能有老公公和鬼王同時出手，配合微臣和手下的高手，或能辦到。」

朱元璋怒喝道：「只是『或能』，浪翻雲眞的如此厲害嗎？」

楞嚴道：「這是微臣眞正的想法，不敢胡謅欺騙皇上，浪翻雲已到了由劍入道的境界，若蓄意逃走，天下恐怕無人可把他攔住。」

朱元璋微笑道：「那即是說，假若能製造出浪翻雲不能退出的形勢，我們『或可』把他殺死嗎？」

楞嚴答道：「正是如此，聖上明察。」頓了一頓又道：「微臣早有定計，只怕鬼王不肯出手相助。」

朱元璋哈哈一笑，龍顏轉寒，喝道：「這話休要提起，若無兄英雄蓋世，豈會與人聯手對付浪翻雲，再也休提，這是對他的侮辱。」

楞嚴失望之色，一閃而逝。

朱元璋神色不動淡然道：「為何卿家對鬼王不出手似感失望呢？」

楞嚴素知朱元璋的厲害，知道一個應付不好，便是人頭落地的局面，他有陳貴妃保著，或者好一點，卑聲道：「微臣終是武林之人，不能見到高手的較量，故感失望。」

朱元璋嘴角掠過一絲莫測高深的笑意，平靜地道：「世事往往出人意表，就算鬼王不找浪翻雲，可是衝著他和怒蛟幫上任幫主的舊怨，兩人間的事亦不會輕易解決，否則何須把浪翻雲引到京城來。」

楞嚴不住點頭，表示同意。

朱元璋似是閒話家常地改變話題，挨在椅背悠然道：「現在江湖上謠言遍起，其中一則說卿家乃龐斑首徒，要傾覆我大明，教人失笑。」

楞嚴駭然跪下，連連叩頭道：「皇上明察，這乃怒蛟幫散怖的謠言，針對微臣，皇上明察。」

朱元璋嘴角露出一絲神秘笑意，淡淡道：「卿家且退。」竟沒有再說他自己是否相信這謠言。

楞嚴暗懍朱元璋駕馭群臣的手法，務要人戰戰兢兢，生活在惶恐裡，咬牙叩了頭後，退出房外。

朱元璋默然半晌後，道：「找葉素冬來！」

門外有人應道：「遵旨！」

葉素冬似是一直守候在外，不一會兒跪倒朱元璋桌前。

朱元璋沒頭沒腦問道：「水月大宗是甚麼人？」

葉素冬迅速答道：「此人乃東瀛著名的兵法大家，一把水月刀敗盡東瀛高手，乃幕府將軍的第一教席。」

朱元璋滿意道：「你在東瀛這方面的工作做得相當好，明早朕會差人送你一名外族進貢的柔骨美女，包你愛不惜手。」

葉素冬大喜，連連叩頭道：「謝主隆恩！」

「砰！」

朱元璋又拍桌怒道：「倭鬼覬覦之心，始終不息，現在見蒙人蠢蠢欲動，便派人來混水摸魚，朕將教他們來得去不得。」

葉素冬俯伏地上，動也不敢稍動。

即管他乃白道有數高手，若開罪了朱元璋，不但功名富貴盡付東流，還要株連九族，禍及西寧派，所以在朱元璋龍腳前，眞是呼吸也要放輕一點。

朱元璋忽地嘆道：「好一個浪翻雲，朕愈來愈想和他把杯對飮，暢談心事。是了！明天葉卿家是否親迎憐秀秀入宮，預備登台之事。」

葉素冬恭敬道：「微臣會安排得妥妥當當，讓秀秀小姐賓至如歸。」

朱元璋眼中掠過複雜神色，語氣卻出奇平靜道：「朕想在賀壽戲前和她單獨一見，卿家給朕安排一下。」

葉素冬領命叩頭。

朱元璋凝坐不動，陷進既痛苦又甜蜜的回憶裡去。

葉素冬大感奇怪，朱元璋的時間珍貴無比，爲何竟浪費在沉默裡？他還是首次遇上這情況。

朱元璋忽道：「朴文正那邊有甚麼舉動？」

葉素冬道：「朴文正和侍衛長朴清兩人入黑後便不知所終，他們身手非常乾淨，微臣的手下連他們的衫尾亦跟不到。」

朱元璋失笑道：「好小子！朕喜歡這孩子，葉卿家好好照顧他吧。」

葉素冬狐疑道：「皇上的意思是……」

朱元璋冷喝道：「好好照顧就好好照顧，朕說一就是一，二就是二。」

葉素冬慌忙請罪。

朱元璋淡然道：「葉卿家你言有未盡，即管放膽說出來，若有隱瞞，朕絕不輕恕。」

葉素冬差點要嚇出一身冷汗，先叩三個頭，才稟上道：「皇上明鑒，微臣對此二人心存懷疑。」

朱元璋神色不變，平靜地道：「卿家是否覺得他們不像高麗來的使節？」

葉素冬道：「正是如此！」

朱元璋雙目厲芒一閃，道：「可有甚麼眞憑實據？」

葉素冬惶恐道：「那純是微臣的感覺，皇上明鑒。」

朱元璋悶哼一聲道：「楞卿家曾對他作過一個詳細的調查，發覺這兩人的身分沒有可供懷疑之處，何況陳令方、謝廷石兩人豈敢騙我。哼！葉卿家和鬼王關係較好一點，可否安排兩人碰一碰頭，若無兄精通鬼神相人之道，沒有人能欺騙他的眼睛。」

心頭不由泛起韓柏那眞誠熱情的面容，暗忖此子若敢欺騙我，自己惟有撇開對他的歡喜，以最殘忍的手段把他殺死。保持天下的唯一妙方，就是他朱元璋必須遵守自己訂下來的法則，親情、友情、愛情全要拋在一旁。

葉素冬叩頭領命，暗忖鬼王只會賣你的賬，我葉素冬在他心中哪有甚麼地位？他老人家成名時，自己仍只是跟在師父背後斟茶遞水的小徒兒。卻不敢出言說辦不到。

朱元璋又吩咐道：「此事牽連到燕王，關係重大，故必須不動聲色，待至適當時機，才可採取果斷行動。切記！」

葉素冬心中一懍，體會到朱元璋背後含意。

朱棣若與此事有關，那就代表他想弒父造反了。

一滴冷汗終於由額角滲了出來。

朱元璋象徵著天下最大權勢的兩隻手在桌面緊握成拳，然後緩緩舒展開來，語氣轉爲溫和，道：「夜了！早點回去睡吧！記緊找人保護憐秀秀，若她損去一根秀髮，你和楞嚴兩人立即提頭來見我。」最後一句，語氣轉厲。

葉素冬答道：「皇上放心，無想僧已來到京城，剛才微臣早請得他和敝派沙天放，一起爲皇上護花，即管水月大宗和薛明玉親來，亦不會讓秀秀小姐有一根秀髮斷折。」

朱元璋嘆道：「葉卿家確是朕手下第一智勇兼備的猛將，又難得這麼懂體會朕的心意。唉！若藍玉學得你三分，和朕的關係就不會弄至今日這田地。」

藍玉乃朱元璋的封疆大將，戰功蓋世，手下高手如雲，他自己亦是一等一的高手，朝中數武功，鬼王後便輪到他，然後是燕王棣、楞嚴和他葉素冬，連朱元璋亦要忌這大將三分。

葉素冬不敢插嘴。

服侍了這麼多年，他還不知朱元璋的脾性嗎？

讚你時最好表現得惶恐一點，否則他又會認為你恃寵生驕了。

朱元璋沉吟片晌，始記得自己和葉素冬亦好應回床睡覺，點頭道：「葉卿家看看怎樣吧！和司禮安排一下哪個時間見憐秀秀最適合，也看看何時可和八派最有影響力的人坐下來共進晚膳，加深認識和了解。」接著啞然失笑道：「告訴他們我還是三十年前那個朱元璋，不須守任何君臣之禮。」

葉素冬暗忖信你才是白癡，若我真教八派的人當你不是皇帝，我的小頭顱和身體定要互說有緣再會了。

表面卻扮作感激流涕地領命。

三跪九叩後，葉素冬退出御書房，心想今次又平安度過了，下次會否仍是如此走運呢？

朱元璋感到一陣疲倦，伸手撐著額角，喃喃自語道：「若我仍是以前那個朱元璋，會是多麼美妙的一回事呢？」

戚長征和風行烈、趙翼分手後，朝洞庭湖的方向奔去。

一生人裡，他從未試過心情壞至如此。

即使當年敗在赤尊信手下，心情亦不致像這刻般壞透。

身為幫會人物，每天早上起床時，都感謝自己尚能生存。

黑道的鬥爭是永不會平息的。

在最意想不到的時刻，青樓裡擁美狂歡，又或在酒樓裡大碗酒大塊肉，都會有殺手忽然加以狙擊。

他早慣了刀頭舐血，手握長刀和美女親熱的生涯。

可是他從未遇過甄夫人這樣厲害的人物。

她每一步行動都是深思熟慮，一針見血，教人無從捉摸應付。

首次出手，便以雷霆萬鈞之勢，毀了丹清派和湘水幫，還使封寒飲恨長街。

況且她的武功比之鷹飛亦只高不低，有這樣的人幫助方夜羽，將來就算能把她除去，恐亦非要付出重大代價不可。

她如何能忽然無聲無息地隱形起來呢？

「呀！」

腦中靈光一閃，戚長征猛然止步。

這時他正好在一個小山崗上，右方隱隱傳來犬吠之聲，左方五里許處有條呈白色的長帶子，正是流進洞庭的大河……湘水。

只有利用水道，才有可能把如此眾多的人馬瞬眼間運走。

當然還需要個龐大的船隊和軍方的掩護。

地方官府內不乏幫派人物和與幫派有深厚淵源的人，消息必定難以保密。

只有來自外地、紀律嚴密的正規軍隊，才可完全避過江湖的耳目。

至此戚長征已肯定是黃河幫載走了甄夫人和她的手下，而胡節的水師負責爲他們做掩飾。

想到這裡，禁不住心急如焚，發力往湘水的方向掠去。

不問可知，怒蛟幫的大軍正傾巢而出，而甄夫人、黃河幫和胡節實力雄厚的水師，則準備對之迎頭痛擊。

他不知加上自己能起甚麼作用，可是就算要死，他亦希望能和他們死在一塊兒。

不片晌他已抵達湘水的東岸，沿河疾走。

湘水滾滾長流，漁舟都泊在岸旁，江上不見半片帆影。

戚長征有股仰天悲嘯的衝動，因爲他知道自己走遲了一步，無力阻止厄運的發生。

第二十三章　洞庭戰雲

風吼濤湧，破浪如飛。

怒蛟幫在主艦「怒蛟」、「水蛟」、「飛蛟」的帶頭下，近百艘船橫過洞庭，朝怒蛟島揚帆而去。

怒蛟幫這三艘巨艦，在江湖上非常有名，屬樓船級的巨艦。

為了應付不同的戰爭需求，船艦因著形勢大小裝備而分門別類，各有其特別用途。最大的便是樓船。

樓船的主產地是福建和廣東，故又名福船和廣船。

這種船高大如城樓，可容數百人，底尖船面闊，兼且首昂尾聳，吃水深，利於涉洋破浪。甲板上有三重樓，舷傍皆設護板，堅立如垣。船內共有四層，最下層堆滿木石，壓實底倉，令船體穩重，減少在風浪裡的顛簸。

若遇順風順水，只要全速進壓，遇上較小的船隻時，有若車輾螳螂，鬥船力而不用鬥人力。

這種船體大，火力強，對敵人又能生出威懾的作用。

卻弊於轉動不靈活，很難操縱自如，故必須配合其他式樣的艦艇，始可發揮威力。

怒蛟幫這三艘大船乃一代水戰大師怒蛟幫前幫主上官飛製造，經過了改善，比之最大型的樓船小了一號，甲板上只有兩層樓。

船身兩旁設「掣棹孔」，供船槳伸出，划槳者全藏在船身裡。

船尾兩側不設掣棹孔，改爲安裝了四個巨輪，由尾艙的人踩腳踏動，以輪激水，其行如飛。

船上的桅帆增至五張，配合以怒蛟幫妙絕天下的操舟技術，故能縱橫江湖，連實力雄厚的水師亦莫奈他何。

除這三艘主艦外，較次一級的是二十五艘「鬥艦級」大船，主要用作衝鋒破敵，船身比三艘長達三十丈的主艦短上十丈，照樣在兩邊船舷建護牆，因船身較矮，掣棹孔就開在護牆底，可伸槳操舟。因其欠缺樓船「居高臨下」之勢，護牆還開設「弩窗」和「弓孔」，便於以遠程武器攻擊敵人。

其他八十艘又再小一點的戰船，以「走舸」、「海鰍」和「游艇」爲主。

它們基本上只是較小的「鬥艦」，輕便靈活，其中海鰍之得名，是因左右舷均置浮板，形如雙翅，增大浮力和利於平衡，即管在大風浪裡，亦無傾側之虞。

這時怒蛟幫的艦上一片忙碌。

上官鷹卓立怒蛟號甲板上第二層的望台處，觀察著在星夜中船隊前進的情勢。

百多艘沒有燈火的大小戰船，無聲無息地在湖面推進。

左翼是以飛蛟爲主的三十艘戰船，由梁秋末指揮；右翼是水蛟爲主的戰船，由經驗豐富的老將龐過之負責。

怒蛟號和三十多艘較大型的戰船，則居中策應。

這十年來，還是首次傾巢出擊，心情既是興奮，又是緊張。

上官鷹的心神回到上船時與新婚妻子的依依話別，心頭一軟，暗叫道：「放心吧！我定會活著回來見你的。」

這時凌戰天和翟雨時分別來到兩旁。

翟雨時吁了一口氣，抹掉額角的汗水道：「報告幫主，一切預備妥當。」

凌戰天補充道：「護板和船身均重新包上生牛皮，又塗了『防火藥』，足可應付敵人的火箭和火彈。」

上官鷹點頭稱許。

要知水戰不外攔截、撞擊、火燒三種戰術，而其中火燒一項，最是厲害，焚敵莫如火，往往可藉此決定勝負。

戰船無論裝上防護的鐵板，又或像怒蛟戰船般在船頭裝尖鐵，仍是以木質爲主，且須以桐油浸塗，以延長在水中使用的時間，卻頗易著火。兼之船上的篷、索、帆、板等物，無一不是易於燃燒，所以當年陳友諒雖舳艫連接，旌旗蔽江，仍抵不住朱元璋在上官飛之助下的火攻，致全軍覆沒，奠定了朱元璋的帝業。

所以水戰之道，首要在防火。

自宋代開始，水師戰船多以泥漿和藥物，塗在船身樓牆上，以作防火，可是泥塗不易持久，故又有各式各樣的防火藥，又稱「蓬索藥」。

凌戰天正是這方面的專家，他以明礬、蜂脂等物熬漬爲漿，再把船上各物浸透其中，就算被火球、火箭射上，亦不會著火。現在再裹以不易燃的生牛皮，加塗防火藥，自是更策萬全了。

上官鷹目光落到船舷架設的火炮處，冷靜地道：「形勢如何？」

戰爭之要，在於情報。

怒蛟幫傳訊的千里靈，能飛翔於船與船間，雖在船上，仍可接收陸上和水上的訊息，故能對形勢瞭若指掌。

翟雨時道：「果如我們所料，胡節的水師不敢冒失去怒蛟島之險，調集戰船，在島東布防。但看其形勢，只要我們改變方向，駛上湘水，他們可隨時跟著我們的尾巴追來，斷我們回歸洞庭之路。」

上官鷹道：「湘水那方形勢怎樣了？」

翟雨時臉上露出陰暗之色，沉聲道：「駐守湘水口是胡節的副手馬步堅，手上有二百多艘戰船，本不足懼，可是我剛接到飛報，有五十多艘以『蒙衝鬥艦』爲主的戰船，趁黑沿湘水順流下洞庭，看來應是黃河幫的船隊。」

凌戰天冷哼道：「定是甄夫人和黃河幫的聯合艦隊，想不到胡節眞的和蒙人聯手來對付我們，若不是朱元璋首肯，那就眞的顯示胡節已與楞嚴談妥，密謀造反。」

上官鷹色變道：「若我們照原定計畫趕上湘水去，豈非給人順江而下迎頭痛擊？」

凌、翟兩人當然明白他的意思。

在水戰裡，水流和風勢的順逆這兩項均有決定性的作用。

當年戰國時代，吳楚之爭中，吳國從未打過一場勝利的水仗，道理便是楚人居江上游，所以吳國每戰必敗。

其次是風向，無論射箭、船速、火攻，當然亦是順風者佔天時之利。

孔明借東風，就是爲了這緣故。

翟雨時道：「這就是我擔心會被胡節斷我們後路的原因。假若我們攻打胡節，不要說他們擁有實力達千艘的大小戰船，以他們這些日子來的養精蓄銳，攻防措施必做得非常充足，要守著一個小小的怒蛟島，當是綽有餘裕……」

凌戰天打斷他道：「大哥和我在老幫主領導下，轉戰江湖，哪次不是以少勝多，戰爭總是有風險的了。」

翟雨時懍然道：「多謝二叔教訓。」

凌戰天嘆了一口氣道：「沒有人能做得比雨時更好的了，只是在這進退兩難的形勢下，切忌猶豫不決。定下目標，明知是錯亦要反錯爲正，才不會失了軍心士氣。」頓了頓後，猛喝道：「幫主下令吧！」

上官鷹雙眉一揚，高聲傳令下去道：「全力攻打怒蛟島以振我怒蛟之名。」

船上幫眾轟然應諾。

戰鼓敲響。

「咚！咚！咚！」的壯嚴鼓聲下，船隊改變航道，朝心愛的幫土駛去。

風行烈在曠野中全速飛馳。

這就若一場競賽，誰先找到水柔晶，那個就是贏家。

敵人雖比他早了點動身，可是他並不擔心，無論那甄夫人手下有些甚麼擅於追蹤的專才，總要花時間在某一範圍內搜查，何況水柔晶亦是追蹤方面的行家，當有自保的能力。

怕只怕水柔晶避了到別處去，那就連戚長征教下的聯絡手法亦不管用，而他又勢不能在那裡呆等，那才眞是左右爲難呢！

素香已死，他再不容厄運發生在他心愛的妻婢或戰友的愛人身上。

左方山頭「噗」的一聲，爆開一朵鮮艷的紅光雲，才緩緩消去。

風行烈大訝。

這是邪異門的通訊煙花，爲何會在這荒山野嶺處出現呢？

捺不住好奇心，暗忖看看應不會費多少工夫，連忙趕去。

穿過一座樹林，爬上一道斜坡，只見山崗上再爆起另一朵紫紅的煙花。

風行烈再無疑問，這確是邪異門的獨有通訊手法，加速往上攀去。

倏然間風行烈來至崗頂。

崗上卓立著的是邪異門的二十名領袖人物，包括了四大護法和七大塢主，都是面容肅穆，似在等待著某個人。

風行烈想不到會在這裡遇上他們，嘆了一口氣，躍落在眾人身前，施禮道：「各位大叔，久違了！」

眾人齊現喜色，一齊下跪，叫道：「門主！下屬找得你好苦。」

風行烈愕然指著自己失聲道：「門主？」

四大護法之一的「笑裡藏刀」商良肅然道：「我們一知道門主重出江湖、大顯神威的消息，立時盡起門內高手，往尋門主，可惜遲了一步，趕不上花街血戰，後來根據情報，得知門主避往荒郊，又知方夜羽有人調往這方向，於是冒死往這區找來，現在竟眞能碰上門主，可知我們運勢未絕，理當從門主手上興旺起來。」

風行烈苦笑道：「我早離開了邪異門，再沒有資格當你們的門主了。」

四大護法之首，亦是年紀最大的「定天棍」鄭光顏道：「厲門主既把丈二紅槍交付門主，顯已重收門主於座下，門主亦不忍心看著厲門主經營多年的基業，盡付東流吧！」

風行烈心情矛盾。

若能把邪異門收掌過來，對付甄妖女的實力將大大增強，可是自己對門主的責任和地位一點興趣也沒有，何況這批人乃黑道強徒，沒有一個人是善男信女，若駕馭不了他們，任其四處作惡，他豈非成了罪人。

七大塢主之一的「火霹靂」洛馬山連叩三個響頭道：「我們亦明白門主躊躇的原因，怕道不同不相爲謀，所以來找門主前，我們早寫下血書一封，誓言恪守門主訂下的法規，只求門主率領邪異門爲厲門主報仇雪恨，事成後是否仍要解散我們，任由門主定奪。」

鄭天顏從懷裡取出血書，高舉頭上。

風行烈心頭一陣激動，接過血書，大喝道：「好！你們站起來，由今天開始我風行烈繼恩師之後，成爲邪異門門主。」

眾人歡聲雷動，長身而起。

所謂合則力強，分則力弱。

邪異門仇家遍地，也不知道得罪了多少人，沒有了厲若海這棵遮蔭的大樹，兼又各散東西，那種每天都怕人尋上門來的生活，豈是好過，他們的欣悅，是有實際理由的。

風行烈乃天生的領袖人才，打定了主意，神態大是不同，道：「其他人在哪裡？」

塢主之一的「裂山箭」夏跡道：「門中好手近四百人和十多艘戰船，齊集在湘水的石頭渡，只要門主一聲令下，可立時趕赴洞庭，加入怒蛟幫與胡節水師及黃河幫的大決戰裡。」

風行烈一呆道：「甚麼？」

當下另一護法，被稱爲「智囊」的石無遺向他扼要解釋了洞庭的形勢。

風行烈聽得眉頭大皺，嘆道：「可是我目下身有急務，怎能分身往援。」說出了水柔晶一事。

眾人色變，商良道：「水姑娘恐已落入敵人手中，據探子報回來的消息，一個時辰前有隊人馬由門主所說的地方轉頭回來，其中一匹馬上的美麗女娃兒，明顯被制著了穴道，幸好門主碰上我們，否則將白走一趟。」

風行烈想不到甄夫人的手下行動如此快捷，色變道：「我們立即趕去救人，洞庭湖之事待救出水姑娘再說。」

眾人轟然應諾。

第二十四章　佳人夜訪

韓柏和范良極兩人垂頭喪氣回到莫愁湖旁的外賓館時，范豹趨前道：「三位夫人和白小姐都等得很心急哩！」

韓柏一時想不起白小姐是誰，愕然道：「甚麼白小姐？」

范良極撞他一記，不耐煩道：「你認識很多白小姐嗎？當然是白芳華，說不定她是奉鬼王之命來向你提親，半夜三更來找男人，難道鬼王這一輪沒有理睬她，使她變成了久曠的怨婦嗎？嘻！」

韓柏受過上次教訓，不敢立即去見白芳華，向范豹道：「你告訴她我換過衣服便去見她。」一手抓著要逃去的范良極，語帶威嚇道：「你陪我去向三位姊姊解釋臉上的掌印，若她們不滿意你的解釋，我絕不放過你。」

一番擾攘後，韓柏終換好衣服，到客廳去見白芳華。

她一見韓柏立即滿臉嗔意，怨道：「你到了哪裡去，累人家等了整個晚上。」

韓柏大訝，以前她不是說過怕再見到自己，以免愈陷愈深嗎？爲何現在卻像個沒事人般向自己賣俏撒嬌。

不過他最見不得美女，看她巧笑倩兮、風姿楚楚的樣子，骨頭立時酥軟了大截，說不出門面話兒來，笑嘻嘻來到她身旁坐下。

當下有睡眼惺忪，強撐著眼皮的侍女奉上香茗。

韓柏如獲甘露般連喝了兩杯熱茶後，揮退侍從，見到白芳華目光灼灼看著他臉上的掌印，老臉一紅道：「這只是個意外，白姑娘莫要想歪了。」

白芳華掩嘴笑道：「你最好小心點，採花大盜薛明玉來了京師，現在全城的武林人物和官府衙差都摩拳擦掌，若被人誤會你就是薛明玉時，那就糟了。」

韓柏並沒有將薛明玉放在心上，乘機岔開話題道：「白姑娘來找本大人有何貴幹。」

白芳華「噗哧」一笑道：「哪有人自稱本大人的哩，專使的中文看來仍有點問題。」

韓柏見她笑得像芍藥花開般妖俏美豔，色心大起，把頭湊到兩人間的茶几上，低聲道：「沒見這麼久，先親個嘴兒行嗎？」

白芳華俏臉泛起個哭笑不得的表情，嗔道：「人家今次來是有正經事哩！」

韓柏見她一語一嗔，莫不帶上萬種風情，涎著臉道：「輕輕地吻一下，讓我嚐嚐姑娘的胭脂，這樣也吝嗇嗎？」

白芳華橫了他一眼，湊過小嘴蜻蜓點水般碰了他的唇皮一下。

韓柏在事出猝然下，想還招時，她早鳴金收兵，氣得韓柏直瞪眼道：「你聽過『強來』這兩個字嗎？」

白芳華笑道：「當然聽過，但卻不害怕，唉！我很久未試過這麼開心了。」

韓柏大喜，正要鼓其如簧之舌，引誘她去「尋開心」，白芳華早先一步道：「我今次來，是代鬼王邀你明天早朝後到鬼王府一敘。」

韓柏遍體生寒，慾火登時全部被嚇走了。

假若他帶著巴掌印去見鬼王，不是明著告訴人他就是韓柏嗎？況且以鬼王的眼力，一眼便知自己是誰，那時怎麼辦才好？

虛若無可不是好惹的。

這老小子的可怕處，絕不下於龐斑或里赤媚。

幸好回心一想，若范良極所料不差，白芳華早看穿了他們是誰，所以鬼王亦應知道他們是誰。

鬼王找他們所爲何事呢？

天！

假設范良極猜錯了，白芳華眞的信他是專使，那明天豈非糟糕至極。

鬼王發起怒來便等若里赤媚發怒，那可不是說著玩的一回事。

心兒不爭氣地上下忐忑跳動。

白芳華奇道：「專使大人在想甚麼？」

韓柏差點答不了這問題，長嘆一聲道：「有人告訴我白姑娘你乃鬼王的人，初時我尚不信，現在看來……嘿！」

白芳華垂頭幽幽道：「專使若不說清楚『鬼王的人』是甚麼，芳華定不肯放過你。」

韓柏一愕道：「指的當然是男女關係！」

「啪」的一聲脆響，韓柏本來完美無瑕的另一邊臉頰，又多了另一掌印，再不完美了。

白芳華哭了起來道：「這是對芳華的侮辱，也是對我乾爹的侮辱。」

韓柏摸著被白芳華重刮得火辣辣的臉皮，心中叫苦。

若有甚麼比帶著一個掌印上朝更尷尬的事，就是帶著兩個掌印了。

可是當聽到白芳華如此表白時，立時把一個或兩個巴掌印的事置諸腦後，喜動顏色站了起來，走到白芳華椅旁，單膝下跪，伸出手撫著她膝上的羅裙道：「是本小人不好，誤信坊間謠言，嘿！原來鬼王是你的乾爹，他老人家和乾女兒應該！嘿！應該不會吧！」

白芳華瞪著淚眼嬌嗔道：「你在說甚麼？」

韓柏嚇得掩著臉頰，以免要帶著第三個巴掌印上朝，嘆道：「恕我孩童無知，我素來都不明白親戚間之關係。」他從小孑然一身，自是不知。

白芳華受不住他的傻相，化涕爲笑道：「你這人哩！平時精明過人，糊塗起來，比任何人都糊塗，總之芳華和乾爹對得住天和地，噢！痛嗎？」

白芳華秀目射出萬頃深情，柔聲道：「這麼賠好嗎？」

韓柏趁機握著她另一隻柔荑，神魂顛倒般道：「說不痛就是假話，你可要好好賠償哩。」

伸出纖手，愛憐地撫著他被打的臉蛋。

俯下螓首，小嘴吻在他唇上。

她吻得很輕，很溫柔，很濕軟。

韓柏靈魂兒立時飄遊在九霄之外，竟破例沒有乘機動手動腳，只是愣愣地享受著那蝕骨銷魂，比蜜糖還甜的滋味。

白芳華離開了他的嘴唇，輕輕道：「大人！芳華要走了。夜了！」

韓柏一呆道：「可是我們才說沒幾句話。」

白芳華推開他長身而起，失笑道：「和你一起時間眞快過。」

韓柏想起左詩等三女，哪還敢再留她，正想著如何向她們解釋這新鮮熱辣的一個巴掌印時，耳聽白芳華道：「早朝後鬼王使人駕車在外五龍橋等你，他通知了司禮監，明天午飯前你不會有別的應酬了。」

想起這火燒眉睫般緊迫的頭痛事，韓柏頹然道：「知道了！」

白芳華泛起一絲高深莫測的笑意，眼神轉柔，輕咬著唇皮低聲道：「不送我到門外的馬車上去嗎？」

韓柏欣然道：「貴國不是有句甚麼『送卿千尺，終須一吻』的話嗎？」

白芳華笑得嬌柔不勝地伏在他肩頭花枝亂顫，失笑道：「芳華不行了，快要斷氣了。」在韓柏吻上她香唇前卻又退了開去，走往大門道：「你若不怕給十多對眼睛看著，就去吻個飽吧！」

韓柏追在她身後道：「爲何你提都不提那株靈參？」

白芳華邊走邊道：「不用了！本來我是想送給乾爹的，可是皇上今午派人送了一株給他，你留給自己作賄賂其他人之用吧！嘻！和你一起眞開心。」

韓柏陪著她來到賓館前院，一看爲之愕然。

等待她的馬車，除了駕車的兩名大漢外，還有近十個全副武裝的勁服衛士，人人太陽穴高高隆起，顯都是內外兼修的高手。

這等人物，平時找一個都不容易，現在竟一下子出現了八、九個之多，還只是充當侍衛，可知鬼王手上掌握著多麼強大的實力。

難怪朱元璋如此忌憚他，珍貴的萬年參亦要忍痛送他一株。

同時亦知道沒有機會再吻這風韻迷人而又男女經驗豐富的美女，無奈嘆道：「白姑娘的架子眞大，累得我因等待下一吻今晚又要再患單思症了。」

白芳華抿嘴笑道：「你怎知是單思呢？你能看穿人家的心嗎？」輕提起長裙，下階朝馬車走去。

眾大漢一齊肅立，向兩人施禮。

白芳華來到馬車旁，自有人開門讓她進去。

韓柏倚在窗旁，大感興趣地看著白芳華坐下來。低聲問道：「明天會見到你嗎？」

白芳華含笑道：「明天不是便可知道嗎？」接著微嗔道：「不是人家架子大，而是現在京城裡的女子人人自危，鬼王不放心乾女兒，才派了這麼多人跟在芳華身旁呢！」再「噗哧」一笑道：「京城的姑娘都矛盾得很哩！既怕薛明玉爬上床來，但又怕他連門窗都不肯敲！」

韓柏訝道：「怕他上床可以理解，爲何又怕他不來串門呢？」

白芳華掩嘴低笑道：「以往能給薛明玉看上眼的，都是出名的美人兒，若他不感興趣的話，豈非達不到美女的標準。再見了！我的專使大人。」

馬車開出。

眾大漢紛紛上馬，追隨著去了。

韓柏好一會兒才收拾回聚少離多的三魂七魄，走回賓館內去，心中仍狂叫「妖女厲害」。

戚長征沿岸疾跑了近兩個時辰後，不得不放緩下來，想道這樣直跑到洞庭湖，不累死亦沒有餘力和敵人舞刀槍拚命了。

正沉吟間，上游有一艘大船滿帆放河而下，速度迅快。

戚長征大感訝然，船上的人定有要事，否則絕不會在夜裡行舟。想都不想，覷準兩岸地勢，趕到一個山崗上，由一株橫伸出河旁的大樹橫枝處，撲往大船去。

船兒就送我一程吧！

戚長征安然落往艙頂，一個翻身神不知鬼不覺落到下一層的平台，閃入了暗處，腳步聲忽由艙內傳出，兩個人推開艙門，走到平台上。

戚長征心中暗奇，這麼晚了，不去睡覺，卻到這空台來幹甚麼。

他把呼吸收至若有若無間，從對方足音他聽出了這兩人都是精諳武功之輩，其中一人內功還相當精純呢！

一位聲音聽來似上了年紀的道：「眞不好意思，我睡不著，累得向兄冷落了夫人，陪我喝了整晚酒。」頓了頓嘆道：「我們這樣日夜趕路，應可在四天內抵達京師，希望皇上不會怪我遲到就好了，早知就不到衡州府去訪友，便不用趕得這麼心焦，又錯過了在家中接聖旨。」

那姓向的男子微笑道：「韓兄放心，你是我們八派的人，不看僧面看佛面，朱元璋總會賣我們一點面子的，何況我早著人飛報京師的葉素冬，請他先向皇上解釋兩句，墊了個底兒，皇上怎還會怪你。」他的聲音溫和悅耳，非常動聽。

韓姓老者嘆道：「這一行不知是凶是吉，你知皇上是多麼難伺候的，一個不好，打得屁股開花已屬幸運，唉！」

姓向男子道：「韓兄的心情在下非常明白，無論如何，皇上看中了韓兄，下旨韓兄上京當官，自是要借助韓兄豐富的理財經驗，韓兄乃武昌巨富，誰不知你做生意的頭腦精明過人。」

暗處的戚長征腦際轟然一震，知道了談話的兩人，一個乃韓天德，另一人則是八派書香世家的少主向清秋。

天！

他竟來到了韓家的大船上，不知二小姐慧芷是否亦在船上呢？

韓天德的聲音響起哂道：「你當皇上眞的看中我的才幹嗎？他看中我的身家才對，聽說京師有幾項大工程，都需要大量資金，尤其是正在興建的明陵，更是在在需財，今次召我上京當六部的一個小財官，我若不捐獻多少，日子恐怕難過得很呢！」

向清秋失笑道：「韓兄能如此設想，在下眞的放心了，因爲你學懂了揣摸聖意。」

天德嘆道：「家兄仍未有任何消息，生死未卜，我哪有當官的心情？」

向清秋道：「這事多想無益。上京後，韓兄記緊不要和胡惟庸太親密，現在人人都猜皇上重組六部，提高六部的地位，是在削胡惟庸的權力……」

聽到這裡，戚長征沒有聆聽的心情，無聲無息躍上艙頂，心兒霍霍跳著，不能遏制地想道：「假若韓慧芷就在船上，現在定是好夢正酣，我老戚進去看她一眼也可以吧！」

內心鬥爭了一會兒後，終捺不下心中的火熱，測度了形勢，施出江湖人慣用的倒掛金鉤，往一個艙窗看進去。

看到第二個窗時，裡面傳來女子的聲音叫道：「死韓柏！不要嚇我，噢！最多人家陪你玩玩吧！」

戚長征爲之愕然，誰會在夢囈中都呼喚著韓柏呢？

他心掛韓慧芷，無暇深究，轉往另一窗門。

茉莉花清香的氣味，撲鼻而來。

正是當日韓府內韓慧芷閨房裡熟悉的香氣。

戚長征大喜，施出江湖手法，打開了窗框翻身進去。

在他那對夜眼中，房內布置，雅致怡情，教人打心底舒服出來。

戚長征自問這一世亦沒有擺出這種布置的眼光和本領，不由湧起自慚形穢的感覺。

牙床簾帳低垂，內中傳來韓慧芷輕巧卻微促的呼吸聲。

看來她正作著噩夢。

戚長征愛憐之意洪水般迸發開來，移到床頭，手顫顫地揭開了羅帳。

韓慧芷踢開了被鋪，長髮散在枕上，臉上隱見淚濕。

戚長征心神顫蕩，伸手要爲她拉好被子，以免秋涼侵體。

韓慧芷忽然低吟道：「戚長征！你好狠心哩！」戚長征渾身劇震，再遏不下如大石壓胸的強烈情緒，撲上床上去，把她摟緊。

韓慧芷猛地驚醒，模糊裡未及呼叫，戚長征在她耳旁道：「慧芷！是我！是狠心人戚長征。」

韓慧芷一震完全清醒過來，不能置信地看著緊壓著自己從未被異性碰過的嬌貴身體的男子。

令她夢縈魂牽的氣味湧入鼻裡。

當她嬌羞不勝時，戚長征已用嘴封著她的香唇。

韓慧芷劇烈顫抖，拙劣地反應著，任由對方熟練地撩導著香舌。

天地融化分解，只剩下火熱的接觸和愛戀。

戚長征感到身下芬芳動人的女體灼熱起來，心滿意足地離開了她的香唇，低聲懺悔道：「對不起！戚長征太粗心了！」

韓慧芷美眸異采連閃，顫聲道：「這是否夢境，你爲何會在這裡的？」

戚長征再輕吻朱唇後，迅速解釋一番，道：「船上有甚麼地方是最易於藏身的，到了洞庭我便要下船。」

韓慧芷四肢纏了上來，嬌癡道：「長征會否認爲慧芷淫蕩呢？因爲我不想你離開這裡，要你藏在這房間裡。」

戚長征一呆道：「這是我求之不得的事，可是下人進來打掃時豈非糟糕？」

韓慧芷道：「不用擔心，我的侍婢小茉莉是我心腹，肯爲我做任何事。」

戚長征笑道：「這名字定是你爲她改的，若有機會，我必送你一束最大最香的茉莉花。」

韓慧芷感激得緊擁著他，柔聲道：「吻我吧！教慧芷怎樣去取悅你，慧芷要使你覺得在這一天或更多一點的時間，是一生人裡最快樂的日子。」

戚長征心中一懍，暗忖自己並非甚麼正人君子，和這俏嬌嬈相處一室，加上對方又是心甘情願，若說能不及於亂，只是一個神話。可是自己此行生死未卜，若一夜風流，使這位大富之家正正經經的嬌貴小姐珠胎暗結，以後教她如何做人？可是自己又真的很想佔有她，看她在懷裡婉轉承歡的動人美態。當然更不敢再次像上趟般刺傷她的心。

矛盾猶豫間，韓慧芷一顫道：「你在想甚麼？」

戚長征知道因著上次的事，這美女變得對自己多疑敏感，慌忙痛吻一番，弄得韓慧芷嬌喘連連時，才在她耳旁道：「我在想如何才可過得你阿爹那一關，明媒正娶把你要了，讓你替我生個白白胖胖的兒子。」

韓慧芷竟然回吻他，柔情無限道：「慧芷很喜歡你這樣說，但我卻知道這不是你心中所想著的，你怕回不了來，所以不敢和我共尋好夢，放心吧！若你死了，我也不活下去，讓我們在黃泉下繼續做夫妻吧！」

戚長征這時對她的深情再無半點懷疑，感動地道：「若你有了我的孩子，你怎還能隨我到下面去？」

韓慧芷顯是從未想過這問題，一呆道：「這樣便會有孩子嗎？我們只是親嘴罷了！」

戚長征見她天真可人，知她在這方面全無認識，失笑道：「你長得這麼美麗動人，親熱起來，我老戚豈會只是親親你的小嘴……我會……嘿！動手動腳，把你脫……」

韓慧芷粉臉通紅，求道：「不要說了，我……我受不起啦。」

「篤！篤！」

一把慈和的女聲在門外道：「慧兒！慧兒！」

韓慧芷色變輕聲道：「是娘親！」

韓夫人的聲音又道：「你整晚說著夢話，唉！本來我只擔心寧芷一個，現在又多了你。開門讓娘進來吧！天快亮了，我知你早起床了。」

戚長征點了點頭，指著床底向她裝了個俏皮的鬼臉。

第二十五章　一觸即發

韓柏詐作眼倦，雙手搓著臉頰，打著呵欠，希望能把新的掌痕蒙混過去，步進內廳。

三女正和范良極說話，見到他進來，忘記了一夜未睡的心焦和勞累，迎了上來。

左詩拉開他的手，道：「給我看看！」

朝霞咬牙切齒道：「這賤女人眞不知羞恥，夫君只說不想見她罷了，怎可下手打人呢？」

柔柔嗔道：「你這傻瓜！爲何不躲避呢！」

韓柏先是愕然，繼而往范良極望去。

范良極扮個鬼臉，嬉皮笑臉。

韓柏心知定是范良極代他說謊解圍，不過現在雖過了關，卻使三女對白芳華恨之入骨。而范良極這頭老奸巨猾的死猴頭，擺明仍堅信白芳華是虛若無的情婦，故意製造這形勢，使自己不敢對白芳華存有妄念，因爲三女必然攔手反對，那可不是說著玩的一回事。

接著回心一想，夢瑤不是說過魔種的特性是無情嗎？

虛夜月的美麗還可以說是難以抗拒的，但白芳華的姿色卻只在三女伯仲之間，嘿！雖然她對付男人那欲擒先縱手法極之高明，但自己身具魔種，怎會如此不濟？

想到這裡，立時出了一身冷汗，首次猜到秦夢瑤暫別的原因，和他有失去秦夢瑤的可能。

從自己抵受不了白芳華誘惑這一點，便知魔種仍未成氣候。

他的魔力就像潮水般漲退著，在離船往找盈散花前，達到了最高峰，此後便不住波動，有起有落。

在見過朱元璋後，受他氣勢所懾，魔功更是大幅減退，所以才比往日更不濟事。

怎辦才好呢？

是因自己的意志太薄弱，還是因爲太好色呢？

但浪大俠說過他好色不是壞事，問題應在於是自己令人降服，而不是別人令他降伏罷了。

左詩愛憐地道：「柏弟的臉色爲何變得如此難看？」

正蹺起二郎腿，搖著腳香雲吐霧的范良極還以爲他內傷未癒，不屑地嗤一聲道：「休息一會兒便沒事的了！道行未夠的小兒。」

這時范豹進來通傳道：「陳公來了！」

韓柏愕然道：「這麼晚來幹甚麼？」

范豹失笑道：「這麼早才對，早點已準備好了，專使和侍衛長兩位大人要不要和陳公邊吃邊談。」

范良極笑道：「你這小子愈來愈風趣了，有沒有練我教給你的絕技？」

范豹恭敬地道：「一有空便練習，小豹怎敢疏懶。」

韓柏先和三女進房，爲她們蓋好被子，略略盥洗後，換上官服，才出廳去。

范良極早換過衣服，和陳令方在餐桌上密談。

韓柏坐入席裡，向陳令方笑道：「我還擔心有刺客找你，范老頭堅持你不會出事，現在看見你生蹦活跳，才放下心來。」

陳令方道：「京城乃朱元璋的地盤，楞嚴怎敢動我，若出了事，他亦難以脫身，放心吧！」

范良極道：「這小子擔心你先前見朱元璋時說錯了話……」

陳令方糾正道：「不要讓他這大哥離間我們兄弟間的感情，我只是好奇想知道發生了甚麼事，好有心理準備。唉！昨晚給人纏著，喝多了兩杯，一睡下到四更才醒過來，所以忙趕來見你們。」

韓柏取起一個饅頭，塞進嘴裡，吃相之劣，和范良極不遑多讓。

范良極卻不肯放過陳令方，哂道：「你哪是好奇，只是擔心當不成大官，嘿！二……嘿！我有說錯嗎？」

韓柏想起朱元璋準備重用陳令方，忍不住賣弄道：「現在我的相術得老師父指點，大有進步，看看你的氣色，即知你官星高照，你放萬二個心吧！」

范良極雙目一瞪道：「若你不想我向詩妹她們揭穿你和白芳華的醜事，最好乖乖叫聲師父，而不是『老』師父」。

陳令方早喜動顏色，拉著范良極的衣袖進逼道：「師父！你的徒兒有沒有看錯？」

范良極不耐煩地道：「我教的徒弟怎會看錯相。」

陳令方欣然道：「待會見到鬼王時，大哥便可向他一顯顏色，教他知道相術之道，瀚如淵海，他仍未算天下第一相學家哩！」

范良極色變道：「甚麼？」

陳令方愕然道：「你怕比不過他嗎？」

范良極胡謅道：「我只是怕他見我相法高明，死纏著求我收他做徒弟，你要曉得，他並不像你那麼不濟事，若用武力迫我，給我打傷了，大家顏面上都不好過，所以你千萬不要提起我的相術，否則我生宰了你。」說到最後，一副惡形惡狀的凶霸模樣。

韓柏忍著笑向陳令方問道：「鬼王也邀請你去嗎？」

陳令方點頭道：「昨天鬼王派人來通知我，不知是你們叨我的光采，還是我叨你們的光，鬼王很少對人這般客氣的。」

范良極看看天色，知道時間無多，迅快道：「老小子剛才告訴了我三件事。第一件就是採花大盜薛明玉來了京師，弄得人心惶惶。」

陳令方接道：「我並非老小子，而是大哥你肝膽相照的二弟，大哥千萬勿忘記那盤棋誰勝誰負。」

范良極頹然道：「第二件事就是我們的浪大俠大顯神威，負起保護憐秀秀這朵鮮花之責，當著數千對眼睛在花舫上斬殺了一個倭鬼。」

韓柏失聲道：「甚麼？當時他有沒有穿衣服？」

范良極倒非常維護浪翻雲，怒道：「現在我才明白爲何以瑤妹的修養，都捺不住要你閉嘴。」指了指陳令方道：「第三件事由你來說，對於官場的事，都是你這類利慾薰心的人知道得清楚點。」

陳令方不忿地咕噥一聲，可是知道起程在即，沒時間分辯，一口氣道：「藍玉藉爲皇上賀壽，昨天黃昏到達京師。」

韓柏皺眉道：「藍玉是甚麼傢伙？」

陳令方解釋道：「他是朱元璋下除鬼王外最有權勢的大將，和朱元璋的關係一向都不大好。」

范良極奇道：「得罪了朱元璋，能保得頭顱已是奇蹟，爲何他仍能大搖大擺當大官呢？」

陳令方道：「此人武功蓋世！嘿！不是蓋世，而是蓋朝廷，只差了鬼王少許，不過因從不在江湖行走，所以江湖間知者不多！兼之他手下高手如雲，軍功極大，起始時很得皇上寵愛。」

范良極斜眼看著韓柏道：「很多人都是寵縱不得的。」

陳令方續道：「可是這人不學無術，賦性剛愎，恃功專橫，先後被封爲涼國公和太子太傅，仍覺朝廷待之太輕。恃著駐守在外，山高皇帝遠，擅自罷黜將校，黥刺軍士，又私佔民田，今次來京，絕不會是好事。」

韓柏心想他來不來京與自己有何關係，並不放在心上，站了起來，道：「起程了，遲到不大好呢！」

范良極愕然看著他道：「你似乎很怕朱元璋的樣子。」

陳令方看著他左右臉頰的印痕，惶恐道：「朱元璋自己最好色，但卻不喜下面的人好色，四弟小心點了。」

范良極道：「是三弟。謝廷石的假的，小柏兒理應升上一級。」

這時有太監來傳報道：「葉素冬大人到！」

三人對望一眼，都湧起奇異的感覺。

朱元璋似乎挺看重韓柏哩！

天色微明。

韓夫人推著韓慧芷躺回床上，自己坐在床沿，嘆了一口氣。

韓慧芷作賊心虛，不敢望向乃母。

好一會兒，韓夫人再嘆一口氣道：「好好一個家庭，忽然間變到不成樣子，大伯仍生死未卜，你爹又要赴京當官，將來不知還會發生甚麼可怕的事哩！」頓了頓續道：「慧兒！江湖上的事眞是碰也不可以碰，寧兒便是榜樣，去了個馬小賊，現在整天嚷著找韓柏，也不理自己千金小姐的身分。到了京後，爹會給你找戶好人家，讓你有個著落，我也放心了。以後再不准舞刀弄劍，關心江湖的事。」

韓慧芷暗暗叫苦，讓戚長征聽到這番說話，說不定也會打退堂鼓的，一急之下哭了起來，悲聲道：「不！女兒不嫁。」

韓夫人慌了手腳，連忙勸慰開解。

床底下的戚長征心想，你並非不想嫁，而是只願嫁我老戚。既知她心事，傳音上去道：「寶貝兒莫哭，我老戚必排除萬難，赴湯蹈火，誓要把你娶到手上。」

韓慧芷經驗終是嫩了點，喜道：「眞的！」

韓夫人卻會錯了意，加重語氣道：「當然是眞的，我和你阿爹商量過，都是宋翔的四公子和你最登對。不說你不知道，他祖父乃大詞人宋濂，書香世代，親叔宋鯤乃京城總捕頭，唉！宋家眞是有頭有臉，無人不識。」

韓慧芷嬌嗔道：「娘啊！你在說甚麼呢？你若向宋家提親，女兒就死給你看！天啊！怎麼辦才好呢？」

下兩句卻是在詢問床底下的戚長征。

韓夫人愕然怒道：「娘只是爲你好，要生要死成何道理，一向以來，除希文外就數你最孝順聽話，想激死娘親嗎？」咳嗽起來。

韓慧芷明知她有一半是假裝出來的，仍駭得慌忙撫慰乃母。

韓夫人再嘮叨了幾句後，看了看天色道：「唉！天明了，你爹這幾晚都坐立不安，累得我也沒半覺好睡的。」

言罷出房而去。

戚長征爬出床底。

韓慧芷不理他一身塵屑，撲入他懷裡哭道：「怎麼辦才好呢？你定要救我。」

戚長征緊摟著她，心痛達至極點，暗忖轉眼便要進入洞庭，自己尚不知是否有命回來，怎樣「救她」呢？

船速忽地明顯減慢下來。

戚長征大訝，摟著韓慧芷到了窗旁，偷往外望。

陽光裡，下游處排了一列七艘戰船，封鎖著進入洞庭之路，心中一震，知道怒蛟幫已展開全面的反攻了。

朝陽在水平線升上洞庭湖面。

霞光萬道，襯托著殺氣騰騰的湖上戰場。

胡節的水師分成十組，布在怒蛟島外二十里的湖面，迎擊怒蛟幫縱橫洞庭、長江的無敵雄師。

大小艦隻隊形整齊，旗幟飄揚。

胡節的旗艦乃超巨型的樓船「奉天號」，甲板高達五層，裝設鐵甲護牆，有若一座永不能攻破的水上城堡。

怒蛟幫的先鋒船隊剛在水平線出現，胡節的水師便分出兩隊各達百艘以「蒙衝」和「鬥艦」級爲主的戰船，由兩翼抄去，隱成鉗形之陣。

凌戰天卓立望台之上，哈哈一笑道：「胡節不愧水上名將，一開始便想佔在上風之處，是欺我怒蛟幫無人，讓我教你見識一下。」

本立在凌戰天和翟雨時之間的上官鷹退在凌戰天另一側，道：「指揮之權就交在二叔手中。」

翟雨時向他點頭稱善，說到打水仗，怒蛟幫裡無論經驗智慧，除浪翻雲外，凌戰天可說不作第二人想。

凌戰天微微一笑，亦不推辭謙讓，目光緩緩掃過廣闊無際的湖面。

朝陽的光線把一切都淨化了。

風由敵艦的方向拂至。

他們現在處的正是水戰最不利的下風位置，對火攻、箭射和船速，均有致命的影響。

凌戰天輕鬆地道：「胡節想必對我幫歷次水戰，均曾下過工夫研究，故一上來便爭取主動之勢，我偏要教他大吃一驚。」

上官鷹、翟雨時兩人還是第一次遇上這麼實力驚人的水師，見凌戰天仍如此鎮定從容，心中折服。

這時怒蛟幫的所有戰船，亦進入預定的位置，以「怒蛟」壓中陣，左右兩翼為「水蛟」和「飛蛟」，各領約三十艘戰船，布成陣勢。

凌戰天看著敵船由兩側大外檔包抄而來，隱成合圍之勢，仰天一陣長笑，發出號令。

中陣處立時放下近百艘小艇，每艇八人，均穿上水靠，運槳如飛，朝敵方橫排水面的艦隊衝去。

艇上堆滿一桶桶的燃油，教人一看便知是想用火燒之計。

三里外的敵艦一陣戰鼓，火炮、投石機、弩弓箭全部嚴陣以待，準備在敵艇進入射程前，加以摧毀。

這時胡節挺立旗艦之上，身旁站滿謀臣戰將。

胡節兩眼一瞪，皺眉道：「這豈非燈蛾撲火，自取滅亡，唔！敵人必有陰謀，傳令派出鬥艦百艘，推前一里，布成前防，以制止敵艇接近。」

當下擂鼓喧天聲中，百艘中型戰船，開往前方，把戰線移前了一里，與正衝浪而來的怒蛟幫快艇更接近了。

這時胡節抄往怒蛟幫艦隊大後方的戰船，亦來至左右兩翼之側，快要形成合圍之勢。

凌戰天微笑道：「胡節這一招叫作守中帶攻，務要迫我們逆風發動攻擊，那他便可以藉著以多勝少之勢，把我們一舉擊潰，我凌戰天若如你之願，怎對得住老幫主培育之恩。」

向翟雨時道：「雨時，你怎麼看！」

翟雨時鎮定自若道：「雨時完全同意二叔的戰略，兩翼抄來的敵艦看似駛往後方，查實只是虛張聲勢，若所料不差，他們即要由兩翼發動攻勢，那等若纏緊了我們左右兩臂，教我們動彈不得。」

凌戰天眼中閃過讚賞之色，點頭道：「那我們應採取何種對策？」

翟雨時雙眉一提，高聲應道：「自是正反戰法，正逆側順。」

凌戰天仰天長笑道：「怒蛟幫後繼有人，凌某放心了，幫主下令吧！」

上官鷹熱血沸騰，傳令道：「全軍推前一里，兩翼順風反撲敵人。」

號角聲起，以怒蛟幫的獨門通訊法傳達命令。

近百艘戰船船舷兩側的掣棹孔一齊探出長槳，划入水裡，不受風勢影響，迅速往遠在兩里外的敵人船陣衝去。

站在對面「奉天號」上的胡節和眾將一齊色變。

要知他們確如凌、翟兩人所料，要在側翼順著風勢，斜斜側擊，可是若敵船移前，自己兩隊戰船便反落到了下風處，這時若怒蛟幫兩翼的戰船回師反擊，變成順風，則優劣之勢，與早先擬定的眞是相去千里。

而更可慮者是前方敵艇，載滿火油，這種火油乃怒蛟幫特製，傾往水裡會浮在水面，這種事已有先例，胡節怎敢冒險。

若他們不能往前直衝，便須繞個大圈，改往兩翼駛去，可要多費時間，戰場上豈容這等延誤。

有人道：「可否下令船隊撤退呢？」

另一人道：「萬萬不可，兵敗如山倒，若軍心渙散，可能連一戰之力都失去了。」

胡節臨危不亂，道：「遲總好過沒有，第三及第四船隊立即分由兩側趕往增援。」

命令傳下去。

這時怒蛟幫的百艘快船，開始進入射程裡。

守在最前方的鬥艦，人人摩拳擦掌，等待命令，又有戰士手執長鉤鐮，準備敵艇靠近時，把敵艇鉤著或推開。

怒蛟幫方面亦一陣鼓發，兩翼在飛蛟和水蛟帶領下，轉了個急彎，順風往敵人攻去。

大戰終於爆發。

巨舟停了下來。

戚長征躺在床底下。

韓慧芷一陣風般推門進來，正要俯身探視戚長征，耳聞他道：「乖乖坐在床上，以免給人進來撞破。」

韓慧芷喘著氣道：「湘水口給水師的人攔了鐵鍊，又用木柵架在河底，現在爹正和對方帶頭的人交涉，要他解鍊降柵，讓我們的船通過。」

由床底看出去，剛好看到韓慧芷線條優美的一截小腿，忍不住探手出去握著，輕輕摩挲，道：「恐怕很難成事，軍方權勢最大，誰都不賣賬。」

韓慧芷給他摸得渾身發軟發熱，顫聲道：「不……唔……不用擔心，阿爹乃水運鉅子，官方很多時都要請他幫手，兼之又是奉旨上京，唔……長……征，人家又要出去爲你探聽消息了。」

韓二小姐去後，戚長征想起愛撫她小腿的滋味，嘆了一聲。

怒蛟幫正陷於水深火熱之際，自己爲何還有心情和美女胡混調情。可是回心一想，哭喪著臉亦是有損無益，自己既打定主意和敵人拚個生死，風流一下有何打緊。只是時間不容許，否則佔有了這美女，亦是快事一件。管他媽的甚麼仁義道德，將來如何，只有天才知曉，何顧忌之有。胡思亂想間。

韓慧芷又轉了回來，不待吩咐，坐到床沿道：「好了！水師方面答應了，很快便可開航進洞庭。」

戚長征默然不響。

韓慧芷嚇了一跳，不理地板是否清潔，蹲下嬌軀，拿起蓋著床腳的床單，探頭望進床底去，見到戚長征仍在，吁了一口氣，拍著酥胸道：「嚇死人了，還以爲你逃了。」

戚長征咧嘴一笑，露出雪白整齊的牙齒，低聲道：「你的小腿眞美，終有一天我會一直摸上去，尋幽探勝。」

韓慧芷一生規行矩步，知書識禮，所遇者莫不是道貌岸然之士，萬沒有想過有男子會對她說這種髒話，羞得紅透耳根，不知如何應對。

兩人默默注視。

大船一震，再次起航。

戚長征先是一喜，接著神色一黯道：「船入洞庭，因方向不同，我要立即離去了。」

韓慧芷淚珠湧出，不顧一切爬入床底，投入戚長征懷抱裡。

戚長征摟著滿懷溫香軟玉，雄心奮起道：「放心吧！爲了你，我老戚定會保著老命回來的。」

同一時間，他心頭泛起了水柔晶、寒碧翠和紅袖的倩影。

一顆心像裂成了無數碎片。

葉素冬一見韓柏，嚇了一跳，道：「專使的臉……」

韓柏頹然一嘆道：「不要提了，貴國的美女眞不好惹。」

葉素冬心道，原來這小子昨晚去了尋花問柳，我和皇上都怪錯他了。反放下心來，又記起朱元璋說過歡喜這小子，神態立即變得親熱無比，打趣道：「下次由我帶路，包保專使可享盡敝國美女溫柔聽話的一面。」

韓柏喜動顏色道：「葉統領不要說過就算。」

葉素冬見他一副色鬼模樣，連僅有一點的懷疑亦盡去，向范良極和陳令方兩人行過見面禮，客套兩句後，故示親熱和韓柏共乘一車，開往皇宮去。

韓柏勉強提起精神，和葉素冬有一句沒一句地聊著。

葉素冬話題一轉道：「專使有福了，少林派最著名的無想聖僧來了京師，算起來，你應是他的徒弟輩呢！」

韓柏應道：「是嗎？」

葉素冬道：「末將知大人今天要到鬼王府去，所以不敢爲你安排節目，胡丞相亦說要爲你設宴，看看情況吧！專使何時有餘暇心情，便到我們的道場轉個圈，或者有緣見到聖僧他老人家亦說不定。」

韓柏心道，教出馬駿聲這種徒弟，想他稱「聖」亦是有限，隨口答道：「今晚我好像沒有甚麼好節目。」

葉素冬暗罵一聲死色鬼，道：「司禮監方面正在籌劃專使大人的節目時間表，讓我和他們打個招呼，若今晚沒有甚麼要緊的事，我便來領你去風流快活一番。」

韓柏大喜道：「葉統領眞是我的好朋友，一定等你佳音。」

葉素冬暗笑這人喜怒哀樂全藏不住，怎樣當官。但不知如何，反對這嫩小子多了份好感。

在御林軍夾道護送下，馬車隊轉入大街，往皇城開去。

第二十六章　奉天之殿

車隊朝皇城進發。

愈接近皇宮，道路上愈是擁擠，車水馬龍，都是朝同一方向推進。

韓柏的車隊亦不得不放緩下來。

他何曾見過如此陣仗，暗自驚心，不自覺地伸手摸摸兩邊臉頰，這時他最大的願望就是能學懂奇功，立即化去這兩個巴掌印。

旁邊的葉素冬心中暗笑，溫和親切地道：「專使大人放心，只要末將略作安排，包保朝中諸位同僚，連你的樣子是怎樣都不會知道。」

韓柏大訝望向這西寧派的元老高手，奇道：「難道可蒙面上朝覲見皇上嗎？」

這時車隊來到皇宮外城門大明門處，速度更慢，和其他馬車擠著駛上跨越護城河的大明橋，緩緩進入皇城。

葉素冬聞言失笑道：「大人的想像力眞是豐富。」接著湊近點低聲道：「我們見皇上時大多數情況都是跪伏地上，誰也不敢昂然抬頭。所以只要末將安排專使是最後進宮那一批人，便不虞給人看到大人的廬山眞貌。」

韓柏大喜道：「記著要安排我又是最早離開的人才行。」

葉素冬苦笑道：「末將盡力而爲吧！大人何時離去，就要看皇上的意思了。」頓了頓忽道：「大人和威武王有沒有甚麼特別關係？」

這時車子由大明橋橫過護城河，駛入大明門，天色迷濛裡，內外宮城有種懶洋洋的意態。

居於內城中央偏南處，是明宮的主建築群，亦是宮城所在，建築巍峨，氣勢懾人，宮苑、亭台、廟社、寺觀、殿宇及樓閣林立，井然有序，被縱橫相交的矩形道路系統連接起來，加上城內有湖泊、水池、花園調節空氣，一點沒予人擠迫的感覺。

韓柏收回望往車窗外的眼光，愕然道：「誰是威武王？」

葉素冬故意出奇不意問他一句，現在見他連鬼王的封爵都不知道，稍息心中之疑，不答反問道：「大人今日心情好多了，有閒欣賞我大明皇宮的設計布局，大人是否知道明宮出自何人的心思設計？」

韓柏想起自己魔功不住減退，連秦夢瑤亦要暫離數天，現在的他實與個傻兮兮的小子無異，強自收攝心神，細察宮內布置。

心頭倏地一片澄明，整座皇城收入眼底。

宮城的建築是沿著中軸線配置，其空間組織由大明門至最後底的靠山，中軸線上共有八個宏偉的庭院組群，形式各異。此時他們的車隊穿過了兩旁各有四座亭台的方形大廣場，走過橫跨城湖的外五龍橋，進入奉天門，來到一個長方形的深遠內院處，盡端爲有封閉式高牆的端門，這就是內宮城的入口了。此時所有馬車均停了下來，大小官員走出車外，朝端門步去，只有他們的車隊泊駐一旁，無人下車。

韓柏對葉素冬微微一笑道：「小使雖不知貴宮是誰人設計，但看宮室既有前序主體，又有過渡和轉換，縱橫交錯，層層推演，連每座鐘樓、鼓樓的位置均無不深合法理，顯已掌握了空間轉化的高度技巧，便知設計者定是此道高手中的高手，令小使心悅誠服，將來回國後定要向敝國王把所學來的東西如實稟上。」

葉素冬本來一直看不起這像傻小子般的所謂高麗使節，聞言後頓時刮目相看，哪知這小子的眼光其實是借自不世梟雄、黑道巨擘赤尊信的魔種。

韓柏見他啞口無言，心中暗笑，順口問道：「爲何還不驅車，不怕遲到嗎？」

葉素冬苦笑道：「若末將下令驅車直進端門，專使或者沒事，末將一定項上頭顱不保。」

韓柏想起朱元璋的各種規矩，心中煩厭，搖頭嘆道：「貴皇上或者是體恤臣下的健康，所以每早都迫你們多做晨運吧！噢！你還未告訴我皇城是誰人設計的。」

葉素冬聽他「你你我我」的稱呼著，心頭反泛起置身江湖的輕鬆感覺，莞爾道：「那人就是當朝元老威武王，江湖人稱『鬼王』的虛若無先生是也。」

韓柏恍然，難怪他會探詢自己和鬼王的關係，自是因爲知道鬼王邀他今午到鬼王府的事。

這時眾官均走進了端門去，葉素冬微笑道：「專使大人請下車吧！」

晨光熹微中，一隊三十多人混雜的騎士，離開小鎮誠恩，踏上官道。

帶頭者是個四十來歲的驃悍漢子，長髮披肩，作頭陀打扮，背插大斧，雙目如電，無論裝束、外貌，都不類中土人士。

而其他二十四名大漢、八名女子，一律神態狠悍，全副武裝，有種天不怕地不怕的豪勇之氣，教人一見寒心。

其中一位白衣美女卻沒有兵器，眉目間透出一股淒楚無奈，令人心憐，不用說她就是水柔晶。

那帶頭的悍漢忽地勒馬停定，其他人如響斯應，全停了下來，像他們有通心之術那樣。

風行烈肩托丈二紅槍，由官道旁的樹林悠然步出，攔在路心，冷冷道：「來者何人，報上名來！」

帶頭的大漢哈哈一笑道：「好豪氣，我還以爲來的是戚長征，原來是你風行烈，且不止一人。」接著冷哼道：「本人乃人稱色目陀是也，若非奉有夫人之命，今天便要教你血濺當場。」

風行烈眼光落到水柔晶身上，見她體態嬌嬈，膚若晶雪，暗讚一聲。同時奇怪爲何她見到有人來救，仍沒有絲毫欣喜的神色，反更增添幾分淒怨。但此刻無暇多想，轉向色目陀訝道：「任你如何裝腔作勢，自吹自擂，但想不動手行嗎？你不是窩囊得要以水小姐的生死威脅我吧？」

色目陀嘴角逸出一絲冷笑，不屑地看著風行烈，其他人亦露出嘲弄之色。

風行烈大感不妥，這批人數目不多，可是實力不弱，兼之有色目陀這等第一流的高手壓陣，自己若非有整個邪異門做後盾，連是否能逃命亦成問題呢！但若要殲滅他們，縱可成功，己方亦勢將大傷元氣，這確是一場硬仗。

愈接觸甄夫人手上眞正的實力，愈覺深不見底，令人心慄。

色目陀閃著電芒的雙目緩緩掃過官道兩旁的密林，忽地一聲暴喝，也不知如何動作，背上大斧劈空往風行烈飛去。

風行烈悶哼一聲，丈二紅槍閃電向前激射。

「噹！」

兩人同時一震。

飛斧旋飛開去，回到了色目陀手上，原來斧柄盡端開了一孔，繫著一條黑黝黝的細鐵索，難怪如此收放自如。

色目陀的手下見到風行烈硬擋他們頭兒一記飛斧，毫不落在下風，均露出訝異之色。

風行烈一擺紅槍，喝道：「好！果然不愧色目高手，可敢與我一戰定生死，若風某死了，我的手下絕不留難；若你敗了，便須交出水柔晶小姐。」

色目陀瞪著風行烈，好一會兒後才道：「說實話我亦手癢得很，只恨夫人下有嚴令，要我見到你或戚長征，立即把水小姐交給你們，然後各行各路。哼！這交易你是否接受，一言可決；我最討厭就是婆婆媽媽、糾纏不休之徒。」

風行烈的心直沉下去，望往水柔晶，只見她一對美目淚花盈眶，卻沒有說話，哪還不知這絕非好事，唉！這甄妖女比之方夜羽更要厲害，己方每一步都落入她的神機妙算中。方夜羽有她之助，確是如虎添翼。

這批色目高手分明一早便展開搜索水柔晶的行動，故能著著佔上先機。

色目陀不耐煩地道：「你啞了嗎？」

這時連智勇雙全的風行烈亦要俯首認輸，軟弱地道：「你們滾吧！」

色目陀雙目閃過凶光，點頭平靜地道：「衝著這句話，下次遇上之日，就是你的忌辰！」

胯下駿馬一聲長嘶，發力前衝，箭般往風行烈馳去。

其他人亦似要發洩心頭怒火般，紛紛策馬前衝，顯出精湛的騎術和勇於征戰的氣概。

一時蹄聲震耳欲聾，塵土飛揚。

風行烈見對方如此聲勢，嘆了一口氣，避往道旁。

色目陀等轉眼遠去，只餘下漫天塵屑，和孤零零獨坐馬上的水柔晶。

她的坐騎受到影響，亦要跟著跑去，給切出來的風行烈一把拉著。

風行烈抬頭往她望去。

淚流滿面的水柔晶低頭向他淒然道：「他們在我身上施了特別手法，又下了天下無人能解的慢性劇毒，說要讓戚長征看著我慢慢死去，好報蒙大蒙二之仇。唉！長征他如今在哪裡呢？」

范良極和陳令方見到前面的韓柏和葉素冬終於肯滾下車來，才敢走出車外，與兩人會合，往端門走去。

守門那隊儀容威猛的禁衛軍肅然向他們致敬。

葉素冬稍退半步，和陳令方平排，向兩人躬身道：「專使、侍衛長兩位大人請！」

范良極挺起瘦弱的胸膛，正要和韓柏進門，一陣急驟的馬蹄聲，由外五龍橋的方向傳來，倏忽間一隊十多人的騎隊，蹄聲疾驟地往端門旋風般捲至。

眾人一齊色變，在大明皇城內，誰人如此斗膽橫衝直撞。

只有葉素冬面容不改，像早知來者是何人般向三人低聲道：「我們先讓他一讓。」

范良極冷哼一聲，正要抗議，身旁的陳令方拉了他一把，低聲道：「是藍玉！」

來騎已馳至端門前，矯捷地躍下馬來，動作整齊劃一，其中作大將打扮，瘦硬如鐵，勾鼻薄唇，雙目銳利如鷹隼的人，眼光掃過眾人，只略和葉素冬點了點頭，便筆直闖進端門，隨從緊跟其後，便當其他人並不存在那樣。

韓柏和范良極交換了一個眼色，都看出對方心中的懼意。

當藍玉經過他們身旁時，兩人均同時感到一陣森寒之氣，那是先天眞氣的徵兆，只從這點推之，便知陳令方所言不虛，此人確是個不世的高手。

其他十多個隨從，形相各異，但均達精氣內斂的一流境界，只是擺在他們目前這強大實力，已大出他們料外。

朱元璋能在江湖群雄裡脫穎而出，絕非偶然的事，可是當年他們因利益一致而糾合，但今天由於各種利害衝突，亦逐漸把他們推上分裂的邊緣。

葉素冬看著藍玉等人去遠後，搖頭苦笑，才再恭請眾人內進。

各人踏進端門，步過內五龍橋，一座巍峨矗立的大殿呈現眼前。

兩排甲胄鮮明的禁衛軍由殿門的長階直列而下，只是那肅殺莊嚴的氣象，足可把膽小者嚇破膽。

這就是皇城內最大的三座大殿之一，名爲奉天殿，築在三層白色台基之上，乃皇朝最高的權威表徵。

三層節節內縮的層簷，上藍、中黃、下綠，而終於收至最高的一點寶頂，滙聚了所有力量，再昇華化入那無限的虛空裡，那種迫人的氣勢，確使人呼吸頓止，心生畏敬。

大殿除主建築外，殿前有大月台，台左角置日晷，台右角置嘉量。前後迴廊，均有石欄杆，極爲精巧。

面對如此派勢，韓柏深吸一口氣後，才能提起勇氣，登階而上。

第二十七章　橫起風雲

胡節水師布在前防的百艘鬥艦上，士兵均彎弓搭箭，備好檑石、火炮，燃火待發，準備對駛來的怒蛟幫那載滿火油的眾艇迎頭痛擊。

怒蛟幫那方忽地擂鼓聲響，艇上的怒蛟幫人紛紛躍入水裡，消沒不見。

這邊廂的胡節和眾將絲毫不覺驚異，那批敵人絕不會留在艇上等候屠戮。

奇怪的是那批無人小艇速度不減反增，加速往他們直衝過來。而怒蛟幫更不知使了何種手法，艇上的燃油開始由艇尾洩入湖面，在艇尾拖出一道又一道黑油的尾巴來，隨即不住擴散。

胡節雙目亮了起來，哈哈一笑道：「怒蛟幫技只此矣，給我投石沉艇。」

一聲令下，前防的百艘鬥艦立時萬石齊發，蝗蟲般往那些進入射程的小艇投去。

這時喊殺連天，炮聲隆隆中，怒蛟幫兩翼的部隊，以驚人高速，由中路兩側回師，順著風向對胡節兩翼的水師發動最狂猛的攻勢。

甫一接觸，在射程內胡節水師的幾艘掉頭迎來的戰艦立時起火，害得船上的人慌忙救火，一片混亂。

怒蛟幫人射出的箭都是特別鑄製的「十字火箭」，近箭簇處有小橫枝，成「十字」狀，射中敵帆時受橫枝所阻，不會透帆而去，只會附在那裡，而因「十字」的中點包著易燃的火油布，對方縱有防燃藥，時間一久亦要燃燒起來。

在一般情況下，處在逆風的船艦均應把帆降下，只由掣棹孔伸出船槳改以人力操舟，可是胡節兩翼的部隊本是處於上風優勢，現在突然由順風變成逆風，倉卒下哪有時間把帆降下，故一時陷於捱打被動之局，兼之怒蛟幫的船艦無論速度、靈活性和戰士的質素經驗，均優於胡節的水師，所以胡節艦艇的數量雖多上數倍，仍處於劣勢裡。

火彈拖曳著烈焰，漫天雨點般順風往他們投去。

怒蛟幫的中隊在主艦怒蛟的帶領下，開始以高速往胡節旗艦所在的水師衝刺過去。

萬槳齊施，打起一團團的浪花，煞是好看。

小艇紛紛被投石擊得碎片橫飛，和著燃油浮在湖面。

胡節無暇理會兩翼的戰事，瞪著銅鈴般的大眼看著橫亙前方湖面長闊達數里的燃油和碎木。

旁邊一將道：「這些人定備有氣囊，故可在水底換氣。」

胡節有好氣沒好氣地瞪了那副將一眼，暗忖這麼簡單的事誰不知道，下令道：「水鬼隊下水準備，防止敵人鑿艇。」

命令立時以擂鼓聲發往前防的百艘鬥艦。

胡節看著以高速逆風向他們駛來的三十多艘怒蛟巨艦，神色出奇地凝重。

身旁另一偏將訝道：「怒蛟匪是否活得不耐煩了，若駛進燃油的範圍內，只要我們投出兩顆火彈，即刻會化成火海，他們還哪能活命？」

胡節額上洩出汗珠，喝道：「蠢材閉嘴！」

他原本的計畫是希望佔著上風之利，以雷霆萬鈞之勢，藉著數目眾多的艦隊以車輾螳臂的姿態，正面迎擊敵人，豈知對方來了這一著，使他們由主動變被動，只能採取守勢，已大感不是味道。而現在怒蛟幫逆風攻來，更使他大惑不解，怎能不暗暗心驚。

兩翼的喊殺聲更激烈了，雙方的先頭船隊開始近身接戰，一時檑石、火箭、火彈漫天飛舞，慘烈至極。

胡節布在中隊前防的百艘鬥艦忽地亂了起來。

胡節等一齊色變，這時才看到那些浮在湖面的燃油碎木，正迅速往他的前防部隊漂浮過去。

胡節駭然大喝道：「全軍退後三里，在怒蛟島外布防。」

那邊的凌戰天聽著對方號角和戰鼓聲，仰天長笑道：「胡節你千算萬算，卻算漏了洞庭湖這時節在怒蛟水域的暗流，現在始懂退師，不嫌太遲了嗎？幫主，下令吧！」

上官鷹興奮得俊臉發著亮光，高喝道：「火彈伺候！降半帆！」

一時萬道烈焰，齊往前方的燃油投去。

「蓬！」

兩軍間的湖面立即化作一片火海，而因火海在水流帶動下，轉眼把胡節前防的百艘鬥艦捲了進去。

這火海還迅速往亂成一片、待要掉頭逃走的胡節水師移去。

此時兩翼的戰事亦到了短兵相接的時刻，武功高強、訓練充足的怒蛟幫徒，藉著飛索之便，紛紛躍往敵艦，殺人放火，盡情施爲，完全控制了局面。

當怒蛟幫的主力闖入火海的邊緣時，火勢減弱了少許，可是百艘胡節水師的鬥艦全部燃燒起來，而胡節七百多艘大小戰艦的其中近百艘亦被火勢波及，陷進火海裡，亂作一團，艦上兵將進退兩難，留在船上既不是，躍入滿布烈焰的湖面則更不是。

怒蛟幫方再一陣連天的戰鼓聲，三十多艘戰艦靈活地改變方向，兵分兩路，斜斜地沿著火海往橫切去，由後兩側抄往胡節水師的側翼，顯示出高度的靈活性和機動力。

勉強逃過火燒，正掉頭往怒蛟島駛去的胡節恨得咬牙切齒。他娘的！連正式交戰還未開始，眼睜睜便損失了近四百艘戰船，丟了數千條人命，若還不能取得最後勝利，他項上這頭顱定然不保。幸好以他目前手上的實力，仍足可使他平反敗局。

就在這時，「轟轟轟！」數聲巨響，驚碎了他的希望。

隨師而返的百多艘戰船裡，已有多艘在船底處，爆出火光木碎。

胡節等才記起對方早先潛入水裡的怒蛟幫徒，不過已是遲了。

轟隆爆破之聲不絕於耳。

數十艘戰船遭到水底的破壞，紛紛傾側下沉。

胡節水師軍心已失，再不成其隊形。

所有船艦無心戀戰，只顧逃命。

再來幾聲轟然巨響，一時漫天都是火藥煙屑的氣味。

就在此時，怒蛟幫隊形整齊的艦隊，分別出現在胡節敗退的水師左右方半里許處，以高速迫至。

敵我雙方，一逃一截，都處在逆風裡，可是胡節的水師仍是滿帆，而怒蛟幫都是風帆半下，這情況下純鬥膂力划槳，水師兵又哪是武功高強的怒蛟幫徒的對手？

上。

加上水師樓船級的巨艦佔了百艘，船身笨重，機動力和靈活性遠及不上怒蛟幫，眼看便要被追上。

胡節咬牙喝道：「全力應戰！」

戰鼓喧天裡，五、六百艘戰船紛紛掉頭，準備仍趁順風之利，迎擊敵人。

追來的凌戰天搖頭失笑道：「胡節眞丟盡朱元璋的面子。」接著大喝道：「攔江島！」

攔江島在怒蛟東三十里處，凌戰天下令往攔江駛去，便是要趁胡節回師的混亂時刻，改變方向搶往胡節的左後方，只要早一步到達那裡，便會由逆風變回上風，在水戰的策略上，確是無懈可擊。由此亦可知凌戰天實比胡節高明得多，不斷製造新的形勢，瓦解敵人各方面的優勢。

怒蛟幫的戰艦一齊噴出濃濃的黑霧，把兩隊船艦隱形起來。

胡節的水師勉強掉頭布起戰陣時，四周早陷進一片黑霧裡，完全失了敵艦的位置。

只有遠處仍在著火焚燒的船艦，傳來叫喊逃命之聲。

當怒蛟幫的艦隊再出現時，早到了他們的後方，還不住噴著黑霧，藉著風勢，往這群變成了驚弓之鳥的水師艦隊蜂擁過來。

火箭、火炮雨點般打過來。

這時連逃都逃不了。

「皇上駕到！」

數百名朝臣一齊跪伏地上，額頭觸地。

韓柏因代表高麗正德王，原被安排了坐在離皇座低兩層的台階上，比群臣高了一級，這時亦慌忙起立，跪伏地上。

韓柏偷眼向范良極瞧去，只見這老小子口中唸唸有詞，正在奇怪，耳邊響起他的傳音道：「有甚麼好看，我正在詛咒朱元璋的歷代祖宗。唉！今早又忘記了方便後才來。」

縱使在這麼莊嚴肅穆的氣氛中，韓柏仍感好笑，眞想狂笑一番作減壓之用，可是當然不能如此放肆。

步履聲響起。

韓柏只憑耳朵，便知道有三個人在與他們同一台階對面跪伏下來，據陳令方說，能在奉天殿裡有座位的，只有四類人，第一個當然是皇帝老兒；第二類人就是諸位皇子皇孫，他們中又分兩級，有資格繼承皇位的可坐在最接近朱元璋那一層的平台上；第三類人就是像他們這種國外來的貴賓，與其他封王的皇室人物同級；第四類人卻只一個，就是「鬼王」虛若無，可與繼位者平坐，於此亦可見虛若無的地位是何等超然。

韓柏並不擔心會見到虛若無，因為陳令方說他老人家已多時沒有上朝議政了。

接著是輕巧的足音，在上一層的台階處響起來，不用說，是皇太孫允炆那小孩兒駕到。

韓柏心中湧起一陣憐憫，想來童稚那無憂無慮的天地，定與這繼位者無緣了。

大殿忽爾肅靜了下來。

有力的腳步聲在最高的台階響起來，接著是拂袖和衣衫摩擦的聲音。

滿朝文武連呼吸都停止了，空廣莊嚴的奉天殿，靜至落針可聞。

那氣焰高張的藍玉，跪在武將的最前排處，這樣看去，並沒有和其他眾官有何分別，不過可肯定這桀驁難馴的人絕不會服氣甘心。

在極靜裡，朱元璋坐入龍椅上的聲音因此亦分外清晰響亮。

朱元璋充滿自信和威嚴的聲音在大殿的一端乾咳兩聲後，悠然道：「眾卿家身體安和！」

殿內立時轟然響起高呼「萬歲」的頌詞。

倏又靜了下來，那充滿壓迫感的氣氛把人的心也似壓得直沉入海底裡去。

朱元璋「的」一聲彈響了指甲。

一把聲音唱喏道：「賜皇太孫、秦王、晉王、燕王坐！」

謝恩後，太孫允炆和那三位皇子坐入椅裡，然後輪到韓柏，范良極亦叨光免了跪災，「昂然」立在他身後。

其他文武朝臣仍跪伏地上，頭也沒有機會抬起來。

韓柏故意不望往對面燕王棣等人，反望往高高在上的朱元璋，只見他安坐寶座之內，頭頂高冠，身穿龍袍，背後爲貼金雕龍的大屏風，眞有說不出的華貴和霸氣。

只不知那些與他形影不離的影子太監，是否躲在屏風後呢？

韓柏望往朱元璋時，他灼灼的目光亦正朝他射來，盯著他左右臉頰的巴掌印。

韓柏嚇了一跳，垂下頭去，不敢再往四處張望，心中祈禱，求著天上所有神祇的蔭庇。

就在這時，他感到對面有一對精芒閃爍的眼睛，正仔細審視著他，不禁嚇了一跳，暗忖原來燕王棣的內功竟如此精湛深厚，目光有若實在的東西。

那儀官又唱喏了一番，像說書唱樂般好聽悅耳，爲這場面注進了少許娛樂性。

一時沒留心下，韓柏竟沒聽清楚他在宣布甚麼，到身後的范良極推了他一把後，才驀然醒覺過來，知道早朝第一個「外國使節進貢臣服」的節目由他們負責，然後他們或可溜之大吉，離開這氣氛沉重得可壓死人的地方，留下朱元璋他們自己鬼打鬼，只可憐心切當官的陳令方亦是其中一個受災者。

連忙站了起來，依著儀官指示，三跪九叩後，向朱元璋呈上國書。

儀官當場把譯成本國文的國書版本宣讀出來，又把進貢的物品清單逐一宣讀。

儀式完畢後，韓柏一身輕鬆坐回椅內，聽著朱元璋訓了幾句甚麼兩國永遠修好的門面話後，正以爲可以離去，豈知朱元璋語氣一轉，溫和地道：「文正專使，朕有一事相詢。」

殿內各人均感愕然，他們已有很多年未聽過朱元璋以這麼親切的口氣和人說話了。

韓柏才敢抬起頭來，乘機看了那燕王棣一眼，果然一表非凡，尤其那對銳目冷靜自信、深邃難測，樣貌和身形都和朱元璋有幾分酷肖，只是較年輕和更爲俊偉了一點。

韓柏再瞧往朱元璋後恭敬地垂頭道：「皇上請賜問！」

此時他感到允炆那對小眼睛正好奇地打量著他，忍不住偷眼望去，還微微一笑，眉清目秀的允炆一愕後微現怒色，別過頭去，神態倨傲。

朱元璋嘴角逸出一絲僅可覺察的笑意，平和地道：「據說專使用來浸參的那些酒是特別採仙飲泉泉水製成，只不知是何人所製？」

韓柏的心「霍霍」跳動起來，忙道：「酒乃小使其中一位妻子所造。」

朱元璋像早已知道般，淡然道：「今天威武王府之行後，若有時間，專使可否帶她來見朕？」

韓柏慌忙離椅跪下道：「謹遵聖諭！」

朱元璋一手按著椅背，目光緩緩離開跪伏地上的韓柏，掃往俯伏階下兩旁的文武諸臣，嘴角抹出一絲冷笑，語氣轉寒道：「專使可以退下了！」

黑霧漫天裡，殺聲震天。

怒蛟號在敵艦中橫衝直撞，憑著船頭的尖鐵和高度的靈活性，一連撞沉了十多艘較小的敵艦後，往胡節旗艦的方向迫去。

凌戰天親自把弓，射出十多枝無一不擊中對方風帆的火箭後，掣出名動天下的「鬼索」，豪氣干雲地大喝道：「胡節小兒，我看你今天能逃到哪裡去？」

他這些說話全以內功迫出，竟蓋過了整個縱橫達十里的水上戰場所有聲音，怒蛟幫徒固是士氣大振，而驚弓之鳥的水師卻更是軍心渙散，無心戀戰，潰不成軍。

胡節並沒有回應，反吹起撤退的號角，一時間所有水師船艦，均朝怒蛟島逃去。

凌戰天旁的翟雨時眉頭鎖了起來，道：「不妥！胡節仍有再戰之力，如此撤退，實在不合情理，兵敗如山倒，他怎會如此愚蠢。」

上官鷹正殺得興起，大笑道：「雨時不必過慮，苟且偷生乃人之常情，胡節這等鼠輩，何來戰至最後一兵一卒的勇氣。」

凌戰天亦喝道：「現在我們亦是在有進無退的局面裡，索性拋開一切，殺他一個痛快。」

翟雨時拗他兩人不過，目光掃過濃煙陣陣的湖面。

雙方且逃且追，胡節的戰船只剩下了二百多艘，但樓船級的巨艦佔了船高護牆堅固之利，大致仍是完好無缺。而己方亦沉了五艘鬥艦，三艘正起火焚燒，餘船亦多負傷，實力上仍以對方優勝得多，他們實在沒有撤退的理由。

忽然間他想起了甄夫人和黃河幫的聯合艦隊。

就在這時，守在船桅上望台的怒蛟幫徒吹響示警的哨子，惶急地指著右側遠處。

翟雨時等心中一懍，朝那方向看去。

外圍稀薄的黑煙驀地破開，闖進了一批戰艦，半順著風，彎彎地切往他們和敗退著的水師中間的位置。

若他們速度不改，不到一盞熱茶的時間，就會以近距交鋒了。

一通鼓響，胡節的水師掉過頭來，與援軍對他們展開夾擊。

韓柏和范良極兩人如釋重負，歡天喜地步出殿門，迎上來的是葉素冬和司禮監的太監頭子聶慶童。

兩人伴著他們走下奉天殿的長階，葉素冬道：「想不到專使和侍衛長兩位大人這麼快便可出來，現在離威武王約定的時間仍有個把時辰，幸好聶公公早為兩位預備好節目。」

聶慶童點頭道：「兩位大人遠道來此，除了與我大明修好論交外，自然是想增加對我邦的認識，好回報貴王，如此怎能漏去我們的大明皇宮。」

韓柏嚇了一跳道：「皇宮是可以開放給人參觀瀏覽嗎？」

聶慶童神秘一笑道：「別人不行，專使卻是例外，此事已得皇上聖示，兩位大人請放心。」

韓柏望往葉素冬，見他亦臉帶訝色，顯然此乃非常之舉，說不定是由朱元璋親自提議，內中情由大不簡單，一時心中惴惴，無奈下只好勉強答應。

豈知范良極一伸懶腰，打了個呵欠道：「專使請恕小將失陪了，唉！昨天晚上陪專使你去……嘿！現在眞是累得要命。」轉向曾受過他大禮的聶慶童道：「公公有甚麼地方可給小將打個盹兒？」

韓柏心中叫了聲娘後，心臟劇跳，這賊頭十天不睡覺亦不會倦，分明想趁此機會去偷他想偷的東西，有破壞沒建設，說不定會牽累到他和朱元璋目前的良好關係，偏又作聲不得。

聶慶童不虞有他，笑道：「這個容易得很，安和院環境優美，保證侍衛長大人有一覺好睡。」

反是葉素冬奇怪地瞅了范良極一眼，他負責宮內保安，慣於事事懷疑，暗想這侍衛長武功精湛深厚，怎會在這等時刻要去睡覺？但一時亦想不到他有何圖謀，當然！若知他就是賊王之王范良極，話便不是那麼說了。當下道：「公公陪專使大人去參觀吧！侍衛長大人由我招呼好了。」

范良極心中暗笑，裝作感激地答應了。

韓柏眞想狠狠揍他一頓，若老賊頭給擺明要監視他的葉素冬抓著痛腳，他實在不知再怎樣做人了。

第二十八章　左右受敵

打著黃河幫旗號的五十多艘戰艦，衝破因擴散往整個湖面而轉趨稀薄的黑霧，轉眼來至右舷側半里許處。

凌戰天等一齊色變。

要知若他們立即逃走，雖是順風而逃，可是因船隊全降下半帆，速度一定及不上對方，在揚起滿帆前便會給追上，若繼續追擊，在敵人龐大的聯軍夾擊下，實在有死無生。

黃河幫幫主藍天雲確是水戰高手，一上場便把他們逼進絕地裡去。

凌戰天臨危不亂高喝道：「噴黑煙，傾火油。」

哨子聲中，二十多艘怒蛟幫戰船一齊噴出濃煙，改往正掉頭回來的胡節水師左方那空檔斜斜切去。

龐過之和梁秋末那兩隊剩下的四十多艘戰船，亦離開被攻擊得七零八落的敵船，回師過來與他們會合，同時噴出黑煙，一時間遼闊的湖面，全是極目難及遠的煙霧。

轉瞬間，敵我雙方的船艦一齊陷進黑霧裡。

風姿絕美的甄夫人俏立在黃河幫旗艦黃河號的望台上，身旁是黃河幫主藍天雲和她屬下的一眾高手「紫瞳魔君」花扎敖、「銅尊」山查岳、「寒杖」竹叟、由蚩敵、強望生等人，卻欠了鷹飛、柳搖枝和卜敵三個。

看到怒蛟幫的戰船噴出黑煙，這貌美如花，但心毒如蠍的美女微微一笑道：「強弩之末，這不過是死前的掙扎吧！左舷十度，我們在大外檔的西北角截擊他們，他們雖有陰謀詭計，但最後也不過是要逃命罷了！」

藍天雲對她早心悅誠服，他們其實早已到達，隱兵在攔江島之後，這時一出場便完全控制了局面，全賴這運籌帷幄、決勝千里的女統帥的調度，忙發出命令，然後點頭道：「他們現在定是趁機掉頭張帆，想順風逸走，我們當可教他們大吃一驚。」

花札敖雙目精光閃射，似能透穿黑霧般看著前方沉聲道：「若怒蛟幫的目標仍是怒蛟島，我們豈非撲了一個空？」

甄夫人嘴角逸出一絲充滿信心甜絲絲的笑意，悠然道：「他們就是要造成我們這種錯覺，現在的怒蛟島滿布官兵，防衛充足，他們若向那方向闖去，肯定會給留守的水師纏著，那時他們連逃生的僅有半點希望也消失了。」

這時他們的船隊駛進了煙霧最濃處，甄夫人再下偏左的命令，切往煙霧的外檔。

藍天雲下令後，有點擔心地道：「怒蛟幫戰船的性能天下稱冠，在這樣混亂的形勢裡，恐怕很難把他們攔住，而且凌戰天有種操舟絕技，就是能在改變方向時藉風勢加速，非常難對付。」他素知怒蛟幫的厲害，早成驚弓之鳥，才顯出如此缺乏信心。

甄夫人從容道：「幫主放心吧！只要你把我們載到離怒蛟號三十丈內的距離，我們便有方法登上敵艦。」接著面容轉冷，俏目透出煞氣，平靜至冷酷地道：「只要纏著怒蛟號，你就算恭請其他的船離開，怒蛟幫人亦不會答應，由今日起，怒蛟幫將要在江湖上永遠除名。」

「蓬！」

右後側熊熊烈焰從黑霧裡騰竄而起，把更濃厚的煙霧送上半空，隱隱傳來人喊船燒的混亂聲音。

由蚩敵笑道：「少些官船總是好事吧！」

眾人聞言狂笑起來。

只有甄夫人靜若止水，像是眼前的一切，並不算是甚麼的一回事。

她想起了很多人，包括方夜羽、鷹飛，最後想到戚長征。

他是否已遇上了生命正不斷飛逝的水柔晶呢？

十七艘邪異門的戰船，沿湘水順江往洞庭全速駛去。

風行烈和手下商量好如何破開湘水口的封鎖後，走到船尾去看水柔晶。

冬初的寒風裡，水柔晶孤零零地坐在船尾處，秀目凝注著滾流的河水，有種說不出的荏弱和淒清的感覺。

他的心扭痛起來，走到她身後，脫下外袍，蓋在她身上，然後單膝跪在她椅旁，側頭審視著她變得全無血色的俏臉，心中暗嘆，卻強作歡顏道：「好了點嗎？」早先他曾查過她經脈的狀態，發覺無論怎樣輸入真氣，都如石沉大海，起不了一點作用。而且對方在她身上下的毒奇怪之極，深深侵蝕進臟腑裡，偏又緩而不劇，除非烈震北重生，否則江湖上真想不到有任何人能加以化解，如此厲害的用毒手法，確是聞所未聞。

水柔晶癡望前方，沒有答他，也不往他瞧來，只是輕柔地自言自語地道：「我還可以見上長征一面嗎？」

風行烈的心差點可扭出血來，軟弱地道：「一定可以的！」

水柔晶欣然往他望來，忽地伸出纖手在他的俊臉摸了一把，笑道：「長征沒有你生得那麼俊，卻另有一種神韻。」眼光再投往河水裡，幽幽嘆了一口氣，顯然想起了戚長征。

風行烈被這塞外美女大膽的舉動和說話弄得呆了起來，瞠目結舌，啞口無言。

水柔晶喃喃道：「不知爲了甚麼，我現在很懷念以前在家鄉逐水草而居的快樂日子，我原本想把長征帶到大草原去，讓他看看那裡明媚的風光，現在恐怕不行了。」

風行烈心頭一陣激動，衝口道：「放心吧！我定會找人治好你的。」

水柔晶目注前方，搖頭道：「你是個很善良的人，是長征的好友，但不用安慰我了，色目人混毒之法，天下無雙，只要過了某一時刻，便無人可解，你若知道他們曾以淬毒之針，用特別的手法刺戳我身體一百八十處大小穴道，便知這種混合了武功和劇毒的施毒法是無法解救的，否則甄素善怎肯把我交還你們。」

風行烈想說話，但聲音到了喉嚨頂，卻硬是說不出來。

水柔晶忽像個小女孩般，把俏臉側枕在他的寬肩處，柔聲道：「死並非那麼可怕吧！每個人遲早都要回去，重歸塵土，或走進鷹兒的肚子裡去。柔晶常在想，人是否眞是天上下凡來的星宿呢？若眞是那樣，告訴長征，我會在那裡等他上來呢！」

風行烈全身一顫，熱淚忍不住奪眶而出。

船速開始減緩下來。

他知道湘水口應已在望，所以才停下船來，好讓邪異門的高手去破壞官家攔河的封鎖，然後他們便會硬闖水師布下的防禦，直入洞庭，至於能否及時援助怒蛟幫，那就只有聽天由命了。

聶慶童邊走邊介紹道：「我們大明宮城分內外二重，外重名皇城，有六門；內重名宮城，護城河環繞四周，南有午門……」

這些話韓柏早聽葉素冬說過，哪有裝載的閒情，表面裝作興趣盎然，唯唯諾諾，心中想的卻是名列十大美女的陳貴妃，暗忖她當然是朱元璋收在深宮裡的珍藏，爲何艷名卻可揚出江湖，難道未入宮前，她已非常有名嗎？

聶慶童的聲音在耳邊響起道：「專使！」

韓柏正胡思亂想間，聞言嚇了一跳，這才發覺來到一座五角形大殿前空闊的廣場上，此殿雖比不上奉天殿的高度規模，但因形式別緻，另有一番氣概。

議政殿坐落須彌座台基之上，南有御路，台基邊緣有雕刻精細的荷葉淨瓶石欄杆，周圍出廊，與附近的宮殿樓台相連起來，儼然一體。

韓柏深切感受著在這規模弘整、布局相連，形成了一個龐大建築組群內那種迷失了個人的渺小感覺，指著後方遠處築在一座高若三十來丈，樹木蒼蒼的小平頂山上七層的高樓道：「那是甚麼地方？」

聶慶童道：「那是全宮最高的接天樓，皇上最喜夜裡帶陳貴妃到那裡喝酒，既可仰覽明月，又可一睹萬家燈火的升平之景。這座山是人工造的盤龍山，樹木都是從清涼山移植過來。據威武王說，皇宮必須有此山做靠背，國運才可歷久不衰。」

韓柏想起擁美登樓的情景，暗忖看不出朱元璋原來如此懂得享受。

聶慶童道：「橫豎尚有整個時辰，專使大人有沒有興趣到盤龍山走個轉。」

不知如何，韓柏泛起一種奇異的感覺，似乎在那裡會有甚麼事發生似的，但又找不到推搪之詞，無奈下點頭答應了。

濃黑的煙霧裡，怒蛟號全速前進，所有風帆均滿滿張起。

凌戰天、翟雨時和上官鷹並肩而立，臉色凝重。

上官鷹嘆道：「這妖女眞厲害，一上場便使我們優勢全失，現在所有火油、彈藥、箭矢均已用罄，連煙霧藥都快燃盡，唉！」

凌戰天喝道：「切勿喪失鬥志，不過妖女確是厲害，出現的時間拿捏得這麼好。」頓了頓道：「雨時，你怎樣看？」

翟雨時冷靜地道：「現在我們所有戰船都或多或少受到火燒或損毀，幫眾身疲力盡，而黃河幫卻是生力之軍，鬥起上來，定比不過他們，以妖女的才智，刻下當會在順風處守候我們……」

上官鷹一震道：「那如何是好？撞上他們，我們的戰船根本沒有還手之力。」

翟雨時從容道：「幫主放心，甄妖女才智雖高，但操舟之術，仍要倚仗藍天雲，故不能如臂使指，這就是她目下唯一的弱點。」

又轉向凌戰天道：「二叔……」

凌戰天喝道：「雨時下令吧！不用徵詢我的意見。」

翟雨時一陣感動，不再客氣，發出一連串的指令。

號角聲起，長短不一，遙遙把訊息傳往緊附兩旁和後方的戰船，又送往由遠處趕來援助的梁秋末和龐過之的船隊。

怒蛟幫眾艦立時四下散開，往空檔處逸走，只餘下怒蛟號航向不變，朝前闖去。

凌戰天返身走往駕駛艙裡，親自操弄這艘被檑石擊折了一桅，右後舷嚴重破損了的戰船，對能否逃過敵人的包圍網，亦是毫無把握。

他和上官鷹均明白翟雨時的用意。

敵人的目標全以怒蛟號為主，所以若各自竄逃，怒蛟號將可把黃河幫的戰船全吸引了去，其他戰船便可安然逸走，當然也使怒蛟號陷進最大的危險裡去，不過總好過被敵人一網打盡。

怒蛟號上共有好手三百多人，這些人乃精銳裡的精銳，若被敵人一舉殲滅，怒蛟幫將元氣大傷，可能長久也不能恢復過來，現在所有責任都來到他肩膊上，唉！若戚長征在便好辦多了。

他接過舵手的職責時，外面的上官鷹、翟雨時和三百好手，全亮出了兵器和盾牌，守在戰略性的位置處，準備孤船和敵人決一死戰。

煙霧藥終於燃盡。

黑煙稀薄起來。

視野逐漸擴闊。

驀地黃河幫的戰船出現前方半里許處，五十七艘鬥艦扇形般張開，隱成鉗形之勢，包圍著整個湖面，以怒蛟號為中心圍攏過來。

怒蛟號不住增速，直往實力龐大的敵人闖過去。

第二十九章　平湖纏鬥

壯麗的京城景色，盡收眼底。

首先最引人注目是遠方逶迤伸延，把京師團團圍著，達五層樓房高度的城牆，使韓柏首次感到京城建設的偉大。

其次是位於西北清涼山的鬼王府、石頭城和最高處的清涼古剎。

立足接天樓最高的第七層上，整個京城盡收眼底，嘆爲觀止。

他的目光緩緩巡視，當落在下方盤龍山處時，一震道：「那是甚麼地方？」

聶慶童像早知他會有這一問般，答道：「專使大人感到奇怪嗎？爲何在後宮林木深處，竟有一條古樸的小村，這事說來話長，今次本監實在是奉皇上密諭，想請大人幫一個忙。」接著揮退守在樓上的禁衛，才再望往韓柏。

韓柏的心「霍霍」躍動，大感不妥，口中惟有道：「只要是皇上的意思，小使赴湯蹈火，在所不辭。」

聶慶童微笑道：「事情很簡單，但卻希望專使切莫尋根究柢，只須闖進村裡去，出來後把所見所聞如實告知皇上。當然，專使無論如何，絕不能透露這乃皇上意思，否則本監和你項上頭顱定不能保。」

他說得雖好聽，但威嚇的意味卻是呼之欲出。

韓柏滿腹疑雲，愕然道：「這雖是後宮禁地，難道連皇上和公公都不知道裡面會有甚麼情事嗎？」

聶慶童苦笑道：「那是宮內皇上唯一不能管的地方，這盤龍山分四個部分，就是山頂這接天樓和十亭四閣，剛才專使沿路上來，都看過了。然後是後山的奉天大廟，遙對著皇城外的孝陵，那是皇上祭天的重地。還有就是南山這條小村和北山的藏經殿。除非得到特許，任何人都不得踏進盤龍山區半步。可是南山這條小村，卻連皇上也沒有進去過。」

韓柏苦笑道：「若是如此，任誰人也知道我進去是皇上的意思了。」

聶慶童笑道：「記著你是唯一不知內情的外人，若有人問起，你可推說本監一時便急，留下你一人閒逛，無意間迷失了路途，又找不到人來問，所以走了進去，千萬要把著這理由堅持下去。」

韓柏嘆了一口氣道：「看來公公是絕不會告訴我村內有甚麼人在，希望不是武功絕頂的高手，否則小使恐難有命走出來。」

聶慶童失笑道：「放心吧！皇上怎會要你去送死，若有人攔阻，退出來便成。皇上說只是你那對充滿幻想和好奇的眼睛，便可令人全不懷疑你是去查探的間諜。來，讓我告訴你怎樣走進去。」

韓柏忍不住搔起頭來。

在皇城裡竟有朱元璋管不到的地方，已是天下最怪的事，而朱元璋還要他裝作迷路闖進去查探，更是怪事裡的怪事。

天啊！

我會在那裡遇到怎麼樣的異事呢？

邪異門的高手出其不意地由岸上破壞了攔江的鐵鍊和從水裡弄破了木柵後，十多艘戰船勢如破竹衝破了水師的封鎖線，龍回大海般駛進洞庭湖，朝著怒蛟島的方向高速挺進。

冬陽斜照湖面，一切看來都是安靜平和。

可是風行烈心中卻充塞著傷痛和絕望的情緒。

他把下屬煮好了的燕窩，親自捧去給不肯離開船尾的水柔晶。

她喝了一口後，表示不想喝下去。

雖只是半夜工夫，但她明顯地清減了很多，更添淒然美態，也更使人看得黯然神傷。

風行烈接過燕窩，放在一旁的小几上，勉強笑道：「爲了長征，柔晶你定要振起求生的意志，只要有時間，便會有希望。」

水柔晶搖頭道：「不！現在我只希望平靜地死去，亦不想長征見到我死時的難看樣子，噢！」伸手捧著胸口，皺起了一對黛眉。

風行烈心若刀割，道：「怎樣了？」

水柔晶痛得俏臉煞白，好一會兒後低聲道：「我死了之後，行烈請把我的遺體火化，交給長征，告訴他若有機會到塞外，可將我的骨灰撒在那裡。」

風行烈虎目再次湧出熱淚，看著即將面臨死亡的水柔晶，見她帶著一種放棄了一切和滿不在乎的灑脫，分外令他心碎。

水柔晶伸出纖手，憐惜地摩挲著他的臉，嬌柔地道：「我尚未哭，你已是第二次流淚了。你比凶霸霸的長征多情溫柔多了，若不是先遇上了他，我定會愛上你，我是否也是太多情了。」頓了頓嘆道：「現在我連鷹飛都不恨了，只要兩腳一伸，甚麼恩怨愛恨都會煙消雲散，了無遺痕，爲何以前我總想不到這點。」

風行烈感覺著她冰冷的小手撫摸著臉頰，心內直淌著血。但卻沒有背叛了戚長征的感覺，對於這垂死的美女，他不敢拂逆她任何意願。她的性格眞摯坦率，想到甚麼便做甚麼，毫不掩飾。使人覺得她在芳華正茂的時刻，如此死去，實是這人世的一個大損失。

寒風吹來，水柔晶打了個冷顫，收回手瑟縮在斗篷裡，緩緩挨入風行烈懷內，輕輕道：「行烈啊！代長征摟緊我吧！色目陀說過我絕不能活多過一天，我已感到生機逐漸離我而去。唉！唯一感遺憾的，就是不能和長征並騎在大草原上電掣風馳，不過現在這也沒甚麼打緊了。告訴長征，到了這一刻，水柔晶心中只有他一個人，再沒有其他任何人。」

風行烈探手把她擁入懷裡，忍不住埋首在她芳香的秀髮裡，痛哭起來。

韓柏沿著一條狹窄的山道，往小村的方向走去，首先入目是一座方亭，有横匾寫著「淨心滌念，過不留痕」八個字。

他心中一動，已想到村內住的是甚麼人，差點想掉頭便走。

八字裡藏有「淨念」兩字，不用說這也是那批影子太監隱居的地方，平時他們輪流當朱元璋的侍衛，工作完畢便回到這裡潛修。亦只有他們超然的身分，才使朱元璋肯容忍不過問他們的修身之所。

這解釋了爲何皇宮會有這麼樸實無華的地方，因爲可能淨念禪宗本就是這個樣子，只有這樣一批影子太監才會感到習慣。

亭旁有一道流水潺潺的小溪，隔岸溪旁是一座隨水彎曲的小崗，景色清幽雅緻。

韓柏猶豫了半晌，一咬牙，繼續登山。

自己又不是去刺殺朱元璋，這批影子太監最多不過是把他趕走，應不會揍他一頓吧？想到這裡，腳步放緩下來，暗暗揣度這令人害怕的可能性。

過了小崗後，山路蜿蜒而上，兩旁古木成蔭，他想道若真如聶慶童所說，此地樹木是由清涼山移植過來的，必是把長高了的大樹連根拔起，可想見工程的龐大，不過人家是皇帝，自有移山接木的能力。

轉了一個彎後，一座蒼苔斑剝的牌樓出現眼前，粗壯蒼勁的樹幹，濃綠蔭密的常青葉，掩映著刻了「滌塵洗念」四個大字的牌樓，組成了一幅絕美的圖畫。

至此韓柏心內寧洽一片，拋開一切，經過牌樓，路左豁然開朗，一潭清水橫亙前方，後面林木裡隱見小屋房舍，溪水由其中緩流出來。

韓柏深吸一口氣後，繞過潭水，朝那堆房舍走去。

意外地暢通無阻，不但沒有人出來攔阻，連人影也見不到半個。

路隨溪去，十多所陳設簡陋，但卻一塵不染的靜室，倚著溪流的形勢，隨溪流兩岸曲折散分，高低有序，給人一種自然舒泰的協調感覺，另有小平橋連繫兩岸，環境之美，比華麗的皇宮更合他的心意。

直至房舍已盡，他還碰不到任何人，禁不住鬆了一口氣，心想自己總算盡了力，朱元璋亦無話可說了吧。

當他轉身欲行時，虎軀劇震，駭然停步。

只見剛才尚杳無人跡的一叢花樹處，有一個身穿白袍，頭頂光滑如鏡的人，正背著他在觀看一叢花樹。

這人生得比龐斑和浪翻雲還要高一點，肩寬腰窄，兩條腿長而筆挺，有種把他直撐上雲端的氣勢和風度。

韓柏頭皮發麻，以他的魔功和靈敏的感應，這人怎可無聲無息地出現在他身後？

火箭、櫑石、火炮滿天飛蝗似的向怒蛟號灑來。

怒蛟號一個急旋，避過了由左方遠處趕來的旗艦黃河號，藉著風勢，切入了黃河幫兩艘鬥艦之間，亦使較遠處的敵艦投鼠忌器，不敢對他們做出遠攻。

擦身而過時，敵方弩手射出勾索，夾雜在火箭、櫑石間，電掣般飛來，想把怒蛟號勾著。

喊殺連天裡，怒蛟幫好手以堅實高及人身的鐵盾，擋著敵人的櫑石火器，運兵斷索，又以備好浸有防燃藥的濕泥，把火頭撲熄。

「轟！」

火光閃現，雜物橫飛，不知對方何人，把燃著了的火球運力拋了過來，怒蛟幫登時傷了兩人。

怒蛟號倏地加速，靈活地穿了出去，船頭尖鐵猛撞在迎面搶來的一艘鬥艦前舷側處。

船身既重，又是順著風勢，這一撞何止萬斤之力，一時木屑碎飛，鬥艦側沉，全船的黃河幫徒有一半人掉進水裡去。

黃河號這時來到他們後方，順風追來，逐漸增速。

怒蛟號晃了一晃後，船體回復平穩，斜斜衝出，副舵手不住傳遞出凌戰天的命令，指示幫眾調校船帆。

剎那間，怒蛟幫這艘名震天下的旗艦，在漫天石頭火器裡，像一頭受傷的猛獸般，一連闖過五艘敵船，再撞沉一艘後，帶著一片燃著了的風帆，逸往東南方的外圍去。

上官鷹和翟雨時躍往甲板上，提起放置一旁的利斧，硬將熊熊燃燒的桅帆砍斷，合數十人拖拉推扯之力，掉進湖水裡去。

現在五桅大帆只餘其三，但都已殘破不全。

怒蛟號仍像泥鰍般活躍，在敵艦間靈活穿插，每能於意想不到之時，突然轉彎加速。

敵艦數量雖佔盡優勢，始終逮它不著。

在黃河號上的甄夫人和一眾凶人，神色好整以暇，欣賞著凌戰天無雙的操舟之技。

黃河號不斷改變航向，逐漸迫近，這時來至怒蛟號後百丈許處，眼看便可追上。

甄夫人微微一笑，從容道：「下半帆！」

藍天雲微一錯愕，才發出命令。

甄夫人笑道：「幫主定是心中疑惑，若我沒有猜錯，他們在十息之內便要改由逆風行舟，和我們比拚臂力。」

話猶未已，怒蛟號急急轉了一個大彎，衝出包圍網之外，反風向朝怒蛟島的西南方駛去。

藍天雲至此死心塌地的服氣，一聲令下，船體兩邊的掣棹孔各探出一百枝長槳，有力地划入水裡，增速啣尾窮追。

這時怒蛟號安在後舷兩側仍未完全破損的巨輪，開始轉動起來，打入水裡，使船速不住提升。由原本的混戰之局，變成雙方兩艘旗艦的一追一逃，其他戰船都給拋在後方。

至於胡節水師剩下的數百艘戰船，至此時才闖出黑霧，由遠方趕來，但已沒法趁上這場在遼闊無涯的洞庭湖上追逐的熱鬧了。

藍天雲興奮得呵呵大笑道：「想不到怒蛟幫也有此朝一日，不出半個時辰內，我包保可追上他們，看！他們的船身已略往右傾，顯然底部入了水，再不能作惡了。」

甄夫人卻沒有分享他的快樂，道：「素善有一個提議，望幫主不要見怪。」

藍天雲一愕道：「夫人請直言。」

甄夫人柔聲道：「我想改以我方的人運槳划舟，大家輪班操作，便沒有力疲之弊。」

藍天雲乾咳一聲，掩飾了心中的尷尬，裝作欣然地答應了。

換了生力軍後，船速立即增加了，由二百多丈的距離，接近至百丈之內，眼看追上。

怒蛟號上一通鼓響，掣棹孔伸出百多枝槳來，勉力增速，保持著距離。

這時兩船間的距離已不及八十丈。

花扎敖、山查岳、竹叟等全都躍躍欲試，等待著以絕世身法搶上敵船，把怒蛟幫人殺得一個不剩的良機。

最平靜的還是甄夫人，閉起俏目調神養息，忽道：「兩船是否仍是保持著不變的距離？」

眾人呆了一呆，不知這智計過人的美女爲何有此一問，好一會兒後，才由強望生答道：「正是如此！」

甄夫人張開俏目，讚嘆道：「凌戰天果是水上一代人傑。」緩緩側轉俏臉，目光落到在右後方變成了一個小點的怒蛟島，最後望往前面逸逃的怒蛟號，和水天相連的茫茫湖面，淡然道：「他是故意未發全力，保持著這若即若離的距離。」

山查岳奇道：「他們不是想逃走嗎？爲何卻不盡全力。」

甄夫人道：「道理很簡單，他們久戰後身疲力乏，若全力催舟，縱能拉遠距離，但時間一久後力不繼，勢將被我們後來居上，所以凌戰天正等待著最佳逃走的時機出現，一舉將我們遠遠拋開，逃往最近的岸上去。」

藍天雲望著無際無邊的湖面，大惑不解道：「這樣了無別物的湖面，除了水和風外，還有甚麼可利用的時機？」

甄夫人舉起纖手，指著右前方遠處的攔江島，柔聲道：「機會就在那裡，待會他們必會改變航道，朝攔江島充滿礁石的水域駛去，當我們陷身其中時，凌戰天將會藉著水流增速離去，幫主請告訴我，那時你敢否冒觸礁之險，繼續全速追趕？」

藍天雲色變道：「那怎辦才好？」

甄夫人下令道：「準備快艇，當他們改往攔江島去時，就是他們畢命授首的時刻。」

一陣強風颳來，拂動了她的衣袂，有若乘虛御風的仙女。

誰想得到她的手段、心計如此厲害？

第三十章　深不可測

陽光漫天下，碧波萬頃的洞庭湖中，兩艘戰船一逃一追，全速而行。

上官鷹和翟雨時都來到舵室裡，看著凌戰天冷靜地掌舵操舟。

攔江孤島已由一個小黑點，變成一座黑黝黝像隻浮在湖面烏龜般的怪物，隱可看到環岸的沙石灘和衝擊四周礁石的白頭急浪花。

上官鷹緊張起來，悄聲向翟雨時道：「你說妖女會否看破我們的計謀？」

翟雨時搖搖頭，沒有回答，顯是心情沉重。

反是凌戰天嘆了一口氣道：「有長征這小子在就好了。」

兩人均明白他的意思，因爲若有戚長征在，就可和他二人聯手擋截敵人闖上船來，但現在凌戰天卻要離開船舵，應付敵人，欠了他天下無雙的操舟之技，雖顧得阻截敵人，卻有給黃河號追上之虞。

他們早看出敵人的最後法寶，就是放下快艇，由武功高強者親自催舟趕上來。

知道歸知道，對這現實卻絲毫沒有改變的能力。

如在怒蛟號的最佳狀態下，早把黃河號不知甩掉到哪裡去了。

凌戰天傳令道：「張帆！」

蓄勢以待的怒蛟幫徒忙撲到僅餘的三枝船桅下，叱喝著把帆扯起來。

凌戰天一扭舵盤，怒蛟號藉著風勢，速度猛增，彎往攔江島的方向。

上官鷹駭然道：「好妖女！」

凌戰天不用回頭去看，便知道敵方果然放下快艇追來，豪氣湧上心頭，他已頗有一段日子沒有和人生死相搏了。

三艘快艇品字形斜斜截往怒蛟號和攔江島之間處，乘風破浪，聲勢逼人。

「紫瞳魔君」花扎敖和「銅尊」山查岳兩人居中；「寒杖」竹叟和「獷男俏姝」廣應城與雅寒清在右；由蚩敵和強望生在左。他們不用運槳操舟，純以內力催動，已勝過數十大漢的膂力。

快艇的速度不住增加，花扎敖和山查岳兩人功力最是深厚，不片晌已超前了十多丈，接著是強望生和由蚩敵，最後才輪到竹叟等三人。

黃河號亦逐漸攀上速度的極限，箭矢、檑石、火炮全部準備就緒，只要怒蛟號因快艇的攔截減慢了速度，立時便可對敵人發動雷霆萬鈞的無情痛擊。

兩艘大船和三艘快艇，逐漸形成了一個三角形，而怒蛟號和快艇正不住靠近著。

上官鷹和翟雨時一矛一劍，和從船上精英選出來的五十多名好手，在甲板上嚴陣以待，監視著正不住接近的快艇，和上面形相各異的高手。

兩人看得眉頭直皺，只是對方催舟顯示出的內勁，已知對方的難惹。

這種以內功運舟之法，只可支持上一段短時間，但在阻截他們往攔江島這情勢下，卻剛好派上用場。

而他們亦已力盡筋疲，不得不冒駛往攔江島之險，因那已成了他們唯一逃走的機會，只要進入攔江島的水域，便可憑那裡的急流，助他們逃離險境。

上官鷹低聲向翟雨時道：「假若我們借水肺之助，潛入水中，逃生的機會有多大？」

翟雨時苦笑道：「我們船上備有的水肺，每人最多可分到兩個，潛游不及兩里，便要冒上水面，那時將成爲趕上來的其他敵船的獵物，或者二叔與你、我三人還有機會逃生，但其他人卻休想有一個人能活著。」

上官鷹嘆了一口氣，放棄了這誘人的想法。

三艘快艇逐漸接近。

花札敖那艘快艇倏地加速超前，攔往怒蛟號前方三十丈許處。

敵人快艇如此快追上來，主要原因是預悉怒蛟號的目的地是攔江島，故能以直線航行，兼之艇速輕快，自然勝過採取弧線彎往攔江島的怒蛟號。

眼看要給花扎敖兩人的快艇截著，怒蛟號忽來了個大轉彎，船頭激起濺雪般的浪花，竟朝著敵艇直撞過去。

花札敖和山查岳兩人邀功心切，想不到對方有此一著，忙躍離快艇，凌空往怒蛟號躍上去。

「啪喇」一聲，小艇四分五裂，化成碎片。

就在此時，凌戰天由舵室撲了出來，凌空躍起，鬼鞭幻出千萬道鞭影，往武功最強的花扎敖迎去。

上官鷹、翟雨時的一矛一劍，亦往拏著銅鎚攻來的山查岳激射而去。

若讓這兩大高手闖上船來，定然凶多吉少了。

這時其他兩艇仍在五十丈開外趕來，否則若一齊搶上船來，情勢便更不妙了。

其他怒蛟幫徒，紛紛發出弩箭、飛刀一類暗器，往兩人身上招呼。

凌戰天和花扎敖兩人首先在船頭的上空遭遇。

花扎敖看著變成了十多個小圈的鞭形，一聲長嘯，覷準虛實，一拳打在其中一圈的正中處。

「波」的一聲勁氣相遇爆破的聲響，使兩人同時一震，在內功上鬥個旗鼓相當。

鞭影倏地散去，收回凌戰天手裡。

兩人再猛提一口真氣，在空中短兵相接，一時拳腳交擊之聲，於眨眼間的一刻裡爆竹般響起，絕無絲毫留手或取巧的餘地。

凌戰天向與浪翻雲齊名，只是給浪翻雲光芒所掩，所以沒有被列進黑榜裡，其實他的武功絕不遜於黑榜裡莫意閒、談應手之流，現在遇上這個花刺子模的超級強手，立時顯出他的真本領來。

這邊廂的「銅尊」山查岳，亦撲至船頭上空，眼前一花，一支長矛飆至面門，他獰笑一聲，手上銅鎚往矛尖送去，暗忖以上官鷹這般乳臭未乾的小子，功力有多厚，我一招便要教你當場吐血了。

豈知長矛晃了晃，矛尖移側了少許，撥在銅鎚上。

山查岳戰鬥經驗何等豐富，暗忖你這小子目的不外阻我上船，用的定是硬手震勁，務要把我迫離船頭，冷哼一聲，銅鎚全力反打對方撥來的矛尖。

上官鷹一聲長笑，喝了聲來得好，倏地側移，施出帶勁，竟是卸勢，把山查岳帶往甲板上。

這一著大出山查岳意料外，一來因凌空之勢，無處著力；二來用猛了力道，收不住勢子，變成像和上官鷹合力把自己扯往船頭似的，心頭難受之極，悶哼一聲，失勢下往船頭跌墜而去，心中的窩囊感確是提也不用提了。

尚未接觸實地，森寒劍氣漫天而起，把他捲入其中。左後側一點寒氣射來，原來翟雨時的長劍又攻至。

山查岳至此才收起輕敵之心，知道眼前這兩個小子有一套渾若天成的聯擊之術，更想到他們曾得浪翻雲指點，哪還敢托大，銅鎚一擺，接下了翟雨時的長劍，後腳踢起，腳硬撞在矛尖上，化去了對方第一波的攻浪。

空中的凌戰天和花扎敖齊聲慘哼，各皆嘴角溢血，分往兩邊跌墜。

兩人鬥個難分軒輊，問題是凌戰天是跌回船上去，花扎敖卻是墜往湖面去。

此時怒蛟號再轉了一個彎，仍是朝攔江島駛去，當花扎敖落到水裡時，怒蛟號早衝出十多丈外，追之不及，氣得花扎敖咬牙切齒，差點便想自殺。

凌戰天一個翻身，安然落到甲板上，一聲長嘯，往正與上官鷹和翟雨時戰得難分難解的山查岳撲去。

匆忙間山查岳抽空一瞥，見到最接近的強望生和由蚩敵那快艇仍在二十丈外趕來，心中叫了一聲娘後，使出同歸於盡的拚命招數，硬迫開了兩人。

黑影一閃，凌戰天的鬼索借一蹬之勢，鞭尖有若流星，朝他咽喉奔來。

山查岳銅鎚迎上。

「波」的一聲，兩人眞勁交擊，同時往後仰。

只此一試，山查岳便知對方功力絕不遜色於他，再加上翟雨時、上官鷹和其他怒蛟幫好手，足可在援兵趕上前殺死自己，哪敢逞強，乘勢一個倒翻，來到船頭，再側飛往左舷外的虛空，逃往湖水裡去。

怒蛟幫眾人齊聲歡呼，士氣大振。

快艇上的強望生看見這情景，氣得大罵花、山兩人因求功心切而失策，哪敢造次，放慢船速，和另一艇平排往怒蛟號的船尾追去。

他們若要把花、山兩人接回艇上，勢將趕不及在攔江島前追上敵人，所以惟有任得兩人浮沉湖水，咬牙切齒。

凌戰天等一眾移往船尾，注視著迫近至二十丈內的兩艘敵艇，只要再追近十多丈，敵人便可撲上船來。

韓柏一肚疑問呆瞪著這只是背影便使人不敢小覷的人，泛起深不可測的感覺。

他身具魔種，靈覺比一般人敏銳百倍，每能憑直覺在第一眼時把對方定位，可是眼前這背著他挺如杉柏、靜若淵海的光頭男子，卻使他無從分類。

甚至不知他武功的深淺。

總之這絕非常人，看形態亦似不屬影子太監內的人。

他爲何會在這裡呢？

朱元璋差自己來此，是否就是要探這人的虛實？

他和影子太監又是甚麼關係？

這人明明可隱藏起來，偏偏卻要在自己打退堂鼓時現身，究竟對自己有甚麼目的呢？

凡此種種，使他的頭登時大了幾倍，正要說話，那人已移入樹叢去，倏忽不見。

韓柏搓揉了眼睛，渾身冒出冷汗，這時才想到會否是撞到山精鬼魅那類傳說中言之鑿鑿，卻虛無縹緲的東西異物。

他移入的那樹林，雖是茂盛，但絕不會一移了進去，便消沒了影蹤，聲息全消。

深吸了一口氣後，韓柏抵不住好奇心，追進林內去。

裡面隱有一條小路，鋪滿落葉，濃濕陰蔽，踏上去發出沙沙的聲響。

轉了幾轉後，出了林外，又是另一番景色，一間小石室背山孤立，屋前石徑曲折，溪水縈迴，兩旁茂林修竹，景色清幽，屋前有棵鐵杉，頗有參天之勢。

那人坐在溪旁一塊大石上，赤著雙足濯在水裡，閒適寫意，好奇地看著跟來的韓柏。

韓柏終於看到他的顏容。

最特別是他的眼睛，閃動無可比擬的神采，充盈著深邃廣袤的智慧和靈氣。

那是熾熱無比的眼神，蘊滿了好奇心，對生命深情的熱戀。

他的天庭廣闊，鼻梁挺直，膚滑如嬰孩，看來很年輕，但偏有種使人感到他經歷了悠久至自宇宙初開時他便已存在著的奇異感覺。

若說龐斑是完美的冷酷，浪翻雲是灑然的飄逸，厲若海是霸道的英雄氣概，他擁有的卻是一種絕無方法具體形容出來的特質和靈動不群的氣魄，超越了言語能及的所有範疇。

這是個沒有人能見而不動心的人物。

只可用深不可測去形容他。

而更使人心神顫動處，是這個人渾身散發著一種說不出來、無與倫比的精神感染力。韓柏的魔種受到刺激，倏地提升至極限，靈台一片清明，福至心靈，來到那人身旁的一塊石上坐下，謙虛地道：「小子到來受教。」

那人微微一笑，露出雪白好看的牙齒，深深看了他一眼。

韓柏全身一震，駭然道：「大師對我做了甚麼事？」

那人面容回復止水般的安然，沒有說話，望進溪水裡去，看得專注情深。

韓柏壓不下心頭的驚駭，追問道：「爲何剛才你看我一眼時，似若把某種東西傳入了我眼裡呢？」

那人搖頭淺笑，只是在水裡輕輕踢動雙足，寫意至極點。

韓柏感到自己的元神不住提升，忽然豪情迸發，再不發問，踢掉靴子，踢去長襪，把雙足學他般浸進水裡。

在這一刻，他難以遏制地想起了靳冰雲，憶起那天在溪旁共度時光的醉人情景。

她是否回到了苦思著的家呢？言靜庵的仙去，會對她造成甚麼打擊？

想起她嬌秀淒美的玉容，一股強烈的悲傷狂湧心頭。

溪水緩緩流動，清涼舒適。

整夜奔波勞累一掃而空。

接著他想起了秦夢瑤，一種超越了肉慾的深刻感情注滿心湖，接著他回到了黃州府的牢室裡，赤尊信一拳拍在他頭上。

「轟！」

他的元神提升上無窮無盡的天地裡，由自懂人事後的所有悲歡情景，剎那間流過他的心靈。

他忘記了心靈外的所有事物，全心全意品味著一切。

忽然間他又回到現實裡，坐在溪旁濯洗雙足，淚流滿面。

那人蹤影已杳。

只留下靈山清溪，雀鳥鳴唱的美妙歌聲。

第三十一章　伊人已逝

水柔晶偎在風行烈懷裡，俏臉再沒有半點血色。

生命的火焰正飛快地消逝。

風行烈再沒有流淚，他的神經已因過度傷痛麻木了。

水柔晶勉力張開眼睛，嘴角牽出一絲笑意，輕輕道：「你還在嗎？」

風行烈嘆道：「柔晶！你覺得怎樣了？」

水柔晶閉上美目，費力地道：「我感到很平靜，很快樂，我終於面臨這一天了。」頓了頓再輕吐道：「我在想著長征，終有一天他會來找我，我會等他的。」

風行烈又再湧出熱淚，說不出話來。

厲若海的死亡是充滿英雄氣魄和動人的傳奇性，激盪震撼；白素香的死亡則是狂猛悲慘，使人憤怒填膺；眼前水柔晶的死亡卻是悠緩淒惻，充滿神傷魂斷的無奈感，對死亡深刻的體會。

水柔晶再微微一笑，想舉起纖手爲他拭眼淚，探至半途時，無力地跌下去。

風行烈一把捉著她的手，拿起到眼前，幫著她爲自己揩掉臉頰處的淚珠。

水柔晶秀目現出欣然之色，呼吸忽然急促起來。

他忙加強把眞氣輸進她體內。

她的身體不住轉冷，吸納不到半分他精純的眞氣，閉上俏目。

風行烈驚得魂飛魄散，狂叫道：「柔晶！快醒來，不要這樣啊！」

在這刻，再沒有任何事物比她的生命更重要。

他可以做任何事，只爲換取她多半刻的生命。

水柔晶猛然張開眼來，俏臉閃著神聖的光輝，看著他道：「你和長征都不必爲我的死亡悲傷，我現在的感覺很好，眞的很好！」

眼中神采逝去，眼皮無力地垂下來，嬌體一顫，渾身變冷。

風行烈一聲悲叫，把她緊摟起來，埋入她的懷裡。

傷痛像江河般狂瀉滾流。

這風華正茂的美女，終被死神召去了。

十多艘戰船揚帆疾駛，洞庭湖仍是亙古以來的那樣子，可是對風行烈來說一切都不一樣了。

兩艘快艇追至右舷側五丈處，怒蛟號亦進入了攔江島礁石群的外圍處。

強望生、由蚩敵兩人一聲暴喝，分提獨腳銅人和連環扣索，斜斜撲上船頭和船尾；竹叟則高舉寒鐵杖由中路撲上，左是「獷男」廣應城的鐮刀，右是美麗的雅寒清的長劍，尚未接觸已是先聲奪人。

他們有了前車之鑑，不敢學花扎敖般托大，凌空撲擊，免給敵人由空中攔截，只是竄往甲板去，以攻爲守，就在騰身而起的過程裡，把功力運轉至極限，教對方不得不先避其鋒銳。

翟雨時和上官鷹搶往船頭，阻截強望生，凌戰天則居中截擊竹叟等三大高手，攻往船尾的由蚩敵則留給怒蛟幫其他高手對付。

只要能把前中兩股敵人趕回水裡，剩下的由蚩敵再不足懼，怒蛟號得這緩衝，亦可安然逃進攔江島的礁石群裡，那時借水流遁走，眞是易如反掌。

成功失敗，就決定在這一刻。

最先撲上來的是由蚩敵，船上擋他的是怒蛟幫徒，他哪還有任何顧忌，就在第一支長戟往他刺去之際，他提氣再升，腳尖點在戟頭，借力一個倒翻，越過守在船邊的重重封鎖，落到他們後方甲板之上。

幾乎在同一時間由蚩敵便陷進了苦鬥裡，這些怒蛟好手全經浪翻雲和凌戰天親自指點訓練，又精於戰陣之術，縱以由蚩敵的武技，對這群以命搏命不顧自身安危的好手，一時亦不易得逞。

第二個成功搶到船頭的是強望生，他的獨腳銅人最擅硬仗，以雷霆萬鈞之勢迫退翟雨時和上官鷹後，才再給兩人纏著，鬥個難解難分。

凌戰天雖看得心中焦慮，可是大敵當前，惟有拋開一切，收攝心神，全神貫注正在撲上來以竹叟爲首的三名強敵。

只要能迫退這三名敵人，便可抽身回去對付由蚩敵了。

就在這時，與由蚩敵血戰的怒蛟幫徒裡，接連傳來多聲連串哼起的慘叫。

凌戰天心神一震下，只攻竹叟一人，看也不看獷男俏姝攻來的鐮刀和長劍。

竹叟冷哼一聲，霍地一沉，疾墜下去，消失在船沿甲板的下方。

凌戰天心叫不妙時，鐮刀橫割頸側，長劍斜刺向他小腹處。

他一聲長嘯，鬼索回收，在身前抖起重重鞭影，靈蛇般同時抽打兩件能奪魄勾魂的敵刃。

廣應城和雅寒清齊聲悶哼，給震彈上半空。

凌戰天正欲乘勝追擊。

「轟！」

船身一震，落到下方的竹叟竟仗著絕世神功，硬以他的寒鐵杖，在怒蛟號堅實的船身擊出一個缺口，再以身體破壁進了怒蛟號的下層。

凌戰天猛一咬牙，不理這入了室的惡狼，鬼索帶著凌厲勁氣破空之聲，往頭頂兩人捲去。

廣應城和雅寒清使出絕技，鐮刀和劍分別劈上鬼索，豈知鬼索帶著奇異的勁道，竟把他們震拋往船外的虛空處。

就在這時，「蓬」的一聲，竹叟舉著寒杖，破開甲板，在由蚩敵身旁帶著漫天木碎沖天而起，寒鐵杖閃處，怒蛟幫人紛紛跌退倒地。

凌戰天顧不得廣應城和雅寒清，厲嘯聲中往竹叟趕去。

猶在空中的廣應城和雅寒清大喜，衣袖裡射出索鉤掛在船欄處，借力飛了回來。

「嗤」的一聲，鬼索纏上竹叟的寒鐵杖。竹叟身為年憐丹的師弟，功力何等高強，夷然不懼，運勁一拉。

兩人齊齊悶叫，互扯下竟都往對方靠去，一時空出來的手腳啪啪地交換了十多招。

由蚩敵一聲長笑，展開飛鷹的本領，振衣奮起，再一點高桅，凌空往正與翟雨時和上官鷹戰在一起的強望生投去。

他兩人合作多年，只要聯在一起，甚麼人都不怕了。

廣應城和雅寒清兩高手亦落實甲板上，如猛虎出柙，在船中攔著趕來援救的怒蛟幫徒。

上官鷹在翟雨時的掩護下，施出家傳絕學，向強望生連攻一百另八矛，殺得強望生汗流浹背。他的武功絕比他們任何一人強，可是兩人天衣無縫的配合，卻使他有力難施，完全處在苦撐捱打的局面。

就在這時，由蚩敵已盤飛至三人上空，趁上官鷹槍勢稍歇的剎那，狂風掃落葉般向兩人攻去。

一時殺聲震天，甲板上兵來刃往，凶險至極點。

凌戰天乃不世高手，怎不知瞬息必爭的關鍵性。

驀地將功力提升至極限，手上鬼索劈手擲出，往竹叟面門劈去。

這一著大出竹叟意料之外，哪想得到對方連成名的兵器都捨得不要，一矮身，鬼索擦頭而過，他空著的左手一指全力往對方胸前點出，勁氣嗤嗤。

哪知凌戰天避也不避，閃電般欺身過來，兩手一正一反，右手抓往竹叟面門，另一手掌心向上，撮指成刀，直插他小腹。

竹叟正奇怪對方怎會如此愚蠢，渾然不理胸前要害，待要迴掌掃劈時，一股大力由鐵杖傳來，竟扯得自己隨杖往右後方側傾過去，這才知道上當。

原來凌戰天那擲鞭之舉，並不是想傷他，而是借鞭傳力，趁他分神迎敵的時刻，猝不及防下，把他扯得失去平衡勢子。

「砰！」

他因失了平衡，左手一指只能點在凌戰天左肩骨處，而非對方胸前要害，力道還不能用足。

竹叟魂飛魄散，忙施出救命絕招，全力仰後躍出，剛離地時，腰側劇痛，他雖避開抓臉之厄，卻逃不過下面那一插。

幸好他早運功護著該處，兼又正往後飛退，否則凌戰天的手刀定能直插入他的腸臟去。饒是如此，敵人的內勁仍透腹而入。

竹叟鮮血狂噴下，拿著仍纏著鬼索的寒鐵杖，飛離甲板，往船外的湖面拋跌而去。

同一時間凌戰天肩肉爆裂。

他眉頭都不皺半下，猛地後退，倏忽間到了廣應城和雅寒清間，硬受對方一刀一劍，卻把兩人擊得東歪西倒，同時受傷。

這時翟雨時和上官鷹亦到了生死邊緣。

兩人均受了不輕的內傷，眼、耳、口、鼻全滲出血絲。

說到功力，他們始終和這對蒙古高手有段距離。

尤其強望生得由蚩敵之助，重逾五百斤的獨腳銅人發揮出重兵器的威力，每一招都力逾千鈞，殺得他們左支右絀，險象橫生。

「啪」的一聲，上官鷹的矛中分而斷，被銅人硬生生打折。

由蚩敵獰笑一聲，搶入上官鷹中路，連環扣索猛地直伸，往上官鷹咽喉激射過去。

翟雨時一聲狂喝，手中長劍直劈由蚩敵持扣環的手，竟不理強望生搗往後心的銅人。

上官鷹虎口爆裂，握不住剩下的半截長矛，脫手掉地，見扣索搶喉攻來，待要閃避，內臟一陣劇痛，竟提不起氣力來，眼看立斃當場，凌戰天的長嘯已在頭上響起。

渾身鮮血的凌戰天天神般從天而降，點在獨腳銅人處，再一個側翻，來到了由蚩敵和上官鷹兩人間處，運掌劈開了連環扣。

「轟隆」一聲，怒蛟號全船劇震。

原來黃河號趁怒蛟號處在無人駕駛的情況時，趕了過來，攔腰在怒蛟號右舷處撞破了一個缺口。

一聲清叱，美麗的甄夫人帶頭飛身過來。

凌戰天狂呼道：「風緊！眾孩兒扯呼！」

左右拳出，震退了由蚩敵，轉身摟著搖搖欲墜的上官鷹，投入湖水裡，消沒不見。

怒蛟幫人紛紛躍入湖裡。

翟雨時拚死殺退了強望生後，正要逃走，一把嬌美的聲音在頭上響起：「翟先生！哪裡走？」

翟雨時駭然上望，入目是漫天劍雨，身疲力累下，背後點點刺痛，知道對方是以絕世劍法刺中自己穴道時，身子一軟，昏倒過去。

第三十二章　爾虞我詐

韓柏也不知自己如何走下盤龍山。

他不住想著往事，很多遺忘了的細節都清晰起來，愈想便愈是回味無窮。

他首次感到自己的心靈是個豐富無比的寶庫，內中有取之不盡的經驗和感受，忽喜忽悲，一時啞然失笑，一時黯然魂銷。

他強烈感覺到秦夢瑤對他的愛意，實是上天所能賜與他的最大恩典。

以前他亦有這麼想，但從沒有像目下感受那麼深刻。

忽然有人在他身旁追著叫道：「專使大人！專使大人！」

韓柏一震醒來，扭頭望去，原來是聶慶童追在他身後，愕然停下，這才發覺走出了盤龍山，到了後宮處。

聶慶童神色緊張走到他身旁，沉聲道：「專使大人快隨我去叩見皇上。」

韓柏一呆道：「皇上已早朝下來了嗎？」

聶慶童道：「現在快午時了，而且皇上爲了你這行動，特別提早退了朝。」

韓柏劇震道：「甚麼？那小使豈非在那裡留連了個多時辰，爲何卻只像過了小片晌？噢！忘了告訴公公在裡面見到了甚麼。」

聶慶童色變道：「千萬不要說給本侍聽，只可密稟皇上，否則本侍可能頭顱不保。」

韓柏看了看升上了中天的艷陽，照得皇宮內一座座的殿台樓閣閃著輝光，道：「威武王的車子來了沒有？」

聶慶童引著他走上一道長廊，答道：「來了好一會兒了，本侍已使人通知了他，專使要稍遲片刻了。」

究竟是片刻或幾個時辰，全要看朱元璋的意思了。韓柏嘆了一口氣，事實上他比誰都更想早點到鬼王府，那就可早點見到神秘嬌俏的虛夜月了。

想起她，心中便像燒著了一堆火炭。

忽然想起范良極，擔心地問道：「小使的侍衛長醒了嗎？」暗忖若對方告訴他給人逮著了，那眞不知怎辦才好了。

在他的小半生人中，從未見過有比皇宮更危險和殺機重重的地方了。

聶慶童引他走進一所守衛嚴密的樓閣，正要答話，范良極和葉素冬兩人笑著由裡面迎了出來。

這權力最大的老太監笑道：「一說曹操，曹操就到了。」

范良極的耳朵何等銳利，走過來笑道：「託專使的洪福，這一覺睡得寫意極了，不信可問葉統領，他說下官的鼻鼾聲，隔著花園都可聽到。」

韓柏大惑不解，他人既不在，如何可弄出鼻鼾聲來呢？

葉素冬卻有點緊張地道：「專使大人快進去，皇上在等著呢！」

韓柏慌忙隨聶慶童急步走了進去，在一間放滿字畫珍玩的房內見到了朱元璋。

朱元璋揮退了所有人，賜了韓柏坐下後，在他對面端詳一會兒，微微一笑道：「這是宮內最安全的地方，牆內都鑲了鐵板。只要把唯一的門關上，就算浪翻雲和龐斑，一時三刻都闖不進來。在這裡說話，包保沒有人聽到。」

韓柏心中一陣感動，亦頗感不安，朱元璋這麼信任自己，自己卻在騙他。旋又想道，以朱元璋的多疑，怎會相信自己這樣才第三次見面的人，說不定他在試探自己，因爲眼前乃唯一可以殺死朱元璋的機會。

朱元璋奇道：「專使在想甚麼？」

韓柏煞有介事地低頭道：「有些非常古怪的事發生了在小使身上。」

朱元璋雙目閃過懾人的精光，淡淡道：「當然有事發生了在專使身上，否則爲何要朕等了這麼久。」接著失笑道：「從來都只有別人等朕，想不到朕卻要等你。等待的感覺眞令人難受，其他的事都不想去做。」

韓柏受寵若驚，朱元璋態度的親切溫和，與剛才在奉天殿上的他判若兩人。

韓柏裝作惶恐地道：「小使罪過！罪過！」

朱元璋搖頭道：「朕每天要處理的事，從沒有少過二百項，剛才看的一份計劃書，朕著人數過，足有一千八百五十二字，提議得很好，不過最多五百字便應可陳述得一清二楚，現在卻多用了一千三百五十二字，浪費了朕的時間，專使說我應該賞還是罰這人。」

韓柏至此亦不由對朱元璋的氣度深感折服，他明明心焦想知道在宮內那禁地裡發生在自己身上的事，卻仍能從容問話，毫不露出急相，可憐自己不知要留在這裡多久，想起虛夜月，他最渴望就是背上能立時長對翅膀出來，帶他飛到那裡去。搔頭道：「罵他一頓再賞他吧！」

朱元璋點頭道：「說得好！不過罵有甚麼作用，朕要打他三十杖，教所有人都不會忘記，才說出朕對這奴才的嘉獎。」

韓柏暗暗驚心，又為陳令方擔心，當官原來是這麼沒趣的一回事。

朱元璋望往殿頂，道：「專使在那裡發生的事，朕要你一字不漏說出來，卻不可以問任何問題，事後亦不可對任何人提起，就當從沒有發生過，否則朕絕不饒你。」

韓柏至此才醒悟朱元璋剛才提起那事，其實是暗中警告自己，他是賞罰分明的人，教自己莫要騙他，心中一寒，吐舌道：「皇上放心，小使辦事惟恐不力，哪會瞞起甚麼來呢？」

朱元璋面容轉冷道：「那為何專使剛才的神態，卻使朕感到你有點心虛呢？」

韓柏暗呼厲害，直至這刻，他仍不準備把見過那奇異的人的事說予朱元璋知道，哪知竟給朱元璋銳目看破了，不慌不忙道：「皇上眞的法眼無差，小使眞的非常心虛，因為發生了一些很難解釋的異事，小使怕說出來沒有人會相信，以為小使在說謊，所以提心吊膽，不知該如何稟上！」

朱元璋半信半疑，瞪了他好一會兒後才道：「專使說吧！朕自有方法分辨眞偽。」

韓柏心中暗笑，你的擅長是精明多疑，我的功夫卻是擅能以假亂眞，看來又似是坦率眞誠，正是你有張良計，我有過牆梯。這場角力究竟誰勝誰負，未至最後，誰能知曉？這念頭才起，心中一震。自己為何不像上次般受朱元璋氣勢所懾，腦筋靈活起來呢？難道剛才那人看他那一眼，竟使他的魔功加深了嗎？

朱元璋雄渾的聲音在他耳旁響起道：「看來曾發生在專使身上的事，必然非常怪異，否則專使不會有現在那種表情。」

韓柏暗叫慚愧，這一下眞錯有錯著，不迭點頭道：「皇上明鑒，小使遵旨裝作迷路闖入村裡去，一路暢通無阻，卻半隻鬼影都找不到，正欲退出去時，最奇異的事發生了。」

朱元璋聽到他說「暢通無阻」時，微感愕然，落在韓柏眼內，當然知道他因影子太監沒有趕他出來而奇怪。

朱元璋截斷他道：「眞的甚麼人都見不到？」

韓柏以最眞誠的表情道：「小子怎敢騙皇上。」

聽到他自稱小子，朱元璋繃緊的面容放鬆了點，沉吟片刻後，揮手教他說下去。

韓柏想起當時的情景，心中湧上強烈的感覺，兩眼射出沉醉的神色，夢囈般地形容道：「小子的眼忽似亮了起來，四周的景物亦比平時美麗多了，不由自主地在一道小溪旁坐了下來，把曾遇過的女人逐一去想，竟不知想了個多時辰，後來糊糊塗塗走出來，碰到聶公公才知時間過了這麼久，那眞是動人無比的經驗，小子從來未試過會想得那麼入神，那麼使人心神皆醉的，連自己怎樣走下山來也不知道。究竟發生了甚麼事呢？皇上爲何……嘿！皇上恕罪，差點忘了皇上不准小使提出任何問題。」

朱元璋眼中掠過怦然心動的驚異神色，表面卻故作淡然道：「威武王說那處是我明京龍氣所在的穴位，令專使有點奇怪的感覺，亦非不能理解。好了！專使可以退下了，有人在等你哩！」

韓柏先是一呆，想不到朱元璋這麼容易應付，忙跪下叩頭，垂頭退出去時，朱元璋忽道：「專使知道嗎？剛才你進來時，臉上仍有兩個掌印，但當你全神回憶當時的情景，臉上掌印卻逐漸消退，現在半點痕跡都沒有留下了。」

韓柏一震停下，終於肯定了自己的魔功深進了一層。

這種進步不像以前般易來易失，而是像樹木生命的成長般，達到了某一階段便永不會退回頭，所以自己才沒有怎樣強烈的感受，因爲那已成了他的一部分，就像呼吸般自然和不自覺。

朱元璋溫和地道：「專使可以去了，別忘記帶你那會釀酒的妻子來見朕。」

見一次朱元璋，吃甚麼驚風散都補償不了那損耗。

若非自己魔功大進，今次定騙不過朱元璋。

烈火熊熊燃起，把水柔晶美若神物的嬌軀捲入血紅的焰光裡。

十七艘戰船泊在岸旁，四百多名邪異門的精銳好手，齊集甲板上向著這山頭默默致哀。

風行烈面容平靜，冷冷地看著她的遺體化作飛灰。

風從一望無際的洞庭湖不住拂來，吹得浸濕了火油的柴火閃爍騰躍，不住傳來急驟的劈啪聲，每一次都送給虛空一團煙屑火星。

商良來到風行烈旁，低聲道：「怒蛟幫看來凶多吉少，怒蛟島一帶的漁村全是官船，四方搜尋怒蛟幫人的蹤影，又有人看到有怒蛟幫的船給水師追上了，殺得一個不剩。」

風行烈的感覺麻木了起來。

難道怒蛟幫就這麼完了？

商良見他默不作聲，知趣地靜立一旁。

好一會兒後，風行烈長長吁出一口氣，平靜地道：「我們既然來了，好應做一場好戲給那甄夫人看看，否則會教她小覷了我們邪異門。」

站在他身後的邪異門各大塢主和護法，都在豎起耳朵聽這新門主的話，聞言齊感愕然。在現今的情勢下，連怒蛟幫都可能已全軍覆沒，他們還可以有甚麼作爲呢？

另一方面，卻對他增加了尊敬。

他愈來愈有厲若海不可一世的豪情和氣魄了。

風行烈取過商良手上的瓦罐，往水柔晶的骨灰走過去，淡然道：「今晚我們到怒蛟島去，給他們一個意外的驚喜。」

眾人臉色齊變。

那不是等若去送死嗎？

陳令方咕噥道：「還說我官運亨通，哪知第一天便有阻滯，胡惟庸、藍玉和他們派系的人都同聲反對提升六部的地位，因爲若六部不歸丞相管領，改爲直接對皇上負責，那胡惟庸這中書丞相便變成名存實亡了。」頓了頓再嘆道：「想不到我一些高風亮節、不齒胡惟庸所爲的老朋友，都反對皇上這決定，氣氛弄得很僵。」

坐在他旁，正饒有興趣看著馬車途經的鬧市景色的韓柏愕然道：「他們不怕給老朱杖責嗎？」

和范良極同坐後面的陳令方，聽他叫「老朱」，駭然望了望駕車的鬼王府壯僕一眼，暗驚那御者不知是否聽到他們的說話，若報上皇上，那就大事不好了。

范良極搭上他肩頭，安慰道：「不用擔心，這御者武功稀鬆平常，加上街上嘈吵和車馬聲，保證聽不到我們說話。」言罷指了指護在車前車後三十多名鬼王府護衛道：「那些人才是高手。」

陳令方放下心事，嘆了一口氣答韓柏道：「皇上的作風大異往日，竟要眾人放膽陳言，於是很多平日噤若寒蟬的人，都搶著說話，力求表現。」

范良極搖頭道：「當官有甚麼好呢？終日提心吊膽，不知何時大禍臨頭，不若乾脆退隱鄉里，納他媽的十來個妾侍，每晚摟著不同的女人睡覺，世上還有甚麼比這更寫意呢？」

陳令方臉色忽明忽暗，好一會兒才道：「現在我是勢成騎虎，想退出亦辦不到啊！」

范良極哂道：「哪有辦不到之理，還不是因你利慾薰心，只要你一句話，我包保可使你隱姓埋名，安安樂樂度過這下半生。」

陳令方再嘆了一口氣道：「自家知自家事，我早習慣了前呼後擁，走到哪裡無人不給點面子的生活。若要我每天上街都心驚肉跳怕碰上熟人的白眼和朝廷密探的譏嘲，我情願自殺算了。」

韓柏聽得心中不忍，岔開話題道：「我倒很想聽胡惟庸可以甚麼理由反對老朱削他的權，而不致觸怒老朱。」

陳令方學著胡惟庸的語調誇大地道：「皇上明鑒，臣下只是爲皇上著想，現時皇上每天要看百多個奏章，處理兩百多項事情，若沒有臣下爲皇上分擔，工作量將會倍增，臣下爲了此事，擔心得晚上都睡不著覺呢！」

兩人聽他扮得維肖維妙，都笑了起來。

韓柏喘著氣道：「難怪他要來拿我們的寶參了，原來沒有一覺好睡。」

陳令方恨聲道：「更有人爲未來的皇帝皇太孫允炆擔心，怕他沒有皇上的精力，應付不了這麼繁重的工作，力主不可削去丞相之權。現在誰也知道皇上想廢去丞相，獨攬大權了。」

范良極道：「這又關藍玉甚麼事？」

陳令方道：「今次皇上的改革，觸及了整個權力架構，一方面提升六部，使他們直接向皇上負責，直接奉行皇上命令，使中書丞名存實亡。在軍事上，則把權力最大的大都督府一分爲五，以後大都督只能管軍籍、軍政等瑣事，不能直接指揮和統率軍隊。一切命令由皇上通過六部裡的兵部頒發，使將不專軍、軍不私將，你說一向呼風喚雨的藍玉怎肯同意？」

韓柏吸了一口涼氣道：「朱元璋的手段眞辣，可是他爲何又肯讓下面的人有機會發言反對呢？」

這時車子駛上清涼山通往鬼王府的路上，車子慢了下來，景色變得清幽雅緻，一洗鬧市塵俗之氣。

陳令方頽然道：「還不是爲了鬼王的意向，他對這事始終沒有表態，顯亦是心中不同意。兼且他一向看不起允炆這小孩兒，卻看重現正不斷失勢的燕王，更使皇上心存顧忌，不敢輕舉妄動。所以這事仍在交纏的狀態中，誰也不知皇上心中有甚麼計算。」

韓、范兩人幡然而悟，至此才稍微明白朝廷內複雜的人事關係。

范良極想起一事，問道：「現在的大都督是誰？」

陳令方道：「是皇上的親姪兒朱文正，這人一向和燕王過從甚密，所以當皇上立允炆爲皇太孫後，朱文正雖立即和燕王劃清界線，可是皇上始終對他不能釋疑，沒見幾年，他衰老了很多哩。」

韓柏嘿然道：「幸好他是姓朱，否則就和我這專使大人同姓同名了。」

鬼王府終於出現眼前。

范良極順口問道：「現在你知否朱元璋想你做哪一個肥缺了嗎？」

陳令方眼中閃過興奮之色道：「是專管天下吏治的吏部尚書，所以這幾天我都沒空陪你們，因爲所有當官的都爭著來巴結我，雖未眞的當成吏部的主管，但我已有吐氣揚眉的感覺了。」

車子緩緩駛進鬼王府去。

范良極搖頭苦笑道：「看到你這老小子利慾薰心的樣子，早先那番話眞是白說的了。」

陳令方振振有詞道：「這是不能改變的命運，你不是說開始時會有阻滯，但打後定會官運亨通，一派坦途嗎？我全信你的話哩！至少開始會有阻滯這句話靈驗了。」

韓、范兩人啞口無言。

車子這時在鬼王府主建築物前的廣場停了下來。

鐵青衣另外幾個人從台階上迎了下來。

韓柏的心「霍霍」躍動，暗驚以鐵青衣高明的眼光，會否一眼便從身形上把他兩人認出來呢？想到這裡，深吸了一口氣，運轉無想十式內的玄功，立時眼神澄明，寶相莊嚴，像變了另一個人似的。

范良極愕然道：「這小子眞的功力大進，不但化去了臉上的兩大巴掌印，還可形隨心轉，究竟你在那影子太監村遇到的是甚麼高人呢？我也很想知道。」

車門拉了開來。

醜婦見家翁的時刻終於來臨。

第三十三章　心有罣礙

鐵青衣微笑著和他們打個招呼，親切地迎他們進入比得上皇宮內建築物的巨型府第裡，一點沒有露出懷疑之色。

韓柏和范良極交換了個眼神，心下惴然。

鐵青衣露出懷疑的神態，反是最合理的事，現在擺出這副神態，分明已知他們是何方神聖。

但是否眞是這樣，很快便會揭盅。

到了府門，其他從人都退了下去，只剩下鐵青衣一個人陪著他們走進去。

進門後，是一個可容數百人的大廳，陳設古雅，闃無人跡。

鐵青衣領著他們朝內進走去，到了一個較小的內廳中。

裡面放了十多張大方桌，擺滿了手工精巧的建築模型，而一個高瘦挺拔、身穿普通布衣的男子正背著他們，在其中一個模型前細意欣賞。

韓柏有點失望，既見不到虛夜月和七夫人，連那言詞閃爍的白芳華亦不知到哪裡去了。

鬼王那把熟悉的聲音響起道：「三位貴客請到我身旁來。」

三人呆了一呆，在鐵青衣引領下，圍到那建築模型的四周。

韓柏乘機往這名震天下充滿神秘色彩的人物望去。

只見他臉孔瘦長，驟眼看去並不覺得有甚麼特別，但看清楚點，才驀地發覺他生得極有性格，尤其深陷的眼眶襯得高起的鷹鼻更形突出，予人一種堅毅沉穩的深刻印象。配合著瀟灑高拔的身形，專注的神態，整個人揮散著難以形容的神秘感和魅力。

虛夜月正繼承了他這特質。

虛若無到這刻仍沒有正眼看他們，如夢如幻的眼神閃著異芒，專注在建築模型上，不經意地道：「你們看看這東西，給點意見。」

陳令方忙道：「威武王乃天下第一建築名家，設計出來的作品當然天下無雙。」

虛若無毫不領情，冷然道：「我們這種所謂建築名家，很容易因設計而設計，走火入魔，故應不時聽取外行庸家的意見，有甚麼批評，三位放膽說吧！我虛若無豈是心胸狹窄的人。」

陳令方這馬屁拍錯了位置，尷尬地連連點頭應是。

韓柏收攝心神，專心往模型看去。

只是這模型，便絕對是巧奪天工，在泥土堆成的山野環境中，兩側高起的山巒形成的一道長坡上，大小建築物井然有致分布其中，兩旁溪瀑奔流，形成一個相對的密封空間，既險要又奇特。

在眾建築物的上端，一塊孤聳特出的巨石上，竟建有一座小樓，樓外巨石邊緣圍有石欄，放著石桌、石凳，教人看得心神嚮往，想像著在那裡飽覽其下遠近山景的醉人感受。

整個建築群渾成一體，樓、閣、亭、台均恰到好處，教人嘆爲觀止。

韓柏忍不住讚嘆道：「依山傍勢，這些建築物就像融進了大自然裡去，意態盎然，生機勃勃。」

伸手指了指巨石上那小樓的模型，道：「我會揀住在這裡。」

虛若無眼中閃過驚異之色，卻仍不肯抬起頭來，淡然自若道：「這座莊院確是順山成勢，乃以縱軸爲主、橫軸爲輔的十字形格局。」接著興奮起來，指著這十字中心的一座小亭道：「我名這爲莊心亭，坐在這裡，上可仰望順山勢一字形擺開的三層主樓，和其上的孤石樓，下可俯瞰亭亭玉立在二水交會處的新月榭，任何一個方向看去，都是建築與山水融合無間的美麗畫面。」

韓柏嘆道：「威武王這莊院，看得小使眞想立即告老還鄉，好好享受山水之樂。」

虛若無倏地抬頭，像乃女般充盈著想像力和夢幻特質的眼睛神光電射，往他望來，不客氣地道：「你並非朝廷中人，直呼我虛若無之名便可以了。」

韓柏心中一震，運起魔功，抵擋著他逼人的眼神。

一直沒有作聲的范良極陰陽怪氣地道：「請問虛兄，這莊院建了沒有？在哪座名山之內？」

虛若無那絕不比龐斑或浪翻雲遜色的深邃眼神，全神打量著韓柏，眼尾都不望向范良極道：「這並非甚麼名山，而是當年打蒙古人時，一時失利下逃入去的深山，附近百里內全無人跡，屋尚未起，仍有施工上的一些小問題。」

三人聽得心中一震，均知道虛若無這權勢僅次於朱元璋的人，動了息隱歸田的倦勤之心。

韓柏勉力和他對望著，不肯露出絲毫不安的神色。

好一會兒後，虛若無眼中神光斂去，轉作溫和神色，點頭道：「果然是奇相，難怪芳華大力舉薦你，男人最緊要生得像男人，矮亦不打緊，卻要有大丈夫的氣度，不要因矮小而致猥瑣畏縮，藏頭露尾，那些人只可流爲小賊，頂多都是做個賊頭或盜王。」

韓柏轟然一震，至此再無疑問，虛若無已知穿了他們的底細，這番話擺明在氣老賊頭范良極。

可是白芳華舉薦他做甚麼呢？

范良極再按捺不住，勃然大怒道：「虛若無你好，我究竟和你有甚麼過不去，一見面便指桑罵槐，罵我個狗血淋頭？」

陳令方爲之臉色遽變，虛若無豈是可以隨便得罪的人物，連朱元璋亦要讓他三分。

待在一旁的鐵青衣含笑不語，沒有絲毫緊張的神色。

虛若無神態自若，不以爲忤地往范良極望去，悠然道：「范兄多次夜闖我府，給我說上兩句都沒話可說吧！若你眞的偷了東西，我連和你說話都要省回呢！」

范良極爲之語塞，尷尬一笑，摸出旱煙管，一副賊相地呑雲吐霧，回復本色，逕自走去看其他模型。

虛若無並不理他，指著較遠處一座解剖了半邊開來連著城牆的城樓道：「這便是京師這裡的城牆了，全長超過百里，圍起了有史以來最大的城市，城樓高五層，城頭可容兩馬並馳，我故意選巨石爲城基，磚頭都由我配方燒製，磚縫間灌以石灰和桐油，共有十三座城門。城門上下都有藏兵洞，又在最大的四個城門加設『月城』，以加強防衛力。當年花了我不少心機呢！」

韓柏至此才明白朱元璋爲何對虛若無如此顧忌，還有誰人比他更明白大明的建築和防禦系統，根本就是他一手弄出來的。

范良極放肆的聲音傳來道：「老虛！爲何不見朱元璋的皇宮和孝陵的模型呢？」

韓、陳兩人心中暗嘆，還以爲這老賊頭對模型特感興趣，原來只是爲了方便偷東西。

虛若無啞然失笑道：「老范你最好檢點行爲，若非看在韓小兄的面子上，我定教你有一番好受。」

他說來自然而然，一點不把范良極身爲黑榜人物的身分放在眼內，卻沒有人感到他托大。

范良極回眼望來，嘿然道：「打不打得過你，目下說來沒用，但說到逃走功夫，連里赤媚的『天魅凝陰』都怕拿我不著。」

聽到里赤媚三字，虛若無雙目倏起精電，冷哼一聲道：「聽說他快要來了，你即管和他比比看吧！」

韓、范、陳三人同時色變，愕然道：「甚麼！」

虛若無再沒有說下去的興趣，向鐵青衣點頭道：「青衣！麻煩你吩咐下人在月榭開飯，順便看看那野丫頭有沒有空來陪我們。」

韓柏心中大喜，想起可以見到虛夜月，全身骨頭都酥軟了。

鐵青衣領命去後，范良極來到比他高了整個頭的虛若無旁，仰起老臉瞇著眼道：「爲何你要賣這小子的賬，他有甚麼值得利用的價值呢？老虛你早過了愛才的年紀吧！」

韓柏和陳令方亦豎起耳朵，想聽答案。

直到這刻，他們仍摸不著鬼王邀他們來此的目的。

虛若無淡淡道：「到月榭再說吧！」

三人隨著虛若無，往對著楠樹林另一方的院落漫步行去。

虛若無不知爲何興致特佳，不住向三人介紹解釋莊院設計背後的心思和意念。

他用詞既生動，胸懷見識更廣闊淵博，縱使外行人聽他娓娓道來，都覺趣味盎然，廣增裨益。

此人之學，只就建築一道，便有鬼神莫測之機。

穿過了一個三合院後，眼前豁然開朗，一泓清池浮起了一個雅緻的水榭，小堤通過斷石小橋直達它的大門。

亭、橋、假山、欄杆，把水榭點綴得舒閒適意。

榭內有一小廳，陳設簡雅，無論由哪個窗看出去，景物都像一幅絕美的圖畫。

四人圍桌坐下後，自有俏丫鬟奉上香茗。

下人退出後，虛若無忽向韓柏道：「為何一日不見，你的功夫竟精進了許多，究竟發生了甚麼事在小弟身上？」

韓柏和范良極面面相覷，心內駭然。

昨夜虛若無只是在旁看了蒙著臉的韓柏刻許鐘的短暫時光，竟摸通了他的深淺，所以現在連韓柏魔功突然精進了，都瞞不過他的眼光，可知這在朝廷內武技稱冠的人，眼光高明至何等程度。

韓柏感到很難隱瞞他，但又不知從何說起，欲言又止。

虛若無灑然一笑道：「我只是隨口問問，小弟不用說了。」

三人連范良極都忍不住對這人的豁達大度生出好感，難怪當年他助朱元璋打天下時，投靠他那群桀驁不馴的武林高手，對他如此死心塌地。

虛若無旋又失笑道：「想不到以元璋的眼力，都會給你這小子瞞過，眞是異數。」接著望往窗外，眼中射出思索的神色。

三人都不敢驚擾他。

只有范良極吞雲吐霧的「呼嚕」聲，魚兒間中躍離榭外池水的騦響。

午後時分鬼王府這角落裡，寧洽祥和。

虛若無望向陳令方道：「我知你一向酷愛相人之學，可否告訴我甚麼相是最好的？」

陳令方一愕後，自然而然望往鬼谷子的第一百零八代傳人范良極，還未作聲，已給范良極在桌底踢了一腳。

虛若無向范良極奇道：「范兄爲何要踢令方？」

范良極面容不改，吐出一口醉草煙後，兩眼一翻道：「這老小子倚賴心最重，凡答不來的事便求我助拳，我又不是通天曉，怎會萬事皆知。」

虛若無哂道：「范兄說話時故作神態，顯然爲謊言作出掩飾，哈！不過本人絕不會和你計較的。」轉向陳令方道：「當年朱興宗還未改名爲朱元璋時，我只看了他一眼，便知他是帝王的材料，那時的他絕不像現在那樣寡恩無情，但他的相卻不算最好的相格，因爲欠了點福緣和傻運，所以絕沒有快樂和滿足可言，而眞正想得到的東西，都沒他的分兒。」

范良極捧腹狂笑道：「傻運！眞是說得好極了。」指著韓柏道：「這小子經我的法眼鑑定，就是最最有傻福的人，我第一眼看他時就知道了，所以才會和他同流合污，直到現在仍難以脫身。」

陳令方氣得直瞪眼，這老賊頭自己不是忍不住露出底來。

虛若無哪猜得到其中內情如此轉折，點頭道：「傻運並非指傻人的運，而是誤打誤撞，不求而來，卻又妙不可言的運。自從知道韓小弟竟得到魔門千載難逢的道心種魔大法後，我便一直留意小弟的遭遇，最後只有一句話，就是韓小弟正鴻運當頭，今天一見，果證明我的推論正確。」接著仰天一陣長笑道：「連里赤媚都殺不了你，不是交了運是甚麼？」

三人聽得目瞪口呆，難道虛若無請韓柏來，就是爲了給他看一個相。

韓柏恍然道：「原來白姑娘是你故意遣來見我的，幸好她來了，否則我早給楞嚴當場拆穿。」

虛若無擊桌嘆道：「你們看，這不是運是甚麼？說實話吧，元璋使人通知我，要我分辨你身分的眞僞，但現在我怎會洩露你們的秘密，這也是運，天下間還有誰人比小弟更福緣深厚，換了以前，你們休想有一人能生離我鬼王府。」

三人倒抽了一口冷氣，始知朱元璋直到這刻仍在懷疑他們。

陳令方更是肉跳心驚，就算浪翻雲可保他和家人平安，可是整個親族必會受到株連，那就眞是害人不淺了。

虛若無望向陳令方道：「令方你眞的叨了小弟的福蔭，上次離京前我見你臉上陰霾密布，死氣沉沉，現在氣色開揚無比，我包你能馳騁官場，大有作爲。」

陳令方喜得跳了起來，拜謝地上。

前既有鬼谷子第一百零八代傳人老賊頭范良極批他官運亨通，今又有精通天人玄道的權威虛若無他老人家如此說，哪還不信心十足。

范良極瞇著眼道：「今次你請我們來吃飯，不是就只爲了說這些話吧。」

陳令方回到座裡，和兩位結拜兄弟一起望往虛若無，靜候答案。

虛若無雙目亮了起來，緩緩掃過三人，微微一笑道：「朝廷江湖，無人不知道我和里赤媚一戰在所難免，他現在練成了『天魅凝陰』，我亦沒有把握敢言必勝，只能做好準備，以最佳狀態應戰，可是我心中有件事，若解決不了，心有罣礙，此戰必敗無疑。」

范良極把旱煙管的灰燼傾在桌上的瓦盎裡，點頭道：「你和他的武功一向難分軒輊，他進步你亦不會閒著，但若你有後顧之憂，自然會成爲影響勝敗的關鍵。只不知你有甚麼大不了的心事呢？」

虛若無喟然嘆道：「還不是爲了我的寶貝女兒。」

三人齊齊一呆。

韓柏又驚又喜，囁嚅道：「虛老你的意思是……」

范良極連聲啐道：「還用人說出來嗎？你這小子不但傻福齊天，艷福亦是齊天，還不拜見岳父。」

虛若無伸手阻止道：「且慢！這事要從長計議，若我硬迫月兒嫁給小弟，定會弄巧反拙。所以小弟只能憑眞實本領奪得她的心，最多是我從旁協助吧！」

三人面面相覷，只覺整件事荒謬之極，鬼王竟幫韓柏來追求他的女兒。

虛若無自己都感到好笑，道：「這女兒連我的話都不大聽，兼且眼高於頂，常說男人有甚麼好，爲甚麼要便宜他們，所以小弟雖然是個很吸引女人的人，卻未必定能成功。至於有何妙法，我亦不知道。」

三人聽得呆若木雞，想不到堂堂鬼王的剋星，竟就是他的心肝女兒。

虛若無有點尷尬地苦笑道：「現在時間無多，小弟定要速戰速決。」接著雙目神光電射，傲然道：「只要放下這心事，里赤媚又何足懼。」

此時腳步聲響，鐵青衣走了進來，伴著他的還有白芳華。

見到四人神情古怪，均感愕然。

白芳華嬌嗲地叫了一聲乾爹，親熱地坐到韓柏旁的空椅裡，順便拋了他一記媚眼。不理眾人的目光，湊到他耳旁輕輕道：「有機會摘取天上的明月，以後再不會理人家了吧！」

韓柏大感尷尬，臉也漲紅了。

鐵青衣坐到虛若無旁，向他苦笑搖頭。

虛若無道：「月兒有甚麼反應，青衣儘管說出來，大家都是自己人了。」

韓柏等受寵若驚，齊望往鐵青衣。

鐵青衣神色有點不自然地道：「月兒說她對甚麼專使不感興趣，而且她待會要和人到西郊打獵，所以不來了。」

虛若無苦惱無奈地嘆了一口氣。

至此誰也知道鬼王拿這嬌嬌女沒法了。

韓柏低聲問鐵青衣道：「她知否我是昨晚那人？」

鐵青衣搖頭道：「哪敢告訴她，誰猜到她會有甚麼反應。」

范良極和韓柏拍檔多時，怎不知他想問甚麼，乾脆直接道：「昨夜她返府後，神態有沒有特別的地方？」

虛若無答道：「她像平常那笑吟吟的樣子，回來後甚麼都沒有說便回房睡覺，我再去看她時，她睡得不知多麼甜。」

看到他雙目透出來的慈愛之色，就知他多麼疼愛女兒。

韓柏忍不住搔起頭來，記起了虛夜月說過嫁豬嫁狗都不會嫁他，心中一驚，問道：「除了你們外，還有誰知我的身分？」

白芳華笑道：「放心吧！就只我們三人知道。」

韓柏吁出一口氣，放下心來，看來鬼王仍不知發生在他和七夫人的事。

范良極忽道：「究竟楊奉是否躲在這裡呢？」

虛若無淡淡道：「我也在找他，看看有甚麼可幫上老朋友一把，唉！這小子眞是臨老糊塗，這種事都可招惹，眞是何苦來由。」

范良極失望地「哦」了一聲，逕自沉吟。

虛若無亦是心事重重，向鐵青衣道：「月兒既不來，就讓我們先開飯吧！」

鐵青衣站起來走到窗旁，向外打了個手勢，傳達鬼王的命令。

虛若無想起一事，向韓柏道：「元璋對你相當特別，你剛進京便召了你去說話，若他問起我爲何請你到敝府來，你怎樣答他？」

韓柏想了想道：「我告訴他連我亦弄不清楚虛老你爲甚麼要請我到府上去，整餐飯都在問我高麗的建築物和名山勝景。」

虛若無失笑道：「好小子，現在我有點知道爲何你可騙過他了。」

韓柏忍不住道：「朱元璋說他最信任的人就是虛老呢！」接著又補充一句道：「不過這話千萬莫說出去，否則他定把我殺了。」

虛若無冷哼道：「信任？他唯一信的人就是自己。」

韓柏心中一寒，這時才想到朱元璋究竟有沒有半句話是來自眞心的。

第三十四章　階下之囚

戚長征由水裡冒出頭來。

怒蛟島在里許外的遠處，沿岸泊滿了水師的戰船，由這方向看去，見不到半艘黃河幫的船艦。遠近的水域無數巡邏快艇穿梭往來，又有鬥艦泊在湖上新裝的浮泡處，佔的都是戰略性位置，船上當然有人放哨，要潛往島上眞是難之又難。

離開了韓慧芷後，他以重金在附近買了一艘小風帆，利用怒蛟島東南的小島嶼群往怒蛟島駛過來。

途中看到一艘怒蛟幫的鬥艦被十多艘水師船追上擊沉。

至此哪還不知己方輸了這一仗。

他人雖衝動，但絕非只逞匹夫之勇的人，反冷靜下來，到了最近怒蛟島的一個小島嶼時，爲了避開巡艇的耳目，索性把船鑿沉，由水底往怒蛟島潛游過去。

現在看到怒蛟島的森嚴防衛，禁不住眉頭大皺。

自問只憑一口眞氣，絕不能潛過整整一里的距離，思索半晌後，深吸一口氣，潛入三丈下的水底裡，往最接近一艘停在島外湖上的水師船潛去。

只要回到怒蛟島岸旁，他便有把握神不知鬼不覺登島。

凌戰天當年設計怒蛟島時，早想到有暫時棄島的戰略，所以特別在沿岸處設了幾個入口，接連在怒蛟島下的秘道。

這些入口秘道，均有精心安排的僞裝，不虞敵人發現，尤其水師只佔領了怒蛟島半個月許的短暫時間，忙於防務和輸運彈藥、糧草，應未有餘暇去查理這等事。

冰涼的湖水，有助他把心神完全收斂集中，晉入晴空萬里的先天境界。現在最緊要是不受焦憂痛心的情緒所影響，才能發揮自己全部的力量。

他甚至不去想凌戰天等人的生死。

只要殺了胡節或甄夫人，縱使要賠上一命，又有甚麼打緊。

見到怒蛟幫的戰船沉沒碧波時，他首次後悔自己使性離開了上官鷹他們去尋馬峻聲晦氣。一口氣已盡。

他來到那水師船的船底下，潛近船沿，在船底部的邊沿處，換了一口氣後，正想縮回船底下去，驀地發覺天色變壞，這一刻鐘多的時間，烏雲遮蓋了晴日，還颳起風來。

戚長征暗叫一聲天助我也，繼續朝怒蛟島潛游過去。

才游了十多丈，天上一聲驚雷，豆大的雨點嘩啦啦打下來。

戚長征運轉眞氣，趁這人人找地方避雨的時刻，倏忽間潛到了東岸主碼頭處，這角度看上湖面，盡是水師戰艦的船底。

他恨不得逐一把它們鑿沉，但爲了更遠大的目標，當然不能如此沉不住氣，一咬牙，往更深的湖底游下去，穿過美麗的水草和礁石，在一口氣將盡時，摸到主碼頭下縱橫交錯的巨木柱內，浮了上去，再換了一口氣，不敢逗留，又深進水底，轉眼到了岸旁一個入口處。

入口是密封的，表面看去，與島腳黝黑的石巖全無分別。

戚長征以特別手法扭動其中一塊岩石，把僅容人過的密道秘門拉開。

由於湖水的壓力，若非像他如此功力精純之士，縱使啓了開關，亦休想把門拉開來。

湖水把他湧進了洞裡。

他乘勢把門拉上，截斷了湧進洞內的水。

秘道內一片漆黑，伸手不見五指。

在這種完全隔斷了光線的地方，縱使有夜眼亦毫不管用。

他不敢呼吸，因爲吸入的只會是腐臭和有毒的沼氣。

爲了保持秘密，凌戰天不敢設置通氣口。

戚長征自知那口眞氣撐不了多久，又怕雷雨已過，豈敢遲疑，全速沿著秘道的斜坡，弓著身往上竄去。

倏忽間到了地道另一端的出口處。

一口氣已盡。

剛打開出口的關鎖，外面竟有微弱的人聲。

戚長征大駭，腦袋一片暈眩，這是缺氧的現象。

他暗叫不好，跌坐地上。

神智開始模糊起來，可是外面仍有人聲隱隱傳來，正要不顧一切衝出去見人便殺時，奇妙的事發生了。

先是丹田火熱。

接著一股氣流湧了上後背處，沿背椎竄上腦際，靈台一片清明。

戚長征大喜，知道自己在先天秘境裡因著這惡劣的環境，意外地到達了胎息的境界，體內眞氣生生不息，就像胎兒在母體裡不用口鼻呼吸，只憑臍帶的供給便有足夠的空氣和養分。

這時他又不急於那麼快出去了。

待到了黑夜，那時行動更有把握了。

不一會兒他已晉入胎息那無思無慮的圓通境地裡。

翟雨時醒了過來，渾體乏力。

張目一看，發覺自己躺在床上，頭頸要穴都感到被銀針插著。

一對眼睛正注視著自己。

翟雨時連半個指頭都動不了，遑論扭頭去看誰人坐在他床旁椅上，只能憑眼角的餘光，知道是位身穿白衣的女子。

不一會兒那女子俯過身來，俏臉出現在他眼前，居高含笑看著他，像很有興趣的模樣。

她的臉略嫌蒼白，但無可否認非常美麗，塞外美女高鼻深目的動人輪廓，尤使人感到有別於中原女子的風姿。

她的五官纖巧精緻，絕沒有半點可挑剔的地方。

胸脯比中原女子更豐滿和高挺，充滿誘惑的魅力。

她的眸珠並不是黑色的，而是兩潭澄藍的湖水，閃著靈巧智慧的光芒。

只看她鮮花般的美貌，誰都猜不到她的手段如此厲害。

翟雨時微微一笑道：「夫人爲何不殺了我？」

甄夫人伸出纖手，摸上他的臉頰，溫柔地道：「你這麼聰明俊秀，素善怎捨得隨便殺你，留下個樣子看看都是美事。」

縱使知她心如蛇蠍，給這樣動人的美女摩挲著臉頰，翟雨時仍禁不住自己泛起男女間的異樣感覺，閉上眼睛，作出唯一能表示的抗議。

甄夫人溫暖的小手離開了他，俯頭下來，吐氣如蘭道：「若換了是我的意思，你早已一命嗚呼，好斷去怒蛟幫一隻臂膀。」

翟雨時感受著她迷人的氣息噴在臉上的感覺，欣然張眼道：「多謝夫人告訴我敝幫主和凌二叔均成功逃走。」

甄夫人微一錯愕，接著笑道：「不得了哩！一句話便給你聽出了風聲，看來還是及早殺了你吧！」

翟雨時大惑不解道：「在下正奇怪夫人沒有這樣做。」

甄夫人坐直了在床沿的嬌軀，幽幽嘆了一口氣道：「不殺你的是胡節，他要把怒蛟幫的第一智囊，生蹦活跳地拿上京師，好讓朱元璋在天下人前顯顯威風，不過我偏不如他願。」

伸出手輕輕玩弄著插在翟雨時耳鼓穴處的金針，溫柔地道：「這些針是我們花刺子模一種秘傳的手法，表面看只是制得你不能動彈，其實卻是慢性地破壞你腦內的神經組織，把身體對腦部養分的供應逐漸減少，不出一天，你會發覺思想開始遲鈍，再不能有條理地去思索。最後天下著名的軍師，將會比一個普通人的智力更是不如，偏你仍記得往昔所有風光，你說那是多麼有趣的一件事。」

翟雨時明知她這番難辨眞假的話，是針對一向自負智計的人所施的心理攻勢，仍禁不住心頭懍然，暗呼毒辣厲害，盡量以平靜的語氣道：「那又有何分別，橫豎見到朱元璋時，立即會被處以極刑，腦中沒那麼多東西，不是更好嗎？在下還要多謝夫人哩！」

甄夫人嬌笑著站了起來，道：「素善還有很多事做，沒時間和你閒聊了，今晚胡節會趁黑把你押走，他們絕不會像素善般對你有憐才之意。趁你的腦筋還靈活時，好好想想吧！」

逕自出房去了。

翟雨時一點不露出心內的焦灼，因爲說不定甄夫人安排了人暗中窺視他每一個表情。

她對付自己的手法確是非常高明。

對他來說，這世上沒有比逐漸變成白癡更令他驚懼的事。

而且還是慢慢的折磨。

他知道對方並非虛言恫嚇，因爲一天後他便可從自己的狀況，知道她是否說謊了。

她在迫自己屈服，吐露出怒蛟幫隱藏起來的虛實，好逐一擊破。

不！

就算我翟雨時變成廢人，亦絕不會出賣怒蛟幫。

飯後白芳華扯著韓柏，離開了鬼王以女兒虛夜月命名的月榭，帶著他在府內似是隨意閒逛，留下陳令方和范良極兩人在榭內陪鬼王繼續喝酒。

鬼王府更像一個太平美麗的小城，古樹參天，蔥鬱幽靜。前院方向不時傳來孩童玩耍的聲音，鬼王府人的眷屬扶老攜幼，悠閒在外院街上閒蕩，說不出的豐足寫意。

府衛見到白芳華，都恭敬施禮，白芳華亦和他們很熟絡。

白芳華領著他由外院走到寧靜的內院，再見不到府人的眷屬，守衛森嚴多了，間有俏丫鬟談笑著在廊道間穿梭往來，見到韓柏眼睛都亮了起來。

韓柏不知她要帶他到哪裡去，笑道：「白小姐不是想領我到你的閨房去吧？」

白芳華橫他一眼，不答反問道：「現在相信人家和乾爹沒有私情吧！」

韓柏知她指的是故意在鬼王前對他表示親熱一事，嘆道：「我現在只想知道到哪間密室去和小姐你幽會，弄些私情出來。」

白芳華笑臉如花，咬著下唇道：「跟著來吧！」

韓柏大喜，隨著她進入一座大院裡，樓均築成三層，前門處是個大天井，兩旁是廂房，樓下明間為堂屋，廊道均用鏤雕精細的木欄杆圍著。

韓柏在後面看著她婀娜撩人和風格獨特的婷婷步姿，禁不住喉焦舌燥，暗忖今次眞是艷福無邊了。

正想著如何去享受這美女時，豈知眼前景物一變，白芳華竟帶著他由後門穿了出去，來到房舍後的大花園裡。

亭台樓閣，小橋流水，魚池假山，在林木裡若現若隱，美若世外桃源仙境。

韓柏心中暗讚。

鬼王建築之道的精神所在，就是「自然」這兩個字。

所有人工築出來的東西，均能巧妙地與大自然渾然一體，難分彼我。

園林深處隱有馬嘶聲傳來。

韓柏見左右無人，一把拉著她的手，便想把她拖入林蔭深處，大快朵頤。

白芳華嬌笑著掙脫他的手，瞪他一眼道：「不怕月兒不喜歡嗎？」

韓柏剛正準備充足，引致慾火狂升，哪還理得難以捉摸，有若水中之月的小月兒，惱道：「她連面都不肯讓我看看，誰還有閒情管她，怎及我與小姐你的深厚感情。」

白芳華「噗哧」一笑道：「胡亂說話，小心乾爹宰了你。」

韓柏道：「大丈夫三妻四妾有何稀奇，你乾爹至少便有七位夫人，嘿！她是否虛夜月的生母，年紀看來不大像。」

白芳華道：「月兒是乾爹最疼愛的三夫人生的，她因難產死去，所以乾爹對月兒有很特別的感情，說她長得很像三夫人，唉！七十多歲才生下了個女兒，誰能不鍾愛。」

韓柏噴出一口涼氣道：「那鬼王豈非九十多歲了。」

白芳華道：「有甚麼好奇怪的，他們這等煉氣之士，誰不是過百歲仍不會老退，龐斑便定已超過了百歲。」

韓柏想起今早在影子太監村內遇上那人，暗忖他的年紀定然不小。

白芳華一拉他衣袖，道：「來吧！」

韓柏這時已有點知道她要帶他到哪裡去，心下惴然，硬著頭皮跟著。

她感嘆道：「乾爹的六位夫人，都先後過世，這是命長的缺點，七夫人是他五年前新納的，比他年輕了六十多年，她和月兒的關係最好，若得她之助，在月兒面前說上幾句好話，將事半功倍。」

韓柏一震扯停了她，想起了和七夫人糾纏不清的關係，想起她的警告，哪敢貿然見她，裝作傲然地胡謅道：「我韓柏何等英雄，追個野丫頭何須旁人相助，勝了亦沒有光采，休想我去見七夫人。」

白芳華掩嘴笑道：「你想見七夫人，她都不肯讓你見哩，不過我很喜歡你現在那充滿英雄氣概的樣子，假若你常像現在般，說不定芳華眞會嫁給你，做你三妻四妾的其中一位呢！」

嬌笑著往一叢茂密的竹林走去。

韓柏被她狐媚之態耍得不辨東西，追著去了，暗忖若不在林內狂佔便宜，眞對不起祖宗十八代。

林外的馬嘶聲更響亮了。

韓柏剛追上白芳華時，她停了下來，低聲道：「聽！」

虛夜月嬌甜清美的笑聲由林外傳來。

只聽她道：「想約我黃昏到秦淮河划艇嗎？好吧！若你答對我的謎語，我就陪你！」

幾名男子的聲音齊聲應和，每個人都要加入競猜裡。

虛夜月笑道：「好吧！誰猜中我就陪誰！」

林外眾男屏息靜氣，靜候虛大小姐的謎語。

虛夜月清脆的聲音響道：「桃花潭水深千尺，猜成語一句。」

韓柏和白芳華面面相覷，如此一句沒頭沒腦的李白詩句，教人怎麼去猜。

林外果然傳來眾男唉聲嘆氣的聲音。

虛夜月嬌笑道：「我發明的東西，你們怎能猜到，若由現在我起步到爬上馬背，你們仍猜不到的話，就算你們猜不到了，嘻！」

韓柏禁不住搔起頭來，不要說猜謎，他連這首詩的下一句都不知道，別人猜不出，他更是不如。

白芳華皺眉唸道：「桃花潭水深千尺，不及汪倫送我情，唉！」

韓柏狂叫一聲，撲出林外去，不理外面那幾位公子，向著全副男獵裝，頭紮英雄髻，正要翻身上馬，聞聲別轉頭過來望向他，美麗得像天上明月的虛夜月高喊道：「謎底就像夜月小姐的美麗般，就是無與倫比。」

這謎底其實是所謂「啓下」式的謎格，取上句之意，引申爲「無與（汪）倫比」，巧妙至極點。

虛夜月皺眉道：「你是誰？」

眾男均以帶著敵意的眼光看著他。

爲虛夜月等牽馬的府衛都露出不善之色。

韓柏指了指自己，啞口無言。

白芳華在他背後鑽了出來，笑道：「這位就是高麗來的專使朴文正大人。」

虛夜月上下打量他好一會兒後，不屑地皺起了小巧的鼻子，好像說原來就是那臭官兒，矯捷地翻身上馬，連白芳華都不理了。

眾男亦紛紛上馬。

馬兒等得久了，紛紛踢蹄噴嘶。

虛夜月一夾馬腹，戰馬箭般飆出，眾男紛策馬追去。

韓柏以內勁迫出聲音送過去道：「酉時頭我在秦淮橋恭候小姐大駕。」

虛夜月理也不理，絕塵由花園另一邊去了。

白芳華欣然道：「大人眞棒，芳華從未見過月兒這麼手足無措的，原來你的文才這麼好呢！」

韓柏暗叫慚愧，若非白芳華唸出下一句來，自己哪能靈機一觸猜到謎底。

順目望去，竹林外有座紅磚的三層小樓，飛檐翹角，輕巧秀麗。

韓柏看得悠然神往，若有一天能和虛夜月在此共度良宵，那就眞是天下美事了。

戚長征體內先天眞氣運轉了三百六十周天，循環往復，生生不息，靈台澄明如鏡，知道無意間功力又深進了一層。

這正是先天和後天之別。

後天可從精進勵行，有為而作裡求取進步，可是先天只能無意得之，無為而作。

這也是先天秘境為何如此珍貴罕有。

戚長征的耳目靈敏起來，秘道上的人聲更清晰了。

忽地傳來跪地之聲，接著有人高呼道：「胡節大人到！」

他絲毫不奇怪胡節會在上面的大廳出現，這正是凌戰天當時設計這秘道的用意，其中一個出口特意通往主碼頭最大和最具戰略價值，名為騰蛟堡的建築物的核心處。

若怒蛟島眞被敵人攻佔，敵方主帥自然會以這最利防守和望遠的堡壘作指揮部。

通過秘道，怒蛟幫的反攻部隊便可一下子制著敵人的主帥，握著對方的要害。亦因此戚長征才會潛回島內準備行刺甄夫人或胡節。

戚長征把背上的天兵寶刀抽出，放在膝上，耐心等待著。

密集的足音響起。

接著胡節罵道：「你們眞沒有用，費了許多工夫竟然找不到凌戰天和上官鷹兩個叛賊，若非擒到翟雨時，我怎向皇上交代？」

戚長征又驚又喜，驚的是翟雨時落入敵人手裡，喜的是凌戰天和上官鷹兩人安然無恙。

眾將默然受責，不敢辯駁。

要知明朝刑責最苛，不但朱元璋隨意杖責大臣，大臣武將亦動輒杖責下屬，所以胡節在氣頭上時，沒人敢作聲。

胡節又痛罵一番後，出了點氣，語轉溫和道：「現在翟雨時交給了夫人逼問口供，一到戌時她就要把人交出來，我們立即把他手筋、腳筋全挑斷了，火速送上京師，這事爲最高機密，若有任何差錯，你們都不用活了。」

眾將領命。

下面的戚長征急得如熱鑊上螞蟻，這麼大的怒蛟島，他就算逐間屋去查，亦不能在酉時前找到翟雨時。

怎麼辦才好呢？

上面的胡節沉吟了一會兒後道：「陳雄！你率領一千精兵，加強那裡的防衛，怒蛟幫徒一向無法無天，說不定會趁機潛來救人。」

戚長征大喜，退了回去，到了另一條秘道的入口，竄了進去，往上面的出口弓背小心邁進。

第三十五章　設肆賣酒

開門聲響。

香風傳來。

翟雨時不用張眼，只用鼻子，便知是甄夫人芳駕再臨。

甄夫人倚在門處，柔聲道：「還有兩個時辰，我便要把你交給胡節，先生知否素善用甚麼藉口硬把你留在我們的保護下直到今晚戌時？」

翟雨時淡然自若微笑道：「眞的是保護嗎？我看是軟硬兼施，想我招出所有怒蛟幫的潛藏點和掩飾的手法吧！」

甄夫人嘆道：「和你這樣的人說話眞節省了不少唇舌，當初我確有那幼稚想法，以爲像你那樣愛用心計的人，會比一般人怕死，想不到你如此沉穩堅毅，所以我改變了想法哩！不但不會爲你拔掉金針，還決定了把你交給胡節，即管你哀求亦不會有作用。」

「砰！」

甄夫人說完即開門去了。

翟雨時大感頭痛，這女人的手法確是莫測高深，待會必有更厲害的手段對付自己。

現在他唯一能做的事，就是裝作無動於衷，堅持剛才的決策，一點都不表現出自己的不安。

想到會變成一個白癡廢人，若肯定沒有人看著，他可能會痛哭一場呢！

韓柏等三人乘坐原車，往莫愁湖的賓館馳去。

心情最好的是陳令方，不住哼著崑曲的小調。

范良極不屑地瞪了他幾眼，見陳令方一點反應都沒有，轉向韓柏道：「剛才你和白妖女去後，鬼王想出了一個幫助你追求他女兒的妙法。」

韓柏大喜道：「快說來聽聽！」

范良極的表情變得非常古怪，低聲道：「他會在府內的高手前大發脾氣，臭罵你一頓，說你這小子不知天高地厚，竟敢想見他的寶貝女兒，癩蝦蟆想吃天鵝肉，休想他同意。」

韓柏失聲道：「甚麼？這也算幫我手？」

范良極忍著笑道：「這正是鬼王高明的地方，據他說虛夜月性格最是反叛，不准她做的事偏要去做，現在鬼王擺明不喜歡她接近你，她反會故意和你在一起，好表示她我行我素、不受管束的性格。」

韓柏面容稍微平復過來，皺眉道：「這好像不大妥當吧！其實鬼王甚麼都不要理，放手讓我去搞不是更好嗎？」

范良極嘿然道：「時間無多，爲了對付里赤媚，你甚麼苦都要吃的了，好在你傻有傻福，怕甚麼呢？」

韓柏長長嘆了一口氣，不過想起嬌美勝花的虛夜月、黃昏的約會，心情又好了起來。

才抵莫愁湖的賓館，范豹迎了上來，低聲道：「共有三位客人來了，我安排他們在不同的偏廳等專使。」

三人一聽，全呆了起來，范豹要把他們分開招呼，定因這三人不宜碰頭。

果然范豹低聲道：「首先是三位爺們的結拜兄弟謝廷石大人，他來得最早。」

三人同時嗤之以鼻。

范豹續道：「另一人是胡惟庸的家將送晚宴的請柬來了，我想代收都不可以，堅持要親自遞上給專使。」

范良極冷哼道：「小小一個家將，有何資格見專使，讓我去打發他。」接著壓低聲音道：「只要我說出『萬年參』這三字靈咒，包保他立即滾回府去。」

范豹道：「另一人是葉素冬的副將長白高手陸爽，這人的掌上功夫相當有名，我以前都聽過他的名字，想不到樣子生得這麼醜陋。」

韓柏一呆道：「他來幹甚麼？」

陳令方提醒道：「四弟忘了嗎？他是奉皇上之命來接你和詩妹進宮去見皇上。」

韓柏暗暗叫苦，現在離酉時只有個許時辰，若錯過了約會，虛夜月以後還肯睬他嗎？當然！她小姐未必肯這麼乖乖赴約，但他卻不能不去。

想起時間無多，道：「讓我去敷衍謝廷石，二哥幫我通知詩姊，我轉頭立即和她到皇宮去。」

想不到來到京師，竟忙成了這個樣子。

戚長征由觀遠樓藏酒的地窖鑽了出來，運足耳力，心中大喜，除了廚房處有聲音傳出，其他地方都杳無人跡。

暗讚自己選擇得對，在這等緊張時刻，誰敢違背軍令到這裡憩息喝酒。

一會兒後他來到觀遠樓的二樓，貼到窗旁，透簾往外望去。

原本熱鬧繁華的大道變得冷冷清清，只間中有官兵的運貨車經過，把物資移入島內去。

樓房高處均有放哨的人員，監視著每一寸的地方。

沿岸處不時傳來人聲和號角聲，戰船移動布防，鞏固防衛。

怒蛟幫用作哨站的高塔，更滿是兵員。

氣氛緊張，使人有透不過氣來的感覺。

這時戚長征注意到酒樓的正門前停了一輛騾車，後面載貨的地方空空如也，顯然正等待著運載某種貨物。

改往剛才胡節說話的騰蛟閣望去，只見一批官兵策馬由廣場魚貫而出，往島南的方向開去。

戚長征暗暗叫苦，島南乃怒蛟幫領袖人物的住處，房舍都頗有規模，自己的家便在那裡，可是凌戰天的地道只針對主碼頭附近的建築物而設，自己怎樣才可神不知鬼不覺摸到那裡去呢？

若由秘道退回水裡，當然可潛往那裡，但問題是只要一旦爬上岸去，會立即被人發覺，那還怎去救翟雨時？

此刻離戌時只有兩個許時辰，再沒有時間等待入黑才行事了。

就在這時，樓下傳來「砰砰」響聲，似在搬運著東西。

接著有人大喝道：「快給我把飯菜送到帥府去！」

有人應了聲是。

戚長征記起了酒樓前那輛騾車，心中一動，再往下望去。

只見兩名一身煙油的伙頭兵，正把幾桶飯菜抬到騾車後盛貨處，心中一動，撲下樓去，來到廚房旁暗處。

只見那兩名伙頭兵再走出來，只有一人挽著桶子，另一人兩手空空，不用說這是最後一桶。

戚長征待兩人走過時，由背後閃了出去，兩指點出。

兩人應聲向後軟跌。

戚長征一手摟著一個，同時右腳伸出，剛好挑著那跌往地上的桶子。

桶子黏在他腳上就像著地生根般動也不動。

戚長征把人和桶全帶入左旁的大堂裡，以最迅速的手法，把兩人送入地窖去，換了其中一人衣衫，回到大堂，拿起桶子，大模斯樣踏出樓外，把桶子放好後，不理這些飯菜原來要去的目的地，策騾朝島南駛去。

謝廷石見到韓柏進來，大喜趨前道：「四弟！你現在成了京師最紅的人了，既得皇上榮寵，連鬼王都對你另眼相看，我這三哥亦沾了不少光采。」

韓柏心中暗罵，這時的他對謝廷石的甚麼大計只感煩厭，想起或可和佳人黃昏時泛舟秦淮河，哪還有興趣捲入燕王和朱元璋的父子之爭裡，道：「我現在要立即見皇上，三哥最好長話短說。」

謝廷石見他神情冷淡，一副不耐煩的樣子，兩眼一轉道：「那金髮美女後天便到，所以燕王想約你正式見個面，順便把這種罕有的異種美女正式移贈四弟。」

韓柏色心大動，精神一振道：「眞的！」接著低聲道：「肯定是處女？」

謝廷石心中暗笑，道：「當然是眞的，否則你還會認我這騙人的三哥嗎？」

韓柏皺眉道：「坦白說，燕王送我這大禮，小弟實在無福消受，試問我可以拿甚麼回報呢？我的膽子又小，殺人的事絕輪不到我。」

謝廷石暗忖這世上怕沒有甚麼人比你更膽大包天，堆出笑容道：「四弟給我那晚的話嚇怕了，現在形勢又有變化，那番話就當我沒有說過，燕王今早見到你，很是歡喜，只想和你交個朋友，絕無其他要求。」

韓柏心想這世上哪有如此便宜的事，不過手腳是自己的，做甚麼事全由自己決定，有便宜哪可放過。但是這金髮美人兒絕不可讓她住到這裡來，否則可能要吃左詩的巴掌了，點頭道：「好吧！請三哥說出時間、地點，若無意外，四弟我自會準時赴會。」

謝廷石神秘一笑道：「後天黃昏時，三哥會親來接你，記得通知我們其他兩位兄弟。」

韓柏想起後天可一試金髮美人兒的滋味，一顆心禁不住熱了起來。

戚長征駕著騾車，一路暢通無阻，當轉上南岸大路時，麻煩來了，前面設有一個關卡，看樣子沒有口令休想通過。

這時退回去不是，前進的問題更大，惟有硬著頭皮驅車前進。

後面蹄聲響起，數騎旋風般趕了上來。

戚長征扭頭一看，嚇得叫了一聲娘，原來竟是「紫瞳魔君」花扎敖和「獷男俏姝」廣應城、雅寒清三人。

戚長征裝作看一眼後，若無其事繼續前進，同時收斂本身的眞氣，免給對方生出感應。

三人絲毫不覺地擦身而過，奔到關卡處雅寒清嬌喝道：「屠蛟斬龍！」

馬蹄不停，越過關卡去了。

戚長征心中狂喜，到了關卡處，依樣葫蘆喊出通行口令。

其中一兵士道：「是甚麼貨！」

戚長征道：「給你們送飯菜來了！」

那兵士欣然放行，看他的樣子肯定餓了。

戚長征提上了半空的心才放了下來，接著無驚無險連過三道關卡，來到怒蛟島著名的南園，林木掩映間，熟悉的房子坐落其中。

他問也不用問，便朝著上官鷹的大宅駛去，只是那戒備森嚴的情況，便知翟雨時給囚在那裡。心中燃起希望，因爲這所房子有秘密設計，大大有利他的營救行動。

離宅門尚有三十丈許處，給人截停下來。

帶頭的軍官嗅到飯香，喜道：「眞好！這麼快便送飯菜來了。」抬頭望向戚長征一愕道：「兄弟！你面生得很。」

怒蛟幫長期和水師交戰，對水師的編制瞭若指掌，戚長征嘆了一口氣道：「我本是第三團隊的小旗長，犯了事給調來幹這種粗活，你最好不讓我進去，我就在這裡交貨，落得輕鬆自在。」

眾兵笑罵起來。

有人道：「這麼懶，難怪會受罰了。」

戚長征知他們剛從「帥府」調來，笑道：「我看你們才面生得很，上次我來你們並不在這裡。」

那軍官懷疑盡去，揮手放行。

戚長征出了一身冷汗，駕車繞到宅後，自有人出來接過飯菜。

趁混亂之際，戚長征由膳房閃入宅內。

至此心中大定。

此宅乃當年過世幫主上官飛和凌戰天兩人聯合設計，明室暗格多不勝數，全用來緊急時逃生之用。下面還有秘道，可通往後山處，甄夫人雖然高明，但來了才只半天，一定不能悉破所有布置。

才進入通往正廳的迴廊，前方腳步聲傳來。

戚長征不慌不忙，按向左旁牆壁，牆壁活動起來，退了進去，他人隨牆轉，沒入了壁內，到了裡面的小密室去，密室的四角均有鐵造的旋梯，通往上方。

室頂中間則有十多條裝有活塞的通氣銅管，由室頂垂了下來。

戚長征拔開其中一個活塞，把耳朵湊了過去。

聽了半晌，又拔開另一枝管塞貼耳細聽。

原來這些銅管分別通往宅內不同的大小廳房去，若有敵人來行刺，又或埋伏屋內，只要進入此室，便可憑聲知道敵人的位置。而四條旋梯則可通往屋內不同的地點。

戚長征逐條銅管聽下去，不一會兒連花扎敖等人的位置亦弄得一清二楚，可是始終找不到囚禁翟雨時的地方。

只剩下兩枝銅管了。

他的心開始焦灼起來，拔掉其中一條管塞，只聽剛才那軍官的聲音響起道：「剛才送飯來的伙頭兵哪裡去了，現在又有人送飯來了。」

戚長征心知不妙，無暇再聽膳食房的對答，拔開最後一條銅管的活塞。

和以前任何一處都不相同，是沒有人聲或足音，只有微弱的呼吸聲。

戚長征哪敢遲疑，搶往其中一道旋梯，全速竄往最高的第三層近山那小房去。

才走了一半，示警的哨子聲響徹屋子內外。

今次朱元璋接見他們的地方是今早聶慶童領他參觀過，留下了深刻印象的五角形大殿議政殿。當時只是由外面看看，今次進入殿內，只見殿頂有精緻的斗栱和天花藻井，外環井心的圓光內有梵文，內環井心的圓光內則有福、祿、喜、壽等好意頭的字樣。五條巨型樑架飾滿彩畫，撐殿的圓柱重檐，除南面中間兩條盤龍，護著中間高台上的龍座外，其他均飾黃琉璃瓦綠剪邊，一派皇宮帝皇的豪華氣象。

初次到皇宮的左詩俏臉發白，咬著下唇，看得韓柏心中叫痛。對於這情深義重，垂青於他的美姊姊，他是又愛又怕。

兩人在殿心跪了下來，不片晌朱元璋龍駕降臨，坐到龍椅上，十多名近身護衛，分列兩旁。

朱元璋今次並沒有賜他們起立又或坐下，看著兩人行了跪拜大禮後，淡然道：「專使夫人釀酒之技天下無雙，不知傳自何人。」

韓柏心中一懍，暗叫疏忽，實在太多事情發生了，使他沒有餘暇細想每一件事應如何圓謊應付。

至此才想起左詩之父乃當日京師的首席釀酒宗師酒神左伯顏，以朱元璋情報的精密，自然知道左伯顏到了怒蛟幫從賊去了，現在這一問內中大有文章，一個答不好，隨時是人頭落地之局，可恨當時他說要見左詩，卻一點不露出心中的想法。

他立即運轉魔功，準備若然有變，立時抱起左詩，逃回莫愁湖去和范良極等會合，再想方法逃走。

左詩嬌軀一震，沉吟小片刻後，微顫的聲音道：「民女之父乃左伯顏。」她顯然亦想不到朱元璋第一句便問在這骨節眼上。

朱元璋聲音轉冷道：「果如朕所料，不知夫人如何認識專使，可否說給朕知道。」

左詩的聲音反鎮定下來，平靜地道：「民女十二歲時，爹帶了民女到怒蛟島去，結婚生女，後來丈夫死於江湖仇殺裡……」接著一五一十，一字不漏地把展羽將她擄走，浪翻雲如何救她回來的事，說了出來。

韓柏聽得汗流浹背，暗忖左詩如此老實，今次定然凶多吉少了，唉！可恨還約了虛夜月，就算有命逃生，亦無暇赴會了。

目下只是殿中所見的十八名侍衛，無一不是江湖上的一流高手，若給這些人圍著，自己又要照顧左詩，情勢之劣，實到了無以復加的地步。

正思忖要不要先發制人，立即逃生時，朱元璋冷哼一聲道：「專使為何看來心神惶惑不安呢？」

韓柏還未答話，左詩已勇敢地道：「民女的身世，夫君並不知道，皇上儘管責罰民女吧！」

韓柏心中一嘆，左詩一向生活於重情重義的怒蛟幫裡，習慣了說道講理，一人做事一人當，茫然不知有「株連」的事，她若有罪，連韓柏在高麗的所有「親族」都應受牽連，他又怎能免禍。

朱元璋忽然喝道：「來人！把朴文正給朕拿下來。」

韓柏和左詩兩人駭然大驚。

韓柏猛咬牙，正欲發難，一把柔和蒼老的聲音在他耳旁低喝道：「韓柏！他是試你的，不要反抗！」

韓柏一呆下，早給四名高手逮著，按翻地上，刀劍加身，這時反抗亦沒有能力了。

左詩嚇得花容失色，捧心跌坐地上。

朱元璋哈哈一笑道：「冒犯專使了，你們還不放開他。」

四名高手把他扶了起來。

朱元璋容色緩和，道：「賜坐！」

韓柏驚魂甫定，扶起左詩，依指示到朱元璋那高台的下層左旁兩張椅子坐了下來。

究竟是誰提醒他呢？

耳邊再響起那聲音道：「貧僧了無，是夢瑤姑娘託我照顧你們，不用多疑！」

韓柏暗呼自己眞是福大命大，剛才若加反抗，必然會露出底細。

朱元璋回復以前的親切態度，教人奉上香茗，揮退了侍衛後，道：「專使和夫人切莫怪朕，以專使的身手，剛才大有反抗的機會，可是你全不抗拒，可見問心無他，來！先喝杯熱茶。」

左詩喝下熱茶，臉色才好了點。

朱元璋細看左詩秀美的容顏，露出讚賞之色，點頭道：「專使夫人既中了毒，浪翻雲理應帶你上京師，是否在途中遇上專使呢？」

韓柏的心又提起上來，只要左詩仍像剛才般老實，他項上頭顱仍是保不了。

左詩不敢望向朱元璋，垂頭道：「浪大哥只用了三天時間，便化去了民女所中的毒，在武昌租了間房子，教我住在那裡，等候他回來，哪知便在那裡著名的『白玉泉』處遇到專使，跟了他哩！」

韓柏拍案叫絕，左詩說的一直是實話，只有最關鍵性的幾句，才騙朱元璋，眞是高明。

朱元璋道：「現在你的浪大哥亦到了京師，夫人想見他嗎？」

左詩一震道：「眞的嗎？」接著垂頭道：「想！」

朱元璋喝道：「好！眞情眞性，況且你到怒蛟幫時，仍未懂是非黑白，朕便赦你從賊之罪。」

轉向韓柏道：「你這小子不但艷福齊天，還酒福齊天，朕有一事和你打個商量。」

有了范良極的教訓，韓柏最怕「商量」這兩個字，忽然想到若朱元璋開金口要他把左詩送他，又或留下左詩在宮內釀酒他喝，那怎麼辦才好呢？

左詩在這時竟大膽低喚道：「皇上！」

朱元璋眼中射出憐愛之色，道：「若是別人如此插口打斷朕的說話，朕定先打他三杖，可是剛才朕累夫人受了虛驚，兩事相抵便算了，有甚麼心事，放膽說出來吧！」

韓柏心道，你是皇帝，黑變白，白變黑，一切都由你的龍口決定。

左詩咬著唇皮低聲道：「民女想在左家老巷重開酒肆，望皇上欽准。」

至此韓柏對左詩的靈巧大感佩服，她如此請求，朱元璋哪還好意思一個人把她霸著獨自佔用她的酒或她的人。

朱元璋果然愕了一愕，緩緩道：「酒肆的名字是否叫『清溪流泉』呢？」

韓柏心中一震，暗叫好險，剛才他還悔恨沒有給左詩弄個假姓名，好不讓朱元璋猜到左伯顏身上，至此才知道朱元璋身旁定有熟悉怒蛟幫方面大小事情的內奸，甚至只憑酒便可認出左詩來。

左詩點頭道：「是的！皇上原來甚麼都知道，民女會給皇上釀酒，將來就算要隨夫君回國，皇上宮內亦將有大量的『清溪流泉』。」

朱元璋沉吟片晌，一拍龍椅的扶手，斷然道：「朕就如你所求，並賞你百兩黃金，酒肆的招牌由朕親筆御書，包保『清溪流泉』可名垂千古，永遠爲人津津樂道。」

韓柏和左詩大喜，叩頭拜謝。

兩人退下時，發覺衣衫全濕了。

回莫愁湖途中，韓柏自然以他的手法向這美麗的姊姊嬌妻表示感激，弄得一車春色，美妙無窮。

第三十六章　人約黃昏

戚長征由牆壁的秘格走了出來，沿廊道往盡端的大廂房衝去，天兵寶刀來到左手處，有若迅雷奔電般往守在門處的四名敵手劈去。

那四人聽到警報，注意力都集中到側旁的樓梯處，哪知戚長征竟在一個完全意想不到的地方撲了出來，要舉起兵器擋格時，刀光連閃中，首當其衝的兩名守衛應刀倒地。

另一人稍得緩衝，提劍架來，豈知戚長征心切救人，每一刀貫滿眞勁，「啪」的一聲被刀破入，劍折人亡。

餘下一人心膽俱寒，被戚長征一腳踢下樓梯去，往正撲上來的花扎敖等眾凶人拋跌過去，硬生生阻了他們上衝的勢子。

「砰！」

戚長征撞門而入。

躺在床上的翟雨時臉上露出又驚又喜的表情，叫道：「長征！」

戚長征哪敢猶疑，搶前把他托在肩上。

背後狂勁捲來。

戚長征狂喝一聲，往橫一移，避過敵人凌厲的隔空掌，穿窗而出。

只見下面密密麻麻布滿了官兵和甄夫人的手下，最少有上百人，箭矢雨般射來。

戚長征不慌不忙，還未離窗，左腳勾在窗沿處，改勢子爲向下貼牆直跌，到了下一層的窗子時，一個倒翻，進入裡面上官鷹的大書齋去。

箭矢暗器全部射空，還阻了房內的人撲出來，幫了戚長征一個大忙。

齋內無人，但長桌上仍有剛飲用過的茶杯和小食，看來剛才在這裡的人都趕往樓下去了。

這時急驟的足音、喝叫聲、警報聲響徹內外每一個空間裡。

戚長征趁敵人趕到前，早由兩個書櫃間的秘密入口由旋梯回到剛才那小密室，再以機栝打開地道的入口，竄了進去，又把入口從內鎖上。

他怕眼前功力受制的翟雨時受不了地道內腐臭的空氣，一方面把先天眞氣源源不絕輸入他體內，一面全速奔馳，不片晌由另一出口到了島心茂密的樹林區裡。

翟雨時叫了一聲，由他肩上翻了下來，撐著地不住喘氣。

戚長征大喜道：「你又能動了。」

翟雨時道：「你的功力精進了很多，竟純以眞氣把那妖女制著我的金針全由穴位迫了出來，來！快助我行功，只要再有片刻，我便可功力盡復了。」

戚長征伸出手掌，貫輸眞氣，一會兒後，翟雨時功行完滿，站了起來，低喝道：「走！到怒蛟洞去。」

戚長征有翟雨時在，哪還要動腦筋，隨著他深進林內。

不一會兒來到一道瀑布之下。

兩人沿著瀑布旁巖巉的崖壁往上攀去，到了瀑布旁離崖頂丈許處的地方，閃入瀑布後，原來內中別有洞天，竟是一個凹了入去的小石洞，裡面還放了兩個大木箱，用油紙封密。

兩人藏身瀑布的洞內，鬆了一口氣，透過瀑布望往林外遠方的房舍和湖岸望去。所有戰船都加入了封鎖裡，兵員密布。

翟雨時吁出一口氣道：「他們仍未發現秘道，所以不知我們來了這裡，想不到我們兒時這玩耍的地方，成了我們的救命之所。」

戚長征嘆道：「你若知道甄夫人乃第一流的追蹤高手，就不會那麼樂觀了，只要讓她知道我們藏在這區域內，我看等不到天明，她便能把我們找出來。」

話猶未已，林內已是人聲哄哄，還有犬吠聲傳來。

翟雨時冷靜地道：「天快黑了！若今晚我們逃不出怒蛟島，永遠也出不去了。」

戚長征伸手摟緊這自小相交的好友的肩頭道：「能和你死在一塊兒，我老戚已心滿意足了。」

翟雨時熱淚盈眶道：「若你知道來遲一步我會遭到甚麼慘事，當會知悉我心中對你是如何感激。」

秦淮河的黃昏終於來臨。

韓柏坐在秦淮河橋旁的石欄處，心靈一片平靜。

現在是酉時中了，虛夜月已遲達半個時辰，可能不會來了。

看著逐漸多起來的燈火，橋下穿梭而過的花艇，韓柏想起了今早濯足溪內那動人的感受，靈台澄明如鏡。

過去那夢般的遭遇，一一閃過心頭。

他強烈地想著秦夢瑤，假若有她在身旁，其他一切都不重要了。

她的一言一笑都是那麼動人。

和她在一起時天地充滿了生機和情趣。

他對她是既畏敬又崇慕。

會否失去她呢？

想到這裡深刻的痛苦湧上心頭。

這超凡脫俗的仙子，實不應屬於任何人的。剛才若非有她先向那聖僧太監打了招呼，自己可能小命難保了。

他又想起了靳冰雲，想起他曾是風行烈的嬌妻，又是龐斑的女人，心情複雜至極點。

忍不住再嘆了一口氣。

虛夜月嬌甜清脆的聲音在身後響起道：「你是第二次嘆氣了，在想甚麼呢？」

韓柏正沉醉在令他心傷魂斷的回憶裡，對追求虛夜月的心亦淡了下來，意興索然道：「唉！我也不知自己在想甚麼。」

虛夜月見他頭都不別過來看她，大不服氣道：「我不騷擾你了，我已赴過約，沒有食言，你自己好好胡你的思，亂你的想吧！」

韓柏一震醒來，跳下欄杆，一看下雙目瞪大，登時把秦夢瑤和靳冰雲都暫丟腦後。

虛夜月的裝扮又和以前不同，仍是男裝打扮，一襲淡青長衫，隨風飄拂，配上她秀美雅逸的絕美容顏，一股由骨子裡透出來的嬌憨嗲媚，俏目中滿溢神秘幻想的神氣，自有其誘人至極點的丰神美姿，可是偏又使人覺得她渾身利刺，一不小心便會受傷。

她的俏目在他臉上掃視了幾遍後，道：「我要走了。」腳步卻沒有邁開。

韓柏心知肚明她在作弄自己，笑道：「好吧！我們一起走，聽說正河街那處有小艇出租。」

虛夜月抿嘴一笑道：「你這人膽子大不大？」

韓柏一愣道：「虛小姐為何有這說話？」

虛夜月眼中射出俏皮的神色，輕輕道：「爹說若他知你再來見我，會把你的狗腿打折，你怕嗎？」

知女莫若父，看來鬼王的「反面幫忙」奏效了。

韓柏故示淡然道：「我又不是要和你虛大小姐談婚論嫁，只是做個玩玩的伴兒，你爹何用緊張，遮莫怕我會把你從他身旁帶到高麗去。」

虛夜月大受傷害，瞪大美目失聲道：「玩玩的伴兒？」

韓柏知道要弄這刁蠻成性的嬌女上手，自然要靠非常手段，但絕不可過火，否則她使起性子來，自己將永無希望，低聲道：「開始時自然是大家玩玩，若玩得難離難捨，那時才去想如何私奔，不是又刺激又有趣嗎？」

虛夜月瞪視著他，好一會兒後忽地綻出一個甜美的笑容，露出整齊雪白的牙齒，一把牽著他的衣袖，像個小女孩般雀躍道：「來！我們去划艇，我是能手來哩！」

韓柏對她異乎尋常的反應喜出望外，心想到了艇上，若能吻到她的香唇，再施展我浪子大俠韓柏的挑情手段，可能明早便可向鬼王報捷了。

那邊廂的虛夜月見他喜翻了心的樣子，心中暗笑，扯著他去了。

火龍逐漸迫近山谷這邊的瀑布處來，照得半邊天一片血紅，狗吠得更狂了。

翟雨時冷冷看著，忽道：「長征！你覺得不妥嗎？他們爲何來得這麼慢呢？」

戚長征一震道：「妖女狡猾，她定早知我們到了水潭這邊來，現在定是派了人抄後山包圍我們。」

翟雨時笑道：「我正是等他們這樣，待他們的人全集中在這裡時，就是我們逃走的時刻了。」接著冷哼道：「今次妖女輸的是不及我們熟悉怒蛟島，我定要教她大吃一驚，以洗我翟雨時被擒之辱。」

幾個木箱都揭了開來，其中一箱放滿一枝枝像爆竹似的東西，另一箱是兵器。

怒蛟島長年受外敵圍攻，島上每個地方都有應變的武器和用具，這山洞在秘道出口不遠處，精明的凌戰天自然不會疏忽。

戚長征佩服地拍了拍這足智多謀的夥伴，笑道：「有你在，我老戚只要聽候調動便得了。」

翟雨時嘆道：「要逃出這山谷我們是綽有裕餘，可是想逃離怒蛟島，卻是難比登天，只要一離山區，到了近岸處，閉上眼睛亂撞都是他們的人，一旦給纏上了，我們定會沒命。」

戚長征灑然笑道：「哪管得那麼多，只要能殺他媽的一個痛快便可以了。」

甄夫人的嬌笑聲在頭頂響起道：「戚、翟兩位兄台，素善知道瀑布後定有藏身之所，裡面不嫌氣悶嗎？」

翟雨時按著戚長征，教他不要答話。

甄夫人又笑道：「你們不說話便可以了嗎？我只要派人下來一看，便知究竟。」

翟雨時湊到戚長征耳旁道：「她的人下來時，我們先來個下馬威，殺殺她的氣焰，亦使她知這是不易攻入的地方。」

甄夫人的聲音又傳來道：「戚長征你聽著了，你美麗的水柔晶給我使人下了慢性劇毒，現在風行烈恐早給她舉行了葬禮。」

戚長征渾身一震，狂喝道：「你說謊！」

甄夫人得意地嬌笑起來，道：「我甄素善若連使你開金口的本領也沒有，定會讓翟先生小覷了，不過我並沒有說謊，那已是不能改移的事實。」

戚長征虎目湧出熱淚，拿著天兵寶刀的手顫抖著。

翟雨時雖不知水柔晶是何人，但看他神態早明白了九成，心中一嘆，低聲道：「大敵當前，節哀順變。」

戚長征終是非常人，深吸一口氣後，冷靜下來。

這時下方的人確定了他們的位置，圍了過來，火光裡隱見胡節、他手下一眾高手、竹叟、廣應城和雅寒清、藍天雲等全翹首往他們望來。

如此看，上面的甄夫人旁至少有花扎敖、山查岳、由蚩敵、強望生這四大高手。

任何一方的實力，都不是他們可抗拒的。

他們唯一的優勢，就是地利和箱內的煙霧炮。

那或能助他們逃離山谷和林區，但絕過不了近岸平原區敵人重重的封鎖網，逃進地道裡。就算沒有甄夫人這批特級高手，只是胡節和他屬下客卿身分的高手，配以萬計的水師精兵，便可使他們逃不了。

甄夫人嬌笑道：「這樣吧！讓素善給你們一個機會，假設戚兄能在單打獨鬥裡勝過素善手中劍，素善便讓你兩人安然離去，否則翟先生須束手就擒，乖乖的讓胡大人帶上京師去。」

翟雨時按著衝動得立即想答應這誘人挑戰的戚長征，氣定神閒道：「假若夫人不幸戰死，誰來執行你的命令？」

花扎敖的聲音冷然道：「由我來保證。」

翟雨時心中一懍，花扎敖對甄夫人如此有信心，自是憑眼力看出戚長征尚未是甄夫人的對手，兩眼一轉，計上心頭向下方喝道：「胡節大人，你乃堂堂朝廷命官，何時變了蒙古人的走狗？」

這番話極是厲害，大明朝和蒙古仍處在敵對狀態，就算朱元璋暗裡首肯此事，傳了出去，又有這麼多水師兵員作證，胡節恐亦頭顱不保，被朱元璋殺掉以堵天下人之口。

甄夫人像早猜到有此一著，笑道：「你不用蠱惑軍心，甄素善只是投誠大明的花刺子模人，與蒙古人勢不兩立，你休要滿口謊言了。」

胡節亦不得不揚聲，以表示他乃這裡的統帥道：「這裡無一不是我忠貞的手下，翟雨時你說甚麼話都沒有用。」

甄夫人語氣轉寒道：「是男子漢大丈夫便爽脆說出敢否和我這小女子單打獨鬥。」

水瀑上下一時靜了下來，等待戚長征的答案。

水光蕩漾裡，韓柏划著小艇，沿著秦淮河緩緩逆水而行。

堪稱秦、靳二女外當世絕色的美女虛夜月坐在船尾處，一對妙目四處瀏覽著。

韓柏對她眞是愈看愈愛，恨不得把她摟入懷裡，看她投降屈服，嬌吟求饒的動人樣兒。

秦淮河曾令很多人留下美麗的回憶。

他卻知道無論在多少年後，絕不會忘記曾和虛夜月泛舟其上。

韓柏見虛夜月神態俏皮地四處張望，抗議道：「虛小姐你怎麼左右都看個飽，惟有我這坐在你對面的人，小姐眼尾都不肯瞥一下。」

虛夜月正看著一艘疾駛而過的快艇，上面坐著五名似是捕快的人物，聞言脫口道：「你有甚麼好望的！」仍不肯向他瞧來。

韓柏大受傷害，氣道：「若是如此，爲何你又肯陪我坐艇？」

虛夜月「噗哧」一笑，朝他望來含笑道：「專使大人且莫動氣，會傷身體的。」接著側頭擺出一個既可恨但又甜美之極的思索表情，道：「爲何白芳華會帶你來找我的？」

韓柏心中一動，不若藉此機會，探聽一下有關白芳華的事也好，這是秦夢瑤和虛夜月外，他最想得到的女人。微微一笑道：「你像不大喜歡她呢！」

虛夜月不屑地嬌哼一聲，女孩兒的神態全流露了出來，累得韓柏把眼瞪大至差點連眸珠都掉入秦淮河裡。

虛夜月倏地側挨船沿，把手伸進清澈的河水裡，玉掌輕撥，凝注著河水輕柔地道：「她對我爹太好了，盲目地服從他的命令，像其他人般崇拜我爹。所以有時我歡喜和她作對，就像我和爹作對那樣。阿爹實在管得人家太厲害了！」

韓柏失笑道：「可是你卻一點不受他管，連他想你陪他吃飯也藉詞拒絕。」

虛夜月帶著笑意的眸子盯著他輕輕道：「他想我陪你吃飯才眞吧！人人都猜不到爲何他想見你這個芝麻綠豆般的送貨官兒，但卻瞞不過我。我知他是看中了你，現在又故意想說反話來幫你的忙。嘻！他眞是很好笑，你亦很可憐。」

韓柏大感招架不住，頭皮發麻道：「你編出來的道理倒很精采。」

虛夜月挺起天鵝般驕傲的芳軀，胸有成竹道：「再讓我們玩個猜謎遊戲，就是爲何我阿爹連你的面都未見過，卻會選上你來娶我呢？於是我連獵都不打，花了半天工夫，終查到原來白芳華早和你見過一面，所以定是她把你推薦給我爹。這亦是爲何她今早會帶你來找我的原因了，因爲她就是那罪魁禍首。專使大人，夜月有說錯嗎？」

韓柏驚魂甫定，哈哈一笑道：「你連我的白屁股都看過了，還有甚麼東西瞞得過你，而且昨夜你教訓得好，我的確有對賊眼，因爲每次見到你時，小弟亦忍不住賊眼兮兮哩！」

受到虛夜月驚人智慧的刺激，他的魔種倏地攀上了頂點，展開奇峰突出的反擊，務要破去她對自己的不良印象。

虛夜月隨著他的說話，美麗的眼睛不住瞪大，接著不依嬌嗔道：「沒有理由的。我也曾懷疑過你，可是你的眼睛像變了另一個人似的，而剛才你坐在橋上沉思回憶的樣子，亦不像你這類人會做出來的雅事。」

韓柏知道那是「無想十式」之功，開懷大笑道：「小弟終有一樣東西瞞過虛小姐了。」

虛夜月抿嘴一笑道：「你若連這一點能力都沒有，怎引得赤尊信贈你魔種，又能逃出那大惡人里赤媚把守的一關。是嗎？韓柏！」

這次輪到韓柏處於下風，只好改變戰略嘆道：「我應否把你拿著打一頓屁股呢？橫豎你嫁豬嫁狗都不會嫁我。」

虛夜月氣道：「不准又岔到別的話題去，先聽我說如何可猜到你是韓柏。」

韓柏哂道：「這麼明顯的破綻，何用說出來，那就是小弟並不似一個高麗來的專使。唉！看來我還是趁早離開京師，看看小姐會否有相思之苦吧。」

虛夜月為之噴飯地「嗤」一聲笑了起來，美目像叫「我的天啊」般翻往眼頂，望上漆黑的星夜，嚮往地道：「月兒還未出來。」才望往韓柏，用纖指刮臉羞他道：「快滾吧！誰會掛著你！」

韓柏淡然一笑道：「對不起！小姐定忘不了我，否則亦不會放棄打獵查了小弟半天。你亦毫不例外像其他人般崇拜你的爹，否則不會把心神全放在與他的鬥爭上。」

虛夜月首次露出深思的神色來，驚異地望了他一眼，把撥水的手收了回來，坐正嬌軀，挺起線條優美的酥胸，幽幽嘆了一口氣道：「是的！我很孤獨和寂寞，所以連你這種人亦使我生出興趣。」接著呆了一呆，顯然不明白自己為何向這種人傾訴心事。

韓柏嘆道：「你寂寞只因小姐長得太美麗和太驕傲了。告訴我，為何你愛穿男裝，是否因你希望別人當你是男孩子，不再整天奉承和討好你，求你垂青。我有說錯嗎？」

虛夜月扠著腰道：「斗膽，竟敢這樣說本姑娘，不怕我去朱叔叔處告你的狀嗎？」

韓柏從容道：「若捨得就請隨便。」

虛夜月氣得俏臉發白道：「你有何資格令我不捨得你。」

韓柏啞然失笑道：「資格就是我『浪子』韓柏是這世上唯一敢把你當作男子般罵個痛快的人。」

虛夜月呆了起來，細看他一會兒後，「噗哧」一笑道：「你這人真的很有自信，衝著這一點，我不告你的狀吧！嘻！其實我是怕會害了其他人，若只是你一個，我早找人殺了你的頭。」

韓柏伸了個懶腰，把艇掉頭划回去，笑道：「我累了，現在要回家吃晚飯睡覺！」

虛夜月笑道：「回家？我看是約了葉素冬去逛青樓花舫吧！」

韓柏愕然道：「連這麼隱秘的事竟亦給你查了出來。」

虛夜月見他作窘，雀躍道：「隱秘？哼！葉素冬才回家便和兒子們說你好色哩，在京師裡，誰家公子不是我虛夜月的耳目，連宮內的事亦沒有半件能瞞得過我呢！」

韓柏失聲道：「那現在豈非全京師的人都知道你對我很有興趣？」

虛夜月俏臉首次飛紅，她放出風聲收集有關韓柏的情報時，並沒有想到這羞人的問題。忽然間，她不想這人在正跟她鬥得興高采烈、難分難解的時候，突然離開了。

韓柏魔種生出感應，乘勢追擊道：「爲免小姐誤會小弟厚顏糾纏，以後我都不會再見小姐了，免得討你生厭。」

虛夜月咬牙望往河水裡，好一會兒後輕輕道：「我知現在你對我使出欲擒先縱的手法，唉！打一開始我就知你是個難得的好對手。」

再抿嘴一笑道：「你比人家還要妙想天開，膽大妄為，粗野不文。喂！今早那謎兒你怎想得通的，那只是走幾步的時間哩！」

韓柏為之氣結，給她輕易化解了自己的殺手鐧，鼓著氣把艇駛往租艇處。

虛夜月鼓掌道：「好了！以後都不用見到你了！謝天謝地！」

第三十七章　夜襲怒蛟

「轟！」

一聲爆響驚破了對峙著的短暫寂靜和拉緊了的氣氛。

無人不愕然望往山下岸旁的方向。

只見左方一艘戰船冒起火舌濃煙。

「轟隆！」

遠隔了半里右方靠岸的另一條船爆起了一天木屑雜物，亦著火焚燒起來。

奔走叫嚷的聲音隱隱傳來。

難道怒蛟幫這麼快便能重組攻勢，反攻怒蛟島？

岸旁燈光映照的湖面不見任何入侵的艦艇。

「轟轟轟！」

另有三艦著火焚燒，都是在不同位置，其中一船爆起的火屑，把附近幾條船全波及了。

岸區喊殺連天。

甄夫人嬌呼道：「胡節大人請下去主持大局，這裡的事交給奴家吧！」

胡節從驚惶中醒過來，率著手下潮水般退走了，可是剩下來隸屬甄夫人的高手和過千的花刺子模及蒙古戰士，仍然把下面圍個密若鐵桶。

翟雨時知道敵人進攻在即，低聲道：「絕不是我們的人，不過這將是千載難逢的良機，我們把甄夫人和她的人盡量拖延一會兒，使她們不能去援助胡節。」

戚長征點頭道：「應該不會是我新認義父乾羅的人，沒有來得這麼快的。」

翟雨時忽地一震道：「好妖女！」

戚長征亦看呆了眼。

原來反映著火光像一匹血紅布帛由崖頂飛瀉而下，作成了他們天然屏障的水瀑，竟迅速減弱下來，轉眼變成了幾條小水柱和滴下的水珠。

他們的感覺便像忽然發覺身無寸縷，甚麼都給人看得一清二楚。

不用說亦是甄夫人藉剛才說那番話的時間，使人做了沙包一類的堵塞物，把水流堵截及引往別處去，這女人應變的能力眞是厲害之極。

翟雨時猛地退入洞裡，拿起煙霧火箭，喝道：「長征你擋他們一會兒！」

戚長征應命搶往洞沿。

漫天箭矢飛蝗般灑至。

以戚長征的刀法，亦封不住這流水般不斷的強弓勁箭，尤其機弩發動的箭矢，分外勁猛凌厲。迫得他亦要退入洞裡。

箭矢忽歇。

勁風響起，四條人影一手攀著吊索，天神般從天而降，來至洞前，眼看要搶入來。

敵人上下兩方攻勢的配合，確是天衣無縫。

戚長征一眼便看到來者竟是花扎敖、山查岳、由蚩敵和強望生四大凶人，知道若讓任何一人立足洞內實地，他兩人便休想活命，怒叱一聲，手中天兵寶刀電掣而出，風捲雷奔般往正藉索子盪進來的「銅尊」山查岳擊去。

山查岳被這兩個小子鬧了一輪，憋了一肚子氣，激起了凶性，一聲獰笑，銅鎚照臉向戚長征搗來，同時借飛盪之勢飛腳踢向戚長征的天兵寶刀，竟是連攻帶守的招數，可見他是如何藝高人膽大。

花扎敖亦同時隨索盪來，只比山查岳慢了兩三個身位，人未至，凌空一掌拍出，狂飆勁氣當胸撞向正衝殺出來的戚長征，配合著山查岳的攻勢。

由蚩敵和強望生則分別離索撲往洞旁突出的巖石處，準備由兩側偷入這最多可容兩人並肩站著的窄小洞口。

敵人一上來便是雷霆萬鈞的攻勢，要教他們應接不暇。

戚長征臨危不亂，霍地橫移，避開了兩大凶人的一腳一掌，天兵寶刀生出微妙的變化，「鏘」的一聲劈在山查岳搗來的銅鎚上。

山查岳始終是凌空不受力，巨軀猛震，往外反盪開去。

就在這時白光一閃，一把飛斧由翟雨時手上飛出，劈在他頭頂的吊索處。

山查岳想不到對方有此一著，慘哼聲中，隨斷索往下墜去，跌了十多丈後，才提氣翻身，轉撲回崖壁，但已暫時幫不了上面的忙。

花扎敖亦想不到會忽然失去了聯攻的拍檔，忽見洞門大開，本攔在洞口的戚長征移到了一旁，天兵寶刀反手往洞口側壁的「禿鷹」由蚩敵刺去，大笑道：「讓老戚看看你這傢伙有甚麼長進。」

花扎敖當然可趁此良機溜入洞裡，但爲何敵人竟如此給自己一個便宜機會呢？遲疑間，藏在洞裡暗影中的翟雨時手中火光暴現，一枝火箭帶著一股濃黑的煙霧，往花扎敖激射過來，烈焰迫面而至。

花扎敖吃了一驚，扭身往橫移開，雖避過帶著一股辛辣嗆鼻氣味的火箭，但亦溢離了洞口。

他們固是配合得天衣無縫，但翟雨時和戚長征兩人的一守一攻，更是天作之合，無懈可擊。火箭帶著濃煙投往崖壁下方時，戚長征的刀和由蚩敵的連環扣亦交擊在一起。

「鏘」的一聲，由蚩敵全身一震，差點給帶離崖壁，他吃虧在強附崖壁，用不上全力。戚長征微俯出洞外，刀勢變化，滿天刀光捲往驚魂未定的由蚩敵。

強望生這時已閃入洞側，正要搶先偷襲戚長征，兩枝火箭帶著濃煙烈焰，激射而至。若在廣闊的平地裡，縱使火箭受火藥帶動，疾勁無比，他要閃躲或硬擋均易如反掌，可是洞口狹窄，另一側又有了個戚長征，兼且敵人放出火箭的時間剛拿捏在自己立足洞邊未穩的刹那，儘管氣得齜牙咧嘴，仍只得萬般無奈的後躍往下，避過勁刺而來的火箭。

同一時間由蚩敵一個縱身，往上攀去，暫避風頭。

這時花扎敖剛好溢回來，戚長征一聲長嘯，天兵寶刀化作厲芒，往花扎敖捲去。

花扎敖身在半空，哪敢硬擋，怪叫一聲，沿繩往上攀去，戚長征刀往上揚。

花扎敖身下那截繩子應刀中斷，他若再要憑此索進攻，惟有貼著洞頂攻來了。

煙霧火箭連珠彈發般由翟雨時手中射出，投往崖下層層包圍著他們的敵人處。

這些火箭都浸過火油，遇上樹木，立時燃燒，同時釋放出使人流淚嗆鼻的濃煙，一時間洞口和整個山谷全是黑煙烈火，在這林木茂密的地方，火勢一發不可收拾。

「轟轟！」

遠方岸旁仍不住傳出爆炸和戰船焚燒的聲音，更添混亂之勢。

仍在洞口附近的花扎敖和由蚩敵當然不怕熏人眼鼻的濃煙，但在黑煙裡仍是難以視物，又不知敵人還有何種手段，不敢冒失強攻進去。

下面的火勢愈燒愈烈，竹叟等不得不往後退去，若非手下的人均是曾受嚴格訓練的部隊，只是那受驚混亂便要踐死很多人了。

黑煙瀰漫著整個山谷，連在崖頂的甄夫人和手下亦遭波及。

這時強望生和山查岳躍了上來。

風聲響起。

花扎敖大叫不好，撲往洞內時，戚、翟兩人早失去了影蹤。

只餘下滿洞黑煙和山林焚燬的聲音。

登岸後，虛夜月瀟灑地沿岸漫步。

韓柏忍不住追了上去，叫道：「小姐慢走一步。」

虛夜月停了下來，背著他雙手環胸，嘴角帶著勝利的笑意傲然道：「有屁快放！」

韓柏想不到嬌貴如她的美人會吐出像范良極般的不文字眼，一愕下搔頭道：「我們不要再鬥氣好嗎？那只是折磨自己，明天我們心平氣和後，再見一次面好嗎？」

虛夜月哂道：「你今晚去尋花問柳，昨晚又到我家做賊，兩晚沒睡，明天還有精神嗎？」

韓柏聽她說話大有轉機，喜道：「今晚我還怎敢去風流快活，以後都不去了。」

盧夜月轉過身來，放下玉手扠在小蠻腰處，臉上綻出笑意，柔聲道：「回去陪你那四位夫人吧！」

韓柏不得不佩服她靈通的耳目，這麼快便把自己的事打聽得一清二楚，一時啞口無言。

盧夜月面容冷下來，翹起巧俏的小嘴不屑地道：「你們男人沒一個好人，女人通通要三從四德，以夫爲天，從一而終，自己卻三妻四妾，還出去拈花惹草，卻美其名爲風流。你當自己是甚麼好東西嗎？」

韓柏爲之愕然，暗忖自己倒從沒想過這問題，搔頭道：「你的話亦不無道理，這樣吧！今晚我既不到青樓，亦不回家，只陪著你，盧小姐可否賞面讓我請你到館子吃他媽的一頓，以作賠罪。」

盧夜月聽到他說「他媽的」時，「哧」一聲笑了出來，玉容解凍，接著嬌哼一聲，轉身走去。

韓柏追在她身後，不一會兒轉入亮如白晝、青樓林立兩旁的秦淮街處，人來熙攘，好不熱鬧。

盧夜月像當身旁沒有韓柏般，翩然舉步，那俊俏風流的男裝樣兒，吸引了街上男女所有目光。

韓柏追到她旁，和她並肩而行，低聲下氣道：「你比我熟諳門路，這裡哪間館子的東西好吃些？」

盧夜月正要答他。

一群公子哥兒迎面走來，見到盧夜月，眼睛全亮了起來，叫著圍了上來。

有人道：「夜月小姐到哪裡去了？」

盧夜月瞟了被冷落一旁的韓柏一眼後，含笑向那六、七名鮮衣華服、氣質華貴的青年道：「你們全不是好人，又到青樓去鬼混。」

眾哥兒連忙否認，鬧成一片。

其中一人道：「就算我們到青樓去，亦只是飲酒吟詩，找個地方聚一聚，夜月小姐不若和我們一道去玩樂兒。」接著酸溜溜看了韓柏一眼道：「你這朋友亦可一道去。」

虛夜月雙目亮了起來，轉向韓柏道：「對不起，現在我另有節目，沒空對著你這悶人了。專使大人請回家陪你的夫人吧！」接著抿嘴一笑道：「大人若要逛青樓，最好不要到我現在去的那一間來。」

眾哥兒見邀得虛夜月，簇擁著她興高采烈去了。

只留下韓柏一個人孤獨地立在人頭湧湧的街心處，搖頭苦笑。

戚長征兩人橫過原本由強望生把守的那一面崖壁，往另一邊山脊的叢林逃去，不往湖岸走去，反奔上島心的怒蛟峰山腰處無人理會的怒蛟殿，再由秘道逸往主碼頭旁的出口。

這一著大出甄夫人料外，種種攔截的措施都落了空，還不能及時回到湖岸區處。

戚長征兩人衝出秘道，只見幾幢建築物均著火焚燒，既心痛又快慰，眞不知是何滋味。

打鬥和喊殺聲主要集中在主碼頭處，兩人走出秘道出口的小舖子時，敵人都忙著救火，又或往主碼頭擁去，竟一時沒注意兩人，尤其戚長征一身官兵打扮，翟雨時雖是武士裝束，卻像極胡節特聘來的武林好手，故能無驚無險直闖至碼頭區域。

只見黑夜裡十多艘大船駛至近處，不住向正著火焚燒的水師船和岸旁發炮放箭。

五百多艘水師船其中至少有五十多艘燃燒傾側。

這批來偷襲的船靈活迅捷，有效地打擊著倉卒應戰的水師船，不過水師方面驚魂漸定，又有胡節的指揮，正逐漸扭轉著惡劣的局面。

兼且泊在怒蛟島另一方水師船陸續趕來增援，偷襲者的前景並不樂觀。

水師初戰失利的原因，是注意力全放在如何封鎖戚、翟兩人的逃路，疏忽了不速而至的偷襲，才會吃了大虧。

「鏘！」

兵刃交擊和慘叫聲連續響起。

兩人正全力趕去，這時已看個清楚，只見風行烈手執丈二紅槍，領著十多個身穿水靠的高手，在主碼頭的盡端頂著了一波波往他們攻去的水師兵的狂猛攻勢。

風行烈身旁的人都面生得很，但人人勇悍無比，武功高強，殺得眾兵東倒西歪，屍橫遍野，不過胡節方面後力無窮，風行烈的攻勢純屬洩憤，不能撐持多久。

戚長征剎那間已知道了風行烈如此意氣用事的背後動機，狂喝道：「行烈！柔晶是否死了？」

風行烈剛挑飛了一名敵人，聞言一震循聲望去，見到戚長征和翟雨時兩人凌空掠來，又悲又喜，淒呼道：「死了！柔晶真的死了。」紅槍一掃，三名敵人一齊給他掃得骨折肉飛，掉往碼頭下的湖水裡去，那處早被鮮血染紅了。

戚、翟兩人力盡下墜時，踏在兩名不知發生了甚麼事的官兵頭上，再飛掠起來，到了離風行烈五丈許遠處，落入官兵堆裡，放手狂殺。

戚長征滿懷悲憤，刀不留情，一戳一劈，均有人立斃當場。

不一會兒雙方會合在一起。

厲嘯傳來。

翟雨時叫道：「快逃！遲則不及。」

風行烈亦看到花扎敖等凌空趕至，被悲憤蒙蔽的心醒了一醒。

戚長征一把拉著他，喝道：「走！」

這時一艘邪異門來接應的戰船橫過碼頭，眾人紛紛躍往船上，迅速去遠。

當甄夫人趕到碼頭時，十多艘戰船早揚帆而去，氣得她差點咬碎銀牙。

雖有水師追去，但在這等烏黑晚夜，誰也知道只是虛張聲勢而已！

韓柏苦笑著在華燈處處、冠蓋雲集的秦淮大街上舉步朝莫愁湖的方向走去。

他並不怪虛夜月蓄意傷害他。

男女間的事實在沒有甚麼道理可言。

很難有誰對誰錯的確論。

她小姐不歡喜自己，有甚麼辦法。

愛情又不是可哀求別人施捨的東西。

現在他最想的是倒入三位美姊姊懷裡，享受她們對他海樣般的深情。

假若有秦夢瑤在身邊就更好了。

只要有她在，一切都滿足，再不必他求。

這仙子究竟躲到哪裡去了呢？以她那樣講求心靈修養，對自己今天遇到那個老人，定會很有興趣。嘿！自己看來亦是多此一想，憑她與影子太監的淵源，定知這人的存在。

她的影響力，遠比自己估計爲高哩！

不知不覺又步上了秦淮橋，心神轉到浪翻雲去。

他明明到了京師，爲何還不和他們聯絡，他正須有他指點迷津，好應付眼前京師複雜至極點的局面。

落橋後，再想起了虛夜月，心中一痛，意冷心灰狂湧心頭。

罷了！

不管鬼王對自己有甚麼厚望，看來自己與這靈巧智慧、性格獨特的嬌嬌女實在沒有甚麼緣分，現在趁早收手，才是上策。

猛下決心，決定以後都不再見她。

世事總有不如意的吧！

自己亦應修心養性，好好陪陪三位美姊姊了。

連白芳華都不要想了。

她總給人一種眞假難辨的感覺。

你不理她嗎？

偏來逗你。

想碰她嗎？

她又施展種種手段來拒絕你，教人頭痛。

唉！

何況方夜羽、里赤媚一到，自然識破他們的眞正身分，鬧上朱元璋處去，自己和范良極固可拍拍屁股溜之夭夭，可是陳令方的官夢亦完蛋了，以後再不會相信任何相士。

不！

絕不可這麼消極。

可否請浪翻雲和鬼王出來，配合鬼王府的高手，再加上他和范良極，先發制人把方夜羽和里赤媚宰了？

不過想想若是如此容易，方夜羽就沒有資格叫小魔師了，何況還有深不可測的紅日法王和年憐丹。

胡思亂想間，有人叫道：「專使大人！」

韓柏瞧去，原來是葉素冬和十多名彪形大漢策騎而至。

他們全穿了便裝，江湖味道比官味重多了。

眾人紛紛跳下馬背，向他恭敬地行禮。

葉素冬走前親切地道：「末將剛由莫愁湖來，想不到會在街上碰到專使。」

韓柏記起了青樓之約，不過現在哪還有尋幽探勝的心情，坦然道：「我剛受了點男女間小事的打擊，現在甚麼心情都沒有了，只想回家陪夫人們喝杯清溪流泉，葉統領的好意小使心領了。」

他韓柏憑猜謎約到了虛夜月一事，現在已是全城的話題，大大提高了韓柏在文人雅士心中的地位和身分，葉素冬見這專使如此坦白，一點不掩飾自己對虛夜月出師不利，顯然當自己是個朋友，頗有點感動，親切地道：「那專使更不用回莫愁湖了，三位夫人及侍衛長等貴屬全移師左家老巷，看看怎樣把左家大宅重行裝飾，好盡早開張賣酒。」接著壓低聲音道：「皇上對你眞是好得無話可說，親自下令到所有官署，著他們負起酒舖所有保安和物料供應的事，更以快馬傳書，命地方官剋日把仙飲泉的泉水送來，這事已成全城佳話。」

頓了頓又道：「現在京師無人不翹首盼望，等待酒舖開張營業的日子，聽說貴夫人酒藝尤勝酒神左伯顏，連我亦希望能早日嚐嚐呢！」

韓柏拍胸道：「葉統領這麼夠朋友，我定先使人送一……嘿！可能不夠的，這樣吧！送你一壺如何？」

葉素冬大喜拜謝。

當下讓了一騎出來，讓韓柏坐上去。

韓柏記起了灰兒，心想明早定要騎牠到郊野馳騁，好慰勞這可愛和情深義重的傢伙。

葉素冬忽道：「橫豎時間尚早，專使有沒有興趣去看看可能是薛明玉的薛明玉？」

韓柏一呆道：「怎麼個可能？」

葉素冬苦笑道：「昨晚總共發生了四起採花案件，手法都甚似薛明玉，其中一個給浪翻雲宰了，我們八派的人自是當仁不讓，發起了『捕玉行動』，現在綴上了一個疑人，專使有沒有興趣去看看。」

韓柏愕然道：「世間竟有這種事。」沉吟片晌，點頭道：「去趁趁熱鬧也好！」

葉素冬笑道：「末將見專使事忙，還以為要過幾天才可邀專使到敝派的道場去，想不到現在立刻便可去了。」勒過馬頭，轉到一條清靜的橫街去。

蹄聲哳嗒。

韓柏愕然道：「甚麼？那疑人竟在貴派道場內嗎？」

葉素冬失笑道：「專使誤會了，若知那疑人在那裡，我們早把他抓了起來。」

再微微一笑道：「現今京城最著名的美女，莫過於虛夜月、憐秀秀、陳貴妃和敝師兄莊節的千金莊青霜，夜月姑娘和陳貴妃都不用我們勞心，秀秀小姐則剛由末將送了她入皇宮，準備演皇上大壽那台戲，而且有浪翻雲為她出過手，眞假薛明玉也不敢再碰她，所以現在只剩下霜兒這明顯的目標，而我們確發現有人來踩盤探路。這樣說，專使明白了嗎？」

韓柏不住點頭。

被虛夜月傷害得沒有半寸是完膚的情心又開始活躍起來。

莊青霜！

她究竟是如何動人的一個美人兒呢？

戚長征卓立船尾，虎目含淚，雙手抱緊水柔晶的骨灰，木然聽著風行烈把整件事說出來，包括死前的每一句話。

恨不得把甄妖女搗成肉醬。

翟雨時伸手摟著他的肩頭，低聲道：「哭一場吧！否則會鬱壞了身體。」

戚長征緩緩搖頭，舉手拭掉淚珠，堅強地道：「不用爲我擔心，現在最重要的事，莫如立即找到二叔和幫主，趁胡節士氣低落的時刻，重奪怒蛟島，若有義父助陣，則更萬無一失了。」

風行烈道：「我早派人去找他們，應該很快聯絡上了。」

戚長征感激地道：「行烈爲了柔晶，冒死偷襲怒蛟島，若有甚麼不測，教我怎樣面對兩位夫人？」

風行烈笑道：「放心吧！我自有分寸，本來只是要大鬧一場，好洩心頭憤慨，豈知誤打誤撞，竟救了你們，可見柔晶在天之靈，正護祐著我們。」

戚長征把手中的骨灰罈摟得更緊了。

翟雨時道：「到了！」

船隊悄悄駛進了一條與洞庭湖相接的人造運河裡，兩旁樹木參天，作成最佳的掩護。

接著豁然開朗，現出一個隱蔽的水谷。

邪異門的船上打出怒蛟幫通訊的燈號，以免怒蛟幫人生出誤會。

兩艘快艇由一處茂林中疾駛出來。

戚長征高呼道：「秋末，是老戚我回來了，還有雨時！」

一道人影離艇躍上船頭。

梁秋末一臉熱淚，撲了上來，緊擁著兩人。

翟雨時最是冷靜，問道：「幫主和二叔呢？」

梁秋末哭道：「尙沒有他們的消息，龐叔和近千名兄弟全犧牲了。」

兩人劇震道：「甚麼？」龐過之和近千名好兄弟竟戰死了。

梁秋末道：「龐叔爲了阻截追兵，回師纏著敵人，不幸戰死當場，三十艘船只有八艘逃了回來。」接著問道：「雨時不是給那妖女擒了嗎？嘿！我還不知這位朋友是誰？」

介紹後，翟雨時道：「目前最重要的頭等大事，就是要找到二叔和幫主，其他一切均壓後處理，唉！他們到了哪裡去呢？」

凌戰天扶著上官鷹，在山路上走著。

大雨嘩啦啦的下著。

不時還有電光雷鳴。

兩人均受了傷，外傷不打緊，但內傷嚴重，絕不可再受濕寒。

凌戰天忽喜道：「前面有燈光，看來是寺廟那一類的地方，我們去求個方便吧！明天才想辦法聯絡他們。」

上官鷹振起精神，咬著牙根冒雨和凌戰天往寺廟踉蹌走去。

閃電中，一座寺廟巍然立在荒郊野林之內。

兩人來到門前，拿起門環叩在門上。

好一會兒後，一把動聽的女聲由內傳出道：「誰？」

兩人呆了一呆，原來是座女庵。

凌戰天乾咳道：「只是路過的人，若非我世姪患了重病，亦不敢驚擾師父，只求幾尺避雨之地，明天一早當立即上路。」

上官鷹亦道：「師父請行個方便，噢！」猛地吐出一口鮮血。

廟門大開。

一名絕色的麗人撲了出來，把上官鷹摟入懷裡，淒然叫道：「幫主！你怎樣了！」

竟是前幫主夫人乾虹青。

《覆雨翻雲》卷六終

國家圖書館出版品預行編目資料

覆雨翻雲 / 黃易著. --初版.--台北市 :
蓋亞文化，2018.03－
冊; 公分. --

ISBN 978-986-319-329-6(卷6 : 平裝)

857.9 106025409

作　　者 黃易
封面題字 錢開文
封面插畫 練任
裝幀設計 莊謹銘
特約編輯 周澄秋
總 編 輯 沈育如
發 行 人 陳常智
出 版 社 蓋亞文化有限公司
地址：台北市103赤峰街41巷7號1樓
電話：02-2558-5438 傳眞：02-2558-5439
電子信箱：gaea@gaeabooks.com.tw
投稿信箱：editor@gaeabooks.com.tw
郵撥帳號 19769541 戶名：蓋亞文化有限公司
法律顧問 宇達經貿法律事務所
總 經 銷 聯合發行股份有限公司
地址：新北市新店區寶橋路二三五巷六弄六號二樓
電話：02-2917-8022 傳眞：02-2915-6275
初版一刷 2018年3月
定　　價 新台幣 280 元
Published and printed in Taiwan

GAEA
ISBN／978-986-319-329-6